HEYNE <

ALEXANDRA JOEL

Das VERSPRECHEN *von* PARIS

Roman

Aus dem Deutschen
übersetzt von Babette Schröder

WILHELM HEYNE VERLAG
MÜNCHEN

Die Originalausgabe THE PARIS MODEL
erschien erstmals 2020 bei HarperCollins*Publishers*
Australia Pty Limited, Sydney.

FSC
www.fsc.org
MIX
Papier aus verantwortungsvollen Quellen
FSC® C014496

Penguin Random House Verlagsgruppe FSC® N001967

Deutsche Erstausgabe 01/2023

Redaktion: Susann Rehlein
Printed in Germany
Umschlaggestaltung: t.mutzenbach design
unter Verwendung von lee avison/arcangel und 55th,Tartila,
SosnaRadosna/shutterstock.com
Satz: Leingärtner, Nabburg
Druck und Bindung: GGP Media GmbH, Pößneck
ISBN: 978-3-453-42566-8

www.heyne.de

Für Blair

On ne naît pas femme: on le devient.
Man kommt nicht als Frau zur Welt, man wird es.

SIMONE DE BEAUVOIR, *DAS ANDERE GESCHLECHT*

Prolog

Sydney, 1. September 1922

Hätte sie jemand nach ihrer Identität gefragt, die Frau hätte keine Antwort gewusst. Noch hätte sie zu sagen vermocht, ob es Tag oder Nacht war. Sie existierte in einem anderen Universum, in dem Identitäten ausgelöscht waren und die Zeit nur noch vom Kommen und Gehen der unerbittlichen Wellen in ihrem Körper bestimmt wurde.

Flüchtig sah sie fremde Gesichter, die sie schweigend und mit konzentrierter Miene musterten. Sie folgte ihren eigenen Gesetzmäßigkeiten. Ihr Verstand, ihr ganzes Wesen kannte nur ein Ziel. Ganz gleich, wie spät es war, wie unendlich die Schmerzen waren, sie würde weitermachen, bis ihr Kind gesund und sicher auf der Welt war.

Schließlich gab ihr Körper den Besitzanspruch auf, und sie spürte, wie sie auf wundervolle Weise erlöst wurde. Das Glück berauschte sie; sie war trunken vor Freude und Erleichterung.

»Es ist ein Mädchen«, sagte eine Stimme. »Was für ein hübsches kleines Ding.«

Dann hörte sie, wie eine andere Stimme eindringlich sagte: »Mein Gott, kommen Sie schnell. Ich brauche Hilfe!«

Da hob die Frau den Kopf. Überall um sie waren weicher Schnee und Daunen, alles war weiß: die Wände, die Schwesterntracht, die Arztkittel, die Handtücher, die Bettwäsche.

Doch als sie sich umsah, änderte sich dieser Eindruck. Die weiße Welt erinnerte jetzt an einen Himmel bei Sonnenaufgang, der von roten Schlieren durchzogen war.

Dann hörte die Frau ihr Baby schreien. Nur ein Mal, doch es genügte. Sie schloss die Augen und flüsterte: »Auf dass alles gut werde.« Das hoffte sie von ganzem Herzen.

ERSTES BUCH

La Débutante

Die Anfängerin

Kapitel 1

Paris, Dezember 1948

Beschwingten Schrittes und mit Bildern von einer verheißungsvollen Zukunft im Kopf tanzte Grace Woods aus der Pariser Metro.

»Oh.« Sie rang nach Luft. Nach drei Tagen in Paris war die eisige Luft immer noch ein Schock für sie – in Australien gab es eine derart schneidende Kälte, die durch alle Kleiderschichten drang, nicht.

Typisch für zu Hause waren Hitze und ein klares, helles Licht; ein hoher kobaltblauer Himmel; der intensive süße Geruch von Eukalyptus; die schrillen Schreie der weißen Kakadus, der leuchtenden Rosellasittiche und der regenbogenfarbenen Loris. Hier in der winterlichen Avenue Montaigne war alles, was sie sah – die charmanten Stadthäuser, die kahlen Bäume, die Boutiquen und Cafés – von einem milchigen Schleier überzogen, der ebenso faszinierend wie fremd war.

Noch fremder erschien ihr die Version ihrer selbst, die Grace in einer Schaufensterscheibe bemerkte. Als sie sich vor und zurück bewegte, verschwamm ihr Spiegelbild und stellte sich dann wieder scharf. Sie war zufrieden, dass ihre dunklen Locken in dem ordentlichen Dutt geblieben waren, ihr leuchtend roter Lippenstift war makellos, und ihre smaragdgrünen

Augen klar, dennoch überkam sie ein Anflug von Sorge. Ihr marineblaues Kleid mit dem langen spitzen Kragen und der schmalen Taille stammte aus einer Schneiderei in Sydney. Konnte es fachkundigen Blicken standhalten?

Grace trat näher und begutachtete ihre Erscheinung zum wiederholten Mal. Ja, sie war sich sicher. Das Kleid sah fast wie ein Pariser Original aus. Zusammen mit dem neuen schwarzen Hut – aus einer Laune heraus hatte sie eine azurblaue Feder angesteckt – ging es sicher als stilvoll durch. Fröhlich nickte sie ihrem Spiegelbild zu und setzte ihren Weg fort.

Unterwegs kam Grace an einem Restaurant vorbei, vor dem auf einem Bett aus Eis saftige Bélon-Austern angeboten wurden, an einem Blumengeschäft, in dessen Schaufenster Sträuße aus zartrosa Anemonen standen, und an einer kleinen Kunstgalerie, die zarte Pastelle von Ballerinen ausstellte. Dann entdeckte sie an einer Fassade aus hellgrauem Stein unvermittelt ein unauffälliges Namensschild. Endlich hatte sie ihr berühmtes Ziel erreicht.

Grace wollte unbedingt wissen, welche Überraschungen sie im Inneren erwarteten. Sie hob den Blick und blinzelte ins frühe Morgenlicht, sah jedoch nur auf die Steinbüste einer antiken Göttin über dem Eingang, auf Reihen von Koppelfenstern und auf Balkons, die von schwarzen schmiedeeisernen Ranken umgeben waren. Das Gebäude in der Avenue Montaigne Nummer 30 strahlte Diskretion aus; es gab keine Geheimnisse preis.

Unfähig, noch einen Moment länger zu warten, sprang Grace auf den repräsentativen Herrn im Gehrock zu, der vor der Tür stand. Er mochte Mitte vierzig sein, hatte stahlgraues Haar, eine Adlernase und die Erhabenheit eines Höflings.

»*Bonjour!*«, rief sie fröhlich. »*Je suis le nouveau mannequin d'Australie.*«

»*Qui?*« Die knappe Antwort unterstrich er mit einer hochgezogenen Augenbraue.

Unbeeindruckt von der Hochnäsigkeit des Mannes, öffnete Grace ihre Wildlederhandtasche und holte eine gedruckte Karte heraus. »Ich habe einen Termin mit Madame Raymonde Zernacker. Könnten Sie mich bitte zu ihr bringen?«

»Natürlich, Mademoiselle. Folgen Sie mir.«

Grace wurde unter einer Markise und durch einen Torbogen hindurch in einen großen Raum geführt. Dann blieb sie stehen.

»Stimmt etwas nicht?«, erkundigte sich der Concierge etwas skeptisch.

»Keineswegs. Es ist nur … Ach, Monsieur, es ist so prächtig.«

Mit großen Augen bewunderte Grace die Kristalllüster, deren glitzernde Lichtpfeile auf vergoldete Spiegel und Türen mit Glasornamenten fielen. Ehrfürchtig betrachtete sie die Messingurnen mit den üppigen Kentiapalmen, die glänzenden Falten der silberfarbenen Vorhänge und eine Gruppe weiß lackierter Louis-XVI-Stühle mit ovalen Rückenlehnen. Sie waren von so ausnehmender Eleganz, dass Grace vermutete, sie seien für die Kategorie von Frauen entworfen worden, die man nur als *soignée* beschreiben konnte.

Vielleicht waren die Blumenarrangements jedoch das Reizvollste von allem: Eine Fülle weißer Rosen, Hyazinthen und Maiglöckchen ergoss sich aus geschliffenen Kristallvasen, die kunstvoll auf Marmortischen arrangiert waren. Der berauschende Duft der Blüten begleitete Grace noch lange, nachdem sie den beeindruckenden Raum verlassen hatte.

Sie hielt sich dicht hinter dem Concierge, der gemessenen Schrittes einige gewundene Treppen hinaufstieg und dann einen schmalen Flur entlangging. Vor einer hellgrau gestrichenen Tür blieb er stehen, klopfte vernehmlich mit einer weiß behandschuhten Hand, nickte Grace zu und war verschwunden.

»*Entrez*«, sagte eine feste Frauenstimme, die klang, als habe ihre Besitzerin diese verantwortungsvolle Position durchaus schon länger inne. Grace' Herzschlag beschleunigte sich. Zum ersten Mal drohte ihr Glaube an sich selbst sie zu verlassen. Sie kam sich dumm vor, wie eine unglaublich törichte Hochstaplerin, die – was hatte ihr glückloser Ehemann gesagt? – nichts als Flausen im Kopf hatte.

Sie ermahnte sich, nicht albern zu sein, und versuchte, ihre Angst zu unterdrücken. Es stand zu viel auf dem Spiel, um jetzt dem Zweifel die Oberhand zu überlassen. Grace straffte die Schultern, öffnete die Tür und trat ein.

Sie wurde von einer makellos gekleideten Frau empfangen. Eiligen Schrittes kam sie in einem wadenlangen, schwingenden schwarzen Rock und einer schmal geschnittenen burgunderroten Kostümjacke auf Grace zu und streckte ihr eine manikürte Hand hin. »Sie sind Mademoiselle Grace Dubois, nicht wahr?« Ohne ihre Antwort abzuwarten, fuhr sie fort: »Alle in der *maison* nennen mich Madame Raymonde. Bitte nennen Sie mich auch so.«

Sodann wurde Grace angewiesen, sich nicht vom Fleck zu rühren, während die Frau um sie herumging. Ihr war durchaus bewusst, dass die Madame sie aus ihren unergründlichen blauen Augen sorgsam musterte: ihre Figur, das Haar, den Schnitt ihres Kleides (in diesem Moment wurde Grace klar, dass ihre bescheidene Herkunft unmöglich zu verbergen war), ihren Hut mit der Feder (war die Entscheidung richtig gewesen?), ihre Schuhe, die Handschuhe – kurzum, jedes Detail ihrer Erscheinung.

Schließlich sagte Madame Raymonde: »Ja, Sie sind groß und schlank. Ihre Haltung ist vorbildlich, und Ihr Gesicht – ist zweifellos bemerkenswert.« Sie trat zurück und betrachtete Grace aus einem anderen Blickwinkel. »Diese Eigenschaften sind natürlich eine Grundvoraussetzung, allerdings hätten wir Sie nicht eingeladen, wenn Sie nicht eine besondere Klasse besäßen. Nein, Sie zeigen eine außerordentliche Kraft, die Sie von unseren französischen Mädchen unterscheidet. Nichtsdestotrotz frage ich mich, ob Sie genügend …«

»Verve haben?«, fragte Grace und lachte kurz. »Kultiviertheit? Extravaganz? Ich kann es Ihnen kaum verübeln, dass Sie sich fragen, ob ein australisches Mädchen vom Land das Zeug hat, ein Pariser Mannequin zu werden«, sagte sie. »Wahrscheinlich stellen Sie sich vor, wie ich auf einer Wiese Schafe zusammentreibe oder auf einem wilden Pferd durch die Landschaft reite. Aber ich verspreche Ihnen, Madame, Sie werden feststellen, dass ich mich in einem Ballkleid ebenso wohlfühle und es genauso wirkungsvoll präsentieren kann.«

Die ältere Frau winkte ab und bedeutete ihr, dass sie genug gehört hatte. »Mademoiselle, wir sprechen hier über eine äußerst anspruchsvolle schwierige Rolle. Sie müssen den reichsten, elegantesten Menschen mit den höchsten Ansprüchen die begehrenswertesten Kleider der Welt vorführen. Nur wenige junge Frauen, mögen sie auch noch so hübsch und selbstsicher sein, lassen sich von einer solchen Aufgabe nicht einschüchtern.«

Grace fragte sich, ob ihr Selbstvertrauen übertrieben wirkte.

»Wie dem auch sei«, zum ersten Mal lächelte Madame Raymonde, »nachdem ich nun Gelegenheit hatte, Sie in Augenschein zu nehmen, kann ich diese Bedenken vergessen.«

Sie küsste Grace leicht auf beide Wangen.

»Willkommen im Haus von Christian Dior«, sagte sie.

Kapitel 2

Brookfield, New South Wales, August 1934

Der Sonnenuntergang war Grace' liebste Tageszeit. Als sie auf ihrem fuchsfarbenen Pony Illyria über das weitläufige Anwesen ihrer Eltern galoppierte, sah der Himmel aus, als habe ein Engel einen Riesenpinsel mit goldener und roter Farbe geschwungen. Noch schöner wurde das Erlebnis dadurch, dass ihr Vater mit einem breiten Filzhut auf dem Kopf und einem glänzenden Gewehr über dem Rücken auf seinem schwarzen Hengst neben ihr her ritt.

»Erzähl mir von Urgroßvater George«, rief sie ihm zu und verlangsamte das Tempo des Ponys.

»Was, schon wieder?«, fragte ihr Vater und zügelte sein starkes Pferd, damit es sich Illyrias Schritt anpasste.

»Bitte!«

Begierig lauschte sie, wie Alfred Woods die wohlbekannte Geschichte von seinem unerschrockenen Vorfahren erzählte. Als jüngerer Sohn war er gezwungen gewesen, das blühende Land seines Vaters im englischen Dorset zu verlassen, ein Segelschiff zu besteigen und übers Meer nach Australien zu fahren, um dort sein Glück zu suchen.

»Eines Tages suche ich mein Abenteuer auch in der Ferne, genau wie Urgroßvater«, erklärte Grace.

»Vielleicht.« Alfred lächelte. »Aber ich glaube, George

hatte Heimweh – darum hat er die Farm Brookfield genannt. Schließlich gibt es hier weder rauschende Flüsse noch ordentliche kleine Felder, stimmt's?«

»Nein, wir haben Wasserlöcher, einen Bach und haufenweise Weizen!« Grace kicherte. Sie kniff die Augen zusammen und konzentrierte sich auf das gelbe Getreide, das bis zum Horizont wuchs, wo der klare blaue Himmel es in einer geraden Linie niederdrückte.

»Vergiss nicht die Schafe«, fügte Alfred hinzu. Im Westen, wo das Land hügeliger war und hin und wieder eine Gruppe karger Eukalyptusbäume auf den Weiden stand, grasten Tausende der wolligen Tiere. »Apropos, ich sollte besser an der nächsten Wasserstelle halten. Der Vorarbeiter hat gesagt, wir sollten dort nach einem Mutterschaf sehen.«

»Wer zuerst da ist, hat gewonnen«, sagte Grace grinsend.

Sie gab Illyria die Sporen, und das Pony peste los. Für Grace war nichts aufregender, als über Brookfields Weiden zu galoppieren, wenn ihr der Wind über die Wangen strich und das Geräusch der Hufe in ihren Ohren widerklang.

»Gewonnen!«, rief sie triumphierend, als sie den Rand der Wasserstelle erreichte. Sie glitt aus dem Sattel und band das Pony an einen einsamen Eukalyptusbaum.

»Stimmt«, sagte ihr Vater nachsichtig. »Warte einen Moment hier, ich sehe nach dem Schaf. Es könnte jeden Tag niederkommen. So, wie es aussieht, bekommt es vielleicht Zwillinge.«

Grace lag auf dem Rücken und lauschte auf das Gezwitscher der Vögel in der Ferne, während sie den köstlich frischen Geruch des Grases einatmete, das nach einem ausgiebigen Regenschauer voll und üppig war. Sie beobachtete die rosafarbenen Wolkenschlieren und fand, dass sie wie das Segelschiff von Urgroßvater George aussahen, dann veränderten sie ihre Form und erinnerten mehr an ein Märchenschloss.

Während sie immer fantasievollere Möglichkeiten ersann, hörte sie plötzlich, wie ihr Vater sagte: »Rühr dich nicht vom Fleck!«

Grace spürte, wie etwas Weiches, Samtenes langsam über ihr nacktes Bein glitt.

»Daddy! Das ist eine …« das Wort blieb ihr im Hals stecken.

»Ja, es ist eine Schlange«, sagte Alfred sachlich. »Und du weißt, was du zu tun hast. Halt still, bis ich dir sage, dass du dich bewegen darfst.«

Grace unterdrückte den Drang aufzuspringen, das gefährliche Ding zu packen und weit weg zu schleudern. Hätte sie doch heute nur eine Reithose anstelle von Shorts angezogen. Ihre Haut kribbelte, während das Reptil langsam ihr Knie überquerte und seinen Weg über ihren Schenkel fortsetzte. Wenn es seine Reißzähne in ihre Haut schlug, würde sie sterben.

Aus dem Augenwinkel sah sie, wie ihr Vater das Gewehr hob. »Jetzt, Dad, jetzt?«, wimmerte sie.

»Nein, Kind«, erwiderte Alfred fest. »Du wartest, bis sie ganz von dir runter ist. Noch einen Moment … Jetzt dreh dich weg! Schnell, Gracie, jetzt!«

Als sie sich wegdrehte, stieß Alfred zu. Er schleuderte die Schlange mit dem Gewehrlauf zur Seite, dann tötete er sie mit einem gezielten Schuss.

Grace sprang auf und schlang die Arme um ihren Vater.

»Du bist ein tapferes Mädchen, Gracie.« Er küsste sie auf den Scheitel. »Ich bin stolz auf dich. Da du nächsten Monat zwölf wirst …«

»… gehen wir alle in die Stadt und trinken einen besonderen Tee mit Siddy!«

»Richtig«, sagte Alfred mit geduldigem Lächeln. »Ihr zwei habt euch Ewigkeiten nicht gesehen. Aber ich habe gerade an etwas anderes gedacht.«

»Was meinst du, Dad?«

»Es wird Zeit, dass du schießen lernst. Du hast gerade gesehen, wie gefährlich das Leben hier draußen sein kann. Du musst wissen, wie du dich schützen kannst. Das ist allerdings eine ernste Angelegenheit, darum mach genau, was ich dir sage.« Er reichte Grace sein Gewehr. »Hier, drück das an deine Schulter, und stütz es mit den Händen, so wie ich.«

Noch nie hatte Grace die Waffe ihres Vaters in der Hand gehalten. Sie war deutlich schwerer als erwartet, hart und kalt.

»So, jetzt schließ ein Auge, und sieh durch den Sucher.«

Nervös konzentrierte sich Grace auf die tödliche Schlange, die auf dem Boden lag.

»Drück den Abzug.«

Wieder traf die Kugel ins Ziel. Doch Grace hatte nicht mit dem Rückschlag gerechnet – es kam ihr vor, als würde sie mit einem wilden, gefährlichen Wesen kämpfen.

»Ich nehme es dir ab, Schätzchen. Das war genug für heute.« Alfred streifte sich die Waffe über die Schulter. »Besser, wir reiten zurück zu deiner Mutter«, sagte er mit ernster Miene. »Sie wird sich fragen, wo um Himmels willen wir bleiben.«

Er half Grace auf Illyria, dann schwang er sich auf sein eigenes Pferd. Als er die Zügel in die Hand nahm, sagte er: »Du weißt, wie schnell Mum sich Sorgen um dich macht. Darum ist es vielleicht besser, wenn die heutigen Ereignisse unter uns bleiben. In Ordnung?«

Grace nickte ernst mit dem Kopf. »Ich kann ein Geheimnis für mich behalten, Dad.«

Kapitel 3

Als sie am Nachmittag des darauffolgenden Sonntags das Wohnzimmer betrat, entdeckte Grace ein halb fertiges Puzzle, das sie auf dem Tisch liegen gelassen hatte. Sie warf sich aufs Sofa, beugte sich vor und betrachtete die verstreuten Puzzleteile.

Während Grace überlegte, ob ein merkwürdig gezacktes Teil aus blauem Karton ins Meer oder vielleicht eher in den Himmel passte, hörte sie, wie ihre Eltern sich draußen auf der jasminumrankten Veranda unterhielten.

»Wegen des Rosengartens und meiner Komitees kann ich unmöglich so viel Zeit mit Grace verbringen, wie ich gern möchte.« Das war die Stimme ihrer hübschen blonden Mutter. »Zudem muss ich noch das Küchenpersonal und die Dienstmädchen beaufsichtigen – es bedeutet eine Menge Arbeit, einen so großen Haushalt anständig zu führen.«

»Haben wir dafür nicht Pearl? Sie konnte immer sehr gut mit dem Kind umgehen«, sagte Alfred milde.

»Nicht mehr«, erwiderte ihre Mutter. »Sie ist leichtsinnig geworden.«

Grace sah auf. Das kam überraschend.

»Pearl ist mit ihr durch die ganze Gegend marschiert – und was sie alles machen! Draußen am Bach Kängurus aufspüren, hinter Waranen herjagen und was nicht alles. Das ist gefährlich.«

Bei der Vorstellung, was ihre Mutter erst sagen würde, wenn sie von dem haarsträubenden Abenteuer erführe, das sie erst kürzlich mit ihrem Vater erlebt hatte, musste Grace lächeln.

»Olive, Liebes, du musst aufhören, unsere Tochter zu verhätscheln.« Alfreds Worte wurden von dem Klappern einer Porzellantasse unterstrichen, die mit Nachdruck auf eine Untertasse gestellt wurde. »Das schadet ihr mehr, als dass es ihr guttut. In jedem Fall kennt Pearls Familie das Land besser, als wir es jemals kennen werden. Sie hat mein volles Vertrauen.«

»Alfred, ich …«

»Nein, Olive«, beharrte er. »Das ist mein letztes Wort.«

Mit polierten Schuhen, die Locken gebürstet, bis sie glänzten, stürmte Grace am nächsten Morgen durch die Tür. »Mum, du bist ja gar nicht fertig.« Sie kniff die Augen zusammen. »Hast du vergessen, dass wir nach Parkes fahren?«

Olive wedelte mit einem Stapel Papier. »Der Bund der Landfrauen hat mich gebeten, einen neuen Schatzmeister vorzuschlagen. Ich habe die Bewerber durchgesehen.«

Sie lächelte. »Es tut mir leid. Ich weiß, du wolltest dich mit Charlotte Fairweather treffen, aber morgen fahren wir zu deinem Geburtstag in die Stadt, und ich habe einfach keine Zeit. Dad hat gesagt, er wollte dir seinen neuen Atlas zeigen – warum siehst du nicht nach, ob er in seinem Arbeitszimmer ist?«

»Erst will ich dir etwas Lustiges erzählen.«

»Mmm?« Olives Blick war zurück zu den Bewerbungen gewandert.

»Als ich Pearl erzählt habe, dass wir Siddy in Sydney treffen, hat sie etwas total Albernes über ihn gesagt.« Glucksend berichtete Grace ihrer Mutter, was Pearl gesagt hatte.

Die Bewerbungen, die Olive in der Hand gehalten hatte, landeten krachend auf dem Boden. »Also wirklich, dieses Mädchen ist das Letzte!«, schäumte sie.

Auf dem Weg zu Alfreds Arbeitszimmer fragte sich Grace, warum ihre Mutter so wütend war. Jeder konnte sich doch einmal täuschen. Das hatte nichts zu bedeuten.

Sydney, September 1934

Grace hatte sich in der hochherrschaftlichen Marmorlobby des Hotel Australia in einen Sessel gekuschelt und sah sich begeistert um. In eine Parfümwolke gehüllt und mit wehenden Fell- und Seidenstolas rauschten gut gekleidete Frauen an ihr vorbei. Gäste mit robusten Lederkoffern voller Aufkleber und mit Hutschachteln trafen ein, und das Personal, das in seinen prächtigen Uniformen an Spielzeugsoldaten erinnerte, kümmerte sich um die Belange jedes einzelnen Gastes. Vor Aufregung ganz kribbelig, beobachtete Grace das Geschehen. Die Menschen kamen ihr wie die Darsteller in einem Theaterstück vor, die die Kulisse aus funkelnden Kronleuchtern, Glockenläuten und dem Sprachgewirr von einem Dutzend Gesprächen betraten und wieder verließen.

Da ihre Familie nie in einem anderen Hotel als dem opulenten Australia logierte, kannte Grace hier jeden Winkel und alle großen öffentlichen Räumlichkeiten. Der einzige Ort, den sie noch lieber mochte als die Halle, war der Wintergarten mit den tiefblauen Samtvorhängen und den eleganten Tischen und Stühlen. Hier, inmitten der grünen Schusterpalmen, beobachtete sie gern Damen mit auffälligen Hüten und Herren mit steifen weißen Kragen, die sich bei einer Tasse Tee höflich unterhielten oder einen musikalischen Abend genossen. Beim Gedanken an ihr Geburtstagsessen lief Grace das Wasser im Mund zusammen, besonders bei den köstlichen glasierten Kuchen, die Kellnerinnen mit weißen Spitzenschürzen von Silbertabletts servierten.

Und das Beste von allem: Siddy würde da sein. Eigentlich hieß er Reuben Wood, doch da sie ihn nur in der Stadt sah und als kleines Kind »Sydney« nicht richtig aussprechen konnte, war er für sie irgendwie zu Siddy geworden.

Er war ein großer, bärenstarker Mann mit grünen Augen und einem zerbeulten Filzhut, den er zurückgeschoben auf dem dichten schwarzen Haar trug. Grace wusste, dass Siddy nicht nur ein guter Freund ihres Vaters war, sondern Brookfield auch mit Pferden versorgte. Für sie war Siddy jedoch mehr wie ein Riese aus einem Märchen, allerdings nicht von der Furcht einflößenden Sorte. Eher wie ein übergroßer, starker Held, der alles richten konnte.

Man hatte ihr erklärt, Siddy sei so eine Art Onkel, aber Grace betrachtete ihn als ihren persönlichen erwachsenen Freund. Auch er hatte einen Kosenamen für Grace – Prinzessin –, und wann immer er sie so nannte, spürte sie eine wohlige Wärme in sich.

Letztes Jahr zu Weihnachten hatte er ihr eine Spieluhr geschenkt. »Komm her, Prinzessin«, hatte er gesagt und dann seine Riesenhände geöffnet. Und da lag sie: klein, viereckig, aus glattem, gehobeltem Holz gefertigt. Als sie den Deckel öffnete, drehte sich eine kleine Ballerina in einem zartrosa Kleid um die eigene Achse, dazu klimperte Musik.

Siddy liebte Musik, was ein weiterer Grund war, warum Grace den Wintergarten so sehr mochte. In dem Raum stand ein prächtiger Flügel, und sie wusste, wenn sie Siddy bat, setzte er sich daran und spielte.

Ungeduldig beobachtete Grace, wie Siddy, der wie üblich seinen alten Tweedmantel trug, seinen enormen Körper auf dem winzigen Hocker platzierte. Er gab Grace ein kurzes Zeichen, dann hob er die Hände, die eher dazu geeignet schienen, ein Pferd aufzuzäumen als den glänzenden Tasten Musik zu entlocken.

Nach nur wenigen Tönen schien es, als habe er den Raum verzaubert. Die leisen Gespräche verstummten. Teekannen wurden auf halbem Weg in der Luft angehalten, Sherrygläser blieben unberührt, Scheiben von leichtem Biskuitkuchen und winzige dreieckige Sandwiches lagen unangetastet auf Porzellantellern.

Am Nebentisch bemerkte eine Dame mit einem fremden Akzent: »Das ist Chopins ›Prélude Nr. 6 in b-Moll‹.«

Als sich Grace umdrehte, sah sie, dass die fremde Musikliebhaberin einen Fuchs um den Hals trug, deutlich erkennbar an der spitzen Nase mit Schnurrhaaren, den glasartigen Augen und dem zwischen den kleinen scharfen Zähnen eingeklemmten Schwanz. Bei seinem Anblick verzog Grace das Gesicht, obgleich die Unbekannte ihr sympathisch wurde, als sie hörte, wie sie das Spiel ihrem jungen männlichen Begleiter gegenüber als »außergewöhnlich!« bezeichnete.

»Ich habe dieses Stück schon überall auf der Welt gehört«, erklärte sie, »aber noch niemals so. Ich muss herausfinden, wie dieser Pianist heißt.«

Grace platzte fast vor Stolz und wäre am liebsten zu der Dame gelaufen, um ihr mitzuteilen, dass Siddy ihr ganz besonderer Freund war. Doch sie wusste, dass ihre Mutter, die ihr gegenübersaß, ein solches Verhalten als »dreist« erachten würde, darum zwang sie sich, sitzen zu bleiben. Erst als Siddy an den Tisch zurückkehrte, sprang Grace auf, umarmte ihn und rief: »Das war wundervoll! Hast du gesehen, wie sehr es allen gefallen hat?«

»Die Anerkennung gebührt dem Komponisten. Ich habe nicht viel damit zu tun.« Entgegen Siddys Protest verriet der freudige Ausdruck auf seinem Gesicht jedoch, wie viel ihm ihr Lob bedeutete.

»Wir haben es alle sehr genossen«, sagte Olive leise.

»Da stimme ich zu. Gut gemacht, alter Freund«, fügte ihr Vater hinzu und winkte einen Kellner heran.

»Ja, Mr. Alfred?«, fragte der Mann, dann erstarrte er. »Oh, ich bedaure, Sir.« Er wirkte verlegen. »Ich weiß, ich hätte Sie als Mr. Woods ansprechen sollen, aber da Sie und Mr. Wood so oft zusammen kommen und Ihre Nachnamen so leicht zu verwechseln sind, denke ich an Sie immer mit dem Vornamen, damit ich die Bestellungen nicht verwechsle.«

»Sehr klug von Ihnen«, sagte Alfred. »Nun, vielleicht könnten Sie meinem Freund ›Mr. Reuben‹ eine Tasse Tee bringen. Nein, bringen Sie etwas Stärkeres – eine solche Vorstellung verdient zumindest einen Scotch mit Soda!«

Nachdem sie die Getränke bestellt hatten, berieten Alfred und Reuben die Vorteile eines neuen Fohlens. Ungeduldig rutschte Grace auf ihrem Platz herum und vertrieb sich die Zeit mit einer Vanilleschnitte. In der Hoffnung, dass die Männer endlich mit ihrer Unterhaltung fertig waren, als sie kurz schwiegen, platzte sie heraus: »Siddy, weißt du noch, als du gesagt hast, du würdest mir Klavierspielen beibringen?«

»Ja, vage erinnere ich mich an so etwas«, sagte er und strich sich übers Kinn.

»Also, ich habe mich gefragt, ob wir vielleicht damit anfangen könnten, solange ich hier bin. Zu Hause könnte ich auf dem alten Klavier in der Halle üben. Jedes Mal, wenn wir uns sehen, könntest du mir etwas mehr zeigen. Wenn ich nächstes Jahr auf die Ravenscroft School in Sydney gehe, sehen wir uns ja ziemlich oft. Was denkst du?«

»Natürlich, Prinzessin.« Er lächelte. »Aber nur, wenn deine Eltern einverstanden sind.«

»Wenn es dir nichts ausmacht, Reuben, halte ich es für eine großartige Idee«, sagte Alfred. »Und ich bin mir sicher, Olive ist derselben Meinung, nicht wahr, Liebes?«

Es folgte eine Pause. »Vielleicht«, räumte sie schließlich ein.

Überrascht entdeckte Grace, dass die Tür zum Hotelzimmer ihrer Eltern offen stand. Gerade hatte sie eine glückliche halbe Stunde mit ihrem Vater verbracht und mit ihm einen Nachmittagsspaziergang unter den hohen großblättrigen Feigenbäumen im Botanischen Garten von Sydney unternommen. Doch jetzt traf er sich mit einem Wollhändler in der Bar, und Grace hoffte, dass ihre Mutter vielleicht Lust auf ein Kartenspiel hatte. Als sie laute Stimmen aus dem Zimmer hörte, zögerte sie jedoch. Etwas stimmte nicht.

»Du weißt genauso gut wie ich, Olive, dass sie bei mir sein sollte!« Das war Siddys tiefer Bass. Grace würde seine Stimme überall erkennen, obwohl sie ihn noch nie so wütend gehört hatte.

»Nein, Reuben, kommt nicht infrage!« Das war ihre Mutter. Sie hörte sich beunruhigend an, als sei sie den Tränen nah.

Grace war hin- und hergerissen. Wenn man sie dabei erwischte, wie sie auf dem Teppich im Flur stand und eine ganz offensichtlich ernste Unterhaltung unter Erwachsenen belauschte, bekäme sie schrecklichen Ärger. Doch sie konnte sich unmöglich losreißen.

»Hast du vergessen, was wir vereinbart haben? Du kannst ihr einfach nicht bieten, was sie braucht«, sagte Olive.

»Ich weiß, ich bin kein wohlhabender Mann …«

»Ich spreche nicht nur von Dingen, die man mit Geld kaufen kann!«, platzte Olive heraus. »Ich meine die Form von Liebe und Fürsorge, die ihr nur eine Frau geben kann.«

Grace hörte ein Schluchzen, das ihr das Herz zerriss. Dann sagte ihre Mutter: »Bitte, ich flehe dich an, Reuben. Tu ihr das nicht an – oder mir.«

Sie klang unglaublich aufgelöst. Aber über wen stritten sie und Siddy? Was hatte das zu bedeuten?

Grace betrat den stillen Raum, und ihre Schritte hallten von dem glänzenden Parkett wider. Frühmorgens war der Wintergarten für die Öffentlichkeit geschlossen. Ohne andere Gäste oder Personal, ohne Bestellungen, die aufgegeben wurden, oder Diskussionen über die Themen des Tages erinnerte Grace der Raum an eine leere Bühne, die auf den Beginn der Vorstellung wartete.

Durch eine Lücke in den schweren Samtvorhängen schlich sich ein heller Sonnenstrahl herein und blendete sie einen Moment lang, sodass ihr Blick verschwamm.

»Prinzessin! Komm her«, rief Siddy.

»Da bist du ja.« Grace hüpfte zwischen den Tischen hindurch. »Das Licht hat mich geblendet, ich konnte nichts sehen.«

Er saß schon am Flügel. »Warum setzt du dich nicht neben mich?«, fragte er. »Es ist sehr nett vom Hotel, dass wir dieses feine Instrument benutzen dürfen, aber in einer halben Stunde müssen wir verschwunden sein.«

Grace nahm Platz. »Wo sind die Noten?«

»Um ehrlich zu sein«, sagte Siddy. »Ich bin kein guter Notenleser.«

»Und woher weißt du dann, was du spielen musst?«

»Mit der Musik ist es so: Du musst sie fühlen. Natürlich gibt es Tonleitern und Oktaven und all das. Ich sage nicht, dass die nicht wichtig sind, aber du musst die Töne in dir fühlen.«

»Wie mache ich das?«

»Hör zu.«

Reuben zeigte ihr, wie man das eingestrichene C fand, dann spielte er ein einfaches Arpeggio. »Jetzt du, Prinzessin. Mach es mir nach.«

Langsam und sorgfältig wählte Grace die Tasten aus. Siddy hatte recht. Jeder Ton vibrierte tief in ihrem Bauch.

»Gut gemacht«, sagte er. »Niemand würde glauben, dass du eine Anfängerin bist.«

»Was kommt als Nächstes?«

»Nun, da uns nur ein paar Tage bleiben, bis ihr nach Brookfield zurückfahrt, sollte ich dir wohl ein Lied beibringen – und es singen, wenn du magst.«

»Was für ein Lied?«

»Ein französisches. Es heißt ›*Frère Jacques*‹.«

»Siddy!« Grace machte große Augen. »Ich wusste gar nicht, dass du eine Fremdsprache sprichst.«

»Als junger Mann, damals im Großen Krieg, habe ich etwas aufgeschnappt. Also, weißt du noch, wo das eingestrichene C ist?«

Einen Moment lang sah Grace verwirrt auf die Klaviatur, dann drückte sie mit dem Zeigefinger der rechten Hand eine elfenbeinfarbene Taste.

»Gut. Jetzt versuch, die Töne noch mal zu spielen, und sing in derselben Höhe ›la‹ dazu.«

Grace errötete, versuchte es aber dennoch.

»Nicht schlecht – bei einer solchen Stimme würde …

würde ich sagen, du bist ein Naturtalent«, sagte Reuben und klang brüchig.

Grace war überrascht, als sie bemerkte, dass seine Lippen bebten und Tränen in seine Augen traten. »Stimmt etwas nicht, Siddy?«, fragte sie und schob ihre kleine Hand in seine kräftige Pranke.

»Keine Sorge, Prinzessin.« Er lächelte. »Die Sonne hat mich wohl geblendet.«

Kapitel 4

Brookfield, September 1934

Ihre Mutter packte gerade aus, als Grace am Morgen nach ihrer Rückkehr ins Schlafzimmer kam. »Hast du Pearl zum Einkaufen geschickt, Mum?«, fragte sie. »Ich habe sie nirgends gesehen.«

»Just wollte ich es dir erzählen«, sagte ihre Mutter und hängte einen Schwung neuer Sommerkleider in den Schrank. »Pearl ist weg.«

»Wie meinst du das?«

»Sie ist zu ihrer Tante nach Darling Downs gefahren. Der Vorarbeiter deines Vaters, Bill Gleason, hat dafür gesorgt, dass einige der jungen Schafscherer, die zufällig in dieselbe Richtung fuhren, sie mitgenommen haben.«

»Sie kommt doch aber wieder zurück, oder?«

Olive schüttelte den Kopf.

»Warum nicht?« Grace sank aufs Bett. »Ist es, weil ich nach Ravenscroft gehe?«

»Schätzchen, du bist jetzt zwölf, fast eine junge Dame – du hast andere Bedürfnisse.«

Ihre Mutter lächelte strahlend. »Wie es der Zufall will, habe ich in Downs eine Freundin mit zwei kleinen Jungs. Sie hat ein Mädchen gesucht. Ich dachte, es wäre schön, wenn ich ihr Pearl empfehle. Dann hat sie gleich eine neue Stelle.«

Grace schluckte schwer. Pearl war viel mehr als ein Kindermädchen gewesen. Eher eine lieb gewonnene Freundin, die ihr besonderes Wissen anvertraut hatte – wo der süßeste Honig zu finden war und wie magische Wesen aus alten Träumen Berge, Flüsse und Meere geschaffen hatten.

»Ich konnte mich noch nicht einmal verabschieden«, sagte sie und blinzelte die Tränen fort.

»Das ist schade, ich weiß. Aber die Dinge sind nicht immer so, wie wir es gern hätten«, erwiderte ihre Mutter.

November

Gerade war im Radio ein eingängiger neuer Song von Cole Porter mit dem Titel »Anything Goes« gespielt worden. Grace konzentrierte sich darauf, ihn auf dem betagten Klavier im Farmhaus nachzuspielen, als sie zwei Paar hochhackiger Schuhe über den Flur stöckeln hörte.

»Entschuldige, dass ich dich störe, Schätzchen – die Melodie klang übrigens sehr gut –, aber ich verabschiede nur eben Mrs. Evans«, sagte Olive.

Marjorie Evans, eine füllige rothaarige Frau, die auf dem Nachbaranwesen lebte, war die beste Freundin ihrer Mutter. »Hallo, Liebes«, begrüßte sie Grace. »Du freust dich sicher schon auf deine neue Schule, oder?«

»Ich kann es kaum erwarten!«

»Deine arme Mum wird dich allerdings vermissen.« Die Frauen tauschten einen Blick. »Nun ja, da kann man nichts machen, nicht?«

Grace hörte, wie ihre Mutter Mrs. Evans hinausbegleitete, kurz darauf kehrte sie zurück und nahm Grace in den Arm.

»Die britische und die französische Vogue sind heute mit der Post gekommen.« Olive lächelte. »Würdest du sie dir gern ansehen?«

»Liebend gern!« Grace sprang vom Klavierhocker. »Schauen wir sie uns doch zusammen an, Mum.«

Es war komisch, überlegte Grace, als sie sich neben ihre Mutter aufs Sofa kuschelte, aber bis vor Kurzem hatte sie an Kleider noch keinen Gedanken verschwendet – sie waren einfach etwas, das sie morgens anzog. Jetzt faszinierte sie jedes Detail.

Grace liebte die eleganten Bilder in den Illustrierten. Sie brauchten zwar Monate, bis sie in Australien eintrafen, doch ihre Mutter hatte ihr erklärt, dass der nördliche Winter parallel zu ihrem Sommer stattfinde, daher sei das egal. Die Exemplare trafen also genau zur richtigen Saison ein.

Ihre Mutter hatte einen hervorragenden Geschmack. Sie war immer deutlich besser zurechtgemacht als die Frauen der anderen Viehzüchter. Wenn sie auch nicht ganz den kompromisslosen Chic der Mannequins trug, sondern weiblichere Kleider, gut gearbeitete Kostüme und schmeichelnde Hüte bevorzugte, hatte sie dennoch einen eigenen reizvollen Stil. Selbst jetzt, hier auf der Farm, wo sie unter sich waren, trug sie ein weißes Kleid mit zarten Rüschen und antike Saphirohrringe.

Grace nahm ein Exemplar der *Vogue Paris* und blätterte durch die Seiten. »Das schwarze Kleid mit den Schleifen ist umwerfend!«

»Weißt du was, Gracie? Du hast ein gutes Auge«, bemerkte Olive und blickte ihrer Tochter über die Schulter. »Dieses Kleid ist von Coco Chanel, einer der größten Pariser Designerinnen. Sie war immer für ihre Schlichtheit bekannt, aber in letzter Zeit hat sie ein paar ziemlich aufwendige Abendkleider entworfen.« Auf Olives Gesicht lag ein sehnsuchtsvoller Ausdruck. »Das, was du ausgesucht hast, ist göttlich.«

Grace war aufgeregt. »Nimmst du das Bild mit zu Miss Louise, damit sie es kopiert, wenn du das nächste Mal in Sydney bist?«, fragte sie aufgeregt. »Dann wäre es fertig, wenn du mit Dad zum Ball im Jockey Klub gehst.«

»Stimmt, das ist eine reizende Idee«, sagte ihre Mutter. »Das Problem ist allerdings, dass ich hier niemals diesen Stoff finden werde – das ist sicher Chantillyspitze.«

Grace blätterte zu einer Seite, die zwei elegante, in zartes Rosa gehüllte Frauen zeigte. »Wie wäre es damit?«, fragte sie.

»Ich fürchte, nein.«

»Wieder nicht der richtige Stoff?«

»Ach, ich glaube, Seidenjersey ist schon zu bekommen.« Olive musterte das Bild. »Das Problem ist aber, dass die liebe Lou Lou zwar begabt ist, dieser Stil aber technische Perfektion erfordert. Das«, sagte sie und tippte mit dem Finger auf das Bild, »hat Madame Grès entworfen. Leider gibt es niemanden in Australien – möglicherweise auf der ganzen Welt –, der so mit Stoff umgehen kann wie sie.«

»Meine Güte, es steckt wesentlich mehr hinter Mode, als man denkt.«

»Stimmt.« Ihre Mutter nickte. »Ich persönlich glaube, dass sich eine Frau immer bemühen sollte, das Beste aus sich zu machen, ganz gleich, ob sie zu einer Gartenparty geht oder einen Kuchen backt. Darum denke ich, dass es in gewisser Weise harte Arbeit ist, gut angezogen zu sein.« Sie lächelte ihrer Tochter verschwörerisch zu. »Andererseits, Herrgott, es macht Spaß! Darum ist es unter anderem so besonders, eine Frau zu sein.«

»Aber wie findest du heraus, was dir steht?«, fragte Grace.

»Nun ja, mir hat mal ein junger Mann gesagt, meine Augen hätten die Farbe von Rittersporn. Daraus habe ich geschlossen, dass ich vorzugsweise Blau tragen sollte.« Olive lachte. »Aber man muss es einfach herausfinden. Ich habe eine Idee – warum probierst du nicht ein paar meiner neuen Abendkleider an? Du bist in letzter Zeit so gewachsen, dass wir gleich groß sind. Wir könnten mit dem smaragdgrünen Cocktailkleid aus Satin anfangen – das würde wunderbar zu deinen Augen passen – und dann das aus blauem Seidenshantung.«

»Du bist die beste Mutter der Welt!« Grace strahlte.

Sie wollte schon aufspringen, als sie hörte, wie ihre Mutter geräuschvoll einatmete. »Was hast du gesehen, Mum? Es klang, als hättest du eine Eingebung.«

»Ganz genau«, sagte Olive und grinste unerwartet.

Verwirrt zog Grace die dunklen Brauen zusammen. Anstatt auf ein Kleid blickte ihre Mutter auf eine Seite mit unverständlichem Französisch.

Paris, Dezember 1948

Nachdem die Formalitäten erledigt waren, verkündete Madame Raymonde mit ausladender Geste: »In Kürze werden Sie den Mann kennenlernen, der all dies möglich gemacht hat. Aber zunächst nehmen Sie bitte Platz.« Sie deutete auf ein cremefarbenes Sofa. »Ich muss nur noch eine Kleinigkeit erledigen. Es sollte nicht lange dauern. Möchten Sie in der Zwischenzeit einen Kaffee?«

»Nein, vielen Dank.« An das bittere schwarze Gebräu musste sich Grace erst noch gewöhnen.

»Nun dann, *à bientôt*.«

Während sie in Madame Raymondes geräuschlosem Büro wartete, dachte Grace an ihre aufregende Ankunft in Paris vor drei Tagen. Sie war mit dem Zug aus Calais am Gare du Nord eingetroffen und eingepackt in ihren wärmsten Wintermantel, ein Paar neuer Strickhandschuhe und einen roten Wollschal auf den überfüllten Bahnsteig getreten. Die letzten Monate waren turbulent gewesen. Als ihr gerade alles düster und hoffnungslos erschien, hatten sich wie durch ein Wunder auf einmal all ihre Wünsche erfüllt. Als wollte sie sich ihres großen Glücks versichern, hatte sie in ihrer Handtasche nach dem Brief getastet – dem wundervollen Brief! –, den sie nur zehn

Wochen zuvor aus dem Haus von Christian Dior erhalten hatte.

Grace kannte keine Menschenseele in Paris, sie war jedoch keineswegs beunruhigt. Stattdessen hatte sie sich in dem geschäftigen Bahnhof umgesehen, und der Gedanke, dass sie hier ganz und gar anonym war, hatte sie geradezu beglückt. Nachdem bislang so vieles in ihrem Leben als unausweichliches Schicksal vorherbestimmt gewesen war, bebte Grace geradezu vor Freude über die neue Freiheit. Sie konnte sein, wer immer sie wollte, und Entscheidungen treffen, zu denen sie zu Hause in Australien niemals den Mut gehabt hätte. Am liebsten hätte sie gesungen oder spontan eine Pirouette gedreht, doch stattdessen hatte sie dem erfreuten älteren Gepäckträger, der ihren Koffer die Treppen des Gare du Nord hinaufschleppte, begeistert die Hand geschüttelt und ein großzügiges Trinkgeld gegeben.

Als das Taxi vom Bahnhof losfuhr, war Grace auf den Anblick einer vom Krieg verwüsteten Stadt gefasst gewesen. Zu ihrer Überraschung sah sie durch die Scheiben des Wagens eine unvermindert schöne Stadt. Sie bewunderte die breiten Boulevards, die von eleganten Steinfassaden gesäumt waren, die Parks mit den gestutzten Hecken und den gepflegten Bäumen, die schmale Spitze der Kathedrale Notre-Dame, eine vergoldete Brücke und darunter das wirbelnde Wasser der Seine. Dies war nicht das Paris, das sie auf Fotos gesehen hatte. Was sie sah, war um vieles besser, großartiger, schöner.

Erst als sie in der Rue Dauphine 25 ausstieg, wurde Grace bewusst, welche Spuren der Krieg hinterlassen hatte. Doch trotz der abblätternden Farbe und der fehlenden Bretter in den Fensterläden, die auf beiden Seiten der hohen, schmalen Fenster Wache standen, erkannte sie ein schönes altes

Gebäude. Sein solides Gemäuer wirkte irgendwie entschlossen, als wollte es jeder Zerstörung trotzen.

Als sie die schwere Holztür aufstieß, stand Grace in einem kleinen Innenhof, wo ihr eine winzige Frau den Weg versperrte.

»Was wollen Sie, Mademoiselle?«, hatte sie mit schriller, mürrischer Stimme gefragt. »Wenn Sie ein Zimmer suchen, können Sie gleich wieder gehen. Es gibt keins. Ich kann Sie auch nicht woanders hinschicken, also fragen Sie erst gar nicht.« Die Concierge schüttelte energisch den Kopf. »Paris ist überfüllt. Abgesehen von den armen Seelen, die von Gott weiß woher zurückkehren, strömen Horden von Ausländern her.«

Damit wandte sie Grace den Rücken zu und schlurfte zur Tür, hinter der sich offenbar eine kleine Erdgeschosswohnung verbarg, schlüpfte hinein und schloss sie mit Nachdruck.

Trotz der entmutigenden Worte der Frau klopfte Grace an ihre Tür. *Was soll ich sonst tun?*, dachte sie. Es war noch kälter geworden, und das milchige Licht begann zu schwinden.

»Gehen Sie! Ich habe Ihnen doch gesagt, es gibt nichts«, schrie die Frau durch die geschlossene Tür.

»Aber Madame«, rief Grace. »Ich komme den ganzen Weg aus Australien. Man hat mir gesagt, hier gebe es ein Zimmer für mich. Es wurde alles arrangiert.«

Schweigen. Dann ein Miauen. Die Tür ging wieder auf, und eine geschmeidige schwarze Katze schlenderte heraus, der noch deutlich langsamer die winzige Frau folgte, die die Hände fest auf die Hüften stützte und Grace ungläubig anstarrte.

»Sie kommen aus dem Land der Kängurus?« Ihr Ton klang sehnsüchtig. »Ach, ich erinnere mich an Ihre Soldaten, die uns im Ersten Weltkrieg geholfen haben – meine Familie stammt von der Somme«, sagte sie. »Dennoch, es tut mir leid, ich kann nichts für Sie tun.« Die Frau beugte sich vor und streichelte die Katze, deren Schnurren eher wie ein Knurren klang. »Es ist nur noch ein Zimmer frei, und die junge Dame, die ich erwarte, ist Französin. Einen Moment, ich hole das Papier.«

Sie ging zurück in ihre Wohnung. Grace hörte, wie eine Schublade zugeschlagen wurde, dann kam die Frau wieder nach draußen geschlurft.

»Sehen Sie, es stimmt. Heute soll nur eine Mademoiselle Dubois eintreffen.«

»Aber das bin ich!«, rief Grace.

Die Frau schien verwirrt, dann zuckte sie ergeben die Achseln. »Wenn das so ist, folgen Sie mir.«

Erst nachdem sie sechs steile Treppen mit ausgetretenen Stufen erklommen hatte, blieb die Concierge keuchend stehen, sah zu Grace hoch und fragte: »Dubois – was ist das für ein Name für eine Australierin?«

Brookfield, Januar 1935

Du musst dir eine neue Identität ausdenken«, behauptete Mademoiselle Elise zu Beginn von Grace' erster Französischstunde.

»Ich … Was haben Sie gesagt?« Grace erholte sich immer noch von der erstaunlichen Entdeckung, dass Mademoiselle keinerlei Ähnlichkeit mit ihrer Vorstellung von einer Gouvernante hatte – alt, hässlich und bösartig. Die Frau, die ihr gegenübersaß, war kein bisschen alt und, wenn auch nicht klassisch schön wie ihre Mutter, unleugbar attraktiv auf eine Weise, die Grace nur schwer beschreiben konnte.

Zuerst war Grace bitter enttäuscht über die Entscheidung ihrer Mutter gewesen. »Aber warum kann ich nicht woanders zur Schule gehen, Mummy?«, hatte sie gejammert, als sie in einem der Korbstühle auf der Veranda saß. »Ich habe mich so auf Ravenscroft gefreut. Charlotte geht nächstes Semester hin. Wieso darf sie gehen und ich nicht? Das ist nicht gerecht«, sagte sie bockig.

Zum ersten Mal in Grace' Leben fühlte sich die Abgeschiedenheit von Brookfield trostlos und bedrückend an. »Kein aufregendes Leben in der Stadt, keine neuen Freunde, keine Zeit mit Siddy. Es gibt nichts, worauf ich mich jetzt noch freuen kann.«

Olive hatte darauf bestanden, dass sie nur das Beste für Grace wollte. »Eine Gouvernante zu haben bedeutet, du wirst perfekt Französisch sprechen, besser Klavierspielen und Zeichnen lernen und, nun ja, noch eine Menge anderer Dinge«, hatte sie gesagt. »Nur weil wir näher an Parkes statt an Paris wohnen, sollte dich das nicht davon abhalten, Soufflés zubereiten zu können, weißt du? Du wirst deutlich besser dastehen als all die anderen Mädchen, die auf die Schule in der Stadt gegangen sind – und stell dir nur vor, was für ein Gewinn du für deinen künftigen Ehemann sein wirst.«

»Mum, diese Sachen interessieren mich nicht die Bohne!«, rief Grace.

Olive ignorierte ihre Bemerkung. »Warum um alles in der Welt willst du in Sydney wohnen, wenn du alles, was du dir nur wünschen kannst, hier auf deinem eigenen wunderschönen Anwesen haben kannst, einschließlich deines Vaters und mir? Niemand auf der Welt kann dich so beschützen wie wir. In der Stadt können junge Mädchen in alle erdenklichen Schwierigkeiten geraten«, warnte sie.

Grace verdrehte die Augen. Ihre Mutter war so übervorsichtig, dass es schon lächerlich war: Sie wollte zur Schule gehen, nicht sich in Nachtklubs herumtreiben.

»Und es gibt viele sehr nette junge Leute, die im Kreis bleiben«, fuhr ihre Mutter fort. »Jack, der Sohn der Osbournes zum Beispiel. Er geht auf die Parkes High, damit er lernt, die Riesenfarm seines Vaters zu führen, während er zur Schule geht. Er soll ein reizender Junge sein.«

Ganz gleich, was ihre Mutter sagte, Grace war ganz und gar elend zumute, doch jetzt war sie fasziniert von Brookfields exotischem Neuankömmling. Mademoiselle Elise hatte lebendige braune Augen und dunkelblondes Haar, das sie in einer eleganten Hochsteckfrisur trug. Auch wenn ihre

Kleidung schlicht war, besaß sie das Talent, sie auf mühelose Art modisch erscheinen zu lassen – tatsächlich hätte Mademoiselle Elise auf den Seiten der *Vogue* nicht fehl am Platze gewirkt.

»Hör zu«, wies Elise sie an und schlug die Manschetten ihrer weißen Pikeebluse um. »Solange du die schönste Sprache der Welt lernst, bist du nicht länger Miss Woods aus Australien – *non, non, non.*« Sie klatschte in die Hände. »*Ma petite*, um Französisch zu sprechen, musst du dir eine ganz neue Identität zulegen. Das erste Wort, das ich dir beibringen werde, ist *bois*. Das bedeutet ›Wood‹, also Holz auf Französisch. *Voilà*! Wenn du mit mir zusammen bist, bist du Mademoiselle Dubois.«

Sechs Wochen später saß Grace hinter ihrem Schreibtisch und studierte wie jeden Tag ganz genau, wie Mademoiselle zurechtgemacht war. Heute trug Elise einen taubengrauen Bleistiftrock und dazu eine rosa Plisseebluse, die perfekt zu Olives preisgekrönter Rose passte, die in einer schmalen Kristallvase auf dem Sekretär stand. Das ehemalige Gästezimmer war nun mit einer Tafel, zwei Bücherregalen und einer Reihe bunter Karten ausgestattet – eine von Paris, eine von Frankreich und ein Flickwerk, das Europa darstellte. Und dann gab es noch eine von dem großen Kontinent Australien. Es gab auch Plakate vom Triumphbogen und dem Eiffelturm.

»Bist du bereit?« Die Hauslehrerin schlug ein Buch auf. »*Bon.* Wir werden weiter die einzigartige französische Kultur erkunden.«

Während sie begeistert von den legendären Kunstschätzen im berühmten Louvre, der Schönheit des prachtvollen baumgesäumten Boulevards Champs-Élysées und der Herrlichkeit von Notre-Dame schwärmte, sehnte Grace sich danach, diese Sehenswürdigkeiten persönlich zu sehen.

»Die französische Hauptstadt ist bekannt als die Stadt des Lichts, oder *La Ville Lumière*«, erklärte Elise. »*Vraiment*, ich kann mir keine passendere Bezeichnung vorstellen. Meiner Meinung nach ist Paris der einzige Ort, an dem man wahre Erleuchtung erlangen kann.«

Sie zeigte auf die Karte von Frankreich: »Das Land hat jedoch viele Regionen, die alle ihre Besonderheiten und eine spezielle Küche haben. Wenn du *un moment* wartest, kannst du eine *délicieuse* Erfahrung aus erster Hand machen.«

Mademoiselle Elise verschwand und kehrte sogleich mit einem dampfenden Gericht zurück, das an einen umgedrehten Kuchen erinnerte und tatsächlich köstlich wirkte. Grace atmete den leicht verbrannten, angenehm süßen Duft ein, während Elise ihr ein Stück auf einen kleinen Teller legte.

»*Bon appétit!*«, sagte Mademoiselle fröhlich.

»*Merci beaucoup*«, antwortete Grace.

Noch nie zuvor hatte sie so etwas wie die klebrigen karamellisierten Äpfel und das butterige Gebäck gegessen. Grace genoss den süßen, leicht angebrannten Geschmack und stellte sich vor, dass sie nicht länger auf einer großen Schaf- und Weizenfarm im heißen, staubigen Inland von Australien lebte, sondern in einem hübschen französischen Bauernhaus, umgeben von üppigen Obstplantagen.

»Die Tarte wurde als Erstes von den Schwestern Tatin hergestellt«, erklärte Mademoiselle. »Sie lebten im Loiretal, einer reichen, landwirtschaftlich geprägten Gegend, die auch für ihre vielen märchenhaften Schlösser bekannt ist, die wir *châteaux* nennen. Ach, ich hoffe sehr, dass du sie eines Tages sehen kannst.«

Grace lauschte aufmerksam.

»Mademoiselles Stéphanie und Caroline hatten einen Kuchen für die Gäste ihres kleinen Hotels gebacken, aber versehentlich die Äpfel anbrennen lassen, die sie in einer Mischung aus Butter und Zucker brieten. *Quel désastre!* Was sollten sie tun?« Elise machte eine dramatische Pause.

»Die Schwestern hatten keine Ahnung. Sie wussten nur, dass sie schnell handeln mussten, darum legten sie eine feine Schicht Teig auf die Äpfel und gaben alles zum Backen in den Ofen. Als er fertig war, wurde der Kuchen umgedreht, und – *voilà* – die Schwestern hatten aus einem Missgeschick etwas Köstliches gemacht.«

Die Gouvernante nickte ihrem Schützling bedeutungsvoll zu. »Das soll uns allen eine Lehre sein.«

Kapitel 5

Parkes, August 1939

Grace stand im Mondschein vor einer Wellblechhütte, in der die Laienspielgruppe gerade eine kühne Version von *Was ihr wollt* aufgeführt hatte. Während sie darauf wartete, dass ihr Freund Jack Osbourne mit Getränken zurückkehrte, dachte sie über einen Satz aus dem Stück nach: *Wie liebt er mich?*

Mit Tränenflut der Anbetung, mit Stöhnen, das Liebe donnert, und mit Flammenseufzern. Grace beobachtete, wie Jack, zwei Ginger Ales jonglierend, durch die Menge auf sie zukam. Es war nicht damit zu rechnen, dass Jack jemals derart poetische Worte von sich geben würde. Grace musste jedoch zugeben, dass er sie noch immer mit demselben glühenden Verlangen in den tiefbraunen Augen ansah wie an jenem Tag, an dem sie sich vor Jahren auf Charlotte Fairweathers Tennisplatz kennengelernt hatten.

Seither hatten sich ihre Wege immer wieder gekreuzt. Sie waren sich zufällig in Parkes begegnet, in der Landwirtschaftsausstellung, beim Reiten. Unterstützt von ihren Eltern, die ihre Freundschaft billigten, hatten sie begonnen, sich gegenseitig zu besuchen. Nachdem ihre Freundin Lottie nun auf die Schule in der Stadt ging, half Jack, diese Lücke in ihrem Leben zu füllen. Zuerst waren sie nur gute Freunde gewesen, und dann, fast ohne dass es ihnen bewusst war, entwickelte sich aus ihrer Freundschaft etwas Ernsteres.

Wenn Grace nun zu einem Tanz, einem Picknick oder einer Tennisparty eingeladen war, ging man davon aus, dass Jack Osbourne, der gut aussehende Sohn des reichsten Farmers der Gegend, ebenfalls dort sein würde. Die Namen des beeindruckenden Paars waren untrennbar miteinander verbunden. Jeder, der sie kannte, schien anzunehmen, dass sie unweigerlich ihre Zukunft miteinander teilen würden.

Erst letzte Woche, als Grace auf der Farm an der offen stehenden Küchentür vorbeigekommen war, hatte sie eine Bemerkung von Marjorie, einer Freundin ihrer Mutter, gehört: »Gott, dieser Osbourne-Junge ist eine gute Partie. Sieht aus, als sei es richtig gewesen, dass du Gracie zu Hause behalten hast.«

»Es heißt, Mütter wüssten am besten, was gut für ihre Töchter ist«, hatte Olive in selbstgefälligem Ton geantwortet und dann hinzugefügt: »Darum habe ich dafür gesorgt, dass meine Tochter nicht ihre Zukunft aufs Spiel setzt, indem sie … na, du weißt schon, über die Stränge schlägt.«

Grace konnte sich genau vorstellen, wie Marjorie die Augenbrauen hochgezogen hatte.

»Hallo, willkommen zurück auf der Erde.« Jack grinste. »Du siehst aus, als wärst du mit den Gedanken ganz woanders.« Er reichte ihr ein Glas Ginger Ale. »Wie hat dir das Stück gefallen?«

»Die Sprache ist natürlich wunderschön. Und es war teilweise urkomisch, allerdings vielleicht nicht immer an den Stellen, die Shakespeare im Kopf hatte.« Grace trank einen Schluck. »Charlotte war eine umwerfende Viola. Ich bin so froh, dass sie für die Ferien nach Hause gekommen ist. Und

Kev, der Postbote – oder sollte ich sagen Sir Toby Belch – hat gewiss verborgenes Talent bewiesen.«

»Ich fand es fantastisch«, sagte Jack. »Wobei auch ich bei dem Verwirrspiel um die Identitäten der Liebenden irgendwann nicht mehr genau wusste, wer wer ist.« Er blickte auf seine Armbanduhr. »Meine Güte, wie die Zeit vergeht. Mit dem Truck werden wir nach Brookfield einige Zeit unterwegs sein – wir sollten aufbrechen.«

Grace merkte, wie sie sich anspannte. Jack war ein großartiger Freund, und sie hatte viel Spaß mit ihm, aber sie hoffte, dass er nicht zu viel erwartete. Bislang hatten sie nur unschuldige Küsse getauscht und Händchen gehalten, obwohl offensichtlich war, dass er weitergehen wollte. Den ganzen Abend hatte er jede Gelegenheit genutzt, ihr übers Haar zu streichen oder einen Arm um ihre Taille zu legen.

Nachdem sie eine Stunde lang über die dunkle, staubige Straße gerumpelt waren, bog Jack rechts in einen schmalen Feldweg ab.

»Moment. Wo fährst du hin?«, fragte Grace und biss sich auf die Lippe. Herabhängende Äste schlugen gegen die Windschutzscheibe, während der Truck einsank und die Scheinwerfer geisterhafte Schatten auf die glatten Stämme der silbrigen Eukalyptusbäume und auf Sträucher warfen.

»Da vorn ist eine Anhöhe, von der aus man perfekt den Vollmond sehen kann«, sagte Jack.

Die Reifen knirschten über den Kies, als er den Wagen zum Halten brachte. »Was für eine wundervolle Aussicht«, sagte er. Doch Jack betrachtete nicht die kühle weiße Scheibe, die am Nachthimmel leuchtete, sondern starrte mit gierigem Blick auf Grace.

Er zog sie an sich und öffnete stürmisch mit der Zunge ihre Lippen. Während sie sich auf diese neue, leidenschaftlichere

Weise küssten, nahm Grace entfernt wahr, dass er ihren Reißverschluss öffnete. Das Kleid glitt ihr von den Schultern, und der zarte Stoff sammelte sich um ihre Taille.

Grace fühlte sich, als würde sie von einem reißenden Fluss mitgerissen. Sie begehrte Jack nicht gerade, doch zugleich brachte sie irgendwie nicht den Willen auf, ihn abzuhalten. Erst als er begann, mit den Fingern die zarte Wölbung in ihrem BH zu erforschen, erstarrte sie. Gegen ihren Willen schossen ihr die warnenden Worte ihrer Mutter durch den Kopf, die sie nicht müde wurde zu wiederholen.

Wohlerzogene junge Damen interessieren sich nicht für Sex.

Wenn ein Mädchen vor der Ehe mit einem Mann schläft, ist sie nichts als gebrauchte Ware.

Ein uneheliches Kind bedeutet nur eins – große Schande.

Grace schob Jack fort.

»Was hast du, Liebes?«, keuchte er. »Du weißt, was ich für dich empfinde.«

»Das ist es nicht«, sagte Grace und kämpfte sich zurück in ihr Kleid. »Das ist zu gefährlich, und …«

»Verstehe.« Er seufzte. »Du willst deine Unschuld bewahren, sagen das Mädchen nicht so?«

»Ach, Jack, es tut mir leid.«

»Dir ist nichts vorzuwerfen«, sagte er mit traurigem Lächeln, »außer, es zählt als Fehler, dass du viel zu hübsch bist.« Jack griff nach ihrer Hand. »Vertrau mir«, sagte er mit ernster und so reizender Miene, dass sich jeder Zweifel, den sie noch an seinen Absichten gehabt haben mochte, in nichts auflöste. »Ich schwöre, ich werde dich nie zu etwas zwingen, das du nicht willst. Ehrenwort, Gracie.«

Dezember 1939

Eine Fliege brummte durch die stickige Luft. Erst kreiste sie um Grace' Kopf, dann landete sie auf ihrem Arm, bevor sie sich kurz auf einem Zeichenpapier niederließ. Gereizt verscheuchte sie das Insekt.

Grace versuchte, Jack zu porträtieren, der am Stamm einer Myrtenheide am grünen Ufer des Lachlan Rivers lehnte. Während Licht und Schatten über sein dunkelbraunes Haar, die olivfarbene Haut und die markanten Gesichtszüge tanzten, schien er ihr attraktiver als je zuvor.

»Es ist merkwürdig«, sagte sie.

»Was? Dein Bild von mir?«

»Genau!« Grace lachte. »Nein, ich habe gerade darüber nachgedacht, dass wir beide mit der Schule fertig sind, aber das, was gemeinhin als ›echtes Leben‹ bezeichnet wird, noch nicht begonnen hat. Irgendwie sind wir keine Kinder mehr, aber auch noch keine Erwachsenen. Wir schweben in einem Niemandsland dazwischen.«

»Darüber wollte ich mit dir sprechen.« Jack wirkte ungewöhnlich ernst. »Du weißt ja, dass Krieg ist …«

Natürlich wusste sie das. Seit drei Monaten sprachen alle von nichts anderem mehr.

»Aber der ist so weit weg«, sagte sie.

»Das heißt aber nicht, dass Großbritannien nicht unsere Hilfe braucht.« Jack beugte sich vor. »Gracie, ich werde nicht lange warten. Sobald ich achtzehn bin, verpflichte ich mich.«

»Wie meinst du das?« Sie war schockiert. »Das darfst du nicht – dein Vater erwartet, dass du auf der Farm bleibst.«

Jack schüttelte den Kopf. »Ich habe in der Zeitung gelesen, dass viele Burschen aus dem britischen Weltreich nach England gehen und sich der britischen Luftwaffe anschließen. Da die Regierung nur wenige Meilen von Parkes entfernt einen Luftwaffenstützpunkt eingerichtet hat, ist das die perfekte Gelegenheit für mich. Schon bald werde ich über dem Ärmelkanal deutsche Flugzeuge abschießen.«

»Du scheinst alles schon genau geplant zu haben.« Sie drehte eine Haarsträhne um ihren Finger. »Dafür hast du aber ziemlich lange gebraucht, um es mir zu erzählen.«

»Es tut mir leid, Gracie.« Jack stand auf. »Ich wusste nicht, wie du es aufnehmen würdest. Mum und Dad werden schon zurechtkommen. Am schlimmsten ist es, dich zurückzulassen.«

Grace rang noch mit Jacks überraschendem Geständnis, als er ein paar Schritte auf sie zukam, kurz zögerte und dann unvermittelt auf ein Knie sank.

»Ich muss dir noch etwas sagen, Gracie«, erklärte er. »Willst du mich heiraten?«

»Jack!« Sein Antrag war immer in weiter Ferne gewesen, eine vage Möglichkeit, aber nie wirklich real. Sie genoss die unkomplizierte Vertrautheit zwischen ihnen. Aber liebte sie ihn? Sie wusste nicht, wie sich das anfühlte. Während er nicht genug von ihren Küssen und Liebkosungen bekommen konnte, war sie nie richtig hingerissen. Genügte es ihr, Jack zu mögen und mit ihm Spaß zu haben, um ein ganzes Leben mit ihm zu verbringen?

Als Grace an jenem Tag am Flussufer saß, wusste sie mit bedrückender Sicherheit, wenn sie »Ja« sagte, wäre ihre Zukunft eine exakte Kopie vom Leben ihrer Mutter: Sie würde auf einem großen Anwesen leben, ihre Freizeit mit Bridgespielen, Blumenausstellungen, Gärtnern und Sitzungen von Wohltätigkeitskomitees verbringen, unterbrochen von gelegentlichen Besuchen beim Schneider oder Pferderennen in der Stadt. Grace wollte mehr als das.

Sie sprach jedoch nichts davon aus; sie protestierte nur: »Jack, wir sind doch noch Kinder …«

»Da täuschst du dich, Gracie«, erwiderte er. Er sprang auf, dann packte er sie und zog sie hoch, sodass sie vor ihm stand. »So sieht das ›echte Leben‹ aus«, sagte er. »Wenn ich alt genug bin, um zu kämpfen, bin ich auch alt genug, um dich um deine Hand zu bitten.«

Grace hatte keine Ahnung, was sie sagen sollte.

»Wir müssen ja nicht so bald heiraten«, fügte Jack hinzu und zog sie an sich. »Wenn ich mich jetzt verpflichte und zur Luftwaffe gehe, wäre es ohnehin nicht richtig. Aber wirst du auf mich warten? Wartest du, bis ich meinen Beitrag für König und Vaterland geleistet habe?«

Grace löste sich aus seinen Armen. Sie stolperte zum Baum und hob unterwegs ihren Zeichenblock auf. Die Spuren des Stifts ergaben keinen Zusammenhang mehr. Sie sah nur ein Wirrwarr aus schwarzen Strichen.

»Gracie«, hörte sie Jack sagen. »Ich dachte, dass du das willst, dass du darauf gewartet hast …«

Sie versuchte nachzudenken. Der Junge, den sie so sehr mochte, der ein so wichtiger Teil ihres Lebens war, ging fort, um zu kämpfen. Der geliebte Jack war bereit, das höchste Opfer zu bringen. Sie schob ihre Bedenken beiseite und nickte. »Ich werde warten.«

Sobald die Wörter ihren Mund verlassen hatten, verspürte Grace einen Anflug von Übelkeit. Der Boden unter ihren Füßen schien zu wanken.

Jack streckte eine Hand aus, um sie zu stützen. »Hey! Was ist los?«

»Das kommt alles sehr plötzlich, und jetzt gehst du weg.«

»Wenn du mich fragst, liegt es an dieser verdammten Hitze«, sagte Jack und verscheuchte eine weitere Fliege. »Komm, Gracie, ich bring dich nach Hause. Du brauchst ein bisschen Schatten.«

Er legte den Arm um sie, doch sie machte sich erneut von ihm frei. »Lass uns bis nach dem Krieg warten, ehe wir es jemandem sagen. Bis du wieder nach Hause kommst«, sagte sie. »Es ist unser Geheimnis.«

»Damit kann ich leben«, stimmte Jack zu.

Endlich allein, zog Grace sich an ihren Lieblingsort zurück – das von Büchern gesäumte Arbeitszimmer ihres Vaters, in dem er nicht nur arbeitete, sondern ihr ab und an noch immer die australischen Gedichte von Banjo Paterson und Henry Lawson vorlas, ebenso wie Werke seiner liebsten englischen Romantiker, Wordsworth und Keats. Sie mochte den Geruch dieses besonderen Raums; eine Kombination aus Lederbindungen und altem Papier, gemischt mit einem Hauch von Whisky – auf einem Beistelltisch standen eine Karaffe mit Glenfiddich Single Malt sowie einige Kristallgläser.

An diesem kühlen Rückzugsort schlenderte Grace zu dem Globus, der auf einem Messingfuß neben dem Schreibtisch ihres Vaters stand. Langsam drehte sie ihn und fand Rom, Madrid, Wien, London und das Beste von allen: Paris. Der bloße Gedanke an die sagenumwobene Stadt regte jedes Mal ihre Fantasie an. »Eines Tages«, murmelte sie verträumt, »eines Tages …«

Zumindest hatte sie zu Jacks Antrag nicht Ja gesagt. Gewiss war das Versprechen, zu warten, etwas vollkommen anderes. Vielleicht würde dieser Krieg ewig dauern, und selbst wenn er nach sechs Monaten zu Ende war, verschaffte er ihr Zeit, sich über ihre Gefühle klar zu werden. Mit leicht schlechtem Gewissen musste Grace sich eingestehen, dass sie Jack beneidete. Wenn es doch nur für sie so einfach wäre, ihr Abenteuer auf der anderen Seite der Erde zu verfolgen. Stattdessen war sie dazu verurteilt, in der Einsamkeit Australiens zurückzubleiben, ohne die Möglichkeit zu entkommen.

Sie erinnerte sich an die Karte von Europa, die bei Mademoiselle Elise an der Wand des Schulzimmers gehangen hatte, die kribbelnde Freude, die sie beim Anblick der verschachtelten Länder empfunden hatte. Bei den von Flüssen, Gebirgsketten und handgemalten Linien markierten Grenzen. Schon eine ganze Weile hatte sie das Gefühl, dass ihr Schicksal in der Ferne lag. Doch wenn sie Jack heiratete, war das nicht sehr wahrscheinlich.

Kapitel 6

Sydney, März 1940

Grace stand in der durchnässten Menge, die sich am Hafen von Sydney versammelt hatte, und umklammerte einen roten Regenschirm. Sie war gekommen, um sich von Jack zu verabschieden. Er würde jeden Moment an Bord des Schiffes gehen, das ihn zu dem weit in der Ferne tobenden Krieg brachte. Es war ein jämmerliches Gefühl, im strömenden Regen zu warten.

Gestern Abend hatten Olive und sie sich mit Jack und seiner Mutter Betty im vornehmen Speisesaal des Hotel Australia getroffen. Während des Essens war sich Grace unaufrichtig und steif vorgekommen; das heutige Frühstück war noch anstrengender gewesen. Jack hatte eine Riesenportion Speck, Würstchen, Eier und Toast verspeist und ziemlich aufgekratzt gewirkt. Er hatte den dreien von den faszinierenden Häfen, in denen er auf seiner Reise anlegen würde, erzählt, wie er sich London vorstellte, und gemutmaßt, ob er eine Spitfire oder eine Hurricane fliegen werde.

Grace hatte keinen Appetit gehabt und nicht viel zum Gespräch beigetragen. »Aber nicht doch.« Ihre Mutter hatte mitfühlend mit der Zunge geschnalzt und wissende Blicke mit Betty getauscht.

Und nun stand sie hier unter dem bleiernen Himmel im

Schatten des großen grauen Schiffes, umgeben von begeisterten jungen Männern und ihren eher zurückhaltenden Müttern und Vätern. Auch viele Mädchen liefen umher, in ihren besten Kleidern und Mänteln, mit feuchten Baskenmützen oder Hauben auf dem Kopf und sorgfältig geschminkten Lippen. Viele der Soldatenliebchen waren bleich im Gesicht, die meisten lächelten angespannt.

Hin und wieder war ein Schluchzen zu hören, manchmal lautes Gelächter, das gezwungen klang.

Grace war sich sicher, dass Olive und Betty ihr eigenes Schweigen als Zeichen deuteten, dass der Abschied von Jack auch sie schwer belastete. Tatsächlich rang sie damit, sowohl ihren Neid auf ihn zu beherrschen, als auch das noch verstörendere Gefühl von Scham. Obwohl sie es furchtbar finden würde, wenn Jack etwas Schlimmes zustieße, sehnte sie sich nicht etwa danach, dass er blieb. In Wahrheit war sie eher erleichtert, vielleicht sogar ein wenig beschwingt über seine Abreise.

Dreimal ertönte ein ohrenbetäubendes Tuten aus dem riesigen Schornstein des Schiffes.

»Zeit zum Aufbruch, Gracie«, sagte Jack.

Er legte die Arme um sie, dann küsste er sie leidenschaftlich vor aller Augen, wobei Grace aus dem Augenwinkel sah, dass sich beide Mütter diskret abgewandt hatten.

»Vergiss nicht: Ich komme zurück, um dich zu heiraten, Grace Woods«, flüsterte er ihr ins Ohr. »Dann bleiben wir bis zum Ende aller Tage zusammen.«

Ohne eine Träne zu vergießen, beobachtete sie, wie der Junge vom Land, auf den zu warten sie versprochen hatte, seinen Seesack über die breite, muskulöse Schulter hievte. Er küsste Betty und Olive auf beide Wangen, dann drehte er sich um und sprang im strömenden Regen die Gangway hinauf.

Grace hatte Olives Angebot abgelehnt, zur Aufmunterung mit ihr in Henriette Lamottes elegantem Laden auf der Rowe Street Hüte anzuprobieren. Stattdessen saß sie an einem Ecktisch im Wintergarten. Gedankenverloren spielte sie mit dem Strauß künstlicher Veilchen, der am Revers ihrer Jacke steckte, und blickte hin und wieder zum Eingang.

Schließlich entdeckte sie Reuben an der Tür, der einem verstimmten Bediensteten seinen zerbeulten Hut und einen langen Mantel reichte – beides wirkte ziemlich durchnässt. Er strich sich das feuchte schwarze Haar glatt und schritt quer durch den Raum.

»Prinzessin, meine Göttin, du siehst fantastisch aus!«, sagte Reuben und zwinkerte ihr zur Begrüßung zu. »Die anderen Männer hier werden mich beneiden.«

»Siddy, bitte setz dich. So alberne Dinge darfst du nicht sagen. Ich bin doch nicht mehr zwölf«, protestierte Grace und lachte zum ersten Mal seit Tagen, als sie ihm einen Kuss auf die Wange gab.

»Oh, das weiß ich sehr wohl«, antwortete Reuben. »Vielmehr hat mir ein kleiner Vogel gezwitschert, dass es nicht mehr lange dauern wird, bis ein gewisser Bursche dir einen Antrag macht.«

Grace schwieg.

»Hmmm … Also, lass mich raten. Es ist der junge Osbourne, stimmt's? Obwohl ich von deinem Vater gehört habe, dass er heute ein Schiff besteigen sollte. Ich nehme an, du warst unten am Kai, um dich zu verabschieden?«

Grace sagte, es sei so bedrückend gewesen, dass sie nicht darüber reden wolle.

»Das ist okay. Vielmehr muss ich etwas Wichtiges mit dir besprechen.«

Das war beunruhigend. Sie war es nicht gewohnt, dass Siddy ernst mit ihr sprach.

Er bestellte eine Kanne Tee und Shortbread, dann sagte er traurig lächelnd: »Dein alter Freund hat sich ebenfalls verpflichtet. Auch ich werde ziemlich bald nach England aufbrechen.«

»Siddy, nein!«

»Es bleibt mir nichts anderes übrig, Prinzessin«, fügte er niedergeschlagen hinzu. »Du hast Rae, meine geliebte Frau, nicht gekannt. Ich wünschte bei Gott, du hättest sie erlebt.«

»Du hast nie über sie gesprochen«, sagte Grace.

»Ach, sie war ein wahrer Schatz. Sie hatte reizende rote Locken und konnte singen wie ein Vogel.« Reuben seufzte. »Jedenfalls ist sie jetzt schon sehr lange tot, und ich bin immer noch allein.« Er rutschte verlegen auf seinem Stuhl herum, der viel zu klein für einen Mann seiner Größe wirkte.

»Irgendwann dachte ich, mein Leben würde deutlich, ach, ich weiß nicht, sagen wir, deutlich anders verlaufen, als es verlaufen ist. Ich wünschte, ich könnte dir alles erklären, aber ich will auf keinen Fall mit dem Gefühl abreisen, dass ich bei dir alles vermasselt habe.«

»Ich verstehe dich nicht ganz, Siddy«, sagte Grace beunruhigt.

»Nun, ich war nie sonderlich gut im Abschiednehmen.« Reuben strich sich mit einer Hand durch den schwarzen Haarschopf. »Prinzessin, du sollst nur eines wissen, bevor ich gehe, und das ist, dass du immer mein Augapfel gewesen bist. Ich könnte dich nicht mehr lieben, wenn …« Er zögerte und räusperte sich, bevor er fortfuhr, »… wenn du meine Tochter wärst. Ich habe hier nichts Wichtiges zu tun, und ich habe gehört, dass Großbritannien Männer braucht, die die Deutschen aus Frankreich heraushalten. Gott weiß, warum sie

Interesse an einem Pferdemenschen wie mir haben könnten, aber es sieht so aus, als hätten die Franzosen einen Plan. Wie dem auch sei, ich habe mich verpflichtet. Sehen wir den Tatsachen ins Auge, ich lasse niemanden zurück.«

»Wie kannst du das sagen!«, sagte Grace. »Was ist mit mir?«

Ihr schossen Bilder von wichtigen Menschen durch den Kopf, die bereits aus ihrem Leben verschwunden waren. Erst Pearl, dann war Charlotte auf die Schule gegangen. Kürzlich war Mademoiselle Elise in die sichere Schweiz abgereist; sie konnten beide ihre Tränen nicht zurückhalten. Jetzt war Jack weg und nun bald auch noch Siddy.

Schlagartig wurde Grace bewusst, wie viel Siddy ihr bedeutete. Solange sie denken konnte, war er jedes Mal gekommen, um sie zu sehen, wenn sie in Sydney war. Stets wollte er unbedingt hören, was sie erlebt hatte, und obwohl er gern scherzte und sie neckte, könnte er nicht liebevoller sein. Der Kriegsausbruch brachte viele Veränderungen mit sich, aber dass sie eines Tages in die Stadt fahren würde, ohne Siddy zu treffen, damit hatte sie nicht gerechnet.

»Ich sage dir etwas, Prinzessin«, hob er an. »Ich ertrage es nicht, dich so deprimiert zu sehen. Wie wäre es, wenn wir beide einen Ausflug zum Flügel machen und dieses neue Lied von Vera Lynn spielen: ›We'll Meet Again‹. Das kennst du doch, oder?«

»Ja, aber …« Grace wünschte, Reuben hätte sie nicht in diese Lage gebracht.

»Na, dann komm. Das ist genau das Richtige, um dich aufzumuntern.«

Siddy fing den Blick des silberhaarigen Oberkellners auf, dann deutete er auf den Flügel. Nachdem der Mann seine Zustimmung signalisiert hatte, ließ Grace sich widerwillig zu dem glänzenden Instrument führen.

»Am besten, ich spiele, und du singst, Prinzessin«, sagte Reuben. »Du hast eine hübsche Stimme entwickelt.«

Sobald Grace mit ihrem klaren Sopran zu singen begann, senkte sich Schweigen über den belebten Raum. Einen Moment später hörte sie überrascht, wie eine junge Frau mit einstimmte, die sie heute Morgen am Hafen gesehen hatte. Als Nächstes schloss sich auf der anderen Seite des vollen Salons ein sicherer Bariton der zittrigen Mädchenstimme an, dann folgte noch eine Stimme und noch eine, bis es schien, dass nicht nur alle Gäste, sondern auch die Kellner und Kellnerinnen im Wintergarten aufgestanden waren und in faszinierender inniger Einigkeit sangen.

Als der letzte bittersüße Ton erstarb, ertönte stürmischer Applaus im Raum. Dann erhob ein Herr im Nadelstreifenanzug sein Glas und rief laut aus: »Ein Toast auf unsere tapferen Jungs, die ausgezogen sind, um für ihr Vaterland zu kämpfen.«

»Auf unsere tapferen Jungs!«, riefen alle in dem vollen Raum – Alt und Jung, Männer wie Frauen, Stadt- wie Landbewohner.

Der Anblick von so vielen stolzen, lächelnden Gesichtern löste heftige Gefühle in Grace aus. Ganz Europa stand unter Deutschlands bösem Stiefel. Sicherlich würden unzählige Menschenleben dem Gemetzel zum Opfer fallen. Wenn sie doch nur auch helfen könnte, gegen die Schreckensherrschaft der Nazis zu kämpfen. Wenn es doch nur einen Weg gäbe, dafür zu sorgen, dass Jack und Siddy nichts passierte.

Sie zitterte heftig.

»Du hast dich doch nicht etwa erkältet?«, fragte Reuben besorgt. »Das Wetter unten am Kai muss fürchterlich gewesen sein.«

Grace schüttelte den Kopf. »Ich bin nicht krank. Siddy, ich habe Angst, dass ich dich vielleicht zum letzten Mal sehe.«

Tröstend legte Reuben einen kräftigen Arm um Grace' Schultern. »Ich kann dir nicht sagen, wo und wann«, sagte er mit brüchiger Stimme, »aber ich weiß, dass wir uns eines Tages wiedersehen.«

Kapitel 7

Brookfield, November 1942

An einem schönen Frühlingsmorgen zeigte Grace' Mutter ihr, wie man einen köstlichen Obstkuchen mit einer anständigen Glasur überzog und sagte: »Hoffentlich muntert diese ganze Backerei die armen Jungs ein bisschen auf, die ununterbrochen am Militärstützpunkt eintreffen. Die meisten sind Meilen von zu Hause entfernt, und wer weiß, wo sie stationiert werden?« Mit besorgter Miene rührte Olive in einer kleinen Schale mit der dicken weißen Paste. »Es würde mich nicht wundern, wenn sie in einer so entsetzlichen Gegend wie Nordafrika oder dem Mittleren Osten landen.«

»Ich bin mir sicher, die Piloten lieben die Naschereien, die du ihnen schickst, Mum.« Grace lächelte. »Insbesondere, wenn dein berühmter Ananas-Rum-Punsch dabei ist – ein Glas davon zaubert ein Lächeln auf jedes Gesicht.« Sie senkte den Blick. »Aber ich wünschte, ich könnte mehr tun – für den Kriegseinsatz, meine ich.«

»Woran denkst du?«

»Nun ja, wie Lottie«, sagte Grace. »Du weißt doch, dass sie sich eine Stelle gesucht hat und in Sydney für einen Oberst in den Victoria Barracks arbeitet.«

Olive richtete den Blick auf ihre Tochter. »Gracie, Charlotte mag beim Militär angestellt sein, aber als Sekretärin –

sie ist nicht gerade an der Front. Aber wie dem auch sei, du wirst hier gebraucht.«

Mit der flachen Seite eines Messers wandte sie sich wieder ihrer Aufgabe zu und verteilte fachmännisch die Glasur an der Seite des Kuchens. »Abgesehen vom alten Bill Gleason und ein paar jüngeren Männern, sind alle Knechte von Brookfield im Krieg. Dein Vater arbeitet für drei.«

Grace seufzte. »Armer Daddy.«

»Ohne dich könnte er es einfach nicht schaffen«, fuhr ihre Mutter fort. »Ehrlich, Gracie, ich finde, du bist unglaublich. Ich kenne kein anderes Mädchen von gerade einmal zwanzig Jahren, das seine Tage entweder damit verbringt, mit dem Traktor Weizen zu ernten oder auf einem Pferd die Schafe zusammenzutreiben«, sagte sie. »Und schon gar keins, das so hübsch ist wie du.«

»Mummy, sei nicht albern!«

»Also, du bist ... wunderschön. Abgesehen von diesen entsetzlichen Arbeitskleidern, in denen du derzeit herumläufst. Und dann, nach alledem, sperrst du dich auch noch abends ins Arbeitszimmer ein und hilfst Dad bei der Buchhaltung. Wenn das kein Engagement ist, weiß ich es auch nicht.«

Grace runzelte die Stirn. »Es fühlt sich einfach nicht so an, als würde ich etwas Wichtiges tun.«

»Natürlich ist das wichtig!«, widersprach Olive.

»Nun ja, es ist nicht mit dem zu vergleichen, was Jack oder Siddy durchmachen.«

»Ach, Schätzchen, sobald die Männer zu Hause sind, wirst du dir darum keine Sorgen mehr machen müssen – oder um die Landarbeit. Dann kannst du alles hinter dir lassen.« Sie zeigte in Richtung des halb glasierten Kuchens. »Dann wirst du stattdessen richtige Frauenaufgaben erledigen.«

»Ich weiß, Mum«, sagte Grace verzweifelt.

Sie nahm einen Spachtel und tauchte ihn in die Schale mit der klebrigen Glasur, doch als sie versuchte, dem Beispiel ihrer Mutter zu folgen, stellte sie fest, dass sie anstelle einer makellosen glatten Oberfläche nur eine zerklüftete weiße Spur zustande gebracht hatte.

Am nächsten Morgen wurde Grace von den Schafen geweckt. Nicht nur von ihrem leisen Blöken, sondern auch von dem Schürfen ihrer kleinen Hufe auf dem festen Boden. Grace öffnete die Augen und sah, dass die Sonne bereits auf die weiß-blau gestreifte Tapete in ihrem Schlafzimmer schien.

Gähnend schob sie sich die dunklen Locken aus der Stirn, schlenderte zum Fenster und sah hinaus. Wie üblich strahlte die Sonne am endlos blauen Himmel, die Ernte hatte die Farbe von gesponnenem Gold, und die Tiere hatten sich wie immer um einen flachen Wassertrog versammelt und schubsten und drängten sich gegenseitig aus dem Weg. Hier schien sich nie etwas zu ändern.

In einem Anflug plötzlicher Gereiztheit packte Grace das Kopfkissen vom Bett und schleuderte es quer durchs Zimmer. Sie hatte genug von Weizen und Schafen. Sie zog die Baumwollhose von gestern und eine frische Bluse an, dann marschierte sie nach unten. Es war nicht mehr früh, doch im Haus war es ungewöhnlich still. Sie überprüfte ein Zimmer nach dem anderen, fand jedoch niemanden. Als Grace das Arbeitszimmer ihres Vaters erreichte, schob sie die Tür auf, und als sie sah, dass es ebenfalls leer war, setzte sie sich aus einer Laune heraus in seinen Sessel mit der hohen Lehne. Der stille Raum mit den ledergebundenen Büchern war immer ein guter Ort zum Nachdenken gewesen.

Sie tastete einen Moment, dann fand sie den Brief von Jack, den sie gestern in die Tasche geschoben hatte. Es war so viel zu tun gewesen, dass sie seine Zeilen nur hatte überfliegen können. Jetzt hielt sie die Seiten ins Licht.

Gracie, Liebes,

es tut mir leid, dass ich in letzter Zeit kein guter Briefeschreiber war. Ich hatte ein bisschen Ärger. Ich befand mich gerade auf dem Rückflug von meinem letzten Auftrag (wie du weißt, dürfen wir nicht sagen, wohin wir fliegen) und war äußerst zufrieden mit mir, als ein verdammter Jerry in einer Messerschmitt das Feuer eröffnete.

Ich habe zwar eine Bruchlandung hingelegt, aber es gibt keinen Grund zur Sorge – nur gut, dass ich im guten alten England war. Eigentlich war es ziemlich aufregend! Ich habe mich nur irgendwie am Steuerknüppel verletzt, was nicht schlimm ist – es hat mir eine nette Pause im stattlichen Haus eines Herrn beschert, der Piloten aufnimmt und versorgt.

Das hättest du sehen sollen – ein riesiges Backsteingebäude mit Türmen und enormen Stallungen. Auf den üppigen Weiden grasten Kühe, außerdem bauten sie im großen Stil Gerste und Hafer an. Es waren beeindruckende Verhältnisse, und trotzdem würde ich jederzeit unser großes staubiges Anwesen in Australien dem vorziehen. Ehrlich gesagt, wäre ich verdammt glücklich (entschuldige meine Ausdrucksweise), wenn ich meine Heimat nie wieder verlassen müsste.

Wie dem auch sei, jetzt geht es mir gut – ich habe noch beide Arme und beide Beine. Das heißt, wenn das hier vorbei ist, kann ich dich problemlos über die Schwelle tragen!

In Liebe, dein Jack

Grace lächelte. Gestern hatte sie sich Sorgen gemacht, als sie von dem Unfall las, doch jetzt hatte sie Zeit, den Brief richtig zu lesen, und es war klar, dass der Zwischenfall für Jack mehr ein kleines Abenteuer gewesen war.

Dennoch machte ihr etwas zu schaffen. Wieder blickte sie auf die zerknitterten Seiten und hielt inne, als sie eine spezielle Zeile erreichte: *Ich wäre verdammt glücklich … wenn ich meine Heimat nie mehr verlassen müsste.*

Grace legte den Brief weg. Ihr Blick wanderte durchs Zimmer und blieb an dem Globus mit dem Messingfuß hängen, der wie immer neben dem Schreibtisch ihres Vaters stand. Sie streckte die Hand aus, gab ihm um der alten Zeiten willen einen Schubs, und während sie zusah, wie sich die Welt drehte, hörte sie im Geiste Mademoiselle Elises Worte so klar und deutlich wie am Tag, an dem sie in die Schweiz gereist war.

»*Ma petite*«, hatte sie gesagt und Grace' Hand gehalten, »es ist wunderschön hier, ja, und sehr sicher. Dein junger Mann ist nett. Aber vergiss nicht, die Welt ist groß und voller faszinierender Menschen, außerordentlicher Möglichkeiten und wundervoller Orte. Stell dir vor, was – oder auch wer – dort sein könnte und auf dich wartet.«

Langsam faltete Grace den Brief zusammen und steckte ihn zurück in die Hosentasche. Es war drei Jahre her, seit ihre Gouvernante abgereist war, und der Krieg tobte noch immer. Wer wusste, wie die Welt aussah, wenn er irgendwann vorbei war? Und alle sagten, wie glücklich sie sei, einen Mann wie Jack in ihrem Leben zu haben – vor allem ihre Mutter. Elise hatte es gut gemeint, aber vielleicht war es Zeit für die schicke »Mademoiselle Dubois« ihre törichten Träume von Abenteuern in der Fremde ad acta zu legen.

Das plötzliche Klopfen an der Haustür schallte so laut wie ein Gewehrschuss durch das stille Haus. Als Grace nachsah, wer vor der Tür stand, war sie überrascht, dem schon älteren Briefträger gegenüberzustehen. Normalerweise lag die Farm nachmittags auf seiner Runde, und er kam niemals zum Haus. Brookfields Post wurde immer in den Wellblechkasten neben dem Haupteingang des Anwesens hinterlassen.

»Hallo, Kev«, sagte sie. »Was führt Sie am Morgen zu uns nach draußen?«

»Ich habe ein Einschreiben für Mr. Woods«, verkündete er mit ernster Miene. »Vom Kriegsministerium.«

»Das ist seltsam. Nun ja, geben Sie es mir, ich leite es an ihn weiter. Möchten Sie etwas trinken?«

»Nein, danke.«

Grace beobachtete, wie der Briefträger sich in den roten Lieferwagen manövrierte und winkte ihm zum Abschied. Dann lehnte sie den braungelben Umschlag auf dem Esstisch gegen eine Vase mit rosa Strohblumen. Dort würde ihr Vater ihn sicher bemerken.

Doch Alfred kehrte erst zurück, als der Himmel rot leuchtete und die Sonne hinter dem Horizont verschwand.

»Ich bin mit Bill Gleason ausgeritten«, erklärte er, als er erschöpft durch die offene Tür hereinstapfte. »Wir mussten das Futter auf den weiter entlegenen Weiden überprüfen.«

Ehe Grace dazu kam, den Brief zu erwähnen, sagte Alfred, dass er sich waschen und umziehen werde. »Dann brauche ich eine halbe Stunde für mich, um mir einige Ernteprognosen anzusehen«, fügte er hinzu.

Erst als ihr Vater im Esszimmer zu ihnen stieß, hatte Grace Gelegenheit, auf den Brief zu zeigen.

»Was kann das sein?«, sagte er und riss ihn auf.

Als er erbleichte, flüsterte Grace: »Sag nicht, dass Jack etwas zugestoßen ist.«

»Nicht Jack, nein«, antwortete Alfred in bleiernem Ton. »Dafür können wir zumindest dankbar sein.« Dennoch war seine Miene äußerst ernst.

»Grace, Olive«, er sah von einer zur anderen, »es tut mir so leid. Es ist Reuben.«

»Siddy! Was ist passiert?« Grace begann zu zittern.

»Ich bin mir nicht ganz sicher. Es sieht so aus, als sei seine Brigade komplett von deutschen Panzern überrollt worden. Die armen Seelen, die die französische Grenze verteidigt haben, hatten keine Chance. Ich weiß nicht, was die Generäle sich dabei gedacht haben, sie in eine solche Schlacht zu schicken – ein Blinder sieht doch, wie schlecht sie ausgerüstet sind und dass sie unterbesetzt waren.«

Alfred legte den Brief auf den Tisch. »Wir müssen mit dem Schlimmsten rechnen«, sagte er. »Anscheinend wird Reuben schon seit einiger Zeit vermisst und für tot gehalten. Die Nachricht hat sich verzögert, weil es verwirrende Meldungen gab, dass er vielleicht geflohen sei. Jedenfalls haben die Behörden jetzt beschlossen, dass das äußerst unwahrscheinlich ist ...« Seine Stimme brach. »Sehr wahrscheinlich ist Reuben tot.«

»Nein!«, schrie Grace. Dann, als die Uhr ihres Großvaters in der Halle traurig die Zeit verkündete, schwieg sie. Konnte das stimmen? Eine Welle der Trostlosigkeit ergriff sie. Siddy und sie hatten immer eine besondere Verbindung gehabt. Sie konnte nicht glauben, dass ihr geliebter, fröhlicher Freund, der sich besser mit Pferden auskannte als irgendjemand anders und dennoch engelsgleich Klavier spielte, tot sein könnte. Das hätte sie doch sicher gespürt, sicher hätte sie eine Art Zeichen erhalten? Doch alles war wie immer gewesen.

Schließlich schüttelte sie nach ein paar Minuten den Kopf und sagte gefasst: »Siddy ist nicht tot.«

»Also, Liebes natürlich ist es sehr schwer zu akzeptieren, dass Reuben nie mehr zurückkehren wird«, hob Olive an, doch Grace unterbrach sie.

»Bitte, lass mich wenigstens ein bisschen hoffen. Aus dem Brief geht hervor, dass die zuständigen Personen nicht sicher sind, was passiert ist. Wenn es keine Leiche gibt«, sie erschauerte, »dann ist Siddy vielleicht noch irgendwo dort draußen.«

Kapitel 8

Januar 1944

Sie waren weit weg von Kampf und Zerstörung, von den Bomben, dem Blutvergießen und den schrecklichen Schlachten. Hier in Brookfield herrschten Frieden, Beschaulichkeit und Glück. Die Weizenernte war üppig und der Ertrag aus der Schafschur hatte Rekordpreise erzielt. Die Nachfrage der gewaltigen Militärstreitkräfte der Alliierten nach Produkten der Farm nahm nie ab.

»Essen und Uniformen für die Männer, dafür sind wir da, Gracie.« Das sagte ihr Vater so oft, dass es eine Art Mantra geworden war. Es schien, als würde er seinen persönlichen Krieg gegen die Feinde des Britischen Weltreichs führen, indem er Tag und Nacht arbeitete.

Grace sah zu ihm hinüber, wie in ihrer Kindheit ritt er neben ihr her. In letzter Zeit hatte Alfred so erschöpft und ausgezehrt ausgesehen, dass Olive und sie ihn angefleht hatten, mehr auf sich zu achten. Er war nie ein kräftiger Mann gewesen, nun war er mager. Sein Hemd schlotterte um seine Schultern und das Haar unter seiner geraden Hutkrempe war mehr grau als braun.

»Ist alles in Ordnung, Gracie?«, rief ihr Vater, als sie über das flache Land galoppierten.

»Bestens«, rief sie zurück.

Und das stimmte. Ausnahmsweise hatte Grace ihren Vater am Morgen ein deftiges Frühstück zu sich nehmen sehen. Tatsächlich wirkte er kräftiger als seit Tagen. Erleichtert konnte sie so den Ausritt in der Spätnachmittagssonne über das weite braune Land genießen, das er so liebte.

»Ah, ich sehe das Problem – Bill hat es gestern erwähnt«, sagte Alfred, als in der Ferne ein Damm in Sicht kam, dessen Oberfläche im Sonnenlicht glitzerte. »Es wird nicht einfach, aber zu zweit sollten wir das schaffen.«

Das Ufer, das an das dunkle Wasser grenzte, war nach einem plötzlichen Sommergewitter aufgeweicht und rutschig. Als Grace ihr Pferd zügelte, konnte sie sehen, dass eins der Schafe in tiefen Matsch geraten und dort gefangen war. Es kämpfte und gab leise, jämmerliche Laute von sich.

»Gut«, sagte Alfred und schwang sich vom Pferd. »Binden wir die Pferde an die Eukalyptusbäume und kümmern uns darum.«

Grace war dankbar für den Schatten, den die Bäume spendeten. Nachdem sie angehalten hatten, merkte sie erst, wie intensiv die Hitze war.

»Es wäre deutlich einfacher, wenn wir eine Schaufel hätten.« Alfred legte die Stirn in Falten. »Tja, aber da kann man nichts machen. Tut mir leid, Gracie, aber es fällt mir momentan schwer, auf die Knie runterzugehen, darum musst du ran. Wenn du nicht etwas von dem Morast zur Seite schaffst, bekommen wir es da nicht raus.«

»Toll! Ich bekomme immer die besten Aufgaben.«

Grace rollte ihre Ärmel auf, dann ging sie vor dem offenbar völlig erschöpften Schaf in die Hocke, das sich kaum noch rührte. Mit einem kräftigen Ast und den bloßen Händen beseitigte sie einen Großteil des zähen Schlamms. Als sie ein herzliches Lachen hörte, blickte sie auf.

»Was ist?«

»Ich lache nur, weil mein hübsches kleines Mädchen mit den grünen Augen praktisch von oben bis unten voll Matsch ist.« Alfred lachte. »Du machst dich besser sauber, bevor deine Mutter dich sieht!«

Grace schob eine matschige Locke unter ihren Hut und grinste.

»Na, ich sollte besser sehen, was ich für dieses arme Tier tun kann.« Als ihr Vater zu ihr kam, machten seine Stiefel schmatzende Geräusche. »Du stützt sein Hinterteil, damit es sich nicht verletzt, und ich ziehe die Vorderbeine raus.«

»Bist du sicher, Dad? Das ist schwere Arbeit.«

»Ich habe mich nie besser gefühlt«, sagte er.

Grace hielt die Hinterläufe des Tiers, während Alfred schwer atmend die Muskeln anspannte und das Schaf vorsichtig herauszog.

»Wir haben es geschafft!«, rief Grace.

Als sie beobachtete, wie das Wesen auf unsicheren Beinen davonlief, ertönte ein durchdringender Schrei, gefolgt von einem dumpfen Aufprall. Grace fuhr herum und sah Alfred reglos am schlammigen Ufer liegen.

»Dad!« Sie stürzte zu ihm und presste ihr Ohr an seine Brust. Sein Herz schlug, aber es klang schwach. Mit angstgeweiteten Augen suchte sie die Gegend ab. Wenn doch nur ein Landarbeiter in der Nähe wäre, oder ein Viehtreiber, irgendjemand, der helfen konnte. Doch es war keine Menschenseele zu sehen, nur die Schafe, die ungerührt an dem stoppeligen Gras knabberten, die erbarmungslose Sonne am wolkenlosen Himmel und Tausende Morgen Leere.

Vor Anstrengung stöhnend hievte Grace ihren Vater aus dem Sumpf und in den Schatten eines Roten Eukalyptusbaums. Unter den Blicken eines schwarzen Kakadupaares faltete sie ihren Hut zusammen und schob ihn ihm sanft unter den Kopf, dann versuchte sie, seine Arme und Beine so bequem wie möglich zu lagern.

Tränen liefen ihr über die Wangen, während sie flüsterte: »Halt durch, Dad, nur ein bisschen. Ich sage Bill Bescheid. Wir kommen zurück und holen dich.«

Grace küsste ihren Vater zärtlich auf die Stirn, dann warf sie sich auf ihr Pferd und ritt wie der Wind über das flache Land.

Bill Gleason alarmierte Joe und Marjorie Evans – die Straße, die sich durch das Anwesen der Evans' wand, führte dicht an der Stelle vorbei, wo Alfred gestürzt war. Grace rief den Arzt an.

»Was soll ich jetzt tun?«, fragte sie den Vorarbeiter mit bebender Stimme. Die Vorstellung, dass ihr Vater allein und unbewacht war, brach ihr das Herz. Und was, wenn er wieder zu Bewusstsein kam und feststellte, dass sie weg war?

»Ihre Mutter braucht Sie«, sagte Gleason und sattelte sein Pferd. »Ich breche sofort mit den Jungs auf. Wir kümmern uns um Ihren Dad.«

Trotz Bills Versicherung war Grace elend zumute, als sie beobachtete, wie er und die zwei Jungs vom Hof donnerten. Sie war hin- und hergerissen, einerseits wollte sie unbedingt zurück zu ihrem Vater, zugleich wusste sie, dass sie ihre arme Mutter nicht alleinlassen durfte.

Angespannt warteten die beiden besorgten Frauen auf der Veranda. Ihre Mutter hatte geschrien, als Grace ihr mit schmutzigem, tränenverschmiertem Gesicht erzählte, was passiert war. Jetzt saß Olive steif, mit zusammengepressten Lippen auf einem der alten Korbstühle und starrte vor sich hin. Auch Grace hatte den Blick auf den Horizont gerichtet und hielt nach einer Bewegung Ausschau – einer Gestalt, einem Schatten, irgendetwas, das ihr Hoffnung geben konnte.

Im Haus klingelte das Telefon. Olive sprang auf, dicht gefolgt von Grace.

»Ja, ja. Verstehe. Richtig. Verstehe. Vielen Dank.« Langsam legte ihre Mutter den Hörer auf und sank auf einen Stuhl.

»Die Männer haben Brookfield umfahren«, sagte sie tonlos. »Sie haben deinen Vater auf dem Pferd zur Straße geschafft und dann im Truck der Evans' weiter ins Krankenhaus gefahren. Er hatte einen Herzinfarkt.«

»Keine Sorge, Mum«, sagte Grace, die neben ihr kniete. »Da fahren wir jetzt sofort hin.«

Doch Olive rührte sich nicht.

»Mum, warum stehst du nicht auf? Dad braucht uns!«

»Ach, Schätzchen, er braucht uns jetzt nicht mehr.« Olive stieß einen plötzlichen Schluchzer aus. »Dein Vater ist tot.«

Tot. Grace war wie betäubt. Das konnte nicht stimmen. Jack war im Krieg, Siddy wurde vermisst. Alfred war auf der Farm gewesen, sicher auf seinem Land, vor Unglück geschützt. Er gehörte zu den wenigen Männern, die belesen und klug waren und zugleich die Erde und die Jahreszeiten liebten. Jetzt hieß es, ihr Vater sei nicht mehr da. Das war unvorstellbar.

Grace presste die Knie in die weichen braunen Flanken des Pferdes und drängte es vorwärts. Sie ritt schnell, ihr Herz hämmerte, und der Wind sauste in ihren Ohren. Sie sehnte sich nach etwas Haptischem, nach einer rauen, körperlichen Verbindung. Doch ohne Alfred an ihrer Seite bot die wilde Schönheit der Landschaft ihr nur wenig Trost.

Die Beerdigung ihres Vaters war vorbei, ebenso wie der Leichenschmaus. Sie hatte Pater Bartholomews Gottesdienst gelauscht, doch die Predigt, die Gebete und die Schriftlesung waren an ihr vorbeigezogen, jede Äußerung war ihr so unbedeutend wie eine Staubwolke erschienen, die kurz vom Licht angestrahlt wurde und sogleich wieder verschwand.

Während des langen Leichenschmauses auf Brookfield hatte sich Grace wie eine leere Hülle gefühlt. Es war, als hätte sie ihren Körper verlassen und würde von oben zusehen, wie eine andere Grace Woods den Trauernden für ihren Besuch dankte, ihnen Sherry anbot und bestätigte: »Ja, ein großer Verlust.«

Nachdem sie die leeren Weiden hinter sich gelassen hatte, zügelte Grace das schwitzende Pferd und wechselte in den Schritt, um einen Weg durch die Banks-Kiefern und Myrtenheiden zu suchen. Der Bach befand sich ganz in der Nähe.

Ehe sie es sah, hörte sie das Wasser – sein leises Gluckern, wenn es an Schilf und Steinen vorbeifloss. Grace stieg ab und führte das Pferd an den Bach, damit es den Kopf neigen und trinken konnte. Sie schöpfte mit den Händen Wasser, trank ebenfalls und band das Pferd anschließend an einen Ast. Bis auf das Murmeln des Bachs, das leise Summen der Insekten und die vereinzelten Schreie einer Würgekrähe war es still.

So war es immer gewesen, dachte sie, nichts hatte sich verändert. Der Ort gehörte zu einer glücklicheren, lange zurückliegenden Zeit in ihrem Leben, bevor Jack und Siddy in den Krieg gezogen waren, bevor der Tod Leid nach Brookfield gebracht hatte.

Grace setzte sich auf einen flachen Stein am Rand des Wassers und lehnte sich gegen einen Baumstumpf. Sie dachte an die vielen Ausritte, die ihr Vater und sie zusammen unternommen hatten, die einhellige Freude über eine gute Ernte. Selbst wenn sie spätabends in seinem Arbeitszimmer die Bücher durchgegangen waren, hatten sie die Gesellschaft des anderen genossen.

Mit wehem Herzen dachte sie an eine Zukunft ohne ihn. Er war immer klug und zuverlässig gewesen – so ausgeglichen, so sicher. Er war immer für Grace da gewesen, und sie war zum Zeitpunkt seines Todes meilenweit weg gewesen. Wenn sie ihm nur hätte sagen können, wie viel er ihr bedeutete, ihm hätte über die Stirn streichen oder seine gütige Hand halten können, während er seinen letzten Atemzug getan hatte. Überwältigt von Trauer und Schuld, ließ Grace den Kopf hängen und schluchzte.

Ein sanfter, trockener Wind raschelte in den Blättern zu ihren Füßen. Sie fühlte sich unendlich müde. Der Tag schien ewig lang zu sein. Als ihr die Augen zufielen, murmelte sie: »Ich liebe dich so sehr, Daddy. Warum musstest du gehen?«

Grace war fast eingeschlafen, als sie meinte, die Stimme ihres Vaters durch den Wind flüstern zu hören: »Am Ende müssen wir alle gehen.«

Als sie aufwachte – sie war sich sicher, dass sie nur wenige Minuten eingedöst war –, hatte der Wind aufgehört. Abgesehen von dem leisen Geräusch des Baches war es vollkommen ruhig.

Sie band das Pferd los und führte es aus dem Gestrüpp, am Dickicht aus flammend rotem Pfeifenputzer und dorniger Banksia vorbei. Dann zog Grace sich in den Sattel hoch und ritt langsam nach Brookfield zurück.

Kapitel 9

Sydney, März 1945

Den Blick auf die Leinwand des kunstvoll vergoldeten Mayfair Kinos gerichtet, verfolgte Grace aufmerksam, wie die flackernden Schwarz-Weiß-Aufnahmen der Wochenschau ein siegreiches Bild nach dem anderen zeigten. Als die Kamera über eine Gruppe Piloten schwenkte, die mit triumphierendem Lächeln jubelnd aus einer Reihe Spitfire-Bomber sprangen, stockte ihr der Atem.

»Die sehen ja aus wie Filmstars«, flüsterte Charlotte.

»Und weißt du, was?«, flüsterte Grace zurück. »Für mich ist jeder von ihnen Jack.«

In dem dunklen Kinosaal wurde ihr auf einmal bewusst, wie sehr sich ihre Gefühle für Jack verändert hatten. Einst hatte sie in ihm nur einen netten Jungen aus der Gegend gesehen, der immer in sie verliebt gewesen war. Jetzt empfand sie eine tiefere Zuneigung zu ihm, insbesondere, da seine Briefe keinen Zweifel daran ließen, wie wichtig sie für ihn war. Erst gestern hatte Grace eine Postkarte vom Big Ben erhalten. Sie erinnerte sich noch an die zwei schlichten Sätze, die er eilig geschrieben hatte: *Jede Nacht träume ich, dass ich dich wieder in den Armen halte. Das ist alles, was ich will.*

Zu Beginn des Krieges hatte Grace den überschwänglichen Ton von Jacks Briefen verwirrend gefunden. Seine Worte waren zu fröhlich, sie klangen nicht ehrlich. Während sie sich selbst jeden Tag wappnete, ehe sie die immer länger werdenden Listen der Toten und Verwundeten in der Zeitung las, schrieb Jack nie von den schweren Verlusten, die sein Geschwader während der Angriffe auf Europa erlitt. Erst wenn er den Namen eines speziellen Kameraden nicht mehr erwähnte, ahnte sie, dass wieder einer von Jacks Freunden seinem Schicksal erlegen war.

Im Laufe der Zeit veränderte sich sein unbeschwerter Ton und wurde zunehmend finster, bis er in seinem letzten Brief geschrieben hatte:

Das war ein schlimmer Tag. Wir waren unterwegs zu Aufklärungsflügen, als das Flugzeug von einem der Jungs heftig Feuer fing. Das Cockpit ging in Flammen auf, und der arme Kerl war gefangen. Ich habe gesehen, wie er versuchte, hinauszukommen, und konnte einfach nichts tun.

Wenn ich nicht wüsste, dass du zu Hause auf mich wartest, Gracie, weiß ich nicht, was aus mir würde. Wenn ich es so verdammt satthabe, dass ich nur noch in ein tiefes schwarzes Loch kriechen und nie mehr herauskommen will, sage ich mir, dass ich für unser künftiges Glück kämpfe. So halte ich durch.

Grace versuchte sich vorzustellen, wie hoffnungslos Jacks Leben gewesen war. Gewiss war er mehrfach nur knapp mit dem Leben davongekommen, doch er hatte nur in dem einen Brief von einer Bruchlandung berichtet, und auch da hatte er keine Einzelheiten darüber verraten, was passiert war.

Eins wusste sie ganz genau: Nach den schrecklichen Jahren, die Jack erlitten hatte, durfte sie ihn nicht im Stich lassen.

»Stell dir vor, was er erreicht, was er geleistet hat«, sagte sie zu Charlotte und ignorierte das gereizte »Schh« von dem Paar mittleren Alters, das in der Reihe hinter ihnen saß. »Jack Osbourne ist kein Junge mehr. Er ist ein Held.«

Brookfield, Dezember

Bald war Weihnachten. Die letzten drei Monate waren knochentrocken gewesen. Die ehemals üppigen Weiden hatten die Farbe von Pergament angenommen, und die Weizenernte drohte zu verdorren.

Als Grace einen Krug Wasser über die welkenden Rosen ihrer Mutter goss, entfuhr ihr ein Seufzer. Seit Tagen wartete sie nun schon auf Jack. Der Krieg war seit Monaten vorbei, doch es hatte ewig gedauert, bis man ihn offiziell entlassen hatte. Und selbst dann hatte sie nicht gewusst, wann er auf ein Schiff nach Australien steigen konnte.

Jack war mehr als fünf Jahre weg gewesen, dachte sie niedergeschlagen, und während dieser ganzen Zeit hatte er Ruhm angehäuft. Und was hatte sie erreicht? Es kam ihr sehr wenig vor. Ja, sie hatte hart auf der Farm gearbeitet, noch mehr, seit ihr Vater letztes Jahr gestorben war. Abends fiel sie mit Blasen an den Fingern und schmerzendem Rücken ins Bett. Doch Schafe zusammenzutreiben oder Weizen zu ernten war nicht gefährlich; sie hatte nicht ihr Leben riskiert.

Die karitativen Aufgaben zur Unterstützung des Kriegseinsatzes waren noch weniger beschwerlich gewesen. Es gab Tanzveranstaltungen in der Gegend und elegantere Bälle und Empfänge, die sie während ihrer Aufenthalte in Sydney besucht hatte. Grace lächelte. Sie musste zugeben, diese prächtigen Veranstaltungen waren eine angenehme Abwechslung von den langen, harten Tagen auf der Farm gewesen.

Die Stadt wimmelte von Soldaten – erst nur Australier, doch dann waren die Amerikaner gekommen. Bewunderer mit jugendlichen Gesichtern hatten die Mütze gelüftet und sie »Ma'am« genannt. Wenn sie eine ihrer Einladungen annahm, – vielleicht zum Abendessen im edlen Restaurant Princes oder zum Tanz im Trocadero –, erhielt sie vor ihrem Eintreffen zuverlässig eine Schachtel Schokolade oder ein frisches Anstecksträußchen aus Orchideen. Grace hatte sogar einige Heiratsanträge bekommen, obwohl sie den leidenschaftlichen jungen Männern, die sie verfolgten, nie mehr als einen harmlosen Flirt anbot.

Einmal war sie auf einer Party auf dem Luftwaffenstützpunkt in Parkes einem schneidigen Offizier begegnet. Sie hatten sich amüsiert, schwungvoll Foxtrott getanzt und auch etwas amerikanischen Swing. Dann beging sie einen Fehler und forderte ihn auf, draußen etwas kühle Luft zu genießen. Er hatte mit ihr schlafen wollen, und als sie ihn abwies, hatte der Bursche ihr vorgeworfen, mit ihm geschäkert zu haben. Hatte sie ihm etwas vorgemacht? Er sah sehr gut aus, und Grace musste zugeben, dass sie kurz überlegt hatte, ob sie sich nur dieses eine Mal gehen lassen sollte. Dann war ihr unangenehm kühl geworden, und die Versuchung war vorbei. Tatsache war, dass sie, egal, wie anziehend ein Mann auch wirkte, nie die kribbelnde Anziehung empfunden hatte, die andere Mädchen beschrieben. Grace sagte sich, dass das nur bewies, wie sehr sie ihren Freund aus Kindertagen liebte. Sie war sich sicher, dass sie Jack unwiderstehlich finden würde, wenn er endlich zurückkehrte.

Als Grace den Krug umdrehte und die letzten Wassertropfen auf dem ausgetrockneten Blumenbeet verteilte, hörte sie Hufschläge in der Ferne. Sie sah auf und erkannte in einer Wolke aus rötlichem Staub den unscharfen Umriss eines Pferdes mit Reiter. Wahrscheinlich einer der Hilfsarbeiter der Farm, der die Grenzzäune überprüft hatte. Doch etwas an der Gestalt des Reiters, an der Art, wie er aufrecht im Sattel saß, verursachte ein Kribbeln auf ihrem Rücken. Blinzelnd versuchte sie den Hitzeschleier zu vertreiben. Einen Moment später war sie sich fast sicher. Dann war sie sich ganz sicher.

Grace Woods rannte durch das offene Tor der Farm, als Major Jack Osbourne von seinem Pferd sprang und in ihre wartenden Arme lief.

Sydney, Mai 1946

Am Tag ihrer Hochzeit betrat Grace in einem cremefarbenen Kleid mit gepolsterten Schultern von Miss Louise, einem kleinen Cocktailhut mit Schleier von Lamotte und einer Halskette aus Zuchtperlen mit passenden Ohrringen – ein Geschenk ihrer Mutter – die alte Steinkirche Saint James. Als Mr. Fairweather ihr angeboten hatte, sie den Gang hinunterzuführen, war sie gerührt gewesen, doch als sie sich nun bei ihm einhakte, vermisste sie unwillkürlich ihren Vater. Bei dem Gedanken an Alfred und auch an Siddy verschleierten Tränen ihren Blick. Obwohl sie beharrlich leise weiter gehofft hatte, musste sie im Laufe der Jahre doch zugeben, dass der besondere Mann, der ihr immer so viel bedeutet hatte, wahrscheinlich nicht mehr am Leben war.

Die Hochzeit war eine bescheidene Angelegenheit mit vielleicht fünfzig Gästen, denn weder Jack noch sie wollten viel Aufhebens machen. Ohnehin wurden Butter, Zucker und selbst Stoff von der Regierung streng rationiert – so war es einfacher für alle. Lottie, die charmant in zartes Rosa gekleidet war und einen Reifen aus Rosenknospen im blonden Haar trug, war ihre einzige Brautjungfer. John Finch, ein Pilotenfreund von Jack aus Sydney, dessen Augenklappe und

Gehstock darauf hindeuteten, wie knapp er einer Katastrophe entgangen war, war sein Trauzeuge.

Grace war noch nicht einmal nervös oder freudig erregt, als sie zu den stürmischen Klängen des traditionellen Brautchors neben ihrem überglücklichen künftigen Ehemann eintraf. Stattdessen hatte sie den Eindruck, dass sie sich, seit sie Jack mit zwölf Jahren zum ersten Mal begegnet war, auf einem langsamen Förderband fortbewegte. Jetzt war sie am festgelegten Ziel angekommen.

Als Grace Lottie ihren Strauß roter Rosen reichte, entdeckte sie das hübsche Gesicht ihrer Mutter, das eine Freude ausdrückte wie nur selten seit Alfreds Tod. Wenn Grace jemals Zweifel an der Ehe mit Jack gehabt hatte, genügte ein Blick auf Olives überglückliches Gesicht, um sich zu beruhigen, dass sie die richtige Entscheidung getroffen hatte.

Die bunten Lichtflecken, die durch die farbigen Kirchenfenster hereinfielen, schienen sich vorübergehend zu verdunkeln. Die letzten heiseren Töne der Pfeifenorgel verhallten. Dann hörte Grace, wie Pater Edwin sich räusperte und der Traugottesdienst begann.

Es wurde aus der Bibel gelesen, es wurden Hymnen gesungen und eine ernste Predigt über die Unantastbarkeit der Ehe gehalten. Jack und sie wiederholten ihre Antworten, dann tauschten sie andächtig den Schwur, sich für immer zu achten, zu lieben und zu ehren. Der Trauzeuge humpelte nach vorn und überreichte den Platinring. Jack lächelte breit, als er den zarten Ring auf den vierten Finger von Grace' linker Hand steckte.

Als der Pfarrer verkündete: »Sie dürfen die Braut jetzt küssen«, tat der Bräutigam dies so begeistert, dass er Grace beinahe umwarf. Sie merkte, wie sie errötete, als einige der jüngeren Männer unter den Kirchgängern jubelten.

Nachdem die Urkunde unterschrieben war, verließen die beiden die Kirche. Grace stand Arm in Arm mit ihrem Mann unter einem grauen Himmel und empfing unter Jubeln und Konfettiwolken von allen Seiten Glückwünsche. Erst in diesem Moment wurde ihr klar, dass sie von nun an Mrs. Jack Osbourne sein würde. Grace Woods war irgendwo in der Kirche entwischt.

»Meine Güte!«, rief Jack aus, als Grace ihn an jenem Abend in der Lobby des Hotel Australia traf. »Du siehst ja aus wie ein Filmstar, Liebling.«

Die Hochzeitsfeier hatte in dem berühmten Smaragdzimmer des Hotels stattgefunden. Grace war klar, dass ihr vor Freude das Herz übergehen müsste, doch die stickige Luft, die schweren italienischen Lüster, die weißen Marmorstatuen und sprudelnden Brunnen wirkten bedrückend, und zusammen mit dem Lärm der sich unterhaltenden, essenden, lachenden und trinkenden Gäste war ihr davon schwindelig geworden. Anschließend fühlte sich Grace erschöpft und bat Jack, ein oder zwei Stunden für sich sein zu dürfen. Zum Glück hatte er zugestimmt und war einige Zeit mit John in die Bar gegangen.

Nachdem sie ihren förmlichen Hut und das Kleid abgelegt hatte, war Grace dankbar in ein luxuriöses Bad mit Rosenöl gesunken. Als das duftende Wasser um sie schwappte, hatte sie gehofft, dass ihre Aufregung vor der Hochzeitsnacht nicht allzu offensichtlich sein würde. Vielleicht drückten das gewagte, tief ausgeschnittene Cocktailkleid aus rotem Satin und die hohen Plateauschuhe, die sie anziehen wollte, eine Weltläufigkeit aus, die sie nicht empfand.

»Wärst du böse, wenn wir unsere Pläne ändern und nicht

bei Romano's zu Abend essen?«, fragte Jack und musterte Grace anerkennend. »Ich habe meine umwerfende Braut den ganzen Tag lang mit anderen teilen müssen und kann es nicht erwarten, dich ganz für mich zu haben. Wie wäre es, wenn ich uns stattdessen was zum Essen in unsere Suite bringen lasse?«

Bei dem puren Verlangen in Jacks Augen bekam Grace Schmetterlinge im Bauch. »Allein mit meinem frisch angetrauten Ehemann zu speisen, ist in der Tat eine sehr gute Idee.« Sie lächelte.

Wenige Minuten, nachdem sie in die luxuriöse Hochzeitssuite zurückgekehrt waren, kam ein Kellner mit einer Fliege und brachte einen Eiskühler mit zwei Flaschen Champagner. »Damit er uns nicht ausgeht«, bekannte Jack grinsend. Dann rollte ein anderer Kellner einen Servierwagen herein, auf dem ein Dutzend Felsenaustern arrangiert waren und sich ein gebratener Butt unter einer Silberglocke verbarg. Außerdem gab es Erdbeeren mit Schlagsahne und Schokoladenpfefferminzkuchen.

»Ich hoffe, es gefällt dir«, sagte Jack. »Ich weiß, wir haben bei der Feier gespart, aber schließlich gibt es nur eine Hochzeitsnacht, oder? Ich fand, wir sollten aufs Ganze gehen.«

Sobald sie wieder allein waren, schenkte er zwei Gläser sprudelnden Champagner ein.

»Auf mein wunderhübsches Mädchen«, sagte er kühn und trank einen Schluck.

Sie saßen sich an einem kleinen Tisch gegenüber, aßen Austern und lachten über die überraschend lustige Rede des Trauzeugen und die drei Bowlenschüsseln unter ihren Hochzeitsgeschenken.

»Ich sage es nur ungern«, Grace kicherte, »aber wir haben auch drei Toaster bekommen.«

»Nun ja, ich glaube, was wir jetzt brauchen, ist mehr Champagner«, verkündete Jack. Grace versuchte, nicht daran zu denken, wie oft er sich bereits nachgeschenkt hatte.

»Weißt du was«, sagte er mit heiserer Stimme, »ich habe irgendwie keinen Appetit mehr. Süße, warum legen wir uns nicht aufs Bett? Es sieht schrecklich bequem aus.«

Grace streifte ihre Schuhe ab, schlug die Tagesdecke zurück und legte sich voll bekleidet auf die weiße Baumwolldecke. Zu ihrer Erleichterung verspürte sie nicht die üblichen Hemmungen. Stattdessen durchströmte zarte Lust ihren Körper. Heute Nacht würde sie sich zum ersten Mal einem Mann hingeben; dieses kostbare Geschenk hatte sie für ihren Ehemann aufgehoben. Als er sich neben sie legte, erwartete sie eine romantische, langsame Einführung in die Kunst des Liebesspiels.

Jack schien jedoch andere Vorstellungen zu haben. Er gab ihr nur einen flüchtigen Kuss, dann merkte sie, wie er vorn an den kleinen Knöpfen ihres roten Kleides herumfummelte.

»Verdammt, Gracie, hilf mir mal«, brummte er.

Grace beeilte sich, das Kleid zu öffnen. Sie wollte Jack jetzt auf keinen Fall verärgern. Dann landete das Kleid irgendwie auf dem Boden, ihr Büstenhalter war verschwunden, und seine Finger strichen über ihre Brustwarzen.

Sie hatte kaum Zeit, sich an das neue Gefühl zu gewöhnen, da riss er ihr auch schon das Höschen herunter und schob seine Hand zwischen ihre Beine. Das ging alles viel zu schnell.

»Halt, Jack!«, sagte sie und schob seine Hand fort.

»Was zum Teufel ist los?«, stöhnte er.

»Du … das geht viel zu schnell.«

»Gott, das tut mir leid, Gracie, ich habe so lange gewartet«, keuchte er. »Du siehst so verdammt sexy aus in diesem Kleid und, nun ja …« Seine Hände strichen über ihre Schenkel und befummelten ihre Brüste. »Versuch einfach, dich zu entspannen, okay? Vertrau mir, es wird toll.«

Aber das war es nicht. Bei dem, was Jack tat, verspannte sie sich – und es kam ihr alles schrecklich überstürzt vor. Vielleicht war das einfach so zwischen Ehemann und Ehefrau, dachte Grace unsicher. Und wenn es so war, dann musste sie zumindest begeistert wirken. Sie setzte ein Lächeln auf und schlang die Arme um ihn.

»Siehst du?«, sagte Jack. »Ich wusste, dass es dir gefällt.«

Sie wartete, während er seinen Körper auf ihren presste, und versuchte, nicht aufzuschreien, als sie erst sein Gewicht auf sich spürte, dann ein beharrliches Drücken und schließlich einen brennenden Schmerz.

Schwer atmend stöhnte Jack: »Gott, das war gut.« Er drehte sich auf den Rücken und war innerhalb von Sekunden eingeschlafen.

Grace verstand das nicht. Olive hatte immer behauptet, der Sex sei nur ein Genuss für Männer, doch einige ihrer verheirateten Freundinnen hatten angedeutet, dass das Glück beiderseitig sei. Warum war nicht auch sie von der Leidenschaft überwältigt worden?

Steif, wund und enttäuscht fragte sie sich, ob etwas mit ihr nicht stimmte. Vielleicht war sie – wie nannten die Mädchen das? – frigide. Grace hatte sie in wissendem Ton über solche Frauen reden hören. Sie behaupteten, es sei der Grund, warum Männer fremdgingen.

Während sie Jacks Schnarchen lauschte, sagte sich Grace, dass sie in diesen Dingen schließlich ein Neuling war. Sie würde einfach lernen müssen, es richtig zu machen und –

wer weiß? – vielleicht würde sie diese körperliche Nähe, die Männer von ihren Ehefrauen erwarteten, sogar genießen. Ganz sicher würde sich ihr Liebesspiel verbessern. Es war nur eine Frage der Zeit.

Kapitel 10

Paris, Dezember 1948

Während Madame sie durch ein Labyrinth aus Zimmern und Fluren führte, hielt sich Grace dicht hinter ihrem schmalen burgunderroten Rücken. Dann, gerade als sie um eine Ecke gebogen waren, blieb die stilvolle Frau unvermittelt stehen.

»Jeanne«, sagte sie mit ungeduldiger Geste zu einer Assistentin in einem dezenten dunkelgrauen Kostüm. »Warum stehen diese Gardenien hier im Flur? Ich bin mir sehr sicher, dass *le patron* sie im Salon haben wollte. Die Vicomtesse de Noailles kommt heute zur Anprobe, und das sind ihre Lieblingsblumen. Bitte schaffen Sie sie umgehend dorthin.«

Neugierig wollte Grace gerade nachfragen, ob alle Kundinnen des Hauses mit ihren Lieblingsblumen verwöhnt wurden, doch Madame Raymonde war noch nicht fertig.

»Und was soll das hier? Wie nachlässig!«, sagte sie und hob einen weißen Baumwollfaden von dem vornehmen grauen Teppich auf. Sie wandte sich an Grace: »Ich sehe Ihren neugierigen Blick. Sie fragen sich: ›Was genau ist eigentlich die Aufgabe von Madame Raymonde?‹« Sie lachte leise. »Monsieur Dior bezeichnet mich gern als seine ›bessere Hälfte‹. Eigentlich ist es meine Aufgabe, Probleme zu lösen.« Sie hielt inne und schien über die unendliche Verantwortung ihrer Position nachzudenken.

»Ich organisiere den vollen Terminkalender von *le patron*, stelle Personal ein, überwache die Produktion, bestelle Stoff und sorge dafür, dass jede Abteilung genau weiß, was von ihr erwartet wird«, sagte Madame Raymonde und zählte jede Aufgabe an ihren langen Fingern ab. »Ja, ich kümmere mich um vieles. Einiges davon – wie die Lieblingsblumen einer Kundin oder ein einzelner Faden – mag Ihnen belanglos erscheinen. Doch Sie werden bald feststellen, Mademoiselle Dubois, dass in diesem besonderen Modehaus jeder hier, um welche Aufgabe es sich auch handeln mag, nach Perfektion strebt. Wenn Sie dem nicht gerecht werden können, werden Sie nicht sehr lange bei uns bleiben.«

Diese ernüchternde Bemerkung drängte Grace zu einer Erklärung: »Ich verspreche, mein Bestes zu geben. Das ist das Mindeste, was ein Genie wie Christian Dior erwarten darf.«

»Monsieur Dior ist nicht nur ein Genie«, korrigierte Madame Raymonde. »Und wo wir gerade dabei sind, er ist auch nicht einfach nur der Erfinder des New Look. Er ist der Mann, der die Pariser Mode gerettet hat.«

Beide schwiegen.

»Also, wo war ich stehen geblieben?«, sagte Madame Raymonde nachdenklich. »Ach, ja.« Sie nickte. »Ich wollte sagen, dass ich Ihnen auf dem Weg zu Ihrem Treffen mit *le patron* einige bemerkenswerte Frauen vorstellen kann. Jede trägt auf ihre Weise dazu bei, dass es in der *maison* so glatt läuft – wie soll ich es ausdrücken?« Sie nickte wieder. »Ja, so glatt wie der feinste Seidenmusselin.«

Die Dame in dem roten Kostüm dort drüben, die sich mit dem kleinen Mann von der *Vogue* unterhält, ist Madame

Luling. Sie ist für die Öffentlichkeitsarbeit zuständig«, erklärte Madame Raymonde, während sie Grace zügig durch das Atelier führte. »Ob es um die Presse oder um unsere Kunden geht, Suzanne besitzt die faszinierende Fähigkeit, auch die ungewöhnlichsten Wünsche zu erfüllen.

Und in diesem Raum zur Rechten hier ist Madame Beguin, die *maison's première vendeuse*«, fuhr sie am Eingang zu einem Salon fort. »Wir mussten sie von Mainbocher abwerben, wissen Sie.«

Grace blickte zu Diors Chefverkäuferin, die in ein Gespräch mit einer spindeldürren, schick gekleideten Dame vertieft war.

Mit gedämpfter Stimme sagte ihre elegante Führerin: »Wir wussten, wenn sie zu uns kommt, würde ihr die Herzogin von Windsor folgen. Wie Sie vielleicht bemerkt haben«, sie deutete mit dem Kopf auf die Damen, »ist genau das passiert.«

Als sie den Korridor hinunterschritten, nickte ihnen als Nächstes eine beeindruckende Erscheinung zu. Die Frau sah aus, wie sich Grace Cleopatra vorstellte, hätte die Königin des Nils ein überaus schickes, schmal geschnittenes schwarzes Kleid getragen, eine glänzende Perlenkette und einen Turban mit Leopardenmuster.

»Himmel, wer war das?«

»Madame Bricard. Sie stellt uns ihr Auge zur Verfügung.«

»Ihr Auge?«

»Nun ja, es ist unfehlbar. La Bricard ist eine der ganz wenigen Frauen, die den perfekten Geschmack besitzen. Ich würde sogar so weit gehen zu behaupten, dass sie unersetzlich für *le patron* ist.«

Schließlich führte Madame Raymonde Grace einige Stufen hinauf. »Jetzt werden wir die Werkstatt besuchen, wo Sie unsere *directrice de technique* kennenlernen. Wir nennen sie nur *la première*, weil sie, was diese *maison* angeht, unvergleichlich ist.«

Grace betrat einen großen lichtdurchfluteten Raum voller Stoffballen, Schneiderpuppen, Garnrollen, Scheren und Bänder. Es gab breite Zuschneidetische und kleine Tische, an denen unzählige Frauen saßen, die einheitlich weiße Kittel trugen und hoch konzentriert mit der Hand nähten. Unter ihnen sah Grace eine fröhliche Frau mit Apfelwangen, die einem Renoir-Gemälde entstiegen sein könnte.

»Darf ich Ihnen Madame Carré vorstellen«, sagte Madame Raymonde. »Marguerite beaufsichtigt nicht nur das Atelier, ihr kommt auch die große Verantwortung zu, die Entwürfe von Monsieur Dior zum Leben zu erwecken. Durch ihre Magie wird aus ein paar schwarzen Strichen auf einem Blatt Papier das Kleid einer Debütantin, ein Kostüm für die Frau eines Botschafters oder ein Abendkleid, das einer Königin würdig ist.«

Die *première* sah von ihrem Arbeitstisch auf. »Und das Ergebnis muss immer dasselbe sein – makellos!«

Madame Raymonde lächelte. »Mademoiselle Dubois, ich werde Sie Marguerites äußerst geschickten Händen überlassen. Wenn Sie mit Ihnen fertig ist, sollte *le patron* zu sprechen sein.«

Nachdem die Geschäftsführerin von Dior aus dem Raum geeilt war, fragte Grace: »Wie lange dauert es eigentlich, ein Kleid anzufertigen?«

»Etwas Schlichtes vielleicht achtzig Stunden«, sagte die *première* leichthin.

»*Achtzig*!«

»Nun ja, Mademoiselle. Wenn ich ›schlicht‹ sage, meine

ich natürlich, dass es nur schlicht *erscheint.*« Sie nahm ein schlichtes schwarzes Mieder und drehte es auf links. »Sehen Sie die Einlage, die für die Form sorgt? Und die winzigen Stiche, mit denen das Taftfutter befestigt ist? Genau wie im Leben«, fügte sie philosophisch hinzu, »erfordert es viel Zeit und Mühe, den Aufwand zu verbergen, der hinter einem perfekten Äußeren steckt.«

Madame Carré bedeutete Grace näher zu treten. »Dieses kleine Buch«, erklärte sie mit Nachdruck und schwang ein grünes Büchlein, »ist das Allerwichtigste. Es enthält die Maße jedes Mannequins. Alles, was wir im Atelier herstellen, basiert auf diesen Zahlen, darum ist es essenziell, dass sie genau sind. Jetzt werde ich Sie vermessen, *s'il vous plaît.*«

Madame Carré lief geschäftig umher und notierte den Umfang von Grace' Hüften, Taille und Büste. Den Abstand zwischen den Schultern, die Breite ihres Rückens, die Armlänge, den Umfang ihrer Handgelenke und die genauen Maße von einem Dutzend anderer Stellen.

Während das Maßband umherflog, dachte Grace darüber nach, wie glücklich sie sich schätzen konnte, dass ein enormer Zufall sie in genau die Stadt geführt hatte, in der sie am liebsten sein wollte. Nachdem sie das sichere Leben, das sie bislang geführt hatte, für immer verlassen hatte, betete Grace, dass sie in der berühmten Stadt die Antworten fand, die sie suchte.

»*Tournez, Mademoiselle Dubois!*«

Grace war in Gedanken versunken gewesen und hatte nicht richtig aufgepasst. Künftig musste sie sich besser konzentrieren, wenn sie auf eine dauerhafte Stellung als Hausmannequin bei diesem außerordentlich begabten Mann hoffte, der allseits als der wichtigste lebende Couturier galt.

Christian Dior. Sie dachte daran, wie sie vor nicht ganz zwei Jahren am anderen Ende der Welt zum ersten Mal seinen Namen gelesen hatte. Es war gegen Ende eines drückenden Sommertages gewesen. In der Hoffnung auf einen leichten Luftzug hatte sie die Haustür von Merindah offen gelassen, der Schafstation, die Jacks Eltern ihm zur Hochzeit geschenkt hatten. Sie erinnerte sich, dass sie die Zeitung vom Flurtisch genommen hatte und ihre Ohren von den Schreien der rosagrauen Rosenkakadus, die in den alten Eukalyptusbäumen am Tor saßen, klingelten.

Sie hatte die Tür geschlossen, war durch das gegen die Hitze abgedunkelte Haus in die Küche gegangen und hatte die Zeitung auf dem zerschrammten Kieferntisch ausgebreitet. Zu ihrer Überraschung fand sie dort einen Artikel über Mode, und zwar nicht wie üblich versteckt in der bescheidenen Rubrik für Frauen ganz hinten, sondern prominent direkt auf der Titelseite. Unter der fetten Überschrift »New Look versetzt Paris in Staunen« wurde die erste Kollektion eines kühnen französischen Modeschöpfers beschrieben, von dem anscheinend noch nie jemand gehört hatte. Nachdem die Deutschen in Paris einmarschiert waren, hatte man kein Wort mehr über die französische Mode gelesen, und auch nach Kriegsende schien es darüber wenig zu berichten zu geben. Doch nun behauptete die Zeitung, dass die Kleider von Monsieur Christian Dior »revolutionär« seien und die elegantesten Frauen der Welt über seine aufwendigen Kleider und Roben in Verzückung gerieten.

Als Grace von den begeisterten amerikanischen Moderedakteuren las, die die Show auf zarten vergoldeten Stühlen verfolgt hatten, und von den wunderbaren Mannequins, die mit einem Schwung ihrer fantastischen Glockenröcke

Aschenbecher vom Tisch fegten, wünschte sie, sie wäre dabei gewesen.

»Grace!« Jack stürmte herein, das Gesicht voller Schweiß und Dreck. »Wovon um Himmels willen träumst du? Ich war den ganzen Tag draußen in den verdammten Schuppen zum Schafescheren. Du könntest wenigstens die Zeitung weglegen und deinem Mann Hallo sagen.«

Doch Grace war so fasziniert von der Beschreibung des unbekannten Franzosen und von seinen prächtigen Kreationen, die so radikal anders waren, dass sie Jack kaum hörte. Laut dem Artikel hatten die Kleider von Christian Dior nichts mit den reizlosen traurigen Teilen gemein, die Grace und alle anderen, die sie kannte, tragen mussten, seit vor fünf Jahren die Rationierungen eingeführt worden waren. Ärgerlicherweise hatte sich seither nichts geändert, obwohl der Krieg Ewigkeiten her war. Doch Diors gewagte Konfektion verstieß gegen alle Regeln der Regierung: Um schmale, geschnürte Taillen schwangen üppige Röcke, die aus dreißig, fünfunddreißig oder sogar vierzig sündigen Metern kostbaren Stoffs gearbeitet waren – aus feiner Wolle, Seidentaft, Samt und Satin.

Grace sah vor sich – das Bild war noch äußerst lebendig –, wie sie in der Küche der Schafstation an ihrem ärmlichen karierten Kleid gezupft hatte. Es war ihr irgendwie gewöhnlich vorgekommen. Und sie erinnerte sich noch gut an die Worte, die sie anschließend tagelang vor sich hingemurmelt hatte, wann immer sie sich vorstellte, wie man sich wohl in einem Kleid von Christian Dior fühlte. »Einfach außerordentlich.«

Bei der Erinnerung musste Grace lächeln. Denn so unwahrscheinlich es auch schien, nun stand sie im weltweiten Epizentrum der Haute Couture, wo die zuverlässige *première* von Dior sorgfältige Vorbereitungen dafür traf, dass Mademoiselle Dubois zumindest während ihrer Arbeitszeit nichts als die legendären Kreationen des großen Couturiers trug.

Kapitel 11

Merindah, Mai 1948

Es herrschte Stille. Man hörte nur, wie Tee eingeschenkt wurde, das Klirren der Tassen, die auf dem Tisch abgesetzt wurden, oder das Knirschen beim Schneiden einer Toastscheibe.

Dies war ihr zweiter Hochzeitstag, und gestern Abend hatten sie sich aufs Neue schrecklich gestritten. Wieder einmal hatte Jack zu viel getrunken. Grace hatte seinen von Whiskyatem begleiteten amourösen Avancen eine Abfuhr erteilt. Und als ihr herausrutschte, dass er seit der Rückkehr aus dem Krieg nicht mehr derselbe sei, war er wütend geworden.

Jack hatte sie gepackt und – nun ja, er war ihr Ehemann, darum konnte sie nicht sagen, er hatte ihr Gewalt angetan. Doch als Grace deutlich gemacht hatte, dass sie ihn nicht wollte, hatte er dennoch weitergemacht. Es war entwürdigend gewesen.

Der süße Junge, der einst geschworen hatte, sie nie zu etwas zu zwingen, was sie nicht wollte, war schon lange Geschichte. Jetzt sprachen sie nicht miteinander, und Grace würde das Schweigen auf keinen Fall als Erste brechen.

Schließlich knurrte Jack: »Warum musst du das immer wieder tun?«

»Was?«, fragte Grace kühl.

»Mich demütigen.«

»Es ist schwer, in Stimmung zu kommen, wenn du nach Alkohol stinkst.«

»Verdammt!«, platzte es aus Jack heraus. »Was stimmt nicht mit dir? Ganz egal, ob ich betrunken oder nüchtern bin, es ist immer das Gleiche. Es kommt mir vor, als wäre ich mit einem verdammten Eisblock verheiratet.«

Das hatte gesessen. Grace wusste nur zu genau, dass sie eine totale Niete war, wenn es um Sex ging.

»Und noch etwas. Du hältst dich für eine kleine Miss Perfect. Du meinst, du wüsstest alles besser als ich!« Jetzt schrie er. »Ich sage dir was: Kein Kerl, der etwas taugt, würde es tolerieren, dass sich eine Frau in sein Geschäft einmischt.«

»Jack, ich habe nur versucht, mich nützlich zu machen. Was ich gestern gesagt habe – ich denke doch nur, weil schon wieder eine Dürreperiode auf uns zukommt, wäre es vielleicht sinnvoll, ein paar Schafe zu verkaufen.« Wie man eine Farm leitete, das wusste sie zumindest.

»Du kannst es einfach nicht lassen, oder?« Jack schlug mit der Faust auf den Tisch und ließ die Tassen tanzen. »Steck deine Nase nicht in Dinge, die dich nichts angehen. Kümmere dich um deine Aufgaben als Frau. Ich dachte, ich hätte mich klar ausgedrückt.«

»Ich wollte nur helfen, dir eine gute Ehefrau sein«, sagte Grace.

»Wie eine gute Ehefrau könntest du dich ausnahmsweise mal im Schlafzimmer benehmen, anstatt dich in Dinge einzumischen, die dich nichts angehen.« Seine Augen blitzten vor Zorn. »Willst du mich in meiner Männlichkeit kränken – ist es das, was du willst? Denn dann, Schätzchen, bist du auf einem guten Weg.«

»Aber ich habe mein ganzes Leben lang auf einer Farm gelebt und gearbeitet!«, protestierte sie. »Nachdem Dad gestorben war, habe ich Brookfield praktisch allein geführt.«

»Es wird höchste Zeit, dass du das vergisst.« Wütend starrte Jack sie an. »Ich habe in diesem Krieg nicht für einen verdammten Geschäftspartner gekämpft! Ich habe davon geträumt, zu einer Frau nach Hause zu kommen, die mir ein bisschen Liebe und Zuneigung schenkt – nur dass du dazu nicht in der Lage bist.«

»Tja, wenn du mich nicht wie einen Dummkopf behandeln würdest ...«

»Schluss jetzt!«, sagte Jack. »Mir reicht's.« Er schleuderte die Serviette auf den Tisch, sprang auf und stapfte aus dem Haus.

Allein vor den Trümmern des halb aufgegessenen Frühstücks, sagte Grace leise: »Mir auch.«

Grace ließ Merindah nur ungern allein, sprang jedoch auf eins der neuen Motorräder, um zum Anwesen der Fairweathers nach Oakhill zu fahren und Charlotte zu besuchen. Nachdem der Krieg vorbei war, arbeitete ihre Freundin jetzt halbtags für einen Arzt in Parkes. Glücklicherweise war heute ihr freier Tag.

Die liebe Lottie, ich bin so froh, dass ich sie habe, dachte Grace, als sie den Motor startete. Sie fasste den Lenker, drehte das Gas auf und holperte über die unbefestigte Straße. Sie ermahnte sich, auf Steine und Schlaglöcher zu achten. Zumindest bedeutete die lange Trockenzeit, dass sie nicht in einen heimtückischen Morast geraten würde.

»Was ist los?«, fragte Charlotte, nachdem Grace den eingestaubten Helm und die Brille abgenommen hatte. Die zwei standen im Schatten der ausladenden Zweige eines Angophoras. »Du hast am Telefon gesagt, es sei wichtig.«

»Ich muss unbedingt mit dir reden. Es ist alles so kompliziert und …« Grace blickte einen Moment zu den ausgetrockneten Weiden, dann wandte sie sich wieder zu ihrer Freundin. »Ich weiß einfach nicht, wer zum Teufel ich bin.«

»Moment, was heißt das? Worum geht es hier?« Charlotte runzelte die Stirn.

»Nichts scheint mehr richtig zu sein, Lottie.« Grace beugte sich hinunter, um den ockerbraunen Staub von ihren Reithosen zu klopfen, dann richtete sie sich wieder auf. »Sieh mich an: Ich bin fünfundzwanzig, ich habe noch nie eine richtige Arbeit gehabt, nie mein eigenes Geld verdient. Und meine Hochzeit war ein Riesenfehler.«

»Gracie, so schlimm kann es doch nicht sein«, sagte Charlotte. »Komm rein, und wir unterhalten uns. Ich besorge uns etwas Kühles zu trinken.«

Während Charlotte ihnen eiskaltes Barley Water besorgte, lief Grace unruhig im Wohnzimmer der Fairweathers auf und ab. *Liegt es an mir? Habe ich mir das alles selbst eingebrockt?*

»Komm, Gracie, setzen wir uns aufs Sofa.« Charlotte reichte ihr ein langes Glas. »In Ordnung, raus damit. Was ist los?«

»Ich war einfach noch so schrecklich jung, als ich Jack gesagt habe, ich würde warten«, platzte Grace heraus. »Der Krieg hat ewig gedauert. Und anschließend waren alle so … so erpicht darauf, dass wir heiraten, und ich hatte mir all diese albernen romantischen Vorstellungen von ihm gemacht. Jack hatte so ein fantastisches Leben, als er geflogen ist, er hatte eine Mission, auch wenn er einen schrecklichen Unfall hatte. Ich habe die Narben gesehen, aber er will immer noch nicht darüber reden – und er spricht kein Wort darüber, wie schrecklich es war, so viele Kameraden zu verlieren.«

Sie stellte ihr Glas auf einem Tisch ab. »Er hat sich verändert, Lottie. Als Jack aus dem Krieg zurückgekommen ist, wirkte er so viel älter und irgendwie verbittert. Er hat angefangen zu trinken, und jetzt brüllt er entweder wie ein wütender Bulle, oder er ist einfach nur verloren. Eins ist sicher – ich kann ihn nicht glücklich machen.«

»Aber wenn ich ihn treffe, ist Jack immer ganz reizend.«

»Oh, er kann sehr charmant sein, wenn er will«, sagte Grace. »Aber du kennst ihn nicht so wie ich. Weißt du, vielleicht passen wir einfach nicht zueinander. Ich bin nicht wie meine Mutter. Auch ohne Dad liebt sie es, die Gutsherrin zu spielen, und stürzt sich in alle örtlichen Aktivitäten. Ich wollte immer reisen, die Welt sehen, mehr sein … nein, das meine ich nicht – aber anders.«

Grace schluckte den Rest von ihrem Getränk herunter. »Das Schlimmste ist – es ist so peinlich, darüber zu reden –, dass es mir zuwider ist, Sex zu haben. Selbst wenn es anfangs in Ordnung ist, ist es am Ende immer schrecklich. Mittlerweile erfinde ich Ausreden – Kopfschmerzen, alles, was mir einfällt. Es ist ohnehin egal. Momentan belästigt mich Jack kaum noch. Es würde mich nicht wundern, wenn er eine andere hätte.«

»Grace, ganz sicher nicht! Du weißt, dass Jack immer verrückt nach dir war.«

»Nun ja, was auch immer, so können wir nicht weitermachen. Wir sind beide unglücklich.«

»Ich bin mir sicher, dass viele Leute Probleme in ihrer Ehe haben«, sagte Charlotte tröstend, »aber dann, nach einer Weile, löst sich alles auf. Du überlegst doch nicht ernsthaft, ihn zu verlassen.«

Grace merkte, dass Charlotte die Tiefe ihres Unglücks nicht erfasste. *Aber ich verstehe es ja selbst kaum.* Sie wusste, dass sie alles im Überfluss besaß, worin eine Frau Erfüllung finden sollte: einen Mann, der sie trotz allem, da war sie sich sicher, liebte. Mehr als genug Geld, um sich einen vollen Kleiderschrank leisten zu können, ihr eigenes Auto und ein wunderschönes Haus.

Sie hatte kein Baby, das stimmte, doch angesichts ihrer wachsenden körperlichen Entfremdung war das nicht überraschend. *Das ist auch gut so*, überlegte Grace, *denn wenn ich ein Kind mit Jack hätte, wäre ich gefangen. Ich wäre für immer an ihn gebunden.*

»Ehrlich gesagt, glaube ich, dass es für uns beide besser wäre, uns zu trennen«, sagte sie.

»Wie bitte? Wo willst du denn hin – zurück nach Brookfield?«

»Nein, ich könnte nicht mit Mums Enttäuschung leben. Sie und ihre Freundinnen meinten immer, Jack wäre der Fang des Jahrhunderts. Ich will nach Sydney ziehen.«

»Und was willst du dort machen?«, fragte Charlotte vorsichtig.

»Gute Frage. Tatsache ist, ich habe keine Ausbildung. Kann ich jemanden pflegen oder unterrichten, geschweige denn Tippen oder Steno, so wie du? Nein. Es ist hoffnungslos, Lottie. Anscheinend bin ich zu nichts zu gebrauchen.« Grace faltete die Hände und legte sie vorsichtig in ihren Schoß.

Charlotte lachte. »Jetzt bist du aber albern.«

»Wirklich? Also, was kann ich gut? Ich kann Weizen säen und ernten, einen Laster oder Traktor praktisch blind lenken, im Grunde jedes Pferd reiten, so viele Schafe zusammentreiben, wie du willst, und auch die Buchhaltung einer Farm erledigen – nur, dass diese Fähigkeiten in der Stadt kaum gebraucht werden. Auf der anderen Seite erkenne ich ein gutes Kleid, wenn ich es sehe, ich spreche Französisch, spiele Klavier und singe ein bisschen, außerdem bin ich nicht schlecht im Malen und Zeichnen.«

Sie schüttelte den Kopf. »Sieht so aus, als wären die einzigen Beschäftigungen, die für mich in Frage kommen, Lebedame des achtzehnten Jahrhunderts, was nicht gerade eine gängige Berufsbezeichnung ist, oder ein Anwesen leiten – und ich kenne niemanden, der mich dafür haben will, am wenigsten Jack.«

»Gracie, Liebes, ich glaube, du leidest einfach nur unter einer schweren Form von Weltschmerz.« Charlotte lächelte ihre Freundin mitfühlend an. »Aber keine Sorge, dagegen weiß ich ein Mittel.

»Wirklich? Verrat es mir.«

»Was hilft immer gegen Traurigkeit? Herrgott, fahr mit dem Zug ein paar Tage nach Sydney und kauf dir ein Kleid – oder auch zwei! Du wirst sehen: Anschließend geht es dir besser, die Probleme mit Jack werden sich beruhigen, und das Leben läuft wieder normal.«

Kapitel 12

Sydney, Mai 1948

Grace drehte ihren schlanken Körper vor Miss Louises langem schwarz gerahmtem Spiegel und betrachtete die Kreation der Schneiderin. »Wie geschickt Sie sind, liebe Lou Lou!«, sagte sie.

Das marineblaue Kleid mit dem ungewöhnlichen Kragen und dem weiten Rock standen ihr gut und schmeichelten ihren schmalen Schultern und ihrer schlanken Taille. Natürlich war es nicht annähernd so stilvoll wie die neueste Mode aus Paris, aber unterm Strich kam es dem sehr nahe.

»Sie haben eine Modelfigur, wissen Sie«, sagte Louise. Sie nahm die große Hornbrille ab und trat ein paar Schritte zurück.

Grace lachte. »Lou Lou, jetzt wollen Sie mir aber schmeicheln.«

»Nein!«, widersprach sie. »Alles, was ich mache, sieht an Ihnen besser aus als an meinen anderen Damen, und das stimmt. Es ist ein Wunder, dass Sie kein Mannequin sind. Ich habe da etwas von meiner Schwester gehört – Sie wissen, die als Verkäuferin in der eleganten Damenabteilung bei David Jones arbeitet?«

»Ich glaube schon.«

Louise machte ein vertrauliches Gesicht. »Offenbar suchen

die Besitzer von dem Laden nach schönen jungen Frauen – die gut Kleider präsentieren können. Sie sollen in einer ganz besonderen Modenschau als Mannequin arbeiten. Könnten Sie sich das vorstellen?«

Wieder lachte Grace. »Ich weiß nicht, was mein Mann dazu sagen würde. Aber warum sollte mich das interessieren?«

Louise sah aus wie jemand, der noch einen Trumpf im Ärmel hat. »Nur unter uns«, sie senkte die Stimme, »meine Schwester hat mir erzählt, dass ihre Chefeinkäuferin, Mrs. Shiell, eine Art Sieg errungen hat. Sie ist nach Paris gereist und, nun ja, um es kurz zu machen, Sie sind doch ganz verrückt nach dem New Look?«

»Wie alle Frauen auf der ganzen Welt«, sagte Grace. »Aber was hat das damit zu tun?«

»Es ist so: Mrs. Shiell hat niemanden anders als Christian Dior persönlich davon überzeugt, seine Kollektion herzuschicken. Nach Sydney. Stellen Sie sich das vor – es ist das erste Mal, dass der New Look außerhalb von Paris zu sehen sein wird, und das nicht in London oder New York, sondern in Sydney!« Miss Louise strahlte triumphierend. »Das ist der Grund, warum David Jones Australiens schönste Frauen als Mannequins haben will, und darum habe ich an Sie gedacht.«

Trotz Grace' Protest schrieb Louise ihr Mrs. Shiells Telefonnummer auf. »Man weiß ja nie, vielleicht ändern Sie Ihre Meinung noch«, sagte sie und schob ihrer Kundin den Zettel in die schwarze Tasche aus Lackleder.

Grace hatte ein Treffen mit Freundinnen zum Nachmittagstee im ehrwürdigen Queen's Club organisiert, der nur Frauen vorbehalten war. Sie hatte jedoch Schwierigkeiten, sich auf den Klatsch zu konzentrieren, den sie zwischen opulenten, mit Chintz bezogenen Sofas und Porträts der englischen

Königsfamilie austauschten. Stattdessen rutschte sie unruhig auf einem geblümten Sessel herum und kämpfte zu ihrer Überraschung mit dem beinahe unwiderstehlichen Drang, den Zettel zu lesen, den Miss Louise ihr aufgedrängt hatte. Als sie schließlich die letzte Tasse Tee getrunken und sich mit dem Versprechen auf ein baldiges Wiedersehen verabschiedet hatten, stieg Grace rasch die Treppe zu ihrem Zimmer hinauf.

Sobald sie den Schlüssel umgedreht hatte und eingetreten war, kam sie sich jedoch albern vor. Sie sagte sich – ganz gleich, wie aufsehenerregend die Kleider zweifellos waren –, allein die Vorstellung, bei einer Modenschau aufzutreten, sei absurd. Stattdessen versuchte sie, ihren neuen Hercule-Poirot-Krimi zu lesen, stellte jedoch fest, dass sie nicht in der richtigen Stimmung war. Sie sah sich nach einer Ablenkung um und griff nach einer Ausgabe von *The Home*, die jemand auf dem Nachttisch zurückgelassen hatte.

Grace blätterte durch ein paar Seiten, doch dann schleuderte sie die Zeitschrift plötzlich fort, nahm ihre Handtasche und schüttete den Inhalt aufs Bett. Zwischen diversen Haarnadeln, Lippenstiften und einem halben Dutzend anderer Dinge fand sie den Zettel. Sofort ging sie damit zum Telefon, nahm den Hörer ab und sagte: »Vermittlung? Hier spricht Mrs. Osbourne. Könnten Sie mich wohl mit David Jones verbinden?«

Sydney, 1. August

Ach, war das nicht fantastisch?«, sagte Grace zu Olive, und ihre grünen Augen funkelten.

Es kam ihr so vor, als würde nur ihre eine Hälfte mit ihrer Mutter in dem sonnigen Hotelzimmer frühstücken. Die andere wirbelte noch immer durch die Modenschau von Christian Dior, die gestern Abend im vollen Festsaal von David Jones stattgefunden hatte. Unter den Glaslampen, die von der hohen Decke hingen, war sie an dem eleganten Publikum vorbeigefegt. Sie hatte die hingerissenen Gesichter gesehen und war begeistert gewesen, Teil dieser magischen Vorstellung zu sein, die den Zauber der Pariser Mode einen Abend lang in eine ferne Hafenstadt gebracht hatte.

Sie erinnerte sich, wie nervös sie gewesen war, als sie sich im Laden vorgestellt hatte, wie ängstlich, womöglich tumb zu wirken. Doch sobald sie in das seidene Ballkleid geschlüpft war, das Mrs. Shiell ihr gereicht hatte, über die glänzenden Dielen der Damenabteilung geschritten war und probeweise eine Drehung ausführte, fühlte sie sich ganz sicher. Mrs. Shiell hatte »Noch einmal, bitte« gesagt und sie anerkennend gemustert. Nach einem kurzen Gespräch mit einer Assistentin erklärte sie dann: »Grace Osbourne, Sie haben den Job.«

Die Aussicht darauf, wie wütend Jack vermutlich auf die Neuigkeit reagieren würde, hatte Grace' Freude auf dem Heimweg gedämpft, doch als sie ihm von der Modenschau erzählte, hatte er nur den Kopf geschüttelt und dann geknurrt: »Wenn du dich unbedingt zum Affen machen willst, nur zu. Es könnte mir nicht gleichgültiger sein.«

Zum Glück war ihre Mutter entzückt gewesen. »Da die Gala zur Unterstützung von Food for Britain Appeal stattfindet, ist unsere Teilnahme mehr als gerechtfertigt«, hatte sie erklärt. Grace vermutete, dass Olive es, abgesehen von altruistischen Motiven, nicht erwarten konnte, ihre Tochter in traumhafter französischer Mode zu sehen. Und genau wie Grace geahnt hatte, hatte sie sich gestern Abend prächtig amüsiert.

Wie aufs Stichwort lächelte ihre Mutter sie an. »Ich war so stolz auf dich, Schätzchen«, sagte sie. »Du bist über den Laufsteg gegangen, als wärst du dazu geboren. Ich wünschte nur, dein Vater hätte dabei sein und seine wunderschöne Tochter sehen können.« Sie schlug ihr gekochtes Ei auf. »Marjorie ist ganz meiner Meinung – du hast mehr Applaus erhalten als irgendeins der anderen Mädchen.«

»Also, ich weiß ja nicht.« Grace lachte. »Aber ich habe das Gefühl, auf Wolken zu gehen. Ich habe noch nie so herrliche Kleider gesehen, geschweige denn getragen. Diors Farben, die Stoffe, diese weiten wunderbaren Röcke, meterweise Samt, Seide und Tüll …«

Sie streckte sich wie eine träge Katze. »Erinnerst du dich an diesen wunderbaren flachen Hut und den roten Wollmantel mit den Zobelaufschlägen an den Ärmeln?« Grace sah das eindrucksvolle Ensemble noch vor ihrem inneren Auge. »Und das Ende, als alle herauskamen und ich dieses hellgrüne Seidenkleid mit der Diamanthalskette getragen habe«, sagte sie verträumt. »Es war, als wäre ich für einen Abend eine Märchenprinzessin, wobei ich es noch mal sein werde – zumindest tagsüber. Ich kann den Rest der Schauen kaum erwarten.«

»Du hast Glück, dass du so einen verständnisvollen Ehemann hast«, bemerkte Olive.

»Ich glaube, er war froh, mich eine Weile los zu sein«, erwiderte Grace, ohne nachzudenken. Sie hatte vergessen, dass sie Jacks mürrische Reaktion verschweigen wollte.

»Ich hoffe doch sehr, dass das ein Scherz war«, sagte ihre Mutter in scharfem Ton. »Du weißt ganz genau, was deine erste Aufgabe ist. Es ist schön, dass du dich so amüsieren kannst, und natürlich wurde durch die Veranstaltung viel Geld für arme englische Bürger gesammelt. Aber es kommt nicht infrage, dass du dich mitreißen lässt und vergisst, wer du zuerst und vor allem bist – Mrs. Jack Osbourne von der Merindah Schaffarm.«

Plötzlich verpuffte Grace' überschäumende Freude.

»Jedenfalls wird es höchste Zeit, dass ihr eine Familie gründet«, fügte Olive hinzu. »Ich weiß nicht, warum das so lange dauert.«

Kapitel 13

Merindah, September 1948

Lustlos ging Grace über die Schotterstraße, die vom Haus zum Briefkasten neben den weiß gestrichenen Toren des Anwesens führte. Seit sie nach Merindah zurückgekehrt war, fühlte sie sich weniger ausgefüllt als jemals zuvor. Vielleicht wäre das anders gewesen, hätte man sie in die Leitung der Farm einbezogen, doch davon wollte Jack noch immer nichts wissen. Zwischen ihnen herrschte permanent eine unterschwellige Spannung, die sich hin und wieder in heftigen Auseinandersetzungen entlud. *Etwas muss sich ändern*, dachte sie. *Aber was? Und wie?*

Mit ihren Gedanken beschäftigt hielt sie am Briefkasten, öffnete den Stahldeckel und griff hinein. Sie stopfte die übliche Sammlung aus Rechnungen und Briefen in einen mitgebrachten Leinenbeutel, als ihr Blick an einem dicken cremefarbenen Umschlag hängen blieb.

Sobald sie die französischen Briefmarken und ihren Namen in geschwungenen Buchstaben über der Adresse sah, überkam Grace eine freudige Vorahnung. *Der muss von Dior sein.* Sicher war es nur ein höfliches Dankesschreiben, aber vielleicht war auch eine weitere Modenschau in Australien geplant – das wäre wundervoll. Eilig riss Grace den Umschlag auf und zog einen einzelnen dicken Briefbogen heraus.

Mit wachsender Aufregung las sie den französischen Brief und übersetzte ihn in Gedanken ins Englische, bis sie auf diese überraschenden Zeilen stieß: *Aufgrund Ihres eindrucksvollen Auftritts sind wir hocherfreut, Sie zu Christian Dior nach Paris einzuladen und Sie als Spitzenmannequin in unser Haus aufzunehmen.*

»Paris! Ich fasse es nicht!«, rief sie, tänzelte über die Schotterstraße und vollführte übermütig einige Drehungen wie auf dem Laufsteg. Verwundert hob ein in der Nähe grasendes Wallabypärchen die Köpfe, sah sie aus wachen Augen an und schoss über die Weiden davon.

Gegen Nachmittag ließ Grace' unbeschwerte Jubelstimmung allmählich nach. Unruhig lief sie von einem Zimmer ins nächste, richtete hier einen Stapel Bücher und rückte dort ein Bild in einem Silberrahmen zurecht, schließlich zog sie die Reiseuhr aus Messing auf und stellte sie wieder auf den Kaminsims. *Es ist hoffnungslos,* entschied sie. Das einzig Richtige war, Charlotte anzurufen.

Eilig berichtete sie Lottie von der Einladung zu Dior, dann flehte sie: »Was denkst du? Ist das alles zu schön, um wahr zu sein?«

»Was um alles in der Welt redest du da – du kannst doch unmöglich ernsthaft daran denken, die Einladung anzunehmen! Stell dir vor, was deine Mutter sagen würde, ganz zu schweigen von Jack«, warnte Lottie. »Gracie, Süße, indem du auf die andere Seite der Welt fliehst, löst du wohl kaum eure vermeintlichen Eheprobleme. Bei diesen Modenschauen in Sydney und Melbourne zu modeln, war eine Sache. Ich weiß, wie viel Spaß du hattest, aber du siehst doch sicher ein, dass du dieses Angebot unter keinen Umständen annehmen darfst. Du musst absagen.«

Grace seufzte. »Du hast natürlich recht. Das ganze Unternehmen klingt gewagt und, nun ja, recht unwahrscheinlich. Jedenfalls bedeutet es, euch alle zurückzulassen.«

»Vor allem deinen Ehemann«, bemerkte Charlotte spitz.

Als Grace in ihrem blauen Vauxhall zum Postamt nach Parkes fuhr, überlegte sie, dass Christian Dior niemals eingewilligt hätte, seine erste internationale Modenschau ausgerechnet in Sydney in Australien zu veranstalten, hätte Mrs. Mary Alice Shiell nicht so überaus entschlossen agiert. Hätte sich Miss Louise nicht zugleich so stark dafür eingesetzt, dass Grace als Mannequin für die Schau ausgewählt wurde und Grace in der Folge für ihren Auftritt nicht so viel Beifall erhalten, hätte man sie niemals als Mannequin nach Paris eingeladen. Und wenn sie in ihrer Ehe glücklich wäre, hätte sie keinen Moment über Diors verblüffendes Angebot nachgedacht. All diese Zufälle öffneten eine Tür zu einem neuen herrlichen Leben. Aber würde sie diese Tür durchschreiten? Sie war sich noch immer nicht sicher.

Grace legte die Stirn in Falten. Sie konnte noch nicht einmal sicher sein, dass man ihr überhaupt gestattete, ins Ausland zu reisen. Schockiert hatte sie festgestellt, dass man als verheiratete Frau die Erlaubnis des Ehemannes brauchte, um einen Reisepass von der australischen Regierung zu erhalten. Diese Vorschrift war vorsintflutlich, aber man kam nicht an ihr vorbei. Jack würde an die Decke gehen, wenn sie ihn um seine Zustimmung bat, was umso ärgerlicher war, als sie zunehmend geneigt war, Diors Einladung anzunehmen.

Jahrelang hatte sie versucht, das Leben zu führen, das andere für sie vorgesehen hatten, bis sie allmählich das Gefühl hatte, sich in eine der hässlichen Schwestern aus Aschenputtel zu verwandeln. Sie versuchte allerdings nicht, ihren Fuß in einen zu engen Schuh zu zwängen, sondern zwang sich selbst, jemand zu sein, der sie nicht war. Der Brief von Dior hatte all ihre Träume von Reisen und Abenteuern wieder zum Leben erweckt. Und nun sehnte sie sich nach dieser bezaubernden Welt, die so perfekt zu ihr passte wie der Glasschuh zu Cinderella.

Und es gab noch etwas anderes, das Grace nach Frankreich zog. Es war der letzte Ort, den der geliebte Siddy lebend gesehen hatte. Zumindest könnte sie so vielleicht herausfinden, was ihm in dieser schrecklichen Schlacht zugestoßen war.

Nachdem sie eine lange, unruhige Nacht darüber gegrübelt hatte, wie sie Australien jemals verlassen könnte, war ihr im Morgengrauen eine einfache, wenn auch möglicherweise riskante Lösung in den Sinn gekommen. Woher sollte irgendjemand im Amt für auswärtige Angelegenheiten wissen, dass sie verheiratet war? Sie musste lediglich den Antrag unter dem Namen Woods und nicht unter Osbourne stellen, das Kästchen mit »ledig« ankreuzen und ihn zusammen mit ihrer Geburtsurkunde abschicken. Das Problem war, dass sie bei diesem Plan die Regierung belügen müsste. Grace spürte, wie sich ihre Kehle zuschnürte. Was, wenn ihr Trick aufflog? Bestenfalls würde die Abteilung das Ausstellen des Reisepasses verweigern. Schlimmer war, dass man womöglich Jack informieren würde, der zweifellos außer sich wäre und sich weigern würde zu kooperieren. Das Allerschlimmste aber war, dass man sie genauso gut strafrechtlich verfolgen könnte – war Betrug nicht eine Straftat?

Doch es gab keine Alternative. Dieses Risiko musste sie eingehen.

Zwei Wochen später hielt Grace die offizielle Antwort vom Amt für auswärtige Angelegenheiten in den schweißfeuchten

Händen. Hatte ihr Plan funktioniert? War der Reisepass auf dem Weg, oder waren all ihre Bemühungen vergeblich gewesen? Sie nahm sich einen Moment Zeit, machte sich bereit, atmete tief ein und begann den Brief zu lesen.

»Gott sei Dank.« Erleichtert stieß sie einen tiefen Seufzer aus. Ihr Ehestand wurde mit keinem Wort erwähnt. Doch die Angelegenheit schien nicht annähernd so unkompliziert zu sein, wie sie gehofft hatte. Zu ihrer Überraschung tauchte ein völlig neues Thema auf.

2. Oktober 1948

Sehr geehrte Miss Woods,
hiermit bestätigen wir den Eingang Ihres Antrags auf einen Reisepass beim Commonwealth von Australien.

Bei der Überprüfung Ihrer Geburtsurkunde haben wir festgestellt, dass eine oder mehrere unbekannte Personen Ihrem Nachnamen anscheinend ein »S« hinzugefügt haben.

Dies ist eine Routineuntersuchung und sollte die Ausstellung des Reisepasses nicht übermäßig verzögern. Der Sachverhalt muss jedoch geklärt werden, damit die Dokumente korrekt ausgestellt werden können. Darum bitten wir um Nachricht, ob Sie Miss Grace Woods oder Wood sind.

Hochachtungsvoll,
Miss E. Grieves, Bürogehilfin,
im Auftrag von Mr. C. Redmond, Abteilungsleiter

Es war, als hätte eine unsichtbare Hand ihr eine saftige Ohrfeige verpasst. Vertraute Gegenstände um sie herum – ein Stuhl, ein kleiner Tisch, eine mit himmelblauem Samt bezogene Fußbank – wurden ihr auf einmal fremd. Der Raum drehte sich wie ein Karussell auf dem Jahrmarkt.

Grace schloss die Augen. Obwohl ihre Gedanken rasten,

zwang sie sich zur Ruhe. Was bedeutete der Brief? Ein Gedanke nagte an ihr, doch in ihrem verwirrten Zustand bekam sie ihn nicht zu fassen. Sie wusste nicht, wie lange sie dort saß und versuchte, das Unvorstellbare zu begreifen. Während sie über ihr Leben nachdachte, über die ungelösten Fragen, hatte sie das Gefühl, es wären Stunden vergangen.

Doch als sie auf ihre Armbanduhr blickte, waren höchstens zehn Minuten verstrichen, seit sie den Brief gelesen hatte. In dieser kurzen Zeit war ihre Welt aus den Fugen geraten. Nur ein kleiner geschwungener Buchstabe hatte ihrem Leben den sicheren Boden entzogen.

Bemerkungen, an die sie sich vage erinnerte, merkwürdige Ähnlichkeiten – und Unterschiede – erhielten eine neue Bedeutung. Dafür konnte es nur eine niederschmetternde Erklärung geben: Sie war nicht die Person, die sie immer zu sein geglaubt hatte.

Grace nahm ihre Autoschlüssel, entschlossen, sofort nach Brookfield zu fahren und ihre Mutter zur Rede zu stellen. Wütend umklammerte sie das Lenkrad des Vauxhalls, trat das Gaspedal durch und wirbelte eine Wolke ockerfarbenen Staubs auf.

Als sie in Brookfield eintraf, stürmte sie über die breite Veranda durch die Haustür und rief nach ihrer Mutter. Sie fand Olive allein im Esszimmer vor, wo sie eine Reihe Saatgutkataloge studierte, die vor ihr auf dem Tisch lagen.

»Grace, bist du das? Bitte entschuldige die Unordnung. Ich überlege gerade, ein paar neue Stauden zu pflanzen und …« Olive sah auf. »Oh, was ist los, was ist passiert? Du siehst gar nicht mehr wie du selbst aus.«

»Wirklich, Mutter? Wie sehe ich denn deiner Meinung nach aus?« Grace spie die Worte aus. »Nicht wie dein verstorbener Ehemann, so viel ist sicher.«

»Grace!« Olive griff nach der Tischkante, ihre Knöchel färbten sich weiß. »Wovon, in Gottes Namen, redest du?«

»Davon, dass du mich mein ganzes Leben lang belogen hast. Aber damit ist jetzt Schluss. Ich weiß jetzt Bescheid.«

»Weißt … weißt worüber Bescheid?«, fragte Olive mit zitternder Stimme.

»Mein wahrer Name ist nicht Woods«, sagte Grace wütend zu ihrer Mutter. »Ich habe es erst heute Morgen herausgefunden, nachdem ich einen Brief von der Passbehörde erhalten habe. Ich wurde als Grace Wood geboren. *Wood!* Die Regierung beanstandet meine Geburtsurkunde.« Sie warf das Schreiben auf den Tisch. »Ich habe sie mir nie zuvor angesehen, aber jetzt verstehe ich genau, was sie meinen. Jemand hat an meinen Nachnamen ein ›S‹ angehängt – es ist deutlich zu sehen, dass die Tinte eine andere ist und die Handschrift ebenfalls.«

Mit beklommener Miene fragte Grace: »Reuben Wood ist mein Vater, stimmt's?«

Olive erbleichte.

»Die ganze Zeit hast du mir deine Moralvorstellungen eingebläut«, sagte Grace. »Du hast mir erzählt, anständige Mädchen interessierten sich nicht für Sex, dass ich für meinen Ehemann rein bleiben sollte. Was für eine Heuchlerin du bist.«

»Gracie, du täuschst dich!« Olive sprang auf.

»Das glaube ich nicht«, sagte Grace traurig. »Im Grunde hätte ich es schon vor langer Zeit merken müssen. Ich habe Alfred nie ähnlich gesehen. Meine Augen sind grün, und mein Haar ist schwarz, genau wie Reubens. Ich kann sogar nach Gehör Klavier spielen, genau wie er.«

»Schätzchen, du kannst das nicht verstehen.«

»Aber das ist es doch gerade – es hat lange gedauert, aber

jetzt verstehe ich es.« Grace verschränkte die Arme. »Als Kind habe ich dich mit Reuben im Hotel Australia streiten hören. Damals habe ich nicht verstanden, worum es ging. Jetzt weiß ich, dass er mich zurückhaben wollte, aber davon wolltest du nichts wissen. Und Pearl wurde nicht weggeschickt, weil sie zu leichtsinnig oder ich zu alt war. Ihr einziges Vergehen war, dass sie herausgefunden hat, wer Siddy wirklich war – dir muss etwas herausgerutscht sein.«

Grace zögerte. »Was uns zu Mademoiselle Elise bringt, die du aus sogenannter Sorge um mein Wohl eingestellt hast – aber das stimmte auch nicht, oder?« Wütend starrte sie Olive an. »Reuben Wood war der Grund, weshalb du mich nicht zur Schule gehen lassen wolltest – es missfiel dir, dass wir uns so nah waren. Vermutlich hattest du Angst, dass er mir irgendwann erzählen würde, wer er wirklich war. Ich habe Reuben ›Siddy‹ genannt, weil ich ihn immer nur in der Stadt sehen durfte. Wie sich herausstellt, ist er die ganze Zeit genau das gewesen, als was Pearl ihn bezeichnet hat – mein ›Sydney Daddy‹.«

»Warte, bitte, nur einen Moment«, flehte Olive, als Grace aus dem Zimmer rannte. »Ich habe etwas für dich aufgehoben.«

Sie kehrte mit einem dunklen Holzkästchen zurück. »Das hätte ich dir schon viel früher geben sollen, Grace. Das ist mir jetzt klar. Vor Jahren sind Dinge geschehen, von denen du nichts weißt …«

»Sieht ganz so aus.«

Olive verzog das Gesicht. »Wenn ich es dir erzählt hätte, hätte es dich nur aufgewühlt und verwirrt.«

Sie stellte das Kästchen auf den Tisch, aber Grace war noch nicht fertig. »Wie konntest du, Mutter, wie konntet ihr, du und Reuben, ein Kind haben und die ganze Zeit so tun, als wäre es von dem armen Daddy – ich meine Alfred? Ihr habt uns beide betrogen.«

»Richtig, ja, es stimmt! Reuben Wood war dein Vater, aber ...«

»Du gibst es also endlich zu.« Plötzlich fühlte sich Grace vollkommen leer. »Trotz dieses großen Hauses und des Riesenanwesens, ganz zu schweigen von meiner eleganten französischen Gouvernante, begreife ich endlich, was ich wirklich bin«, sagte sie. »Nichts als ein kleiner Bastard.«

»Benutze nicht dieses Wort.«

»Warum nicht?« gab Grace zurück. »Wir wissen doch beide, wie die Leute jemanden wie mich nennen. Genauso wie uns beiden klar ist, wie man uns behandeln wird, wenn früher oder später die wahre Geschichte herauskommt. Stell dir vor, all die Türen, die man uns vor der Nase zuschlagen wird.«

»Nein!«

»Nein? Du denkst, du kommst weiter damit durch? Du könntest dem Kichern, den abfälligen Bemerkungen, der Verurteilung, dem Ausschluss entgehen? Nun, ich sehe, es hat keinen Zweck, diese Unterhaltung fortzuführen.« Grace war schon fast an der Tür, als sie stehen blieb und sich umdrehte. »Leb wohl, Mutter«, sagte sie mit einer bleiernen Endgültigkeit.

»Grace, lass mich erklären!«, flehte Olive.

»Es hat keinen Sinn. Es ist zu spät.«

Erst als sie ihren Wagen erreichte, merkte Grace, dass sie das Kästchen in Händen hielt.

Als sie zurückfuhr, empfand Grace eine neue Klarheit. Die Entscheidung, mit der sie so lange gerungen hatte, schien ihr jetzt ganz leicht.

Ihre Ehe war zu Ende, das war eine Tatsache. Auch als Grace ihre Mutter zur Rede stellte, hatte sie irgendwo noch gehofft, dass sie die Situation vielleicht missverstanden hatte. Bis Olive gestand, dass Reuben ihr Vater war. Sie mochte gesagt haben, dass Grace nicht die ganze Geschichte kannte, doch für sie war die Lage ziemlich klar. Grace könnte es nicht ertragen, wenn Olive sie um Verständnis bäte, weil sie einen Moment leichtsinnig gewesen war. Wenn sie ihr erklärte, dass ihr Verhältnis zu Reuben nur eine Affäre gewesen sei oder, noch schlimmer, nichts bedeutet habe.

Sie dankte Gott für Christian Diors zufällige Einladung. Alfred hatte ihr ein kleines Erbe hinterlassen. Von einem Teil würde sie die Reise nach Paris bezahlen. Dann konnte sie ein neues Leben beginnen und, noch viel wichtiger, versuchen, Reuben zu finden.

Sie hatte nie die Hoffnung aufgegeben, ihn wiederzusehen. Zugegeben, es würde nicht leicht werden, Siddy zu finden, aber sie musste es zumindest versuchen. Es war die einzige Chance herauszufinden, warum er sein einziges Kind verlassen hatte und nach Kriegsende nicht zurückgekehrt war – es sei denn, das Unvorstellbare war wirklich geschehen und er war auf dem Schlachtfeld umgekommen. Sie tippte mit den Fingern aufs Lenkrad. Ob lebendig oder tot, sie musste es wissen.

Grace hielt vor dem Haus und eilte hinein. Wenn sie schnell war, konnte sie Merindah verlassen und auf dem Weg zum Bahnhof nach Parkes sein, bevor Jack nach Hause kam.

Sie warf einen großen Koffer aufs Bett und begann, Kleider aus dem Schrank hineinzuwerfen. Was brauchte sie, um ein neues Leben zu beginnen? Nicht sehr viel mehr, entschied sie. Nur ein paar Andenken – darunter einige Kinderbücher und die Spieldose, das Weihnachtsgeschenk aus Kindheitstagen von dem Mann, den sie Siddy nannte.

Irgendwo bellte ein Hund, und eine Tür schlug. Die Geräusche hätten sie warnen müssen, doch als Jack im Türrahmen erschien, erschrak Grace.

»Wo willst du hin?« Er sah sie finster an. »Ich dachte, dieses ganze Tamtam mit den Modenschauen, das dir nur Flausen in den Kopf gesetzt hat, wäre vorbei.«

»Ich verlasse dich, Jack«, sagte Grace monoton.

»Einen Teufel wirst du tun!« Mit geballten Fäusten kam er auf sie zu.

Sie wich nicht von der Stelle. »Siehst du denn nicht, dass unsere Ehe nicht funktioniert? Wir waren einmal Freunde, gute Freunde. Und dabei hätten wir es belassen sollen.« Ihre Stimme blieb fest. »Viel zu lange führe ich schon ein Leben, das ich mir nicht ausgesucht habe. Jetzt will ich meinen eigenen Weg gehen. Ich muss herausfinden, wer ich bin.«

Jack packte sie bei den Schultern, seine dunklen Augen blitzten. »Du bist meine *Frau*, schon vergessen? Grace Osbourne. Bedeutet das nichts?«

»Lass mich los, Jack«, sagte Grace ruhig. »Ich werde dieses Haus verlassen und nie mehr wiederkommen.«

Vielleicht lag es an ihrem eisigen Ton, dass er die Hände sinken ließ, obwohl er eindeutig noch nicht fertig war. »Ach, du kommst doch sowieso zurück«, höhnte er. »Du musstest noch nie auf eigenen Beinen stehen – was meinst du, wie weit du allein kommst?«

»Weit weg von hier, so viel steht fest«, erwiderte Grace, nahm ihren Koffer und drängte sich an ihm vorbei. »Ich gehe nach Paris.«

Kapitel 14

Draußen flog die goldene Landschaft vorbei. Nachdem sie die vertrauten Weizenfelder und Schafweiden passiert hatten, ratterte der Zug über eine Brücke, die sich über einen langsam fließenden Fluss spannte, und weiter durch die weite westliche Ebene. Grace betrachtete sie von ihrem Platz aus als teilnahmslose Zuschauerin.

Stunden später kündigten Backsteinbungalows mit roten Ziegeldächern und ordentliche kleine Gärten die ersten Vororte von Sydney an. Erst da richtete Grace ihre Aufmerksamkeit auf das dunkle Holzkästchen neben sich.

Sie hatte vorgehabt, es früher zu öffnen, hatte sogar schon den Schlüssel im Schloss gedreht, doch die Angst, was sie dort drin entdecken könnte, ließ sie zögern. Wie Pandora würde sie vielleicht böse Geister freilassen. Jetzt richtete sie sich etwas mehr auf ihrem Platz auf und sagte sich, dass das rätselhafte Kästchen auch hoffen ließ. Vielleicht brachte der Inhalt etwas hervor – ein Tagebuch, eine persönliche Notiz oder sogar eine Nachricht –, das ihr Hoffnung gab.

Sie wollte nicht länger warten. Grace hob den Deckel.

Das Erste, was sie sah, war ein Foto. Es zeigte ihre Eltern mit Siddy und einer Frau, von der Grace vermutete, dass es sich um seine Frau Rae handelte. Es sah aus, als wäre es bei einem Rennen aufgenommen worden. Im Hintergrund konnte sie die Rennbahn sehen und Menschen, die sich über das Geländer lehnten. Die zwei Paare waren in einem Stil gekleidet, der vor gut zwanzig Jahren in Mode gewesen war. Ihre Mutter trug ein gerades, locker sitzendes Kleid und einen schmalen Hut, Reubens Frau ebenso. Raes Kleidung wirkte nicht ganz so stilvoll wie Olives, obwohl sie einen farbenfrohen Sonnenschirm hielt. Es war fast unmöglich, Reuben zu erkennen. Er stand tief im Schatten einer Tribüne.

Grace drehte das Foto um, doch dort standen weder eine Nachricht noch ein Datum, nur die Namen: Alfred, Olive, Reuben, Rae.

Darunter lag ein ordentlich gefalteter rosafarbener Schal – das war noch schwerer zu deuten. Grace nahm ihn heraus und strich sich mit dem zarten Stoff über die Wange. Obwohl sich die samtene Weichheit des Schals seltsam tröstend anfühlte, konnte sie sich nicht vorstellen, was er bedeutete.

Dann wandte Grace ihre Aufmerksamkeit dem letzten Gegenstand zu: einem Umschlag, der an Olive adressiert war. Den schmutzigen Spuren und vielen Falten nach zu urteilen, musste er durch viele Hände gegangen sein und einen weiten Weg hinter sich haben. Darin lag ein kurzer Brief. Zumindest hier gab es etwas, das ihr helfen könnte, die Wahrheit herauszufinden.

26. März 1940

Liebe Mrs. Woods,
bitte entschuldigen Sie dieses hastig verfasste Schreiben. Ich bin in Gefahr und schreibe Ihnen nur, um Ihnen zu sagen, dass Reuben Wood mein Freund und Kamerad war.

Wir standen in den Ardennen unter schwerem Beschuss. Reuben hat mutig gekämpft – er hat mir das Leben gerettet. Zurzeit befinde ich mich mit einer großen Zahl Soldaten an der französischen Küste und hoffe, von hier nach England evakuiert zu werden. Ganz gleich, was mein Schicksal sein möge, ich werde mein Bestes tun, damit dieser Brief Sie erreicht.

Alles, was ich über Reubens Aufenthaltsort weiß, ist, dass er nach Süden aufgebrochen ist. Vielleicht dachte er, er hätte bessere Chancen, über einen Mittelmeerhafen zu entkommen. Wie Sie vermutlich wissen, spricht Reuben etwas Französisch. Zum Glück ist er noch dazu einfallsreich und ein Lebenskünstler. Ich glaube, diese Eigenschaften werden ihm auf der schwierigen Reise, die vor ihm liegt, helfen.

Ich habe Ihren Namen und Ihre Adresse in der Tasche eines Mantels gefunden, den er mir geschenkt hat. Er sagte, er würde ihn nicht mehr brauchen, weil er an einen warmen, sonnigen Ort reisen würde.

Ich nehme an, Reuben ist ein Freund der Familie, oder vielleicht sind Sie auch verwandt. Ich bin mir nicht sicher, da Ihre Namen nicht ganz gleich geschrieben werden. Was auch immer zutrifft, ich hoffe aufrichtig, dass Sie irgendwann wieder vereint sein werden.

Meine besten Wünsche,
Frederick Carruthers, Zweiter Lieutenant, 51. (Highland) Infanterie, Britisches Expeditionscorps

Grace starrte auf das Datum des Briefes. Selbst wenn er zwölf Monate bis nach Australien unterwegs gewesen war, bedeutete das, dass er mindestens sieben Jahre lang in dem Kästchen versteckt gewesen war. Sieben Jahre!

Auch wenn alle anderen das Gegenteil behaupteten, hatte sich Grace seit der Nachricht aus dem Kriegsministerium an die Hoffnung geklammert, dass Siddy irgendwo, irgendwie noch lebte. Zuerst hatte sie sich furchtbare Sorgen gemacht, dass er in Gefangenschaft geraten sein könnte. Später, dass er krank oder verletzt irgendwo in Frankreich war. Doch Olive, die die Sorge ihrer Tochter leicht hätte lindern können, hatte sich dagegen entschieden.

Jetzt wusste Grace, warum. Es war so viel praktischer für ihre Mutter gewesen, wenn Grace Reuben für tot hielt. Vielmehr dachte sie schockiert, war Olive sein Tod womöglich sogar willkommen gewesen. So blieb das Geheimnis ihrer gemeinsamen Vergangenheit für immer unter der Erde eines weit entfernten, fremden Landes begraben.

Ein plötzlicher Ruck ließ Grace aufblicken. Der Zug war in Sydneys Hauptbahnhof zum Stehen gekommen. Nachdem sie ihre Habseligkeiten eingesammelt hatte, trat sie aus dem Waggon und wurde von einer Welle eiliger Pendler, Koffer schleppender Gepäckträger, umherstreifender Familien und erschöpfter Büroangestellter mitgerissen. Die Handtasche über das linke Handgelenk geschoben, den Koffer in der linken Hand wurde Grace von dem wogenden Menschenstrom Richtung Drehkreuz gedrängt.

Das Holzkästchen hielt sie fest in der rechten Hand und drückte es an ihre Brust.

Als Grace ihr Zimmer im Queen's Club betrat, ihr Refugium, seufzte sie erleichtert auf. Sie setzte den Koffer ab, warf Handtasche, Mantel und Fedora auf einen Stuhl, stellte das Kästchen auf den Frisiertisch und trat froh, endlich von allen Lasten befreit zu sein, ans Fenster. Als sie auf die grünen Spitzen der Birkenfeigen blickte, sah sie einen vereinzelten Wasserstrahl, der vom Archibald Brunnen aufstieg, sowie die quadratischen unvollendeten Turmspitzen der St. Mary's Cathedral. Sie hatte diese Aussicht schon viele Male gesehen, doch heute erschien sie ihr irgendwie fremd. *Nichts ist mehr, wie es war,* dachte sie traurig. Wird es jemals wieder so sein?

Grace wandte sich ab, zog die Schuhe mit den Absätzen aus und ließ sie klappernd auf den Boden fallen. Sie war ziemlich verwirrt und streckte sich auf dem Bett aus. Wenigstens enthielt der Brief einige Informationen, aber mit den anderen Sachen in dem Kästchen konnte sie überhaupt nichts anfangen. »Was um Himmels willen bedeuten sie?«, fragte sie das stumme Bild von Queen Mary, das an der gegenüberliegenden Wand hing.

Ein leises Klopfen unterbrach ihre trüben Gedanken. Grace öffnete die Tür und stand vor einem Dienstmädchen mit einem Tablett. »Mrs. Osbourne, Cook sagte, Sie hätten eine lange Reise hinter sich«, murmelte das Mädchen schüchtern. »Sie dachte, Sie mögen vielleicht etwas Tee und Toast.«

»Bitte, richten Sie Cook meinen Dank aus. Das ist sehr nett von ihr – und von Ihnen«, sagte Grace und nahm ihr mit unsicheren Händen das Tablett ab. Die schlichte, freundliche Geste rührte sie fast zu Tränen.

Sie erinnerte sich daran, dass sie einen Plan hatte und entschieden war, ihn umzusetzen, schenkte sich eine Tasse Tee ein und kehrte wieder auf ihren Posten am Fenster zurück. Doch die vertraute Aussicht konnte ihre aufgewühlten Gefühle nicht beruhigen. Obwohl sie in der Auseinandersetzung mit Jack so kühn gewesen war, ängstigte sie die Vorstellung, Australien zu verlassen. Und was die Suche nach Siddy anging, machte sie sich etwas vor. Wie konnte ein Mädchen vom Land, das sein ganzes Leben lang beschützt worden war, nie ins Ausland gereist war, geschweige denn Geld verdient hatte, erwarten, sich in Europas elegantester und kultiviertester Stadt zu behaupten?

Grace stellte ihre Tasse ab. Natürlich konnte sie das. Ironischerweise verdankte sie dem Einschreiten ihrer Mutter und der anschließenden Fürsorge von Mademoiselle Elise, dass sie hervorragend Französisch sprach und in Paris praktisch jedes Wahrzeichen kannte.

Es mochte Glück sein, bloßer Zufall oder, was sie lieber dachte, Schicksal – jedenfalls hatte sie sich unbewusst jahrelang darauf vorbereitet, ihre Vergangenheit in der Stadt des Lichts zu erforschen – und sich eine neue Zukunft aufzubauen.

ZWEITES BUCH

Le Mannequin

Das Mannequin

Kapitel 15

Paris, Dezember 1948

Ah, Mademoiselle Dubois«, sagte Christian Dior und wandte sich von einem Stück nachtblauem Samt ab, den er gerade begutachtet hatte. »Die junge Dame, die den weiten Weg aus Australien zu uns gekommen ist. Wie schön, Sie endlich kennenzulernen.«

Grace war voller Ehrfurcht, einem so berühmten und begabten Mann zu begegnen, doch seine höfliche Art überwältigte sie. Sie schätzte Dior auf Mitte vierzig. Er trug einen konservativen dunklen Anzug und darüber einen weißen Kittel, wobei keins der Kleidungsstücke seine rundliche Gestalt kaschieren konnte.

»Die Freude ist ganz auf meiner Seite, Monsieur«, sagte Grace und fügte hinzu: »Ich kann Ihnen gar nicht sagen, wie aufregend es ist, den Mann kennenzulernen, der die schönsten Kleider der Welt geschaffen hat. Sie werden es vielleicht nicht glauben, aber zum ersten Mal habe ich Ihren Namen auf einer Schaffarm am Ende der Welt gelesen.« Sie schlug sich die Hand vor den Mund. »Meine Güte, hoffentlich war das nicht unangemessen.«

»*Au contraire.*« Dior lächelte. »Sie werden eine erfrischende Ergänzung für die *maison* sein. Als Sie den New Look in Australien vorgeführt haben, hat unsere Leute Ihre lebhafte Art fasziniert – das ist eine Qualität, die mir schon bei anderen aus der Neuen Welt aufgefallen ist.« Er zuckte die Achseln. »Europa ist müde, seine Einwohner leben noch zu sehr in der Vergangenheit. Ihr Australier wirkt reiner, frischer.«

Auf seinem Gesicht erschien ein nachdenklicher Ausdruck. »Jede einzelne meiner *jeunes filles* bietet mir eine andere Quelle der Inspiration«, sagte er. »Und Sie, Mademoiselle Dubois, was bieten Sie mir?« Er hielt inne. »Etwas sehr Ursprüngliches, glaube ich. *Alors*, wir werden sehen, wir werden sehen.«

Grace blieb kaum Zeit, ein Dankeschön zu murmeln, ehe Dior gedankenverloren einen Skizzenblock nahm und zu zeichnen begann.

Februar 1949

Grace eilte in die volle Garderobe, die die Mannequins als *cabine* bezeichneten, erfreut, an einem inzwischen bereits vertrauten Ritual teilzuhaben.

Als sie eilig ihren schwarzen Filzhut und den dazu passenden Alpakamantel ablegte, wurde sie von den anderen Mädchen mit ihren jugendlich frischen Gesichtern mit »*Bonjour, chérie, bonjour!*« begrüßt. Grace zog ihr neues rotes Kleid mit dem wadenlangen ausgestellten Rock aus, unter dem sie nur einen hautfarbenen Büstenhalter, Höschen, Korselett und Strümpfe trug, warf sich einen schlichten weißen Baumwollumhang über und glitt hinter einen der Frisiertische, die in Reihen hintereinanderstanden. Dann begann der gewissenhafte Prozess, der ihr schlichtes Alltags-Ich in eine anmutige Modegöttin verwandelte.

Jedes der Models hatte seinen Lieblingsplatz: Victoire, eine stolze Brünette aus Bordeaux, saß gern mit dem Gesicht zur Tür. Therese mit den platinblonden Wellen und dem herzförmigen Gesicht bevorzugte den Platz am Fenster. Grace war irgendwo zwischen den beiden. Auf den Frisiertischen befanden sich nicht nur Schminke, Bürsten, Kämme und all das andere Zubehör, das für das ernste Geschäft einer professionellen Schönheit unabdingbar war, sondern auch einige persönliche Gegenstände – vielleicht ein kleiner Teddybär oder ein von einem Satinband zusammengehaltenes Blumensträußchen. Grace hatte sich für Siddys kleine Spieldose aus Holz mit der rosa Tänzerin entschieden.

Sie betrachtete sich im Spiegel. In so kurzer Zeit war so vieles passiert, sie musste derart viele Herausforderungen bewältigen, dass sie überrascht war, keine Spuren von Anstrengung in ihrem Gesicht zu entdecken. Abgesehen von ihrer Arbeit in der *maison*, wo die anspruchsvollen Tage oftmals bis acht Uhr abends dauerten – während der fieberhaften Vorbereitungen für die neue Kollektion auch mal bis zwei Uhr morgens – gab es so vieles, woran sie sich in ihrem Alltag gewöhnen musste.

Alles musste sie lernen, vom Kauf eines Metrotickets bis hin zum Umgang mit der berühmten französischen Bürokratie. Als vermeintlich alleinstehende Frau hatte schon die Eröffnung eines Bankkontos stundenlange Verhandlungen mit einem unkooperativen Beamten erfordert. Zum Glück erwiesen sich die Mannequins von Dior als wertvolle Ratgeberinnen.

»Wenn du den Bankbeamten beeindrucken willst, trag beim nächsten Mal einfach Perlen und so viel beiges Kaschmir wie möglich«, hatte Victoire ihr empfohlen. »Da das die Kennzeichen einer jeden gutbürgerlichen Frau sind, wird er keinen Zweifel hegen, dass du eine achtbare Dame bist.« Ein anderes Mannequin hatte ihr gezeigt, wie sie ihre Rocksäume je nach Saison einen Hauch kürzen oder verlängern konnte (zusammen mit einer neuen originellen Verzierung am Hut war das alles, was man brauchte, um ein Ensemble *au courant* anstatt unglaublich *démodée* wirken zu lassen). Und eine Dritte hatte ihr erklärt, den genauen Wert von Schuhen und Handtaschen einzuschätzen, da es ein schweres Vergehen war, in solche Gegenstände zu investieren, wenn sie nicht von erster Qualität waren. Was ihren neuen Beruf anging, war das Wichtigste – das tatsächlich Lebensnotwendige –, das sie gelernt hatte jedoch, was die Mädchen mit großer Ernsthaftigkeit als *le maquillage* bezeichneten.

Grace nahm einen Stift mit Grundierung und verteilte sie fachkundig auf ihrer Haut. Als Nächstes trug sie mit einer Puderquaste aus Schwanenfedern großzügig losen Puder auf und sorgte dafür, dass die makellos matte Oberfläche den ganzen Morgen lang hielt. Dann konzentrierte sie sich auf das Schminken eines sinnlichen zinnoberroten Schmollmunds, bevor sie sich um ihre Augenbrauen kümmerte. Obwohl sie schon dunkel waren und sich gut abhoben, verlängerte sie sie mit einem weichen Stift, um ihnen einen Hauch mehr Dramatik zu verleihen.

Außerdem betonte sie ihre Augen, indem sie sie mit einem kleinen Pinsel umrandete, den sie in schwarze Flüssigkeit tauchte. Grace sorgte im Außenwinkel für genau den richtigen Aufwärtsschwung, um ihnen einen katzenhaften Ausdruck zu geben. Mehrere Schichten dunkler Wimperntusche vervollkommneten das Ganze. Jetzt musste sie nur noch die üppigen Locken zu einer eleganten Frisur hochdrehen und sicher feststecken. Noch einmal betrachtete Grace sich im Spiegel. Vor ihr saß eine weltgewandte, mondäne Frau, die unübersehbar *sang-froid* besaß.

Entspannt wartete Grace auf ihre Garderobiere, damit sie dem ersten Ensemble, das sie in der heutigen Vormittagsschau vorführen würde, den letzten Schliff verlieh. So ein Schnitzer wie bei der ersten Anprobe für ein elegantes schwarz-weißes Hahnentrittkostüm, einer von Diors charakteristischen Looks, würde ihr so schnell nicht mehr passieren.

»Aber Madame Carré, was ist das für ein einfacher billiger Stoff!«, hatte sie die Kühnheit zu bemerken, woraufhin schallendes Gelächter ertönte. Grace errötete, als Madame erklärte, dass es sich bei dem Kleidungsstück nur um ein *toile* handelte.

»Der erste Versuch, eine Zeichnung von *le patron* umzusetzen, wird immer aus ungebleichtem Nesselstoff oder aus Baumwolle gefertigt«, hatte sie erklärt. »Unsere Materialien sind kostbar. Niemand käme im Traum darauf, sich einem Stoff mit der Schere zu nähern, bis nicht ganz sicher ist, was genau verlangt wird.«

Grace hatte begriffen, dass sie in Bezug auf Haute Couture noch einiges zu lernen hatte.

»Alles ist bereit, Mademoiselle«, verkündete die Garderobiere.

Aber bin ich das auch?, fragte sie sich, als sie mit den anderen Mannequins ihren Platz einnahm. Ja, allmählich fand sie sich in der der komplizierten Welt der *maison* zurecht. Aber was ihre Suche nach Reuben anging, hatte sie noch nicht einmal den ersten Schritt getan. Und dabei war sie schon seit über sechs Wochen in Paris.

Kapitel 16

Voilà, c'est la petite Australienne!«

Überschwänglich winkte Ferdinand Derel ihr von einem Ecktisch im vollen Café Bertrand zu.

Grace hob eine Hand. Noch immer überraschte es sie, mit welcher Freude der mächtige Concierge aus dem Hause Dior sie begrüßte.

»Ich wusste, dass Sie keine bekannte Kundin des Hauses sind«, hatte Ferdinand ihr erklärt, nachdem er sie nach ihrer ersten Modenschau in der *cabine* aufgesucht hatte. »Aber Sie haben mich überrascht. Mit Ihren dunklen Locken, den großen grünen Augen und dieser offenen Art – sind alle Australier so? Sie wissen schon, dass Sie jemanden, dem Sie noch nie begegnet sind, wie einen alten Freund begrüßen?« Ferdinand hatte gelacht.

»Hätte ich das doch nur gewusst.«

»Hätten Sie irgendetwas anders gemacht?«

»Wahrscheinlich nicht.« Grace strahlte ihn an.

Von da an war sie eine von Ferdinands Schützlingen geworden und traf ihn fast jeden Morgen im Café Bertrand zum Kaffee und einer ordentlich Portion Klatsch. Mit der Zeit hatte sie herausgefunden, dass er dank seiner einzigartigen Position an alle möglichen Arten von Informationen kam.

Für die Kundinnen von Dior war Ferdinand ein untadeliges Wesen mit weißen Handschuhen, das ihnen ins Taxi oder in ihren Privatwagen half, kleine Pakete verstaute oder ein wachsames Auge auf ihren Pudel hatte. Ironischerweise war es, als habe ihn seine zurückhaltende Art nahezu unsichtbar gemacht, sodass geradezu eine Flut an indiskreten Gesprächen in seiner Gegenwart stattfand.

Ferdinand wusste, wann sich eine Geliebte von ihrem aktuellen Liebhaber trennte, kaum dass die fragliche Frau sich dazu entschlossen hatte. Er wusste, welche Kundin ihr Dienstmädchen entlassen hatte, wessen Chauffeur als der attraktivste galt und wessen persönlicher Reichtum nach einer Pechsträhne im Casino von Monte Carlo stark geschrumpft war.

»*Ça va*? Alles in Ordnung?«, fragte Ferdinand, als Grace am Tisch Platz nahm.

»Ich glaube schon«, antwortete sie.

»Hmm. Da bin ich mir nicht so sicher«, antwortete der Concierge. »Irgendwie vermisse ich Ihre übliche Heiterkeit. Hoffentlich macht Ihnen nicht einer Ihrer Verehrer Probleme. Sollte das der Fall sein, bekommt er es mit Ferdinand zu tun!«

Grace rührte in ihrem dampfenden *Café au Lait*. »Eine Liebesgeschichte ist das Letzte, worauf ich aus bin«, entgegnete sie mürrisch.

»Nun, ich sehe doch, dass Sie beschäftigt sind.«

Der väterliche Ferdinand schien so besorgt zu sein, dass Grace verführt war, ihrem Herzen Luft zu machen. Doch sie würde seine Zuneigung nicht aufs Spiel setzen, indem sie verriet, dass sie verheiratet war, oder den wahren Grund nannte, aus dem sie in Paris war. Andererseits musste sie jemandem zumindest einen Teil der Wahrheit anvertrauen, sonst kam sie nicht voran. Und wen konnte sie besser um Hilfe bitten als Ferdinand – den Mann, der alle kannte?

»Ehrlich gesagt, suche ich jemanden«, sagte sie.

»Und wer ist dieser Jemand?«

»Er ist …« Grace überlegte, wie sie Siddy beschreiben könnte. »Er ist ein alter Freund der Familie und heißt Reuben Wood.«

»Erzählen Sie mir von Monsieur Wood«, drängte Ferdinand.

»Reuben hat sich freiwillig den Alliierten angeschlossen«, erklärte Grace. »Aber während der Besetzung Frankreichs wurde er als vermisst gemeldet. Ich habe das Gefühl, dass er noch lebt, obwohl er aus irgendeinem Grund beschlossen hat, hierzubleiben und sich bei niemandem in Australien zu melden.«

»So etwas kommt vor.« Ferdinand nickte und biss in sein Croissant. »In den Wirren des Krieges hat ein Mann viele Gelegenheiten, zu verschwinden und ein neues Leben zu beginnen. Wünschen Sie meine Unterstützung?«

»Das wäre wunderbar. Ich wusste schon vor meiner Anreise, dass es eine Herausforderung wird, ihn zu suchen. Nachdem ich jetzt in Paris bin, ist mir allerdings klar geworden, dass ich keine Ahnung habe, wo ich überhaupt anfangen soll.«

»Ehemalige Soldaten zu finden ist nicht gerade mein Spezialgebiet«, sagte er lächelnd. »Dennoch werde ich tun, was ich kann.« Er beugte sich vor und sagte in ernstem Ton: »Aber ich muss Sie warnen, *ma petite,* Geheimnisse aufzustöbern ist eine riskante Angelegenheit. Es ist ein bisschen, als würde man einen Stein umdrehen, der sehr lange an einem schattigen Ort gelegen hat – man weiß nicht, was man darunter findet.«

Ängstlich hockte Grace auf der harten Stuhlkante.

»Ja«, sagte der beflissene Bürokrat hinter seinem Schreibtisch knapp. »Reuben Wood – hier steht sein Name.« Mit einem knochigen Finger deutete er auf eine lange Liste. »Es ist sicher dieselbe Person, nach der Sie suchen. Allerdings gibt es, seit er vermisst und für tot gehalten wird«, der Mann spähte über seine Drahtbrille, »keine Spur mehr von ihm.«

»Nichts?«

»*Rien.*«

»Sie wollen sagen, dass es in all diesen staubigen Aktenschränken«, Grace sah sich verzweifelt in dem riesigen übervollen Archiv um, »kein weiteres Wort über diesen Mann gibt?«

»Das ist korrekt.« Der Beamte wurde etwas milder. »Ich schulde Ihrem Kollegen Monsieur Derel einen Gefallen, und ich sehe Freunde und Verwandte, die einen geliebten Menschen suchen, nicht gern leiden. Wenn ich mehr tun könnte, würde ich es tun. Leider«, sagte er und streckte ihr die Handflächen entgegen, als würde er sich den unmöglichen Umständen fügen, »kann ich in diesem Fall nicht mehr tun. Auf Wiedersehen, Mademoiselle.«

Entmutigt verließ Grace das trostlose Regierungsgebäude mit den unzähligen Akten, von denen ihr keine von Nutzen war. Auf Ferdinands Rat hin hatte sie erst das britische Kriegsministerium kontaktiert. Zu ihrer großen Enttäuschung hatte sie jedoch erfahren, dass Lieutenant Carruthers, der Verfasser des Briefs mit dem einzigen Hinweis auf Reubens Verbleib, tragischerweise die Evakuierung von Dünkirchen nicht überlebt hatte.

Als Nächstes hatte sie an die Türen zahlreicher französischer Beamter geklopft, unter anderem an die von Ferdinands Neffen, der bei der Polizei die Vermisstenfälle bearbeitete. Bei der Schwester seiner Vermieterin, die im Büro arbeitete, das für die durch den Krieg heimatlos Gewordenen zuständig war. Und an die einer eleganten silberhaarigen Dior-Kundin, die als ehrenamtliche Helferin beim Roten Kreuz gearbeitet hatte. Die nationalen Archive waren Grace' letzte Hoffnung gewesen. Vielleicht wäre es klüger, einfach aufzugeben?

Seufzend knöpfte sie ihren Mantel zu, überquerte die Straße und betrat einen kleinen Park. Obwohl es noch immer kühl war, hatten sich einige frühe Narzissen durch die harte Erde geschoben. Die frischen grünen Stiele und die weißen Blütenblätter schienen Erneuerung zu verheißen, auf eine Zukunft hinzudeuten, die noch Hoffnung versprach. Sicher waren sie ein Zeichen, dass sie ihre Suche fortsetzen sollte.

Was spielte es für eine Rolle, dass ihre Bemühungen, offizielle Kanäle zu nutzen, gescheitert waren? Es musste andere Wege geben, das Problem zu lösen. Vielleicht hatte sie Reuben noch nicht gefunden, doch das schloss nicht die Hoffnung aus, dass Reuben Wood irgendwo in Frankreich noch am Leben war.

Kapitel 17

März 1949

Grace zuckte zusammen und schnappte unwillkürlich nach Luft, dann zwang sie sich stillzuhalten. Nur eine Nadel. Allmählich sollte sie sich an die Stiche und Kratzer gewöhnt haben. Am besten schaltete man komplett ab und ignorierte die murmelnden Stimmen: »*Où, patron? Là ou là? Ah, oui!*« Sie fingen an, hörten auf und fingen wieder an, während unter Anleitung des ernsten Designers mit den geröteten Wangen Bahnen von cremefarbenem Stoff um sie gewickelt und Nadeln festgesteckt wurden, nur um sie wieder zu entfernen und an einer anderen Stelle auszuprobieren.

Aus dem *toile*, in den sie gewickelt wurde, würde das Muster für ein extravagantes schneeweißes Ballkleid mit einem eng geschnittenen Mieder aus Satin, einer schmalen Taille und einem Rock aus einer beispiellosen Menge Seidenorganza und Tüll entstehen. Die atemberaubende Wirkung wurde noch durch Blütenblätter aus Perlmutt, Glasperlen und Pailletten verstärkt, die alle einzeln gewissenhaft mit der Hand aufgenäht wurden.

Grace wusste schon, wie sie das Kleid präsentieren würde, wenn es so weit war, es einer der berühmtesten Kundinnen der *maison* vorzuführen. Sie würde sich drehen, damit das Licht der Kronleuchter im Salon mit den glänzenden Falten spielte.

Sie versuchte ein Schaudern zu unterdrücken, als die kalten Hände einer Assistentin um ihre Taille griffen, um den Stoff zu glätten.

»Ja, das ist viel besser«, sagte *le patron* anerkennend. »Und jetzt kümmern wir uns um die richtige Weite des Rockes, meine liebe Marguerite.«

Marguerite Carré suchte im Gesicht von Monsieur Dior nach einem Hinweis darauf, wie sein Urteil ausfallen könnte. »Habe ich die Vorstellung von *le patron* getroffen?«, fragte sie nervös und zupfte an dem Maßband, das ständig um ihren Hals hing wie das Stethoskop bei einem Arzt.

»Nein, Madame Carré. Ich wünsche deutlich mehr Fülle.« Die *directrice* wirkte niedergeschlagen, als Dior mit seinem Stock mit der goldenen Spitze auf den Rock deutete und knapp verkündete: »Bitte seien Sie so nett, und legen Sie den Stoff so, dass er sich von der Taille ausbreitet, nicht von den Hüften.«

So ging es weiter. Das Anheften und Drapieren des Stoffes, das Schneiden und Falten setzte sich fort, bis Grace zusammenfuhr. Wieder hatte Madame Carré sie mit einer spitzen Nadel gestochen.

»*Mademoiselle Dubois*!« Marguerite schnalzte missbilligend mit der Zunge.

»Entschuldigen Sie«, sagte Grace. Was waren schon ein oder zwei Kratzer, wunde Füße oder ein schmerzender Rücken, die man unweigerlich nach stundenlangem Stillstehen in hochhackigen Schuhen bekam, wenn der weltweit gefeierte Modeschöpfer eines seiner berühmten Meisterstücke schuf?

Es war eine kleine Unannehmlichkeit. Und schließlich war sie in Paris. Der Stadt, in der sie immer leben wollte.

Um ein Uhr mittags traf sich Grace mit Brigitte und Marie-Hélène – ihren engsten Freundinnen unter den zwölf Hausmannequins von Christian Dior – zu einem hastigen Imbiss aus Räucherlachs und Baguette.

»Die ganze Woche reden die Mädchen in der *cabine* von nichts anderem als davon, welche Kundin die glückliche Besitzerin dieses unglaublichen Ballkleides wird«, sagte Marie-Hélène und knabberte an einer Brotkante.

»Die argentinische Präsidentengattin Eva Perón – ganz bestimmt«, schaltete sich Brigitte ein. »Ihr wisst doch, wie gern sie für Aufsehen sorgt. Es ist ihr wichtig, vor den Kameras zu funkeln. Ihr werdet sehen, sie wird es sofort haben wollen, wenn sie es an dir sieht. Ich habe gehört, wie sie der *première vendeuse* Madame Beguin gestanden hat: ›Meine größte Angst im Leben ist, vergessen zu werden.‹ Stellt euch das vor! Nun, wenn sie in diesem Kleid fotografiert wird, wird das nicht passieren. Es würde mich nicht überraschen, wenn es auf der Titelseite von *Le Monde* erscheint.«

Was Brigitte, abgesehen von ihrem honigblonden Haar und dem cremefarbenen Teint, von den anderen Mannequins unterschied, war ihre Verschwiegenheit im Hinblick auf ihre Person. Zwei der Mädchen – Victoire und Corinne – behaupteten, gehört zu haben, sie sei die Tochter eines Grafen, der in einem *grand château* irgendwo im Loiretal lebte. Als sie versuchten, Brigitte aus der Reserve zu locken, um festzustellen, ob die Geschichte stimmte, hatte sie bloß gelacht. »Das klingt äußerst verlockend. Ich frage mich nur, was ich dann hier mache. Warum arbeite ich so viele Stunden?«

Um Marie-Hélènes Herkunft gab es kein Geheimnis: Jeder wusste, dass sie durch und durch Pariserin war. Ihre Mutter, die in ihrer Jugend eine gefragte Schauspielerin gewesen war, hatte ihr sowohl die kastanienbraunen Haare und ihre Schönheit als auch einen Hang zur Dramatik vererbt.

»Nein, Brigitte! Du täuschst dich.« Marie-Hélène warf die üppigen roten Locken zurück, die ausnahmsweise nicht geflochten und hochgesteckt waren. »Dieses Kleid geht nach Wales, zur Herzogin von Windsor. Sie ist farblich ein ähnlicher Typ wie du, Grace, aber im Gegensatz zu dir ist sie keine Schönheit.«

Mit schelmischer Miene fügte sie hinzu: »Eigentlich finde ich, dass sie eher wie ein Frosch aussieht, allerdings zugegeben wie einer, der von einem König geküsst wurde und so viele Edelsteine wie ein König besitzt.«

Grace setzte ein unergründliches Lächeln auf. Sie wusste genau, für wen das Kleid entworfen worden war: für die junge Prinzessin Margaret von England. Offenbar hatte man der Prinzessin mit den blauen Augen die ersten Skizzen bereits bei einem Besuch ihrer königlichen Hoheit in der französischen Botschaft in London gezeigt.

»Natürlich war ich dort, um es ihr zu erklären«, hatte Madame Beguin Grace anvertraut. Da die *vendeuse* ihr jedoch das Versprechen abgenommen hatte, darüber Stillschweigen zu bewahren, tat Grace weiterhin, als habe sie keine Ahnung, für wen das Kleid gefertigt wurde.

»Du sagst zwar, dass du nicht weißt, für wen das Kleid angefertigt wird«, bemerkte Marie-Hélène, »aber ich habe trotzdem das Gefühl, dass du es weißt.« Sie musterte Grace aus schmalen Augen. »Du bist eindeutig darin geübt, ein Geheimnis für dich zu bewahren«, sagte sie. »Eigentlich glaube ich sogar, dass du uns noch etwas verschweigst – einen heimlichen Liebhaber vielleicht. Oder hast du einen attraktiven Mann zurückgelassen?«

Grace rang um Fassung. »Wie kommst du darauf?«

»Weil du trotz allem, was Paris zu bieten hat, in den letzten drei Monaten jeden Abend allein in deinem kleinen Zimmer geblieben bist.«

Marie-Hélène konnte unmöglich die Wahrheit erraten haben, doch es beunruhigte Grace, wie nah an die Wahrheit der lebhafte Rotschopf mit seinen Vermutungen kam.

»Keine Sorge, das werden Brigitte und ich jetzt ändern«, sagte Marie-Hélène.

»Ich kann nicht glauben, dass du gleich um die Ecke vom Le Chat Noir wohnst und den Nachtklub noch nicht einmal gesehen hast.« Brigitte schüttelte den blonden Kopf. »Du bist komisch, Grace – ich verstehe das einfach nicht.«

»Ich auch nicht«, schloss sich Marie-Hélène an. »Du wirkst auf mich nicht gerade schüchtern, und du siehst auch nicht wie jemand aus, der unter Liebeskummer leidet.« Sie sah Grace skeptisch an. »Nun, was immer dich bislang im Haus gehalten hat, das muss ein Ende haben. Bis Freitag hast du Zeit, dir ein hübsches Kleid zu besorgen, denn dann kommst du mit uns ins Le Chat Noir. Keine Widerrede!«

An jenem Abend blickte Grace sich lächelnd in ihrem luftigen Dachzimmer mit den geweißten Deckenbalken um. Sie mochte die altmodische Rosentapete, genauso wie den großen grünen Samtsessel, obwohl an manchen Stellen bereits der plüschige Flor abgescheuert war. Es gab noch einige andere Möbel. Einen kleinen runden Holztisch und einen Stuhl sowie zwei Regale, in die sie einige ihrer Lieblingskinderbücher gestellt hatte. Außerdem einen Band von Alfreds geliebten australischen Gedichten und Charles Perraults französische Märchen, die zu den ersten Texten gehörten, die sie mit Mademoiselle Elise studiert hatte. Aus einem Impuls heraus hatte sie auch das Foto aus dem geheimnisvollen Kästchen aufgestellt.

In einer Wand befand sich ein kleiner Kamin, und in der Ecke gab es einen einzelnen Gaskocher, ein Waschbecken und kaltes Wasser für die Küche. Auf der anderen Seite des Zimmers standen, in einer Nische und hinter einem ausgeblichenen rosa Vorhang aus Damast verbogen. ein breites Bett mit geschwungenem, weiß gestrichenem Kopfteil aus Eisen, eine alte Kommode mit Schubladen, ein langer Spiegel und ein Kleiderschrank.

Obwohl ihr neues Heim alles hatte, was Grace brauchte, hätte sie es dennoch eher als angenehm denn als außergewöhnlich bezeichnet, wäre nicht die Aussicht aus dem einzigen ungewöhnlich großen Mansardenfenster gewesen. Sie konnte nicht genug von dem Ausblick auf die schrägen Schieferdächer von Paris und die schmalen Kirchtürme bekommen. Wenn Grace den Kopf im richtigen Winkel neigte, konnte sie sogar einen Blick auf den hohen Eiffelturm erhaschen.

Jede Woche zahlte Grace mit großer Freude die Miete an die winzige Concierge. Wenn sie Madame Guérin die zerknitterten Francs-Scheine überreichte, gratulierte sie sich innerlich zu ihrer Unabhängigkeit. Nach den aufregenden Ereignissen der letzten Zeit und den hektischen Tagen in der *maison* erlebte sie die langen stillen Abende, die sie allein mit Lesen, Zeichnen oder einfach nur mit Träumen verbrachte, als friedlich und behaglich. Grace hatte die Einsamkeit genossen, doch jetzt dachte sie über die beharrliche Einladung ihrer neuen Freundinnen nach.

Plötzlich erschöpft, warf sie sich aufs Bett. Bislang waren all ihre Bemühungen, Reuben zu finden, im Nichts verlaufen – sollte sie ihre freie Zeit nicht lieber mit der Suche nach ihm verbringen? Nach ihrer ersten überstürzten Reaktion war Grace inzwischen klar, dass Reuben genauso viel Schuld an der Affäre traf wie ihre Mutter. Es fiel ihr jedoch immer noch schwer zu akzeptieren, dass der Mann, den sie ihr ganzes Leben lang gekannt hatte, derselbe war, der Alfred betrogen hatte, seinen engen Freund. Hatte er unter Schuldgefühlen und Scham gelitten, hatte er es bereut? Sie hatte nie etwas davon bemerkt.

Merkwürdigerweise liebte sie ihn noch immer. Ganz gleich, was er in der Vergangenheit getan hatte, es war unmöglich, seine Freundlichkeit oder die Jahre tiefer Verbundenheit zu vergessen.

Grace schalt sich, dass sie schon wieder vierundzwanzig Stunden vergehen lassen hatte, ohne dass etwas passiert war, stand auf, ging zum Fenster und schob die Fensterläden auf. Als sie in die sternenklare Pariser Nacht hinaussah, rief sie leise: »Siddy, wo bist du?«

Am nächsten Morgen wurde Grace früh von der hellen Frühlingssonne geweckt, die ins Zimmer schien. *Natürlich, ich habe die Fensterläden nicht geschlossen*, dachte sie und schob die Decke zur Seite. Sie fühlte sich gestärkt, als würde die Energie der Sonne durch ihre Adern strömen. Grace sprang aus dem Bett, breitete die Arme weit aus und hieß das Licht willkommen. Ihr Bedürfnis, Reuben zu finden, war nicht der einzige Grund, aus dem sie nach Paris gekommen war – sie hatte auch ein neues Leben beginnen wollen. *Damit kann ich zumindest anfangen*, sagte sie sich. Dann überlegte sie, wie sie Madame Raymonde überreden könnte, ihr für Freitagabend ein Kleid zu leihen.

Kapitel 18

Brigitte und Marie-Hélène holten Grace vor ihrem Haus ab. Die zwei Frauen inspizierten sie kritisch und beurteilten ihre Erscheinung dann als »*ravissante*«.

»Dieses Kleid hat Victoire in der letzten Frühjahrskollektion getragen«, stellte Marie-Hélène fest. »Aber zu deinen grünen Augen passt es besser.«

Das erlesene jadegrüne Tüllkleid, das Grace sich erfolgreich geliehen hatte (Madame Raymonde hatte darauf bestanden, dass sie es nur für einen Abend bekam und es sofort am nächsten Morgen zurückgeben musste), umschloss Brust und Taille und endete in einem duftigen Rock.

Brigitte nickte anerkennend. »Du wirst die Sensation sein.«

»Schluss jetzt«, sagte Grace und wischte ihr Kompliment mit einer Geste beiseite. »Wolltet ihr mir nicht unbedingt diesen Klub zeigen?«

Die Frauen gingen nur wenige Minuten, dann führten sie sie in eine winzige Sackgasse.

»Beim Erkunden der Gegend bin ich mindestens zweimal durch diese kleine Straße gegangen«, sagte Grace überrascht, »aber ich habe nicht geahnt, dass sich hinter dieser schwarzen Tür etwas Interessantes verbirgt.«

Nachdem es jetzt Abend war, strahlte ein günstig platziertes

Licht ein Schild an, wo auf den ersten Blick nur eine dunkle Nische zu sein schien. Auf schwarzem Untergrund stand in Weiß der Name des Klubs, daneben war die Silhouette einer Katze abgebildet.

»Kein Wunder, dass ich das übersehen habe«, sagte Grace mit erwartungsvoll leuchtenden Augen.

Sie trat durch die Tür, ging die mit schwarzem Teppich ausgelegte Treppe hinunter und fand sich in einem beeindruckenden unterirdischen Keller wieder. Die dramatische Einrichtung war gänzlich monochrom. Im rückwärtigen Teil des schwach erleuchteten Raums befand sich ein langer schwarz lackierter Tresen, um den sich die Gäste drängten. Die Wände waren ebenfalls schwarz, während die Holzdielen abwechselnd schwarz und weiß gestrichen waren und an Klaviertasten erinnerten. Tische und Stühle waren weiß, ebenso die Bühne, auf der ein Flügel, ein Schlagzeug und ein glänzender Kontrabass standen.

»Das sieht toll aus«, rief Grace aus, »und die Leute erst. Wer um Himmels willen sind die?«

»Ach, vermutlich ist dir aufgefallen, dass die Kundschaft vom Le Chat Noir deutlich schillernder ist als die Einrichtung«, bemerkte Marie-Hélène trocken. »Hier findest du überwiegend Bohemiens. Berühmte Künstlermodelle, Mannequins aus den besten *maisons*, Fotografen, Schauspieler, Maler, Philosophen und Autoren, dazwischen ein paar unkonventionellere Angehörige des alten französischen Adels und aus dem reichen Bürgertum – der Teil, der sich selbst für intellektuell hält. Siehst du Pablo Picasso, der dort drüben in der Ecke Hof hält?« Sie deutete mit dem Kopf in Richtung eines untersetzten kahlen Mannes, der energisch gestikulierte. »Und dort ist der existenzialistische Philosoph Jean-Paul Sartre. Der mit der Pfeife und der dicken Brille. Normalerweise trinkt er mit Albert Camus Martini im Pont Royal, aber seine Geliebte Simone de Beauvoir geht gern hierher. Vermutlich hat sie ihn überredet mitzukommen.«

Die Gäste waren so exotisch wie Tiere im Zoo – Grace konnte nicht anders, als sie anzustarren. »Wer ist diese zierliche Frau an der Bar, die so lebhaft gestikuliert?«

»Ach, wir nennen sie den kleinen Spatz. Das ist Édith Piaf, eine Sängerin. Wenn wir Glück haben, singt sie heute Abend vielleicht ›La vie en rose‹.«

»Und wer ist das Mädchen weiter hinten, das mit dem interessanten Gesicht?«

Brigitte spähte durch den Raum. »Sie kommt mir bekannt vor, aber ich kann sie nicht zuordnen.«

»Achtung«, schaltete sich Marie-Hélène ein, »ich sehe, dass Baron Édouard de Gide in unsere Richtung kommt. Er ist dafür bekannt, nur die schönsten Frauen von Paris zu begleiten, was bedeutet, dass er sicher Diors bezauberndes neues Mannequin kennenlernen möchte.«

»In diesem Fall mache ich mich lieber rar.« Grace lachte.

»Zu spät!«, flüsterte Brigitte, als de Gide neben ihr erschien.

Man stellte Grace dem gespannten Baron vor, doch da sie keine Lust verspürte, Zeit mit einem anscheinend geistlosen Mann zu verbringen – oder mit irgendeinem Mann – informierte sie ihn, dass sie leider von einer Freundin an der Bar erwartet werde. Mit diesen Worten tauchte sie in die Menge ab und schlängelte sich auf einen Platz, der zum Glück gerade neben der Frau frei geworden war, die ihr vorhin aufgefallen war.

»*Bonsoir*«, sagte Grace. »Es tut mir furchtbar leid, aber ich habe gerade einem Mann, den ich loswerden wollte, erzählt, dass Sie eine Freundin sind. Haben Sie etwas dagegen, wenn wir uns ein paar Minuten unterhalten? Ich heiße übrigens Grace Dubois.«

»Hallo, Jacqueline Bouvier – und ich helfe Ihnen gern. Aber Sie sind keine Französin, oder?«

»Ist mein Akzent so schlimm?«, fragte Grace lächelnd auf Englisch.

»Für mich klingt es perfekt. Nein, die meisten Französinnen sind nur deutlich reservierter. Glauben Sie mir. Ich bin Amerikanerin, und manchmal finde ich ihre Anstandsregeln erdrückend. Wo wir gerade beim Thema sind, bitte nenn mich Jackie – das tun alle meine Freunde.«

Schon bald unterhielten sich die zwei angeregt über die Herausforderung, die es für junge Frauen aus der Neuen Welt bedeutete, in Paris zu leben. Während sie sprachen, entschied Grace, dass die Frau zwar keine klassische Schönheit war – ihr Gesicht war breit, und ihre dunklen Augen standen etwas zu weit auseinander –, doch insgesamt hatten diese Eigenheiten eine betörende Wirkung.

»Ich würde mich wirklich gern noch weiter mit dir unterhalten«, hauchte Jackie mit sanfter Stimme, »aber ich habe der großartigen französischen Dame, bei der ich wohne, versprochen, heute Abend mit ihr zusammen zu essen. Doch ich habe eine Idee … morgen ist Samstag. Wie wäre es gegen halb drei mit einem Kaffee im Café de Flore? Sag, dass du kommst.«

»Das klingt sehr gut. *À demain!*«

Das berühmte Café lag nur wenige Straßen von Grace' Zimmer entfernt. Laut Madame Guérin hatten sich eine Menge Persönlichkeiten vom linken Seineufer – darunter Sartre, Camus, de Beauvoir, Giacometti und Cocteau – jahrelang um die winzigen Tische des Cafés versammelt, Gauloises geraucht, billigen Wein getrunken, gelacht und bis in die frühen Morgenstunden diskutiert.

»Diese klugen Menschen sind jetzt allerdings alle weitergezogen«, sagte sie und streichelte Tartuffe, ihre Katze, »egal, was die dummen Touristen denken. Heutzutage strömen *les Americaines* auf der Suche nach *la vie française* dorthin. Sie erinnern mich an die hungrigen Tauben, die vor Notre-Dame nach Brotkrumen jagen.«

Als Grace in dem Café Platz nahm, dachte sie an die Mengen von Amerikanern, die nach Paris strömten. Madame de Turckheim – oder Tutu, wie die Mädchen die Baroness nannten, die für die *cabine* zuständig war – hatte ihnen berichtet, dass ein Großteil der fünfundzwanzigtausend Personen – an sich schon eine beeindruckende Zahl –, die in den letzten zwölf Monaten Diors Modenschauen besucht hatten, aus den Vereinigten Staaten stammte. »Mindestens zweihunderttausend mehr werden im kommenden Jahr in Frankreich erwartet«, hatte sie hinzugefügt. »*Mes filles*, ich frage mich, wo soll das nur hinführen?«

Eine unverwechselbar sanfte Stimme unterbrach abrupt Grace' Gedanken. »*Bonjour*! Ich hoffe, du hast noch nicht lange gewartet.«

»Überhaupt nicht.« Grace lächelte Jackie an. »Ich habe nur gerade darüber nachgedacht, dass du dich in Paris dieser Tage wie zu Hause fühlen musst – es sind so viele Landsleute von dir hier.«

»Ich weiß genau, was du meinst«, sagte Jackie mit süffisanter Miene. »Meine Mutter schimpft, dass sie und ihre Freundinnen kein Zimmer mehr im Ritz bekommen, nachdem Paris so beliebt und der Franc so billig ist!«

»Das ist allerdings ziemlich lustig«, stimmte Grace zu. »Siehst du da drüben an dem Tisch die Collegetypen in den schwarzen Rollkragenpullovern, die *Picon citron* trinken? Die versuchen ganz offensichtlich verzweifelt, französischer zu sein als die Franzosen.«

»Und am Nebentisch sitzt eine Gruppe junger Franzosen, die karierte Hemden wie die Amerikaner tragen und Coca-Cola trinken«, fügte Jackie hinzu. »Wie absurd das alles ist!«

Die zwei Frauen blickten erst zu den Blendern, dann einander an und brachen in schallendes Gelächter aus.

»Aber was ist mit dir?«, fragte Grace. »Du hast einen französischen Namen.«

»Ja, aber meine Familie lebt schon ewig in den Vereinigten Staaten. Du hast aber auch einen französischen Namen.«

»Dubois?« Grace lächelte. »Ich verrate dir ein Geheimnis. Er ist nicht echt. Mein wahrer Name ist Grace … Woods.«

»Das kam etwas stockend.«

»Das ist eine lange Geschichte.«

»Also, eins steht fest«, sagte Jackie, »wir haben etwas gemeinsam. Wir mögen französische Namen haben und die Sprache sprechen, aber wir sind beide Außenseiterinnen. Dadurch hat man einen ganz anderen Blick, findest du nicht?«

Grace lachte. »Da hast du recht.«

»Und was unsere Familien angeht …«, fuhr Jackie fort, »Ich weiß nicht, wie es mit deiner steht, aber meine ist eindeutig problematisch. Mein Vater – jeder nennt ihn Black Jack – ist göttlich, auch wenn er ein schrecklicher Trinker und wie wild hinter den Frauen her ist. Meine Eltern haben sich scheiden lassen, als ich ein Kind war. Jetzt ist Mum mit einem sehr reichen, aber äußerst langweiligen Banker namens Hugh Auchincloss verheiratet. Black Jack sehe ich momentan kaum. Ich weiß allerdings, dass er nicht wollte, dass ich herkomme.« Jackie biss sich auf die Lippe, dann sagte sie wehmütig: »Väter und Mütter – warum ist das alles nur so kompliziert?«

»Glaub mir, das habe ich mich auch schon oft gefragt«, antwortete Grace.

Kapitel 19

17. März 1949

Liebe Lottie,
ich wünschte, du wärst hier bei mir, damit wir diese wunderbare Stadt zusammen erkunden könnten. Und ich sehne mich danach, von dir zu hören! Aber da du nicht hier bist, und ich nicht mal eben nach Oakhill kommen kann, muss leider dieser Brief genügen.

Ich wollte dir erzählen, dass ich vor einigen Wochen das erste Mal abends in Paris ausgegangen bin. Das habe ich zwei neuen Freundinnen zu verdanken. Und auf einmal komme ich mir wie Dornröschen vor. Nicht das ich einen gut aussehenden Prinzen getroffen hätte – das ist ganz sicher nicht meine Absicht –, aber ich habe das Gefühl, aus einem jahrelangen Schlummer erwacht zu sein.

Nachdem ich fast mein ganzes Leben auf dem Land verbracht habe (anders als du Glückliche!), musste ich mich erst daran gewöhnen, von so vielen anregenden Menschen, reizvollen Ideen und einer so ganz anderen Lebensart umgeben zu sein. Das Nachkriegsparis vibriert vor Leben, es ist voll von wunderbarer Kunst, Büchern, Mode, Musik – und vor allem Menschen! Und jetzt, nachdem ich mich eingewöhnt habe, habe ich beschlossen, mich nicht mehr in meiner kleinen Dachkammer zu verkriechen. Das heißt, ich war in Restaurants und bei Galerieeröffnungen und habe einige Jazzklubs und Kabaretts besucht, darunter das berühmte Lido und Folies-Bergère (wo die umwerfenden Mädchen kaum etwas anhaben außer äußerst unanständig funkelnder Wäsche, falschen Wimpern und ein paar Federn).

Es war alles ein bisschen verrückt, aber ich will nicht aufhören. Jede neue Erfahrung ist, als würde ich das erste Mal Schokoladeneis probieren – ein köstliches Vergnügen!

Wie du dir vorstellen kannst, ziehen die Mannequins von Dior das Interesse nicht gerade weniger Herren auf sich – ständig treffen Blumen und Liebesbriefe im Atelier ein. Natürlich sind alle Mannequins sehr attraktiv und haben Stil, darum ist das verständlich. Das Komische ist, dass die Mädchen trotz ihrer Kultiviertheit davon fasziniert sind, dass ich aus Australien komme.

Im Grunde scheinen alle Franzosen, die ich kennengelernt habe, das enorm exotisch zu finden, wobei sie eine etwas bizarre Vorstellung von dem Leben zu Hause haben. Du würdest lachen, wenn du hören könntest, was sie sagen – es klingt, als würden sie uns alle für ziemlich wild halten! Und ich habe nicht mehr mitgezählt, wie oft man mich gefragt hat, ob es stimmt, dass an den Hauptstraßen in Melbourne Koalas flanieren und Kängurus über die Sydney Harbour Bridge springen.

Grace legte den Stift weg. Sie hatte in heiterem Ton geschrieben, aber einen Brief nach Hause zu schreiben, hatte sie in melancholische Stimmung versetzt. Es erinnerte sie an Olive. Charlotte wusste von dem Streit mit ihrer Mutter, aber Grace hatte vor ihrer Freundin so getan, als sei der Grund ihre Entscheidung gewesen, Jack zu verlassen und nach Paris zu gehen.

In Wahrheit vermisste Grace ihre Mutter trotz Olives schockierendem Geständnis sehr. Wenn sie einen Schritt auf sie zumachte und sich für die Vergangenheit entschuldigte, könnten sie ihr Zerwürfnis vielleicht wieder heilen. Doch obwohl sie schon vor Monaten in Paris eingetroffen war, hatte sie noch kein einziges Wort von ihrer Mutter erhalten.

»*Bonjour*, Mademoiselle Dubois«, unterbrach eine Stimme ihre finsteren Gedanken.

Grace sah auf. »Pierre! Wollen Sie sich setzen?«

»Also, wenn ich nicht störe …«

Der große, schlaksige Pierre du Plessis, Spross eines der reichsten Bankhäuser Frankreichs, war selbst ernannter Dichter und der neue Galan von Brigitte.

»Keineswegs. Wie Sie sehen, bin ich allein. Und überhaupt, wenn man in das berühmte Café de Flore geht, muss man damit rechnen, gestört zu werden«, sagte sie und legte den halb vollendeten Brief zur Seite. »Setzen Sie sich – aber nur, wenn Sie mich Grace nennen.« Sie lächelte.

»Was soll ich sagen? Wir Franzosen sind förmliche Menschen.« Nachdem er für beide einen kühlen Dubonnet bestellt hatte, grinste er fröhlich.

Grace lachte. »Das ist mir schon aufgefallen.«

»Ja, ich weiß, es ist lächerlich. Selbst unter den Bohemiens in diesem Viertel gibt es Regeln.« Pierre nippte von seinem Drink. »Sie mögen gegen die Regeln verstoßen wollen – ich ja auch –, aber dennoch kennen wir sie. Doch Sie? Ich glaube nicht, dass Sie an irgendwelche Regeln gebunden sind. Sie sind zu allen freundlich, haben keinen Sinn für Förmliches und eine Art, die manche – zumindest in den Kreisen meiner Eltern – als erschreckend direkt bezeichnen würden.«

»Und was soll das alles heißen?«, fragte Grace.

»Es heißt nur, dass Sie sind, wonach wir alle streben sollten.«

»Gütiger Himmel, Pierre. Wonach?«

»Wie Sie zu sein, *ma chère*. Wie Sie.«

Am nächsten Tag erhielt Grace ein Dutzend langstieliger roter Rosen von Baron de Gide zusammen mit einer neuen Einladung, diesmal zu der Premiere einer neuen Produktion von *La Bohème*.

»Was meinst du – soll ich zusagen?«, fragte sie Marie-Hélène.

Bislang hatte Grace sich geweigert, dem Werben von Édouard de Gide nachzugeben, obgleich er mit seiner gebräunten Haut, den markanten Gesichtszügen und seinem blonden Haar fraglos gut aussah. Doch er hatte etwas an sich, eine glatte, übertriebene Selbstsicherheit, die Grace abschreckte.

»Also, ich an deiner Stelle«, drängte ihre Freundin, »würde es auf jeden Fall tun.«

»Nun ja, die Rosen sind wunderschön … und ich mag Puccini. Vielleicht sage ich zu.«

Als Grace aus de Gides elegantem, von einem Chauffeur gelenkten Hispano-Suiza vor dem berühmten noblen Palais Garnier ausstieg, betrachtete er sie mit unverhohlener Bewunderung.

»Wie gut, dass ich eine Loge reserviert habe«, sagte er.

Grace war überrascht und sagte höflich: »Heißt das, dass wir eine gute Sicht haben?«

»Nein, nicht sonderlich. Aber bedenken Sie, was das Publikum für eine wundervolle Aussicht auf meine erlesene Begleitung haben wird.«

Grace unterdrückte den Impuls zu lachen – die blumigen Komplimente des Mannes, ganz zu schweigen von seiner Eitelkeit, konnte man nur als grotesk bezeichnen. Sie beherrschte sich, betrat das belebte Foyer und schritt in einem tiefroten Taftkleid, das einen starken Kontrast zu ihrer Porzellanhaut und dem dunklen, hochgesteckten Haar bildete, die Treppe hinauf. Um den Hals trug sie ein Strasshalsband von Dior, das funkelte, als sich das Licht eines riesigen Kronleuchters darin fing.

»Die Ausstattung ist überwältigend!«, rief sie aus.

»O ja, aber nicht so überwältigend wie Sie«, sagte der Baron glatt.

Als Grace das viele Gold, die Säulen, Kuppeln, Bögen und aufwendig gearbeiteten Decken betrachtete, fragte sie sich, ob es ebenso wie Édouards übertriebenes Lob vielleicht alles ein bisschen *de trop* war. Sie befand jedoch, dass sie zumindest Édouard eine Chance geben sollte. Wie lästig konnte ein Übermaß an Komplimenten von einem attraktiven französischen Adeligen schon sein?

Als der Baron nach der Oper vorschlug, im Tour d'Argent etwas zu essen, stimmte Grace bereitwillig zu.

»Da die Annehmlichkeiten von Paris noch neu für Sie sind«, sagte er, »weiß ich nicht, ob Sie es kennen. Das La Tour ist sowohl für seinen Blick auf Notre-Dame als auch für die Blutente des Küchenchefs berühmt. Jeder, der etwas auf sich hält, ist dort Gast: Europas High Society, Filmstars, französische Minister – gelegentlich sogar der Präsident der Republik persönlich.«

Mit Fortschreiten des Abends ließen das köstliche Essen, bestehend aus Foie gras und Dom Pérignon, die schmeichelhaften Gespräche mit dem Baron und der faszinierende Ausblick auf die bunten Glasfenster der großartigen Kathedrale ein wunderbares Gefühl von Luxus in Grace aufsteigen. Wie es wohl war, der Baron de Gide zu sein? Die Ehrerbietung der Kellner war unübersehbar, ihr eifriges Bemühen, ihm jeden Wunsch zu erfüllen.

Sie hatten gerade winzige wilde Erdbeeren aus kleinen Schälchen gegessen, bekannt als *fraises de bois*, als de Gide auf seine Kunstsammlung zu sprechen kam.

»Die Werke sind ziemlich bekannt«, sagte er und ließ beiläufig die Namen einiger Renaissancemeister fallen. »Möchten Sie, dass ich sie Ihnen zeige?«, Édouards leidenschaftliche Miene ließ keinen Zweifel daran, dass die Betrachtung der Gemälde nicht das einzige Vergnügen war, das er im Sinn hatte.

»Was für eine verlockende Vorstellung«, sagte Grace so aufrichtig, wie sie konnte. »Aber leider muss ich morgen arbeiten – ich habe sehr früh eine Vorführung.«

»Wirklich?«

»Ja.«

»Nun. Ich … ich bin zutiefst enttäuscht«, antwortete Édouard offensichtlich perplex.

Er brauchte allerdings nur einen winzigen Moment, dann hatte er sich wieder gefangen. Mit der ihm eigenen Gewandtheit griff er über den Tisch und strich mit einem Finger über Grace' nackten Arm, eine intime Geste, die sie irgendwie unangenehm fand.

»Ich glaube, Sie wissen, wie gern ich diese Erfahrung mit Ihnen teilen würde«, sagte er.

Am nächsten Tag führte Grace Modelle für einen glamourösen rothaarigen Filmstar aus Amerika namens Rita Hayworth vor. Als begeisterte Anhängerin des New Look hatte Miss Hayworth – die mit dem beindruckend reichen Prinzen Aly Khan verlobt war – auf ihre unverwechselbar gedehnte Art erklärt: »Ich brauche ein paar Wahnsinnsoutfits für meine Aussteuer.«

Als Grace endlich mit der privaten Vorführung fertig war und wieder ihre eigenen Kleider trug, sah sie Ferdinand mit einem kleinen Päckchen in der Hand aus Richtung des Studios auf sich zukommen.

»Ich glaube, das ist für Sie, Mademoiselle Dubois«, sagte er und überreichte es ihr mit einer steifen Verbeugung.

»Warum so förmlich, Ferdinand?«, fragte Grace. »Und Sie müssen sich täuschen. Wer sollte mir so etwas schicken?«

»Da ich den Chauffeur kenne, der es geliefert hat, glaube ich zu wissen, von wem es ist«, er runzelte die Stirn, »und zu meinem Bedauern auch den Grund. Mademoiselle Dubois, ich hoffe doch, Sie haben sich nicht auf eine unkluge Liaison eingelassen?«

Das ungewöhnliche Verhalten des Concierge verwirrte Grace ebenso wie die Ankunft des Päckchens. »Lieber Ferdinand, ich habe absolut keine Ahnung, wovon Sie sprechen.«

Schnell riss sie das Geschenkpapier herunter und brachte ein kleines rotes Lederkästchen zum Vorschein, auf dem in goldenen Lettern ein einziges Wort stand: Cartier.

»Ah, ja, das war zu erwarten. Das ist seine übliche Wahl«, bemerkte Ferdinand mit verächtlichem Schnauben.

Grace öffnete die Schachtel, dann schnappte sie nach Luft. Darin befand sich ein prächtiges Halsband aus Rubinen und Diamanten, daneben eine weiße Karte aus festem Papier mit einem komplizierten Wappen, auf dem in fließender Handschrift stand: *Für Ihr rotes Kleid. Wenn Sie meine Kunstsammlung sehen möchten, tun Sie mir bitte den Gefallen, es als Zeichen meiner Wertschätzung zu tragen.*

»Gütiger Himmel!«, sagte Grace. »Das ist traumhaft, oder?«

Schweigen.

»Oh, jetzt verstehe ich.« Sie gluckste. »Sie denken offensichtlich, ich sei dem Baron ins Netz gegangen.«

»Nicht?«, fragte Ferdinand. »Er ist ein berüchtigter Frauenheld. Es ist allgemein bekannt, dass er seinen Geliebten eine teure Spielerei von Cartier schenkt, nachdem er sie erobert hat. Aber, Mademoiselle Dubois, Sie kennen ihn doch kaum, und ihm so schnell nachzugeben wie … wie eine kleine Revuetänzerin!«

»Hören Sie, lieber Ferdinand«, sagte Grace. »Ich habe keine Affäre mit Édouard de Gide begonnen. Wir waren nur zusammen in der Oper, haben sehr gut gegessen, und dann bin ich nach Hause gegangen.«

»Aber das ist noch nie vorgekommen! Glauben Sie mir, ich weiß Bescheid. Ein solches Geschenk macht er einer Frau erst, nachdem sie ihm, sagen wir, zur Verfügung gestanden hat.« Ferdinand schien verwirrt. »Ich frage mich, warum er mit seiner lebenslangen Gewohnheit bricht und Ihnen jetzt ein so großzügiges Geschenk macht?«

»Offenbar hat er das Gefühl, mir müsste er etwas mehr bieten«, antwortete Grace leichthin. »Nun ja, ich fürchte, er hat keine Aussicht auf Erfolg.« Sie nahm die Halskette. »Sie ist allerdings hinreißend. Ach, na ja. Würde es Ihnen etwas ausmachen, sie einzupacken und für mich zurückzuschicken? Ich begleite Baron Édouard de Gide sehr gern ins Ballett, in die Oper oder zum Abendessen, aber mir seine alten Meister ansehen?« Sie kicherte. »Das kommt nicht in Frage.«

Jetzt lachte auch Ferdinand. »Oh, was für eine wunderbare Geschichte. Noch nie ist der Baron auf diese Weise abgewiesen worden. *Tout Paris* wird über dieses bemerkenswerte Ereignis reden!«

»Also, ich bin sehr froh, wenn *tout Paris* erfährt, dass ich kein Interesse an dieser Art von Liaison habe.«

»Wenn man so verführerisch aussieht wie Sie? Das wird keiner glauben. Jeder nimmt an, Sie würden sich ... wie heißt dieser wunderbare englische Ausdruck? Ja – sich nur zieren.«

Ferdinand verneigte sich erneut vor Grace, doch diesmal kicherte er. Sie beobachtete, wie er über den Flur zurückging, eine grau gekleidete Gestalt vor weißen Wänden. Den einzigen Farbtupfer bildete das rote Lederkästchen in seiner Hand.

Kapitel 20

In einem schwarzen Kleid mit Tellerrock und auffällig großen Taschen, einer eng geschnürten Taille und einem tiefen V-Ausschnitt, der einen Hauch von ihrem Dekolleté freigab, saß Grace am Tresen des Le Chat Noir und unterhielt ihre besten Freundinnen mit der Geschichte vom glücklosen Baron und der Halskette von Cartier. Beide bestätigten, dass sie richtig gehandelt habe.

»Obwohl ich es dir nicht verübeln würde, wenn du sie behalten hättest«, bemerkte Marie-Hélène. »Eigentlich glaube ich, dass nur wenige Mädchen widerstehen könnten.«

In ernsterem Ton sagte Brigitte: »Grace, ich bin wirklich froh, dass du dich amüsierst. Aber interessiert dich die Liebe gar nicht?«

»Überhaupt nicht! Sagen wir einfach, dass ich weiß, wohin eine Beziehung mit einem Mann führen kann. Ich will mich auf nichts einlassen – und das werde ich auch nicht.«

Als Grace daran dachte, dass sie bislang nichts unternommen hatte, um die Scheidung einzureichen, wurde ihr flau im Magen. Irgendwie war das Thema bedrückend. Jedes Mal, wenn sie daran dachte, Jack zu schreiben, fand sie einen Grund, es zu verschieben.

»Na, dann musst du Philippe Boyer kennenlernen«, sagte Brigitte. »Er kann etwas rätselhaft sein, und er ist nicht immer diplomatisch, aber ich mag ihn. Genau wie Picasso, darum wirst du ihn wahrscheinlich ziemlich nett finden.«

»Brigitte, du hast mir überhaupt nicht zugehört. Das interessiert mich nicht«, warnte Grace ihre Freundin.

»Das erwarte ich auch gar nicht. Philippe ist bestimmt nicht dein Typ. Darum würde er sich perfekt als lockere Bekanntschaft eignen – es bestünde absolut keine Gefahr, dass du etwas mit ihm anfängst.«

»Wie ist er?«

Brigitte legte den Kopf schief. »Er sieht enorm gut aus, und er ist klug, wenn für meinen Geschmack auch etwas zu politisch. Es könnte interessant für dich sein, etwas Zeit mit ihm zu verbringen.«

»Das bezweifle ich stark.«

Brigitte ignorierte Grace' fehlende Begeisterung, stand auf und ließ den Blick durch den vollen Raum gleiten. Schließlich winkte sie dem Mann, den sie gesucht hatte.

»Wirklich, Brigitte, musste das sein?« Grace lachte. »Du bist unverbesserlich!«

Einen Moment später stand ein großer, schlanker Mann mit lebendigen blauen Augen neben ihr.

Sofort nahm Brigitte die Dinge in die Hand. »Philippe Boyer, ich möchte dir eine neue Freundin von Dior vorstellen. Wahrscheinlich bist du noch nie einer Australierin begegnet, darum wird dies eine neue Erfahrung sein.« Sie lächelte. »Darf ich dir meine Kollegin, die wunderschöne Grace Dubois vorstellen?«

Sie zwinkerte Grace auffällig zu, fasste Marie-Hélène an der Hand und verschwand.

Philippe Boyer *sah* gut aus. Im Gegensatz zu Édouard de Gides glatter blonder Eleganz wirkte er mürrischer und angespannter, was Grace zu ihrer Überraschung äußerst anziehend fand. Philippes dunkelbraunes Haar war etwas zu lang und stieß auf den ausgefransten Kragen seines weißen Hemds, zu dem er eine schwarze Lederjacke, eine schmale schwarze Hose und schwarze Stiefel trug.

Grace war verwirrt. Noch vor einer Minute hatte sie diesen Mann noch nicht einmal kennenlernen wollen, doch kaum hatte sie ihn gesehen, hatte ihr Herz beunruhigend schnell zu schlagen begonnen.

»Nun, Mademoiselle Dubois aus Australien, wie gefällt Ihnen das Le Chat Noir?«, fragte Philippe mit ironischem Lächeln, das ihn nur noch attraktiver wirken ließ.

»Sehr gut.«

»Das habe ich mir gedacht – es gefällt allen Mannequins. Und dem Rest der sogenannten Boheme. Möchten Sie übrigens etwas trinken?«

»Ich habe noch meinen Martini«, sagte Grace, führte ihr Glas an die Lippen und fügte dann hinzu: »Klingt, als hätten Sie nicht viel übrig für die Boheme.«

»Ach, die halten sich für so frei, so modern, so französisch«, sagte Philippe sarkastisch. »Dabei ist es für die meisten doch bloß ein Gedankenspiel.«

»Monsieur Boyer, wenn Sie den Klub und die Gäste nicht mögen, warum sind Sie dann überhaupt hier?«, fragte Grace. »Ich hätte gedacht, dass Sie ihn gar nicht erst betreten wollen.«

»Ich bin zum Arbeiten hier, nicht zum Vergnügen«, antwortete er, lehnte sich an den Tresen und bestellte einen Calvados. Als er Grace' fragende Miene bemerkte, fügte er hinzu: »Hat Brigitte es Ihnen nicht erzählt? Ich bin Journalist. Und zufällig schreibe ich ein Porträt über Sartre und seinen Kreis.«

»Verstehe. Und für wen schreiben Sie?«

»*L'Humanité*. Aber da die Zeitung die Meinung der französischen Kommunistischen Partei repräsentiert, bezweifle ich, dass Sie sie lesen.«

»Wie kommen Sie darauf?« Philippe Boyer mochte eine unwiderstehliche Anziehungskraft besitzen, dachte Grace, doch er konnte ganz offensichtlich schroff sein.

»Eine Frau wie Sie?«, fragte er erneut mit diesem unwiderstehlichen ironischen Lächeln. »Meiner Erfahrung nach interessieren sich Mannequins nicht für Politik.«

»Nun, ganz offensichtlich sind Sie noch nie einem Mannequin aus Australien begegnet«, gab Grace kess zurück.

»*Touché*.« Philippe neigte anerkennend den Kopf. »Dennoch«, fuhr er fort, »werden Dior-Models nicht von reichen Verehrern umlagert? Bei all den großzügigen Zuwendungen kann ich mir nicht vorstellen, dass Sie sich für die Kommunistische Partei begeistern.«

Grace wusste nicht zu sagen, ob er es ernst meinte oder sie nur reizen wollte. Der Mann ärgerte sie ebenso, wie er sie faszinierte.

»Haben Sie noch andere Fantasien, was Sie mir zutrauen und was nicht, Monsieur Boyer?« Jetzt flirtete sie. Lud sie ihn nicht geradezu ein, jede Menge schmeichelhafter Bemerkungen voller Andeutungen zu machen? Was war nur in sie gefahren?

»Ja, tatsächlich«, sagte Philippe. »Da Sie aus einem sehr sicheren, weit entfernten Land kommen und Sie auf so reizende Weise unbekümmert wirken, kann ich mir nicht vorstellen, dass Sie je ernsthafte Sorgen gehabt haben.«

Mit dieser Antwort hatte Grace nicht gerechnet.

»Und im Übrigen«, fügte er hinzu, »kann ich mir auch nicht vorstellen, dass Sie an das gewöhnt sind, was die Parteimitglieder als harte körperliche Arbeit bezeichnen. Soll ich fortfahren?«

»Also wirklich!« Attraktiv hin oder her, Boyer war etwas zu dreist.

»Nennen Sie mich Philippe.« Grace könnte schwören, dass er versuchte, ein Grinsen zu unterdrücken. »Wenn ich mit jemandem über Politik spreche, nenne ich ihn lieber beim Vornamen.«

»Also, Philippe … und Sie haben nicht über Politik gesprochen, sondern über mich. Sind Sie immer so schnell mit Ihrem Urteil?«

»Sagen Sie mir, wenn ich mich täusche.« Beim Anblick seiner funkelnden blauen Augen hätte sie ihm fast alles vergeben.

»Absolut, Sie liegen hundertprozentig daneben«, sagte sie. »Dafür müssen Sie raten, was ich in meinem vorherigen Leben getan habe.«

»Ein vorheriges Leben?« Philippe hob die Augenbrauen. »Moment … da muss ich diesmal meine Fantasie benutzen. Gibt es nicht so einen Kinderreim …?«

Grace musste unwillkürlich lachen. »Ich war Farmerin. Schafe und Weizen.«

Sie genoss Philippes Überraschung. »Unmöglich!«

»Tatsächlich musste ich jahrelang sehr hart arbeiten, insbesondere nachdem mein …« Plötzlich verspürte sie im Herzen einen Stich. »Nachdem mein Vater gestorben war.«

Philippes Unbekümmertheit erstarb. »Das tut mir sehr leid. Brigitte sagt mir ständig, ich sei unverschämt und ginge zu weit.« Er zuckte die Achseln. »Sie hat recht, wobei ich zu meiner Verteidigung sagen muss, dass sich wohl kaum ein Mann vorstellen kann, dass ein Haute-Couture-Mannequin wie Sie auf dem Feld gearbeitet hat.« Kurz berührte er mit seiner Hand ihren nackten Arm, was im Gegensatz zu der unerwünschten Berührung des Barons ein verführerisches Kribbeln hinterließ. »Erlauben Sie mir, es wiedergutzumachen. Warum verlassen wir diesen Laden nicht?«

»Verlassen … mit Ihnen? Warum um alles in der Welt sollte ich das tun?«

»Ich zeige Ihnen eine andere Seite von Paris, eine, die Sie noch nicht kennen. Vielleicht werden Sie dann verstehen, warum ich so unausstehlich geworden bin.« Er leerte seinen Calvados und stellte das Glas auf den Tresen. »Also, gehen wir?«

»Ich glaube nicht.« Grace hatte nicht vor, mit diesem unverschämten Franzosen irgendwohin zu gehen. Dass sie sich seltsamerweise zu ihm hingezogen fühlte, war Grund genug, seine Einladung abzulehnen. Obwohl Brigitte ihr das Gegenteil versichert hatte, spürte Grace genau, dass sie mit Philippe Boyer keineswegs nur eine lockere Bekanntschaft pflegen konnte. Es war besser – und sicherer –, wenn ihre Begegnung sogleich wieder endete. Aber …

»Was haben Sie schon zu verlieren, wenn Sie Ja sagen?«, fragte er mit einem Blick, dem Grace nur schwer widerstehen konnte.

Den Großteil ihres Lebens hatte sie sich bemüht, eine gute Tochter zu sein, eine gute Ehefrau, das Richtige zu tun … und wohin hatte sie das gebracht? Plötzlich fühlte sie sich rebellisch, und die Aussicht auf eine Nacht voller neuer Entdeckungen in Gesellschaft dieses faszinierenden Mannes reizte sie.

Vor dem Klub stand ein großes Motorrad, das mit einer Kette an ein Gitter angeschlossen war. »Ich nehme an, auf so einem haben Sie noch nicht gesessen?«, fragte Philippe.

»Meine Güte, Sie sind wirklich voller Vorurteile«, antwortete Grace mit gespielter Empörung.

»Also, offen gestanden«, sagte er und holte den Schlüssel aus der Hosentasche, »Mademoiselle Dubois, würde mich bei Ihnen inzwischen nur noch wenig überraschen. Sollten Sie schon einmal mit so etwas gefahren sein, werden Sie auch wissen, dass Sie die Arme um mich legen müssen, wenn Sie nicht in der ersten Kurve herunterfliegen wollen.«

Grace war klar, dass Philippe sie erneut provozieren wollte, aber zu ihrer Überraschung war es ihr egal. Ihre einzige Sorge war, dass das Kleid, das sie trug, noch in einwandfreiem Zustand war, wenn sie es Madame Raymonde am Montagmorgen zurückgab.

Aber er sollte bloß nicht denken, sie ließe sich einschüchtern. Grace raffte, so gut sie konnte, ihren Rock zusammen und setzte sich rittlings auf das Motorrad hinter ihn. Behutsam hielt sie sich an seiner Taille fest und merkte dabei, dass sich ihr letzter Widerstand gegen seine Gesellschaft in Wohlgefallen auflöste. Er war ganz anders als Édouard de Gide und kein bisschen wie Jack. Philippe schien völlig unbeeindruckt von ihrem Aussehen zu sein oder von ihrer Stellung als Model bei Dior, und sie stellte fest, dass sie ungewöhnlich neugierig auf ihn war.

Als das Motorrad durch die Nacht sauste, machte Grace sich im Stillen Vorwürfe. Ganz gleich, wie sehr dieser Mann sie jetzt interessieren mochte, irgendwann würde unweigerlich der Punkt kommen, an dem sie sich kühl und distanziert fühlte. Jede Verabredung, die sie während des Kriegs gehabt hatte, war immer auf dieselbe Weise zu Ende gegangen. Ihre

Gedanken wanderten zu der Party am Luftwaffenstützpunkt in Parkes, als sie mit dem gut aussehenden Offizier vor die Tür gegangen war. Obwohl sie ihn anziehend gefunden hatte, war sie erstarrt. Sie konnte ja nicht einmal auf ihren eigenen Ehemann eingehen.

Zum Glück würde diese Schwäche heute Abend wohl kaum ein Problem sein, denn bislang schien Philippe mehr an Wortgefechten als an irgendetwas anderem interessiert zu sein.

Seine Bemerkungen über die schicke Pariser Welt machten Grace nachdenklich. Es stimmte, dass sie, abgesehen von der Arbeit in der *maison*, die letzten Wochen überaus vergnügungssüchtig gewesen war. Tanzen, Abendessen, Cocktails, Opernbesuche – alles hatte Spaß gemacht, aber wohin führte ein solches Leben?

Vielleicht hatte sie sich damit nur ablenken und die Suche hinauszögern wollen. Fürchtete sie vielleicht tief im Inneren, dass sie den Schmerz nicht ertrug, wenn sie Reuben tatsächlich fand? Schließlich war sie nichts als der uneheliche Sprössling eines Mannes, der ganz offensichtlich kein Verlangen hatte, sie als seine Tochter anzuerkennen. War ihr Wunsch, der schmerzhaften Bestätigung aus dem Weg zu gehen, der eigentliche Grund, warum sie seit ihrer Ankunft in Paris so wenig unternommen hatte, um ihn zu finden?

Während die kühle Luft ihr das Haar ins Gesicht wehte, nahm sie sich vor, künftig mutiger zu sein. Sie war jetzt in Paris angekommen, ihre dreimonatige Probezeit bei Christian Dior war vorbei, und Madame Raymonde hatte ihr eine feste Anstellung in der *maison* gegeben. Es wurde Zeit, dass sie ihre Suche erneut anging.

Vielleicht kannte dieser attraktive Mann, der eine so überraschende Wirkung auf sie hatte, etwas oder jemanden, der ihr helfen konnte. Schließlich war er Journalist. Er verfügte über Kontakte, über Wege, an Informationen zu kommen, sogar vermisste Personen zu finden. Andererseits war sie sich nicht sicher, ob sie sich in die Lage bringen wollte, Monsieur Boyer etwas zu schulden.

Kapitel 21

Grace war so mit ihren Gedanken beschäftigt, dass sie gar nicht auf die Gegend geachtet hatte, durch die sie fuhren. Erst als Philippe das Motorrad anhielt, sah sie die baufälligen Gebäude, kargen Läden und heruntergekommenen Cafés um sich.

»Da vorn sind nur Kopfsteinpflastergassen«, sagte Philippe, »und da die Abwasserleitungen in diesem Teil der Stadt gewissermaßen antik sind, ist der Boden wahrscheinlich ziemlich nass. Darum gehen wir ab hier besser zu Fuß.« Er sah sie an, allerdings ohne einen Hauch von Bewunderung. »Dieses Kleid ist nicht gerade für eine holprige Fahrt gemacht, oder?«

Bislang hatte sich Grace in ihrer schicken Kleidung in Paris noch nie unwohl gefühlt. Jetzt kam sie sich unangenehm auffällig vor. Dünne, schäbig gekleidete Menschen gingen nah an ihr vorbei und musterten sie mit verächtlichen Blicken. Der neue Wohlstand der Nachkriegszeit, der in der aufregenden Welt der noblen Nachtklubs herrschte, war ihnen ganz offensichtlich versagt geblieben.

»Wir befinden uns im Osten von Paris«, sagte Philippe. »Hier leben überwiegend arme Handwerker – Schuster, Kleider- oder Uhrenmacher. Einige sind Steinmetze, die sich ihr trauriges Einkommen mit dem Gestalten der Grabsteine für den Friedhof Père Lachaise verdienen.«

Grace folgte Philippe in das verwirrende Labyrinth aus Gassen, das so anders war als die geordneten, vornehmen *quartiers*, die sie kannte. Die Gebäude hier waren niedrig, beengt und schmutzig, und Grace war erleichtert, als sie vor einem Café haltmachten.

Sie betraten einen Raum, in dem trotz der schwachen Beleuchtung die Flecken auf den rot karierten Tischdecken und der Staub auf den Möbeln gut zu erkennen waren. Ein paar kräftige Typen in Blaumännern und mit Leinenmützen auf dem Kopf, die an der Bar Pastis tranken, drehten sich um und starrten sie an, doch als sie Philippe bemerkten, nickten sie ihm zu und setzten ihre leise Unterhaltung fort.

»Freunde von Ihnen?«, fragte Grace.

»Sagen wir, Genossen«, erwiderte Philippe. »Willkommen im Arbeiterviertel. Wir sind in Belleville. Hier sieht es ein bisschen anders aus als in der Avenue Montaigne, nicht wahr?«

Philippes leichter, neckender Ton war verschwunden.

Nachdem sie sich an einen kleinen Ecktisch gesetzt hatten, deutete er auf die Speisekarte. »Darauf steht jeden Abend dasselbe – *pot auf feu*, ein grüner Salat, anschließend Käse. Wenn man Glück hat, gibt es vielleicht ein bisschen Schokolade oder sogar Kaffee, wobei beides vom Schwarzmarkt stammt.«

»Das erleichtert zumindest das Bestellen.«

Philippe winkte den einzigen Kellner heran. »*Pour deux*«, sagte er.

Der Eintopf mit seinem intensiven, kräftigen Geschmack war köstlich, stellte Grace fest. »Mmm … Das ist gut.«

»Dafür können Sie unseren großzügigen amerikanischen

Freunden und ihrem Marshallplan danken«, sagte Philippe stirnrunzelnd. »Sie fliegen immer noch jeden Tag Flugzeugladungen mit Essen her.«

»Und warum wirken Sie dann so unzufrieden?«

»Weil sie uns zu einer Kolonie machen wollen! Wissen Sie, was die Genossen und ich vom Marshallplan halten?«

»Ich habe das Gefühl, Sie werden es mir gleich sagen.«

»Das ist die subtile Art der Vereinigten Staaten, sich Einfluss zu verschaffen und Frankreich unter das Joch der Yankees zu bringen. Der Plan ist ein trojanisches Pferd, wir sollen erobert werden.«

»Aber das ist doch lächerlich!«

»Ach, ja?« Philippe zuckte die Achseln. »Natürlich haben wir Franzosen die Amerikaner willkommen geheißen. Aber selbst dieser Journalist Malcolm Muggeridge – der übrigens bestimmt ein Agent vom britischen Geheimdienst ist – sagt, dass alle ihre Befreier am Ende hassen werden. Er hat recht. Genauso empfinden wir.«

»Ich verstehe immer noch nicht, warum«, sagte Grace.

»Weil Frankreich nur ein Stiefkind ist.« Philippe leerte sein Glas mit Rotwein. »Plötzlich wollen alle Kaugummi und Coca-Cola, um sich mit dummen, geistlosen Vergnügungen abzulenken. Wir werden zu einem kleinen Amerika. Sie kennen doch sicher einige der angesagten Bars. Die heißen New York oder, noch schlimmer, The Sunny Side of the Street.«

Grace lächelte. »Die ist eigentlich ziemlich gut. Da gibt es sehr guten Tom Collins und Manhattan.«

»Aber das ist doch genau der Punkt!«, rief er aus. »Alles aus Amerika – wie diese Cocktails – erweist sich als unwiderstehlich. Filme, Kleidung, Jazzmusiker wie Duke Ellington und Charlie Parker …«

»Ich fürchte, die mag ich auch«, gab Grace zu.

»Ich ja auch …« Als er ihre Verwirrung sah, erklärte Philippe: »Ich bin nicht immun gegen diese Form von Unterhaltung. Aber das heißt nicht, dass wir den amerikanischen Kapitalismus, die amerikanischen Werte übernehmen sollten. Das ist nicht der richtige Weg.«

Grace fiel auf, dass Philippes Antworten etwas mechanisch klangen, als würde er auswendig gelernte Wörter und Sätze wiederholen. »Und was ist der richtige Weg, wie Sie es nennen?«

»Die Kommunistische Partei natürlich. Tausende denken genauso, aber wir haben Probleme.«

»Und zwar?«

Er raufte sich die Haare, was Grace auf unerwartete Weise ablenkte. »Als Gerüchte über das schändliche Verhalten der Roten Armee die Runde machten, haben unsere Mitglieder die Partei in Scharen verlassen. Jetzt müssen wir mit der Freigebigkeit konkurrieren, die dank des Marshallplans und des Heiligen Harry Truman auf uns herabregnet.«

Grace war fasziniert. Philippe Boyer zitierte Glaubenslehren der Partei und äußerte spontane Gefühle, doch er schmeichelte ihr nicht. Es war neu für sie, wie ein intelligentes Wesen behandelt zu werden, aber dennoch …

Philippe unterbrach ihre Gedanken. »Bitte entschuldigen Sie. Ich dachte, es würde Sie interessieren, aber Sie wirken irgendwie abgelenkt. Ich habe mich wohl getäuscht.«

Sie lächelte aufmunternd. »Ich habe mich nur gefragt, was Ihr nächster Schritt sein könnte.«

»Da wir in Frankreich kein Glück bei der Wahl hatten, glaube ich, dass revolutionärere Maßnahmen erforderlich sind.«

Als der Kellner zwei Tassen Kaffee auf den Tisch stellte, sagte Grace: »Das klingt beängstigend.«

»Grace, machen Sie doch nur die Augen auf! Sehen Sie die Ungerechtigkeit. Wie viele Menschen kaufen ihre Kleider bei Christian Dior?«

Nun wurde sie zornig. »Nur weil sich nur wenige Damen Couture-Mode leisten können, heißt das nicht, dass die meisten sie nicht gern hätten. Ich mag keine Französin sein, aber auch ich sehe, dass die Menschen die Jahre der Entbehrung satthaben.« Sie beugte sich vor. »Sie sagen doch selbst, dass sie sich vergnügen wollen. Nun, für viele Frauen ist das so etwas Einfaches wie der Traum von einem wunderschönen neuen Kleid. Wer sind Sie, es ihnen zu verwehren?«

Überraschenderweise grinste Philippe. »Vielleicht haben Sie recht«, sagte er. »Obwohl ich fürchte, wenn Sie sich nur ein bisschen von diesem Vergnügen heute Abend erhofft hatten, habe ich wohl ziemlich versagt.«

Erst als Grace in die Rue Dauphine zurückgekehrt war, Madame Guérin und Tartuffe ein flüchtiges *bonsoir* zugerufen und die sechs Etagen zu ihrem Zimmer erklommen, sich ausgezogen hatte und in ihr Bett gefallen war, kam sie dazu, über Philippe Boyer nachdenken.

Sie fand den Mann anziehend, und zugleich verwirrte er sie. Ja, er war politisch radikal, doch sein Verhalten verriet eine merkwürdige Gespaltenheit. Vielleicht steckte mehr in ihm als der forsche Hitzkopf, als der er offenbar unbedingt gesehen werden wollte. Was verheimlichte er wohl?

Kapitel 22

Schnell! Hast du die Frau gesehen, die gerade vor dem Schaufenster stehen geblieben ist?«, fragte Brigitte aufgeregt.

»Natürlich – sie war von Kopf bis Fuß in Chanel gekleidet«, antwortete Grace. »Das Tweedkostüm mit der angehefteten Kamelie, ebenso wie der kleine Strohhut und die Ketten aus Kunstperlen. Ich bin nicht so ein Landei, dass ich ihre Entwürfe nicht erkenne, wenn ich sie sehe.«

»Ja, aber was du nicht erkannt hast, ist *sie*!«

»Was? Sag nicht, das war die berühmte …«

»Coco Chanel persönlich. Also, *das* ist eine Überraschung.«

Grace und Brigitte schlenderten die charmante Rue du Faubourg Saint-Honoré hinunter, eine schmale Straße, die von modischen Boutiquen gesäumt war. Brigitte bestand seit Tagen darauf, dass Grace in eins der einmaligen handbedruckten Seidentücher von Hermès investieren müsse, wenn sie eine wirklich schicke Pariserin werden wollte.

»Früher habe ich mir mit meiner Mutter die Sachen von Chanel in der *Vogue* angesehen«, sagte Grace wehmütig. Plötzlich sehnte sie sich nach der Nähe, die sie mit Olive in diesen unkomplizierten glücklichen Momenten geteilt hatte. »Niemand spricht mehr von Chanel. Was macht sie überhaupt?«

»Im Laden darf ich nicht darüber reden«, sagte Brigitte. »Es ist eine erschreckende Geschichte.«

»Das klingt interessant«, erwiderte Grace. »Machen wir Pause in diesem netten kleinen Laden da vorn mit den Blumen im Fenster. Da kannst du es mir bei einem Glas Wein erzählen. Wahrscheinlich brauche ich sowieso eine Stärkung – sonst falle ich womöglich noch in Ohnmacht, wenn ich die Preise bei Hermès sehe.«

Die zwei Frauen setzten sich in dem ruhigen Bistro auf eine Bank.

»Also, erzähl«, sagte Grace und nippte an ihrem Chablis. »Hatte sie ein Verhältnis? Ich dachte, die Franzosen wären in diesen Dingen Freigeister.«

»Das stimmt«, sagte Brigitte, »und Chanel ist sicher mit vielen Liebhabern im Bett gewesen.«

»Na, dann, was ist passiert?«

»Dies war etwas anderes. Sobald die Besatzung begann, hat sie ihr Geschäft geschlossen und Hunderte von Arbeitern entlassen. Doch noch viel schlimmer war, dass sie weiter im Ritz gewohnt hat …«

»Was ist falsch daran, in einem Hotel zu wohnen?«

»Grace, sie hat dort mit ihrem Geliebten gewohnt, Baron Hans Günther von Dincklage, einem deutschen Geheimdienstoffizier.«

»Nein!«

»Ach, ich sehe schon, du weißt nichts über das, was wir Franzosen als *la collaboration horizontale* bezeichnen. Chanel war bei Weitem nicht die Einzige, aber sie war sehr unverfroren.« Brigitte verzog das Gesicht. »Ob Chanel eine Spionin war, weiß ich nicht. Aber sie hat Glück gehabt, dass sie nicht Opfer der *épuration sauvage* geworden ist.«

Grace dachte einen Moment nach. »Ich glaube, diesen Ausdruck kenne ich auch nicht.«

»So nennt man die Bestrafung aller – aber insbesondere der Frauen –, die angeblich mit den Nazis kollaboriert haben.«

»Du meinst, so etwas kam häufiger vor?«

»Es war komplizierter, als du denkst. Sagen wir, es gab viele Grauzonen.«

»Wie hat man sie bestraft?«, fragte Grace.

»Auf die schlimmste Art, die du dir vorstellen kannst. Frauen, einige noch Mädchen, wurden die Kleider ausgezogen, dann hat man sie durch die Straßen getrieben, und die Meute hat auf sie eingedroschen. Überall im Land hat man Tausende gefasst und ihnen den Kopf rasiert. Sie wurden als *les tondues* bekannt.«

Grace schauerte. »Ich hatte keine Ahnung.«

»*Ma chère*, du wirkst ein bisschen blass«, sagte Brigitte skeptisch. »Warum essen wir nicht eine Kleinigkeit?« Ein leichtes Nicken mit ihrem hübschen blonden Kopf genügte, um die Aufmerksamkeit eines Kellners mit einer langen weißen Schürze auf sich zu ziehen. Nachdem sie Omeletts und einen grünen Salat bestellt hatten, eilte der Mann davon.

Grace schluckte schwer. »Aber du hast nicht erzählt, was Chanel passiert ist?«

»Oh, sie wurde festgenommen, aber schnell wieder freigelassen. Offenbar hatte sie Freunde in den höchsten Kreisen. Chanel wusste immer, wie man durchkommt.« Brigitte lachte bitter. »Sie stellte ein Schild ins Schaufenster in der rue Cambon, dass sie jedem GI, der darum bat, eine Flasche Chanel No. 5 schenken würde. Anschließend wollte ihr keiner mehr auch nur ein Haar krümmen.«

»Was ist dann passiert?«, fragte Grace mit großen Augen.

»Unsere Überlebenskünstlerin ist kurz vor der Befreiung

aus Frankreich entwischt. Jetzt lebt sie unbeschwert in der Schweiz, immer noch mit ihrem deutschen Geliebten und, wie es heißt, einem Schweizer Bankkonto sowie einem ständigen Vorrat an Morphium. Wie dem auch sei«, Brigitte schürzte missbilligend die leuchtend roten Lippen, »sie hat etwas gegen die derzeitige Mode – insbesondere gegen den New Look. Die Entwürfe von *le patron* lassen Frauen wie Frauen aussehen, Coco möchte sie aber lieber wie Jungs anziehen.«

Als der eifrige Kellner mit ihrem Essen zurückkehrte, verstummte Brigitte.

»Wo war ich stehen geblieben?«, fragte sie. »Ach, ja. Mir ist in letzter Zeit aufgefallen, dass das Gedächtnis der Leute überraschend schwach sein kann. Im Grunde würde es mich nicht überraschen, wenn Coco irgendwann in der Zukunft dauerhaft nach Paris zurückkehrt. Wenn sie es tut, wird ihr *le beau monde* zweifellos wieder die glänzende schwarze Tür einrennen.« Brigitte sah Grace an. »Du isst ja gar nichts.«

»Ich habe über etwas nachgedacht, was du vorhin gesagt hast«, erwiderte Grace.

»Was denn?«

»Über die Frauen, die kollaboriert haben. Du hast gesagt, es gab viele Grauzonen …«

»Grace, wie soll ich dir erklären, wie es hier während des Krieges war?«, sagte Brigitte. »Im Winter sind Menschen erfroren, so wenig Heizmaterial gab es. Und oft hatten wir nichts zu essen.« Sie runzelte die Stirn. »Nicht jede Frau, die Opfer der *épuration sauvage* wurde, hat kollaboriert. Einige wurden zu Unrecht angeklagt, wobei, ja, viele haben mit deutschen Soldaten geschlafen. Dadurch wurde ihr Leben manchmal ein bisschen leichter. Stell dir nur vor«, sagte Brigitte leise, »was würdest du tun, wenn deine Kinder vor Hunger sterben?«

Grace schüttelte den Kopf, sie hatte keine Antwort darauf. Anders als so viele Französinnen musste sie nie eine Entscheidung über Leben und Tod treffen. Sie fragte sich, ob sie den Mut gehabt hätte zu tun, was richtig war, wenn man gar nicht wusste, was eigentlich richtig war. Brigitte hatte ihr die Augen für ein moralisch ziemlich komplexes Thema geöffnet.

»Es tut mir so leid«, sagte Grace und nahm die Hand ihrer Freundin, »aber irgendwie ist mir nicht mehr nach Einkaufen zumute. Macht es dir viel aus, wenn wir es auf ein anderes Mal verschieben?«

Kapitel 23

Mit einem herrlich herablassenden Blick positionierte sich Grace am Eingang zum Salon.

»*Numéro cent vingt-trois:* Philadelphia«, verkündete Jeanne. Dann wiederholte sie auf Englisch: »Nummer einhundertdreiundzwanzig.«

Grace verharrte noch einen Moment in der Pose, damit ihr Publikum Zeit hatte, das tief ausgeschnittene narzissengelbe Abendkleid und die aufwendige goldene Halskette mit Kristallen zu bewundern, ehe sie durch den Raum glitt. Damen in biederen Kostümen und mit Perlenschmuck beugten sich auf ihren zierlichen vergoldeten Stühlen vor und murmelten: »Wie reizend« und »einfach göttlich«.

Grace blieb erneut stehen, die eine Hand, die in einem schwarzen Handschuh steckte, auf die Hüfte gestützt, dann drehte sie sich genau mit dem richtigen Schwung um, sodass die zwei schwarzen Bahnen aus Samt, die an der Taille des langen Bleistiftrocks befestigt waren, hochflogen und ihre beeindruckende Wirkung entfalteten.

Einige im Publikum rangen um Atem. Insgeheim war Grace dankbar für den langen, wenn auch geschickt verdeckten Schlitz – die berühmte »Dior-Falte« – auf der Rückseite des Rocks. Dann setzte sie ihren geschmeidigen Gang fort, bis sie wieder am Ausgangspunkt angelangt war. Dort stellte sie sich noch einmal in Pose, setzte kurz ein umwerfendes Lächeln auf und glitt hinter eine Stellwand.

Die private Modenschau, in der Christian Dior 1949 speziell den Frauen und Freundinnen der Diplomaten aus der amerikanischen Botschaft seine Frühjahrskollektion zeigte, war fast zu Ende. Jetzt blieb nur noch das Brautkleid – das große Finale.

»*On y va, chérie*«, flüsterte Grace Claire zu, einem blonden Mannequin, das sich, obwohl frisch verheiratet und leidenschaftlich in ihren Ehemann verliebt, ihre einzigartig keusche Ausstrahlung bewahrt hatte. Darum war sie bereits seit sieben Saisons Diors bevorzugte Braut. Grace beobachtete hinter der Abschirmung, wie Claire, reizend in weißer Luftspitze, den Salon betrat, wobei ein Schleier aus Seidenchiffon wie eine Wolke hinter ihr her wehte.

Entzückt hatte Grace entdeckt, dass die Näherinnen ein Maiglöckchen, die Lieblingsblume von *le patron*, in den Saum eines jeden neuen Kleidungsstücks nähten, doch besonders berührt hatte sie, dass die unverheirateten Mädchen in der Werkstatt eine ihrer Haarlocken in die Hochzeitskleider nähten. »Um sicherzustellen, dass wir selbst bald einen Ehemann finden«, vertraute ihr eine der Lehrlinge an.

»Passt nur auf, was ihr euch wünscht«, hatte Grace gesagt, doch als das Mädchen sie daraufhin fragte, was sie meinte, hatte sie lieber geschwiegen.

Die Mannequins waren in die *cabine* zurückgekehrt, und ihre hart arbeitenden Garderobieren standen bereit, um sie von den kostbaren Kleidern zu befreien, als Tutu dreimal in die Hände klatschte und eine Ankündigung machte.

»*Mes filles*«, sagte sie, »wie ihr sicher schon an dem Applaus bemerkt habt, waren unsere amerikanischen Gäste sehr beeindruckt von Monsieur Diors Kollektion. Bravo, dass ihr alle sie so vorteilhaft präsentiert habt. Ich weiß, das ist nicht üblich, aber Madame Luling hat mich informiert, dass die geschätzten Besucherinnen gern einige von Ihnen kennenlernen würden.«

Hier und da ertönte unwilliges Gemurmel.

»Ja, ich weiß, es war eine lange Woche. Aber es ist keine Verpflichtung. Diejenigen, die nicht teilnehmen möchten, dürfen die übliche Stunde in der *cabine* warten, falls einer unserer Gäste ein spezielles Kleid noch einmal sehen möchte.« Tutu hielt inne und fuhr in vertraulicherem Ton fort. »Tatsache ist, dass bereits einige andere Couturiers um die Gunst der Amerikanerinnen buhlen, insbesondere die der Botschafterin, die bekannt für ihren guten Stil ist. Sie spricht im Übrigen fließend Französisch, viele der anderen Damen jedoch nicht. Bitte melden Sie sich also nur, wenn Sie sich gut auf Englisch unterhalten können.«

Einige Mädchen, die diese Anforderung erfüllten – Victoire, Thérèse, Brigitte, Marie-Hélène und Grace –, gaben ihr ein Zeichen, dass sie der Bitte nachkommen würden.

»Gut. Bleibt in euren Kleidern – aber rührt kein Stück von den Canapés an«, warnte Tutu, ehe sie zur allgemeinen Erleichterung hinzufügte: »Ein kleiner Champagner ist allerdings erlaubt.«

Grace ließ sich auf einen Stuhl fallen, streifte die Schuhe ab und massierte ihre Füße. Da die Schauen zwei Stunden lang dauerten und sie seit Wochen zwei Schauen am Tag lief, war die Vorstellung, herumzustehen und auf unbestimmte Zeit Konversation zu betreiben, wenig reizvoll.

Andererseits war das Haus von Christian Dior gut zu ihr gewesen. Wenn sie daran dachte, mit wie viel Freundlichkeit

Ferdinand, Marguerite und die anderen ihr begegneten – und zugegeben, auch Geduld –, stiegen ihr Tränen in die Augen. Das Mindeste, was sie tun konnte, war, zu helfen, wenn es nötig war. Sie schlüpfte wieder in ihre Schuhe, puderte sich die Nase und richtete den Schleier aus schwarzem Tüll, der an dem winzigen Kopfschmuck mit Feder befestigt war, dann gesellte sie sich zu den amerikanischen Damen im Salon.

Grace kam gerade rechtzeitig, als eine äußerst schlanke, elegante Frau mit auffälligem Augenaufschlag zu sprechen begann.

»Ich heiße Evangeline Bruce«, sagte sie, »und bin die Frau des neuen amerikanischen Botschafters in Frankreich, David Bruce. Ich möchte mich im Namen aller Anwesenden für diese wunderbare Vorstellung bei Ihnen bedanken.«

Die Jugend der Botschafterin überraschte Grace – obwohl sehr selbstsicher, wirkte sie nur wenige Jahre älter als Grace selbst.

»Diese herrlichen Kreationen zu sehen, erinnert uns alle daran, dass Frankreich nicht nur überlebt, sondern über den schlimmsten Feind triumphiert hat. Ich weiß, dass ich im Namen von uns allen spreche, wenn ich sage, dass wir entzückt sind, Ihnen bei dieser Gelegenheit zu dem gratulieren zu können, was Sie erreicht haben.«

Während applaudiert wurde, bahnte sich ein Kellner einen Weg durch die Damen und verteilte Gläser mit Pol Roger. In dem Moment glitt Madame Luling durch den Raum und bot eine eindrucksvolle Vorstellung ihres so erfolgreichen Charmes.

»Es ist überhaupt kein Problem, dieses Kleid in Ihrer Größe anzufertigen«, hörte Grace sie aufmunternd zu einer korpulenten älteren Dame sagen, und zu einer dünnen, bleichen

Frau: »Ja, ich bin mir ziemlich sicher, dass es kein Problem für die *maison* sein wird, es in einer anderen Farbe herzustellen.«

Als Nächstes stellte Madame Luling Grace Evangeline Bruce vor. »Ich habe während des Kriegs in England gearbeitet«, sagte die Botschafterin und nahm Grace' Hand. »In unserem Büro waren Menschen von überall aus dem British Empire, darum kenne ich mich mit Akzenten gut aus. Sie sind Australierin, stimmt's?«

Grace lächelte. »Allerdings.«

»Habe ich es mir doch gedacht! Aber wie um alles in der Welt sind Sie hier gelandet? So schrecklich weit weg von zu Hause?«

In diesem Moment erschien Madame Beguin neben Mrs. Bruce und ersparte Grace die Antwort.

»Madame«, sagte sie, »darf ich Ihnen helfen? Welches von Monsieur Diors Modellen würden Sie gern reservieren? Ich möchte auf keinen Fall, dass Ihnen womöglich etwas entgeht, das Ihnen gefallen hat.«

»Ich fürchte, das ist bereits geschehen«, antwortete die Botschafterin. »Erst in der letzten Woche habe ich die Herzogin von Windsor in diesem exquisiten blauen Kleid aus Seidensamt mit Perlenbesatz gesehen. Ich glaube, es hieß Lahore. Das hätte mich auf jeden Fall interessiert.«

Die *vendeuse* zögerte keine Sekunde. »Es tut mir so leid, Madame Bruce«, sagte sie. »Diese Kollektion – Monsieur Dior nennt sie sein *trompe l'oeil* – ist bislang unsere beliebteste. Aber das Kleid, nein, das hätte ich Ihnen nicht empfohlen. Bitte folgen Sie mir – ich habe etwas nicht minder Schickes für Sie, aber es ist weicher und weiblicher. Das wäre perfekt.«

Beinahe sofort wurde der Platz der Botschafterin von einer äußerst großen Frau mit fröhlichem Auftreten eingenommen, die auf ein Häppchen in ihrer Hand zeigte und mit dröhnender Stimme bemerkte: »Sind die nicht köstlich? Ich habe in diplomatischen Kreisen schon viele Empfänge mitgemacht, und ich kann Ihnen sagen, diese kleinen Kanapees mit Huhn sind eine Klasse für sich. Das muss an der französischen Mayonnaise liegen. Ich heiße übrigens Julia Child«, stellte sie sich vor.

»Grace Dubois, und ja, die sehen köstlich aus«, sagte Grace und wünschte, Tutu hätte sie nicht ermahnt, nichts zu essen.

»Mein Mann Paul arbeitet in der Botschaft, aber ich beschäftige mich eigentlich die ganze Zeit mit der Zubereitung dieses wunderbaren Essens!« Mrs. Child nahm noch ein Kanapee von einem vorbeikommenden Tablett. »Natürlich ist das nicht ganz leicht«, fuhr sie fort. »Abgesehen davon, dass ich gerade erst anfange, Französisch zu lernen, habe ich festgestellt, dass Olivenöl kaum zu bekommen ist, und ich habe die Zucker- und Kaffeevorräte der Botschaft geplündert. Ach, und hier gibt es keine Kühlschränke – ich muss meine Milch auf dem Fensterbrett lagern!«

Grace gestand, dass sie es genauso machte.

Mrs. Child lachte. »Aber das ist es allemal wert, oder? Ich werde nie meine erste *sole meunière* vergessen – sie hat mich einfach fasziniert. Und fangen Sie mir gar nicht erst von *boeuf bourguignon* an ... Nun, meine Liebe, lassen Sie sich von mir nicht vereinnahmen. Paul sagte, ich hätte die Angewohnheit, Menschen zu überfallen.« Sie ließ den Blick über die Menge gleiten. »Sie müssen eine junge Frau kennenlernen – sie ist hier irgendwo. Egal, sie geht aufs College in Vassar oder möglicherweise Smith, wohnt bei der Gräfin Germaine de Renty, während sie an der Sorbonne studiert. Germaine nimmt sie überallhin mit. Ich glaube, sie hat es zu ihrer Mission erklärt, das Mädchen mit französischer Kultur zu übergießen – wie eine Ente mit Soße! Ah, gut, sie kommen in unsere Richtung.«

»Da bist du ja!« Jackie Bouvier umarmte Grace.

»Wie ich sehe, habt ihr zwei euch bereits kennengelernt«, sagte Mrs. Child. »Ich esse viel zu gern französisches Essen, um in irgendeins von Monsieur Diors Kleidern zu passen, aber ich möchte sie mir dennoch genauer ansehen. Gräfin, wollen Sie mich begleiten? Lassen wir diese jungen Dinger allein.«

Jackie wandte sich an Grace und sagte genauso leise und sanft wie Mrs. Child laut gewesen war: »Ich bin so froh, dass du noch geblieben bist. Ich fand dich wunderbar, aber weißt du, was mir an dir am besten gefallen hat?«

Grace schüttelte den Kopf.

»Dieses Lächeln! Ganz am Ende, bevor du verschwunden bist. Alle anderen waren die ganze Schau durch so reserviert. Du warst die Einzige, die sich getraut hat, nahbar zu erscheinen.«

»Ich bin mir nicht sicher, ob die *maison* deine Meinung teilt«, antwortete Grace. »Monsieur Dior sagt, es sei unsere Pflicht, ›zu erobern und zu überzeugen‹ – wir sollen uns unseren Hochmut die ganze Zeit bewahren. Wie du gesehen hast, fällt mir das nicht leicht.« Sie gluckste. »Ich musste es erst lernen, distanziert zu erscheinen. Es ist allerdings nützlich, es zu können, in etwa so, als würde man eine Rüstung anlegen. Wenn du jemals überlegst, ein Leben in der Öffentlichkeit zu führen, kann ich es dir empfehlen.«

Jackie lachte und sagte, sollte es zu diesem unwahrscheinlichen Fall kommen, würde sie sich sicher daran erinnern. »In der Zwischenzeit übe ich!«, fügte sie hinzu, obwohl die junge Amerikanerin wenig Nachhilfe im Kultivieren eines geheimnisvollen distanzierten Auftretens zu brauchen schien.

Es lag an ihrem Gesicht, sie konnte von einer Sekunde zur anderen von einem einnehmenden, strahlenden Grinsen zu einer in sich gekehrten Pose wechseln. Es war fast unmöglich, festzustellen, welche Gefühle sich hinter dieser geheimnisvollen Fassade verbargen.

Kapitel 24

April 1949

Ich bin doch nicht zu spät, oder?«, rief Brigitte Madame de Turckheim zu, warf ihren Schal ab und ließ ihren Regenschirm klappernd auf den Boden fallen.

Tutu zog die Augenbrauen hoch, sagte jedoch nichts. Ein paar Minuten Verspätung ließ sie noch durchgehen. Bei mehr war das Eingreifen von Madame Raymonde erforderlich.

Brigitte zog sich rasch aus, warf sich einen weißen Umhang über und setzte sich auf den Platz neben Grace. »Süße«, sagte sie und griff in die Tasche des Umhangs, »das ist für dich.«

Während Brigitte sich hastig schminkte, blickte Grace auf die Nachricht in ihrer Hand. »Sie ist offenbar nicht vom Baron«, bemerkte sie trocken.

Anstelle von Édouard de Gides festen Karten mit Wappen, die weiterhin in regelmäßigen Abständen eintrafen, faltete Grace ein Blatt Papier auseinander, das aussah, als sei es aus einem Schulheft herausgerissen. Brigitte, die jetzt mit ihrem Lidschatten beschäftigt war, betrachtete ihre Freundin im Spiegel.

»Hör dir das an«, sagte Grace verwirrt. Sie begann, laut vorzulesen.

Liebe Grace,

Nachdem ich Ihnen jetzt die andere Seite von Paris gezeigt habe, ist es an der Zeit, sich weiter vorzuwagen.

Ich hole Sie am Sonntagmorgen um 11.00 Uhr ab.

Sie brauchen nicht zu antworten. Wenn Sie nicht um diese Zeit vor Ihrem Haus stehen, fahre ich wieder.

Alles Gute,
Philippe

PS. Es wäre ratsam, wenn Sie etwas Passenderes anziehen.

»Gute Manieren sind nicht gerade seine Stärke, oder?« Grace zerknüllte das Papier in ihrer Hand. »Wahrscheinlich will er mir einen weiteren Vortrag über das maßlose Leben eines Haute-Couture-Mannequins halten. Wenn ich richtig Glück habe, redet er dann noch über die Dekadenz der Amerikaner.«

»Gehst du hin?«, fragte Brigitte.

»Sicher nicht! Erstens habe ich keine Ahnung, wohin Philippe mit mir will. Und außerdem weiß ich kaum etwas über ihn, abgesehen davon, dass er radikale politische Ansichten hat.« *Und zu meinem eigenen Besten sollte das auch so bleiben,* dachte sie.

Grace wandte sich an ihre Freundin. »Apropos, woher kennst du Monsieur Boyer eigentlich?«

»Wir sind verwandt.«

»O Gott, ich habe doch nichts Schlimmes über deinen Bruder gesagt, oder?«

»Nein.« Brigitte lachte. »Er ist mein Cousin zweiten Grades. Auf seiner Seite der Familie gab es eine Art Skandal, darum habe ich ihn in meiner Kindheit und Jugend nie gesehen. Tatsächlich habe ich Philippe erst vor Kurzem kennengelernt. Er hat in meinem Leben keine Rolle gespielt.«

»Einem Leben, um das du immer sehr geheimnisvoll tust.«

»Nur weil es nichts Interessantes zu berichten gibt.«

»Schon gut – wir haben alle unsere Geheimnisse.« Grace lächelte. »Aber zumindest kannst du mir sagen, ob Philippe immer so ist. Du weißt schon, dass er sich lautstark über Politik auslässt.«

»Ach, Grace, der Krieg hat so vieles verändert, insbesondere die Menschen. Ich bin mir nicht ganz sicher, was Philippe getan hat. Er redet nicht darüber. Aber seine Erfahrung mit den Nazis, was er gesehen hat oder vielmehr tun musste … er hat mir erzählt, dass er anschließend nicht mehr derselbe war.«

Sofort dachte Grace an Jack. Auch ihn hatte der Krieg verändert.

»Ich glaube, Philippe hat so viele Menschen verloren, die ihm etwas bedeutet haben, dass die Kommunistische Partei so etwas wie seine Familie geworden ist.«

»Nun, ich werde trotzdem nicht mit ihm ausgehen«, sagte Grace und winkte eine Garderobiere herbei. »Ich mag dich sehr gern, Brigitte, aber das heißt nicht, dass ich auch deinen Cousin mag. Ich werde keinen Gedanken mehr an ihn verschwenden.«

Doch das stimmte nicht, sie dachte sehr wohl an ihn. Während sie an den hohen Pappeln am Ufer der Seine vorbeischlenderte und den Schleier aus frischen grünen Blättern bewunderte, kam ihr unvermittelt sein Lächeln in den Sinn. Bei einer Modenschau – sie führte gerade einen besonders prächtigen Opernmantel aus Taft vor, verlor sie fast das Gleichgewicht, als sie plötzlich daran dachte, wie Philippes

Haar über ihre Wangen gestrichen war, als sie sich auf dem Motorrad an seiner Taille festgehalten hatte. Als sie am Freitagmorgen mit der vollen Metro fuhr, war sie überzeugt, sein Gesicht gesehen zu haben. Doch bei näherem Hinsehen war es ein anderer Mann, dessen Augen im Gegensatz zu Philippes keine bemerkenswerte Farbe hatten.

Grace versuchte, sich in den Griff zu bekommen. Jedes Mal, wenn sich das Bild dieses bemerkenswerten Mannes in ihren Kopf schlich, schob sie es fort. Zumindest hätte dieser verwirrende Zustand bald ein Ende – am Sonntag war alles vorbei. Sie würde nicht um elf Uhr vor dem Haus auf Philippe warten. Er würde wieder wegfahren. Sie würde nie wieder etwas von ihm hören.

Der Sonntag kam. Grace machte Kaffee und nagte an einem trockenen Croissant vom Vortag. Dann kehrte sie ins Bett zurück. Um neun Uhr versuchte sie zu lesen, doch als sie zum dritten Mal denselben Absatz las, schleuderte sie das Buch weg. Um zehn Uhr wusch sie sich das Gesicht und tupfte sich etwas Creme auf die Wangen, dann zog sie einen alten Pullover und die Levi's Jeans an, die Jackie ihr geschenkt hatte. Als Nächstes band sie das Haar zu einem Pferdeschwanz zurück. Es gab keinen Grund, sich Mühe zu geben, sie hatte nicht vor, jemanden zu treffen.

Die Minuten verstrichen. Sie zog Turnschuhe an, dann starrte sie auf den Wecker neben ihrem Bett. Elf. Zehn nach elf. Zwanzig nach elf. Langsam atmete sie aus. Sie war frei.

Als es an der Tür klopfte, zuckte Grace zusammen. Was konnte Madame Guérin wollen? Vermutlich war sie mit der Miete im Rückstand, weil sie in letzter Zeit so zerstreut gewesen war.

»Herein!«, rief Grace und wühlte in ihrer Handtasche

nach ihrem Portemonnaie. Sie wollte nicht, dass die Madame Ärger mit dem Hausbesitzer bekam. Die mürrische kleine Concierge hatte ihr so einige Gefallen getan.

Mit dem Portemonnaie in der Hand öffnete sie schließlich schwungvoll die Tür und sagte: »Bitte, verzeihen Sie …«

»Verzeihen, Mademoiselle Dubois? Ich weiß nicht, ob ich das tun sollte.«

Vor Grace stand Philippe Boyer, die Hände lässig in die Hüften gestützt.

»Sie!«

»Wer sonst?«

»Aber Sie sagten, wenn ich nicht vor dem Haus stehe, würden Sie wieder fahren«, entgegnete Grace mit, wie sie hoffte, vernichtendem Blick.

»Das stimmt. Aber ich dachte, wenn ich schon den ganzen Weg hergekommen bin, kann ich auch noch ein bisschen weiter gehen.« Philippe zuckte die Achseln. »Ich wusste ja nicht, dass ich derart viele Stufen hinaufsteigen muss.«

»Also, die können Sie jetzt wieder runtersteigen. Ich werde mit Ihnen nirgendwohin fahren.« Grace' Herz schlug wieder so schnell wie bei der ersten Begegnung mit Philippe. Sie wusste, dass sie verärgert sein sollte, doch seltsamerweise empfand sie nichts als ein äußerst angenehmes Gefühl von Neugier.

»Mademoiselle Dubois, das wäre sehr schade. Ich habe Essen für uns beide eingepackt. Das darf ich doch in diesen knappen Zeiten nicht verkommen lassen.«

Grace zwang sich, abweisend zu wirken.

»Wissen Sie«, sagte er und ignorierte ihre kühle Miene, »Sie sehen sehr hübsch aus so. Ungeschminkt und in einfachen Kleidern – das gefällt mir.«

Grace merkte, wie ihr Widerstand dahinschmolz.

»Vielleicht können wir einen Deal machen, wie unsere neuen amerikanischen angeblichen Freunde das nennen«, schlug Philippe vor. »Ich nehme Sie mit zu einem Picknick – es ist ein so wunderschöner Frühlingstag, die Vögel singen, und sogar der Flieder blüht schon. Solange wir zusammen sind, werde ich mir äußerste Mühe geben, nicht unverschämt oder beleidigend zu sein und vor allem nicht über Politik zu sprechen. Wenn Sie mich dann immer noch schrecklich finden, verspreche ich, dass Sie mich nie wiedersehen.«

Grace konnte nicht anders, sie musste lachen. Philippe war albern, aber sie vielleicht auch. Was war schon dabei?

»Schon gut, schon gut«, sagte sie. »Ich komme mit. Aber keine Vorträge und vor allem keine Bemerkungen über mein Leben. Andernfalls werden Sie mich nicht nur nicht wiedersehen, ich werde Ihr Motorrad nehmen und nach Paris zurückfahren – und zwar allein!«

Kapitel 25

Philippe reichte Grace eine Lederjacke. »Ziehen Sie die an«, sagte er. »Jetzt merken Sie es noch nicht, aber wenn wir fahren, ist es kalt. Wir sind eine Weile unterwegs.«

Sie folgten der Seine, bis sowohl das prächtige Pariser Zentrum als auch die bedrückend heruntergekommenen *banlieues*, die ärmeren Randbezirke, hinter ihnen lagen. Nur wenige Kilometer später erreichten sie eine ganz andere Landschaft, frisch und grün und voll von neuem Leben. Grace bewunderte üppige Weiden und Felder mit den noch grünen Köpfen von Sonnenblumen. In den Gemüsebeeten neben den steinernen Gutshäusern mit Giebeldächern und hellblauen Fensterläden wuchsen Auberginen, Zucchini und *haricots verts*.

»Die Schönheit der französischen Landschaft«, rief Philippe ihr über seine Schulter zu, als er hielt, um einen Bauern mit einer kleinen Herde schwarzbunter Kühe sicher über die Straße zu lassen. »Es gibt nichts Besseres.«

Grace genoss die Fahrt – der kühle Wind strich über ihr Gesicht, die Sonne wärmte ihren Rücken, und wieder hatte sie die Arme um Philippe gelegt. *Denk ja nicht dran*, ermahnte sie sich. Und obwohl sie ein überwältigendes Verlangen überkam, seinen Nacken zu küssen, was sie zutiefst erschreckte, *bilde dir ja nicht ein, dass ein einfacher Tag auf dem Land mit diesem außerordentlich attraktiven Mann zu irgendetwas führt.*

Eineinhalb Stunden nachdem sie Paris verlassen hatten, drosselte Philippe die Geschwindigkeit und bog in einen kleinen, unbefestigten Weg ab. Vorsichtig folgte er dem gewundenen Pfad an einem friedlichen kleinen Seitenarm der Seine entlang und wich Schlaglöchern und Steinen aus.

»Fast sind wir da«, verkündete er, als er das Motorrad zum Stehen brachte.

Sie hatten neben einer Reihe Trauerweiden gehalten, deren Blätter sanft im Wind schwangen.

»Sie tun ja sehr geheimnisvoll«, sagte Grace. »Wohin gehen wir?«

»Folgen Sie mir, dann werden Sie es sehen.« Philippe führte sie über einen mit Gras bewachsenen Hügel. »Da! Gefällt es Ihnen?«

»O ja!« Überrascht blickte Grace auf die verwilderten Reste eines sicher einst prächtigen Gartens. Vor einem charmanten, wenn auch heruntergekommenen rosafarbenen Haus mit wackeligen Stufen und leuchtend grünen Fensterläden wuchsen wilde Rosenbüsche und verschlungene Clematis, zarte Stiefmütterchen, goldene Narzissen und tiefrote Tulpen, die in einem Gewirr von Unkraut um Platz rangen.

»Was ist das für ein besonderer Ort?«

»Hier hat früher der Künstler Claude Monet gelebt«, erklärte Philippe. »Es ist als Giverny bekannt. Der Garten war sein Lebenswerk. Ich glaube, er war ihm sogar wichtiger als seine Gemälde.«

»Und jetzt ist es eine Ruine?«

»Monet ist vor über zwanzig Jahren gestorben. Einige seiner größten Werke sind an ein Pariser Museum gegangen, das *Musée de l'Orangerie* heißt, und ein paar kleinere Stücke ans

Jeu de Paume, aber sein Garten wurde vollkommen vernachlässigt. Sehen Sie das Gebäude neben dem Haus?« Er zeigte auf einen schiefen hohen Bau. »Das war sein Atelier.«

»Sie meinen, wo der Baum durchs Dach wächst?«

»Ich fürchte, ja. Aber noch schlimmer ist, dass der Krieg zerstört hat, was die Natur nicht erobert hat. Haben Sie die großen Löcher im Boden gesehen? Da ist eins, an den Seiten wachsen Brombeeren – das sind Krater von deutschen Bomben.«

Grace folgte Philippe, der sie unter Reihen blühender Apfel- und Mandelbäume voller dicker rosa und weißer Blüten hindurchführte. »Dass man diesen wunderbaren Ort einfach so verkommen lässt – wie tragisch«, seufzte sie.

»Ein bisschen wie Frankreich, finden Sie nicht? Trotz allem ist es immer noch wunderschön, aber ohne Disziplin und ohne anständige Führung könnte das Land dasselbe Schicksal erleiden.«

»Ich finde, dass Sie gerade gefährlich nah dran sind, über Politik zu sprechen«, warnte Grace und schwang drohend den Zeigefinger.

»Ich werde kein Wort mehr sagen«, erwiderte Philippe grinsend. »Es gibt noch mehr zu sehen.«

Sie gingen denselben Weg zurück, dann führte Philippe Grace zwischen tief hängenden Zweigen einer größeren Weide hindurch zu einer Lichtung.

»*Voilà*!«, rief er aus.

»So etwas Schönes habe ich noch nie gesehen«, murmelte Grace.

Sie trat an einen großen Teich mit glänzendem Wasser, auf dem Seerosen trieben. Vorsichtig suchte sie sich einen Weg um die Büschel aus violetten und weißen Schwertlilien, die am moosbedeckten Ufer wuchsen, bis sie eine japanisch anmutende Holzbrücke in kräftigem Grün erreichte, die aussah, als sei sie bereits vor langer Zeit zusammengebrochen. Jetzt rankten sich Glyzinien um die Reste, ihre malvenfarbenen Blütenblätter wehten sanft auf den Boden, während darüber Libellen mit schillernden Flügeln schwebten.

»Ich hoffe, Sie wollten hier unser Picknick machen«, rief Grace Philippe zu, als sie sich umdrehte. »Ich kann mir keinen besseren Ort vorstellen.«

»Sie müssen meine Gedanken gelesen haben.« Philippe holte eine karierte Decke aus den Gepäcktaschen des Motorrads, breitete sie im Schatten aus und holte dann zwei Becher, Leinenservietten und ein Messer aus der anderen. Es folgten Baguette, einige köstlich aussehende Tomaten, ein in Nesselstoff eingewickeltes Stück Käse, eine kleine Schale Himbeeren und eine Flasche Wein.

»Mademoiselle, es ist angerichtet«, sagte er mit übertriebener Geste.

Grace lächelte. Alles gefiel ihr: das Sonnenlicht, das durchbrochen durch die Weiden fiel, der Duft der Blumen, das einfache Essen und, ganz besonders, Philippes Gesellschaft. Unwillkürlich zog sie Vergleiche zum Abend mit dem Baron. Es war zweifellos herrlich gewesen, und Édouard mit seinen Komplimenten, mit Rosen und Champagner ausgesprochen aufmerksam. Dennoch hatte alles etwas Künstliches gehabt. Bei Baron Édouard de Gide hatte Grace das Gefühl, Teil einer Inszenierung zu sein, wohingegen sie sich bei Philippe, so sehr er einen auch in den Wahnsinn treiben konnte … ja, wie fühlte? Was empfand sie? Zu ihrer Überraschung merkte Grace, dass sie sich zu Hause fühlte.

Sie aßen und unterhielten sich, tranken Wein und noch mehr Wein. Als Grace die letzte süße Himbeere gegessen hatte, glaubte sie allmählich, dass Giverny mit einem Zauber belegt war.

»Es ist so schön, wieder auf dem Land zu sein«, sagte sie, »auch wenn es ganz anders ist als das, was ich kenne. So entspannt habe ich mich nicht mehr gefühlt, seit … ach, ich weiß nicht, seit Ewigkeiten.«

»Wie ist es da in der Ferne?«, fragte Philippe.

»Australien – jedenfalls der Teil, in dem ich aufgewachsen bin – ist nicht so sanft wie Frankreich.«

»Wie meinen Sie das?«

Grace legte sich auf den Rücken und dachte einen Moment nach. »Zum einen ist das Licht anders«, sagte sie und blickte sich um. »In Australien ist es unglaublich hell – fast leuchtend. Das Land an sich ist wunderschön, aber es kann öde sein, fast schroff. Dann ist da der Himmel. Sehen Sie sich das sanfte Blau über uns an. Ich habe das Gefühl, als könnte ich es berühren.« Grace streckte den Arm aus, dann ließ sie ihn wieder fallen. »Der Himmel in Australien ist um Meilen höher. Er ist wie ein riesiger, glänzender Baldachin in dem blausten Blau, das man sich vorstellen kann. Und trotzdem erinnert mich die friedliche Stimmung hier draußen, oder vielleicht ist es auch die saubere Luft, an zu Hause.«

Ihre gelassene Stimmung schlug um, als Philippe sich neben sie legte und mit seiner Hand über ihre strich. Sie hatte das Gefühl, einen elektrischen Schlag zu bekommen. Nervös fragte sie sich, was wohl als Nächstes passierte. Würde er sie umarmen?

Doch Philippe bewegte sich nicht. »Es ist sehr traurig, dass Monet nicht mehr gefragt ist«, sagte er stattdessen. »Picasso und ich verstehen uns gut, und selbstverständlich war er enorm großzügig zur Partei. Pablos Begabung ist einmalig – er ist nicht der Einzige, der sich für ein Genie hält. Allerdings mag ich persönlich Monets Gemälde lieber. Das ist nicht gerade fortschrittlich, ich weiß. Ich glaube, ich bin wohl einfach für Schönheit empfänglich.«

Also, für meine scheint er nicht empfänglich zu sein, dachte Grace. Philippe mochte in vielerlei Hinsicht absolut nicht zu ihr zu passen, dennoch sehnte sie sich nach seiner Aufmerksamkeit. Als er sich schließlich zu ihr umdrehte, tat er es nur, um festzustellen, dass die Schatten länger wurden.

»Ich sollte Sie wohl nach Hause bringen«, sagte er.

Kapitel 26

Philippe brachte das Motorrad vor der Rue Dauphine Nummer 25 zum Stehen. Nachdem er es an einem Geländer angeschlossen hatte, sagte er höflich: »Ich bringe Sie noch zur Tür.«

»*Bonsoir*, Madame Guérin«, rief Grace, als sie an der kleinen Concierge vorbeikamen, die in der Dämmerung eifrig den Hof fegte. Grace wandte sich an Philippe. »Vielen Dank. Ich muss zugeben, es war ein wunderschöner Tag.« Sie lächelte. »Also, ich habe einen ziemlich guten Kaffee – der Concierge der *maison* hat ihn mir geschenkt. Offenbar hat eine der Damen aus der amerikanischen Botschaft eine Riesendose geschickt. Trotz Ihres Verdachts, dass die Amerikaner insgeheim niedere Motive hegen: Möchten Sie eine Tasse?«

»Nun, ich weiß nicht. Das würde bedeuten, dass ich nicht nur gegen meine Prinzipien verstoße, ich müsste auch noch mal diese schreckliche Treppe hinaufsteigen.«

Grace lachte. »Wie Sie wollen.«

»Gut. Ich bin dabei.«

Was machte sie da, fragte sich Grace, während sie zu ihrer Dachkammer hochgingen. Das war töricht. Wie würde sie reagieren, wenn er Annäherungsversuche unternahm? Und wie, wenn keine?

Hinzu kam die beunruhigende Tatsache, dass sie noch

verheiratet war – noch nie zuvor hatte sie auch nur daran gedacht, untreu zu sein. Nein, sagte sich Grace entschieden, das war kein Problem. Sie mochte zwar nicht geschieden sein, aber ihre Beziehung zu Jack war aus und vorbei. Das weitaus größere Problem war, sollte sie dem ungewöhnlichen Verlangen nachgeben, in Philippes Armen zu liegen, würde sie mit ihrer Unfähigkeit zu empfinden und zu tun, was angezeigt war, bestimmt alles verderben.

Als sie die Wohnung erreichten, versuchte Grace sich abzulenken, indem sie sich aufs Wasserkochen konzentrierte, zwei Tassen auf den Tisch stellte, den Kaffee filterte und ihn schließlich einschenkte. Philippe stand nur da und sah schweigend aus dem Mansardenfenster. Sie ging zu ihm und wollte eine lockere Bemerkung über die Aussicht machen, stellte jedoch fest, dass ihr auf einmal die Worte fehlten, als sie neben ihm stand.

Philippe berührte ihre Wange. »Brigitte hat mir erzählt, dass du dich nicht auf jemanden einlassen willst, schon gar nicht auf mich«, sagte er sanft. »Denkst du, ich könnte dich umstimmen?«

Da merkte Grace, dass sie diesem ungewöhnlichen Mann mit den blauen Augen doch etwas zu sagen hatte.

»Ja«, antwortete sie.

Philippe nahm sie in die Arme und küsste sie, langsam erforschte er ihren Mund auf eine Weise, die zugleich genussvoll und so überraschend erregend war, dass ihr beinahe schwindelig wurde.

»Ich weiß wirklich nicht, wie ich es geschafft habe, mich so zu beherrschen«, sagte Philippe mit diesem unwiderstehlich ironischen Lächeln. »Das wollte ich vom ersten Moment an, als ich dich in diesem albernen Klub gesehen habe.« Dann führte er Grace an der Hand zum Bett.

Die Umgebung hätte nicht romantischer sein können. Die Dachkammer war dunkel, nur eine einzige Lampe spendete Licht, das durch den Vorhang rosa gefärbte Schatten warf. Sie war allein mit einem attraktiven Mann. In Paris.

Doch eine vertraute Unbeholfenheit überkam sie. Das hier konnte nur schlecht enden. Niemals hätte sie sich in eine solche Lage bringen dürfen. Jack hatte ihr vorgeworfen, ein »Eisblock« zu sein, unfähig, Liebe und Zuneigung zu zeigen. Und er hatte recht. Schon spürte sie eine unangenehme Nervosität, ihre Nerven waren gespannt wie Drahtseile.

»Stimmt etwas nicht?« Philippe stutzte. »Du siehst aus, als wäre es dir lieber, wenn ich gehe.«

»Ich weiß nicht, was du denkst«, platzte Grace heraus, ganz sicher, dass sie sich zum Narren machen würde. »Aber … Gott, ich sage es jetzt einfach – ich habe bislang nur mit einem einzigen Mann geschlafen.«

»Ah. Und das war nicht gut, ist es das?«

Sie errötete. »Eine Katastrophe.«

»Na, dann wollen wir mal sehen, ob wir das nicht besser hinkriegen«, sagte er. »Aber zuerst ist es, glaube ich, bequemer, wenn du dich hinlegst.«

Als sie sich unsicher auf dem Bett niederließ, öffnete Philippe die Schnürsenkel ihrer Turnschuhe und ließ sie auf den Boden fallen.

»Hat dir schon einmal jemand gesagt, dass du außerordentlich hübsche Zehen hast?«, fragte er in so ernstem Ton, dass Grace unwillkürlich lächeln musste.

Als Nächstes öffnete er den Reißverschluss ihrer Jeans. »Bitte entschuldige«, sagte er, »aber könntest du mir eventuell helfen, die auszuziehen und vielleicht auch deinen Pullover?«

Sie tat, worum er sie bat.

»Danke – ich glaube, mit dem Rest komme ich zurecht.« Äußerst vorsichtig zog er die Träger von Grace' Spitzen-BH herunter und küsste sanft Schultern und Hals. »Mhm, was für ein köstlicher Duft«, flüsterte er. »Deine Haut riecht wie die Blumen in Giverny.«

Grace merkte, wie ihre Anspannung nachließ. Dann legte Philippe erneut die Lippen auf ihre, küsste sie leidenschaftlich und erweckte aufs Neue dieses herrliche Gefühl der Hingabe. Als er sich schließlich von ihr löste, ließ er seinen Blick über ihren Körper gleiten, was sich mehr wie ein Streicheln anfühlte – von ihren schlanken Beinen über ihre geschwungenen Hüften zu den weichen, runden Brüsten, den zarten Schultern, dem Puls an ihrem Hals und ihren vollen geöffneten Lippen.

Ihre Blicke trafen sich. »Du bist wirklich unglaublich schön«, sagte er. »Eigentlich ist es schade, dass du überhaupt irgendetwas anhast.«

Er griff hinter ihren Rücken und öffnete ihren BH, dann hielt er inne, um langsam mit den Fingerspitzen über ihre Brüste zu streichen, ehe er ihr den seidenen Slip auszog. Grace stöhnte, als er mit den Lippen über ihre Brustwarzen strich. Er streichelte ihre Hüften und Schenkel, ihren flachen Bauch, die weiche Stelle zwischen ihren Beinen.

»Nur einen Moment«, flüsterte er.

Als Philippe sich schnell seiner eigenen Kleidung entledigte, glitt Grace' Blick über seinen schlanken Körper und die breite, muskulöse Brust. Er legte sich dicht neben sie und sah ihr in die Augen. »Eine Frau wie du verdient es, verwöhnt zu werden«, raunte er.

Nachdem er geschickt jede empfindliche Stelle an Grace' Körper berührt und erregt hatte, widmete sich Philippe ihren zartesten Stellen, bis sie von beinahe unerträglich wundervollen Gefühlen erfüllt war. Sie spürte eine Spirale der Lust, dann ein heftiges Verlangen und zugleich eine tiefe innere Klarheit. Das war Lust, so fühlte es sich an, wenn eine Frau einen Mann begehrte.

Erst dann drang Philippe in sie ein, und als sie sich gemeinsam bewegten, spürte Grace, wie sie sich verwandelte. Ihre Gestalt, ihre Konturen lösten sich auf und füllten sich mit Licht, bis sie schließlich gänzlich entfesselt einem strahlenden endlosen Himmel entgegenschwebte.

Am nächsten Tag traf Grace in Hochstimmung in der *maison* ein. Sie hatte kaum geschlafen, aber selbst Victoire, die nicht gerade für ihre Großzügigkeit bekannt war, machte ihr Komplimente.

»Dein Teint hat noch nie besser ausgesehen. Nimmst du ein neues Produkt?«, fragte sie forschend.

»Wenn Sie mich fragen«, bemerkte Madame de Turckheim, »ist das die Wirkung einer Romanze. Ich sehe immer, wenn eins von meinen Mädchen von Amors Pfeil getroffen wurde.«

Obwohl Grace' Gedanken immer wieder zu Philippe wanderten, überstand sie irgendwie die zwei üblichen Modenschauen, Fotoaufnahmen für *Paris Match* sowie eine private Vorführung für eine neunzehnjährige Schönheit, die erst kürzlich den Vicomte de Ribes geheiratet hatte. Erst als Grace in die *cabine* zurückgekehrt war, ihre eigenen Kleider angezogen hatte und ihr tannengrünes Seidentuch umband, kam Brigitte zu ihr.

»Was ist los?«, fragte Grace ihre Freundin. »Du siehst irgendwie besorgt aus.«

»Nicht gerade besorgt, nein«, antwortete Brigitte. »Es ist nur … Ach, wahrscheinlich ist es nichts.«

»Jetzt musst du es mir sagen«, beharrte Grace.

»Weißt du noch, wie du so hartnäckig darauf bestanden hast, dass du dich nicht auf einen Mann einlassen willst?«, sagte Brigitte, setzte ihren Hut auf und zog Handschuhe an. »Ich dachte, du wärst vielleicht ganz gern mit meinem Cousin zusammen – er ist klug und schlagfertig, wie du weißt. Aber jetzt bin ich etwas beunruhigt, dass ich dich in eine Lage gebracht habe, in der du, nun ja, vielleicht nicht sein willst.«

»Was meinst du?«

»Ich weiß nicht genau, ich habe nur das Gefühl, dass Philippes Leben komplizierter ist, als er zugibt.« Brigitte lächelte unsicher. »Wahrscheinlich bin ich töricht und übervorsichtig – vergiss, dass ich etwas gesagt habe. Gute Nacht, *chérie*!«

Grace war verwirrt. Es war lieb von ihrer Freundin, sich zu sorgen, aber Grace war überzeugt, dass Philippe Boyer genauso war, wie er wirkte. Die kleinen Widersprüche in seinen Aussagen an jenem ersten Abend, das vage Gefühl, dass er etwas verheimlichte, waren ein albernes Produkt ihrer überdrehten Fantasie. Philippe war einfach ein göttlicher Franzose, der ein paar verquere politische Ansichten hatte. Grace hatte noch nie jemanden wie ihn kennengelernt – intelligent, rücksichtsvoll, manchmal merkwürdig, aber immer auf überaus berauschende Weise. Und was die letzte Nacht anging – es war ein Traum gewesen, eine so zärtliche Erfahrung und zugleich so aufregend, dass Grace allein bei der Erinnerung errötete und vor Verlangen verging.

Mit den Gedanken bei ihrem Geliebten, verließ Grace die *maison* und dachte verträumt daran, dass sie ihn später am Abend wiedersehen würde.

»Hallo!« In einem schicken marineblauen Mantel mit Goldknöpfen stand Jackie Bouvier vor der *maison* und schwang ihre Handtasche aus Kalbsleder.

»He, was machst du … ach, natürlich!«, rief Grace. »Wie dumm von mir – wir wollten uns nach der Arbeit auf einen Drink treffen. Ich war den ganzen Tag mit den Gedanken woanders.«

»Dahinter steckt nicht zufällig ein Mann?« Jackies Augen leuchteten auf.

»Doch. Aber es ist noch zu früh – ich fürchte, wenn ich etwas sage, verderbe ich alles.«

»Das ist in Ordnung für mich, aber zufällig wollte ich genau über das Thema mit dir sprechen. Gehen wir über die Straße in die Bar Plaza Athénée.«

»Ich liebe dieses Hotel«, sagte Jackie und nahm einen Schluck von ihrem Cocktail. »Die roten Markisen am Eingang, die roten Geranien, ganz zu schweigen von der Tatsache, dass«, sie hob ihr Glas, »sie einen hervorragenden Martini mixen.«

»Monsieur Dior ist ganz deiner Ansicht.« Grace lachte. »Tatsächlich verlangt er oft, dass die neuen Kollektionen hier fotografiert werden. Viele Menschen fragen sich, warum er das berühmteste Ensemble aus der New-Look-Schau – das mit dem weiten schwarzen Faltenrock und der elfenbeinfarbenen Jacke aus Shantungseide – *Bar* genannt hat.«

»Keine Ahnung.«

»Weil er diese Bar hier so liebt!«

Die zwei Frauen kicherten, als ein Kellner vorbeikam und einen Teller mit gerösteten Erdnüssen auf den Tisch stellte.

»Und?«, fragte Grace. »Was geht dir durch den Kopf?«

»Ich habe mich tatsächlich verliebt«, sagte Jackie mit verträumtem Blick. »Vielmehr bin ich verrückt nach ihm – ich werde dir nicht seinen Namen verraten, aber er ist der Sohn einer ziemlich bekannten Person.«

»Und das Problem ist?«

»Dass ich praktisch alles andere mit ihm schon gemacht habe, es aber noch nicht … du weißt schon«, Jackie senkte die sanfte Stimme, »zum Äußersten gekommen ist.«

»Willst du es denn?«

»Ich weiß es nicht! Was mich verwirrt, ist, dass meine Mutter von der alten Bewahre-dich-für-die-Ehe-auf-Fraktion ist. Sie wäre geschockt, wenn sie wüsste, dass ich überhaupt daran denke, mit einem Mann zu schlafen. Ich dachte, weil du etwas älter bist als ich und weil du hier in Paris als Model arbeitest … nun ja, wüsstest du, was ich tun soll. Soll ich? Mich für die Ehe aufheben, meine ich?«

Die Ironie, dass man ausgerechnet ihr diese spezielle Frage stellte, entging Grace nicht. Dennoch hatte sie das Gefühl, dass sie nur die halbe Wahrheit kannte. Vielleicht waren Jackie und ihr Galan schon ein Liebespaar. Vielleicht wollte sie eigentlich nur ihr Gewissen beruhigen, indem sie sich Grace' Zustimmung holte.

Grace lockerte ihr Tuch. »Anders als du bin ich mir gar nicht sicher, dass ich die Richtige bin, um dir zu raten, ob du vor oder nach der Hochzeit mit einem Mann schlafen solltest. Ich kann dir allerdings erzählen, was ich festgestellt habe – und das gilt eigentlich für alles, nicht nur für Herzensangelegenheiten. Wenn du nichts riskierst, läufst du weniger Gefahr, einen Fehler zu machen. Eine Welt ohne Risiken ist klein und sicher. Aber ist das das Leben, das du führen willst?«

Kapitel 27

In träger, angenehm gelöster Stimmung saß Grace glücklich neben Philippe auf einer niedrigen Holzbank an der Seine. Obwohl es erst Ende April war, war es ein warmer Tag. Grace war froh, dass sie ihr Haar mit einem gelben Tuch zurückgebunden und sich für ein leichtes ärmelloses Kleid und Espadrilles entschieden hatte.

Die letzten drei Wochen waren die schönsten ihres Lebens gewesen. Ihr früheres Leben kam ihr unbedeutend vor. Erst seit sie Philippe kannte, fühlte sie sich wirklich lebendig. Wenn sie seine azurblauen Augen und seinen schönen Mund betrachtete, empfand sie pure Freude. Oder wenn er sie ernst nahm, wenn es darauf ankam, und sie dann wieder unverschämt ärgerte.

Am meisten wunderte sie sich darüber, wie er sie liebte, wie er ihre Lust entflammte. Philippe hatte sie verändert. Nein, er hatte sie *befreit*. Grace fühlte sich beim Sex nicht länger schüchtern, verklemmt oder kalt. Seit Philippe ihr Liebhaber war, war sie selbstsicherer, sogar kühn. Mit jedem Tag wurden ihre Sinne empfindsamer. Auch jetzt fühlten sich die Strahlen der Sonne auf ihren nackten Armen wie ein Streicheln an.

Philippe nahm ihre Hand. »Es gibt etwas, worüber ich mit dir sprechen will«, sagte er.

»Geht es um die *bouquinistes?*«, fragte sie verträumt. »Ich habe mich vorhin gefragt, ob wir den kleinen Mann mit dem Schnurrbart besuchen sollten, der unten am Quai de la Tournelle steht. Der diese lustigen französischen Übersetzungen von Sherlock Holmes verkauft. Oder denkst du, wir sollten einen Buchverkäufer am anderen Ende ausprobieren?«

»Es geht um etwas Wichtiges«, fügte Philippe mit ernstem Gesicht hinzu.

Trotz des warmen Wetters zitterte Grace. Noch nie hatte er sie auf diese Weise angesehen. Vielleicht war Philippe zu dem Schluss gekommen, dass ihre Beziehung ein Fehler war, dass sie hoffnungslos bourgeoise war und nie in seine Welt passen würde. Vielleicht hatten sich seine Gefühle verändert, oder er langweilte sich einfach inzwischen mit ihr – eine schreckliche Möglichkeit nach der anderen schoss ihr durch den Kopf.

»Erstens: Ich habe mich in dich verliebt.«

»Was für eine Erleichterung!«, platzte es aus ihr heraus. »So wie du mich angesehen hast, dachte ich, du würdest mir etwas Schreckliches eröffnen.«

Doch etwas stimmte nicht. Philippes Miene blieb finster. Er wirkte jedenfalls nicht wie ein Mann, der seinem Schatz gerade eine Liebeserklärung gemacht hatte. Irgendwie musste er herausgefunden haben, dass sie verheiratet oder, noch schlimmer, eine uneheliche Tochter war. Unruhig wartete sie, was er zu sagen hatte.

»Es gibt eine Menge, das du nicht über mich weißt«, begann er.

»Dasselbe könnte ich von mir behaupten«, sagte sie und biss sich auf die Lippe.

»Was du mir von dir erzählst, ist deine Sache. Aber weil

ich so intensive Gefühle für dich habe, weil ich hoffnungslos in dich verliebt bin, muss ich dir sagen, wer ich wirklich bin – auch wenn ich vielleicht dafür bezahlen muss.«

Da wusste Grace mit erdrückender Sicherheit, dass ihr größtes Geheimnis dasselbe sein musste wie das, was Philippe belastete. Er war verheiratet. Die ganze Zeit, die er sie leidenschaftlich geliebt hatte, hatte er irgendwo eine Frau, vielleicht sogar Kinder versteckt.

Sie schaffte es gerade noch, nicht zu stöhnen. Sie erinnerte sich an Brigittes besorgte Worte – ihre Freundin hatte ganz offensichtlich versucht, sie zu warnen. Anstatt auf sie zu hören, hatte sie sich in diese verrückte Affäre gestürzt, und nun stellte sich heraus, wie dumm, wie naiv sie gewesen war! Alle wussten doch über die Franzosen und ihre Geliebten Bescheid: Doch sie hätte schwören können, dass Philippe anders war.

»Ich bin kein Kommunist.«

»Wie bitte? Du meinst, du bist nicht verheiratet?« Sie fasste wieder Mut.

»*Chérie*, ich habe keine Ahnung, wovon du sprichst.«

»Es ist nur, als du so ernst warst, dachte ich ...« Ihre Stimme verhallte.

»Ich versichere dir, so ein Mann bin ich nicht.« Philippes Augen blitzten. »Wie konntest du nur so etwas denken? Kennst du mich denn gar nicht?«

»Vielleicht nicht. Seit ich dich kenne, hast du von dieser großartigen Partei geschwärmt. Jetzt sagst du, du bist kein Kommunist. Ich weiß nicht, was ich denken soll.«

»Das ist meine Schuld«, sagte er. »Ich weiß, wir sind noch nicht lange zusammen, aber du musst mir glauben – ich liebe dich und keine andere. Darum will ich ganz ehrlich zu dir sein.«

Grace wurde von heftigen Schuldgefühlen geplagt, weil sie ihm so viel verheimlichte. Sie wusste, dass sie ihm ebenfalls die Wahrheit sagen musste. »Warum fängst du nicht einfach vorn an?«, fragte sie stattdessen.

Er fixierte das Licht, das über den Fluss tanzte. »Als der Krieg ausbrach, bin ich der Partei beigetreten. Ich war erst zwanzig, und der Kommunismus schien mir die beste Art, der einzige Weg zu sein, den Faschismus zu bekämpfen. Sobald ich konnte, habe ich mich der Résistance angeschlossen«, fuhr er fort. »Wir haben die Nazis einige Male ganz erfolgreich sabotiert, aber bei einer Unternehmung lief alles schrecklich schief. In der Folge«, Philippes Stimme bebte, »ist meine Mutter gestorben.«

»Das tut mir furchtbar leid.« Grace war entsetzt. »Als ich dir erzählt habe, dass mein Vater gestorben ist, bin ich nicht auf die Idee gekommen, dass du sogar noch etwas Schlimmeres erlitten haben könntest. Unter solchen Umständen deine Mutter zu verlieren, muss grausam gewesen sein.«

»Sagen wir einfach, ich bin nicht sehr gut damit zurechtgekommen.« Philippe seufzte. »Der Kummer, der ständige Kampf, andauernd auf der Flucht zu sein, stets etwas zu verheimlichen – all das hat mich irgendwie verrückt gemacht. Da wurde aus meinem Engagement für den Kommunismus eine Obsession.«

»Und wo ist dein Vater?«

»Weg. Gaston, der Mann, den ich als Vater bezeichne, hat sich weit weg auf einem Bauernhof im Burgund vergraben. Ich sehe ihn kaum.«

Im Stillen machte Grace sich Vorwürfe. Sie hätte Philippe viel früher nach seiner Familie fragen sollen. Stattdessen war sie erleichtert gewesen, dass er nie von ihr gesprochen hatte – so musste sie ihm keine Lügen über ihre erzählen.

»Wie dem auch sei«, er zuckte die Achseln, »Nach dem Krieg bin ich zur Besinnung gekommen.«

»Das verstehe ich nicht«, sagte Grace verwirrt. »Ich dachte, du wärst immer noch ein Anhänger der kommunistischen Bewegung. Du arbeitest für ihre Zeitung – und du hast diese ganzen Zukunftspläne.«

»Die hatte ich mal. Ich dachte, Stalin würde ein Paradies für die Arbeiter errichten – bis ich herausgefunden habe, dass er für kaltblütige Verbrechen verantwortlich ist, für grausame Säuberungen. Dann kam der Putsch in Prag, und ich habe begriffen, dass er genauso schlimm ist wie Hitler.« Philippe zögerte. »Grace, es gibt so vieles, was ich dir erklären muss. Wollen wir ein Stück gehen?«

Während sie Hand in Hand den friedlichen Fluss entlangschlenderten, sagte er: »Du weißt sicher, dass Berlin eine Insel ist, die ringsum von sowjetisch kontrolliertem Gebiet umgeben ist?«

Grace nickte unbestimmt und fragte sich, warum Philippe jetzt auf diese besondere Situation zu sprechen kam.

»Aber ich bin mir nicht sicher, ob du weißt, dass Stalin die Stadt im letzten Jahr von allen Bahn-, Straßen- und Wasserzugängen abgeschnitten hat. Weder Essen noch Treibstoff sollte in die Stadt gelangen. Der große Held des Volkes nahm bereitwillig in Kauf, Tausende Männer, Frauen und Kinder erfrieren oder an Hunger sterben zu sehen, um weiter seine aggressiven Ziele zu verfolgen.«

Philippe blieb vor einem Mann in einem gestreiften bretonischen Pullover stehen, der auf einem verstimmten Akkordeon spielte, und legte ein paar Münzen in die umgedrehte Baskenmütze, die vor ihm auf dem Boden lag.

»Da habe ich zum ersten Mal gesehen, wie Amerika, Frankreich und Großbritannien zusammenarbeiten, um ihre ehemaligen deutschen Feinde nicht zu bestrafen, sondern sie zu retten«, sagte er. »Durch die Luftbrücke, mit der sie die Stadt ständig mit Lebensmitteln versorgt haben, haben sie Stalins Eroberung verhindert.«

Grace schien es, als habe der friedliche Frühlingstag etwas Surreales bekommen. Während sorglose Pariser Familien vorbeispazierten und Kinder ein Eis leckten, erholten sich die Berliner von der Bedrohung ihrer bloßen Existenz.

»Ich liebe Frankreich. Ich bin ein Patriot. Es ist schwer zuzugeben, dass man sich getäuscht hat, aber ich war vollkommen verblendet.« Philippe schüttelte den Kopf.

»Na, warum bist du dann nicht aus der Kommunistischen Partei ausgetreten?«

»Weil ich nicht kann.«

»Das verstehe ich nicht.«

Philippe senkte die Stimme. »Ich arbeite für den französischen Geheimdienst«, sagte er.

Grace schnappte nach Luft. »Was sagst du da?«

»Ich bin das, was man einen Doppelagenten nennt.« Er stand ganz still. »Das heißt, ich habe mich für jemand anders ausgegeben, nicht nur bei der kommunistischen Zelle, die ich unterwandert habe, sondern auch bei dir.«

»Also ist alles, was du mir erzählt hast … nur Theater?« Was Philippe sagte, war schwer zu begreifen.

»Natürlich nicht alles. Nur das, was ich über meine Arbeit und über meine angeblichen politischen Überzeugungen gesagt habe. Glaub mir, alles andere ist echt, insbesondere, was ich für dich empfinde.«

Grace legte ihm eine Hand auf den Arm. »Warum erzählst du mir das jetzt?«

»Ich dürfte dir das überhaupt nicht erzählen. Ich verstoße gerade gegen eine ganze Reihe von Pflichten, die ich dem französischen Staat gegenüber eingegangen bin.« Philippe strich sich eine Haarsträhne aus der Stirn. »Aber ich kann dir nichts vormachen, das halte ich nicht aus.«

Grace fühlte sich schlechter als je zuvor. Dies war der Moment, ihr eigenes Geheimnis zu offenbaren. Sie sammelte ihren ganzen Mut und sagte: »Es gibt etwas …«

»*Chérie*, es tut mir leid, wenn ich dich unterbreche, aber ich muss das zu Ende bringen«, beharrte Philippe. »Es gibt noch einen Grund, warum ich dir die Wahrheit sagen musste. Du hast das Recht zu wissen, dass du durch deine Beziehung zu mir in Gefahr geraten könntest.«

Es kam ihr vor, als würde Philippe Stück für Stück jede schöne Vorstellung zerstören, die sie sich von ihrem gemeinsamen Leben gemacht hatte.

»Ich kann sehen, dass ich dich schockiert habe. Wenn du das zwischen uns beenden willst, bricht es mir zwar das Herz. Aber ich werde es verstehen.«

»Ich will dich nicht verlassen!«, sagte Grace hastig. »Ich bin nur … überrascht. Du hast mir erzählt, du wärst Journalist – ich habe nie daran gedacht, dass du in einer völlig anderen Welt lebst.« Ihre Gedanken rasten, sie fragte sich, wie viele andere Menschen in ihrem Leben wohl nicht das waren, was sie vorgaben zu sein.

»Du wolltest gerade etwas sagen«, hakte Philippe nach. »Ich würde gern wissen, was es war.«

Jetzt konnte sie unmöglich ihre eigenen Geheimnisse preisgeben, sie rang zu sehr mit dem, was sie gerade erfahren hatte. »Ein anderes Mal«, antwortete sie kopfschüttelnd.

Philippe setzte sich im Schatten eines Ahorns ins Gras und zog Grace neben sich. Als er sie küsste, spürte sie, wie sich ihre Angst auflöste. Sie würden es doch sicher schaffen, sie würden so weitermachen können wie bisher, oder? Doch als der Kuss endete, lag ein bedrückter Ausdruck auf Philippes attraktivem Gesicht.

»Du musst mir versprechen, niemandem ein Wort von dem zu erzählen, was ich dir heute anvertraut habe«, sagte er ernst. »Keiner Menschenseele. Wenn die Mitglieder der Kommunistischen Partei herausfinden, dass ich ein Spion im Auftrag des französischen Staats bin … nun ja, du kannst dir vorstellen, was sie mit mir anstellen würden.«

Dann küsste er sie wieder. »*Mon amour*«, raunte er. »Ich habe mein Leben in deine Hände gelegt.«

Kapitel 28

Das Museum Jeu de Paume enthielt prächtige Schätze. Grace wollte am liebsten Stunden vor den glänzenden Gemälden von Manet, Renoir, Degas und – erst recht nach ihrem Besuch in Giverny – von Monet verweilen. Da sie sich dummerweise jedoch zu einer Führung angemeldet hatte, schien das unmöglich zu sein. Grace war irgendwie gereizt. »Bleiben Sie zusammen, bleiben Sie zusammen!«, mahnte die Führerin, die eine Brille auf der Nase trug, und trieb ihre auseinanderdriftende Gruppe an einer wunderbaren Leinwand nach der anderen vorbei.

Philippe hatte ihr etwas Erschreckendes anvertraut. Grace brauchte jetzt etwas Zeit für sich, um darüber nachzudenken, was sein geheimes Leben für sie bedeuten mochte. Erst musste sie allerdings entscheiden, ob sie ihm ihre Geheimnisse ebenfalls anvertrauen wollte. Doch nun hatte sie jede Chance, in Ruhe nachzudenken, verwirkt, indem sie sich voreilig dieser nervigen Tour angeschlossen hatte.

»*Mesdames et messieurs, arrêtez maintenant, s'il vous plaît.*« Mit einer energischen Geste brachte die Führerin die Gruppe abrupt zum Stehen.

»Vorab etwas zur Geschichte«, verkündete sie. »Das Museum befindet sich im Jardin des Tuileries, dem französischen

Garten zwischen dem Louvre und der Place de la Concorde. Der Garten wurde im sechzehnten Jahrhundert von Katharina von Medici entworfen, ist jedoch erst seit der Französischen Revolution ein öffentlicher Park.«

Immer wieder wanderten Grace' Gedanken zu Philippe. Wie viel sollte sie ihm erzählen, und wann? Doch die Antworten entglitten ihr. Der zähe Vortrag machte ihr das Denken einfach unmöglich.

»Das Museum ist achtzig Meter lang, dreizehn Meter breit und ungefähr zehn Meter hoch. Sicher ist Ihnen die ungewöhnlich lange Form des Gebäudes aufgefallen. Das liegt daran, dass es ursprünglich nicht als Kunstgalerie gedacht war, vielmehr wollte Napoleon III. hier eine frühe Form des Tennisspiels praktizieren. In England wird es als echtes oder als königliches Tennis bezeichnet. *Jeu de paume* ist die französische Bezeichnung.«

Ein paar unruhige Teilnehmer der Gruppe tuschelten leise, woraufhin die Führerin den Störenfrieden einen strengen Blick zuwarf und rief: »Ruhe, bitte! Während der Besatzung diente das Museum den Nazis als Lager für gestohlene Kunstwerke, die hier geordnet und dann verschickt wurden. Mehr als zweiundzwanzigtausend Kunstgegenstände sind durch dieses Gebäude gekommen, darunter einige der größten Kunstschätze der Welt. Heute beherbergt es Frankreichs eindrucksvollste Sammlung an impressionistischen und postimpressionistischen Meisterwerken. Darunter finden sich so bekannte Werke wie …«

Doch Grace hörte nicht mehr zu. *Ich will nichts mehr über das Gebäude und seine Geschichte oder selbst die Kunst hören,* dachte sie, *oder zumindest noch nicht. Erst, wenn ich etwas Zeit mit den Gemälden allein verbracht habe – und mit meinen Gedanken.*

Als die Führerin der Gruppe ihnen bedeutete, sich zum

nächsten wichtigen Punkt zu begeben, ließ Grace sich zurückfallen und bog dann rasch in den ersten vielversprechenden Raum ab.

Sobald sie das Gemälde sah, blieb sie stehen. Obwohl es von einer Reihe wunderbarer Werke umgeben war, wurde Grace nur von einem Bild angezogen. Sie trat näher und bewunderte die zarten Pinselstriche, die Harmonie der Pastellfarben. Das Gemälde zeigte eine dunkelhaarige junge Frau. Sie hatte das Kinn in die Hand gestützt und betrachtete aufmerksam ein Kind, das in einer Wiege unter einem lichten Stoffhimmel lag. *Berthe Morisot, Le Berceau, 1872* stand auf der kleinen Tafel neben dem Gemälde. »Die Wiege«, flüsterte Grace.

Der Name der Künstlerin sagte ihr nichts. Sie bemerkte jedoch interessiert, dass es sich um eine Frau handelte. Das war ungewöhnlich. Grace war sich nicht sicher, ob sie jemals ein Gemälde von einer Künstlerin in einem Museum gesehen hatte.

Auf den ersten Blick wirkte das Bild wie die schlichte Darstellung mütterlicher Hingabe, doch als Grace es näher betrachtete, fielen ihr Details auf. Der Ausdruck der Frau war widersprüchlich; hier wurde keine Madonna dargestellt, sondern ein Mensch mit vielen Facetten. Was empfand sie? Aus ihrem Blick sprach Liebe, ja, aber auch Einsamkeit, Angst – sogar ein Hauch Gereiztheit. Vielleicht ließ das Gemälde Raum für mehr als eine Deutung – genau wie das Leben.

Der durchscheinende weiße Vorhang des Himmels, den Morisot gemalt hatte, schützte das schlafende Kind vor den Blicken des Betrachters, zugleich trennte er Mutter und Kind. War es eine Metapher, wollte die Künstlerin vielleicht damit ausdrücken, dass die Beziehung zwischen Mutter und Kind ein Geheimnis barg?

Während Grace mit dieser Frage beschäftigt war, schob sich ein lebendiges Bild vor sie: eine andere Mutter mit blondem Haar und blauen Augen in der Farbe von Rittersporn. Wie gut erinnerte sich Grace an denselben Blick, die Hingabe, aber auch die Angst, die darin gelegen hatte. Ein Schluchzen löste sich von ihren Lippen, und sie wandte den Kopf ab.

»Geht es Ihnen gut, Mademoiselle?«, fragte ein grauhaariger Aufseher sanft. »Sie scheinen etwas wackelig auf den Beinen zu sein. Es gibt einige Besucher, die von der kraftvollen Wirkung dieser Meisterwerke überwältigt sind. Vielleicht möchten Sie sich setzen?«

Grace fühlte sich zittrig und schwach und sank dankbar auf eine der strategisch platzierten Lederbänke. Plötzlich spürte sie tief im Inneren, ganz gleich, was Olive getan hatte, welche Sünden sie begangen haben mochte, sie hatte ihre Tochter immer geliebt. Grace erinnerte sich, wie viel Spaß sie gehabt hatten, als sie Modezeitschriften angesehen und Kleider anprobiert hatten. Und vor allem erinnerte sie sich an die stete Sorge ihrer Mutter.

Dann fielen ihr die letzten, entsetzlichen Momente im Esszimmer von Brookfield ein. Wie sie ihrer Mutter Vorwürfe gemacht hatte, der Schmerz auf ihrem Gesicht. Grace hatte nicht verstanden, welche Gefühle zwischen einem Mann und einer Frau entstehen konnten, wie es war, wenn man von der Leidenschaft überwältigt wurde.

Andererseits hatte Olive Alfred betrogen. Sie hatte Grace ihr ganzes Leben lang angelogen und sie von Reuben ferngehalten.

Grace' Gedanken schwankten zwischen Mitgefühl und Verachtung. Lag die Wahrheit womöglich irgendwo in der Mitte? Sie merkte, wie sehr sie das Leben in Paris verändert hatte. Dabei spielte auch ihre Beziehung zu Philippe eine Rolle. Sie musste sich nur selbst ansehen, »die Augen öffnen«, wie Philippe gefordert hatte, um zu begreifen, wie kompliziert das Leben sein konnte.

Sie erinnerte sich an das Gespräch mit Brigitte, wie empört sie gewesen war, als sie hörte, dass viele Französinnen Affären mit ausländischen Soldaten gehabt hatten. Jetzt war sie klüger; was Brigitte als »Grauzonen« des Lebens bezeichnet hatte, war ihr vertrauter. Vielleicht konnten diese Frauen nur so überleben. Wer weiß, vielleicht hatten sich einige verliebt. Wer war sie, darüber zu urteilen?

Nachdem sie bisher keinen einzigen Brief von ihrer Mutter erhalten hatte, wollte Grace ihr unbedingt schreiben. Sie wusste jedoch, dass sie das nicht konnte. *Erst muss ich Reuben finden*, sagte sie sich. *Olive und ich können erst kitten, was zerbrochen ist, wenn ich weiß, was zwischen ihnen vorgefallen ist.*

»Ah, schön, dass es Ihnen besser geht, Mademoiselle«, bemerkte der Museumswächter, als Grace aufstand. Als sie sich bei dem Mann bedankte und ihm versicherte, dass sie sich erholt hatte, antwortete er: »Sie müssen wiederkommen. Wissen Sie, ich sehe diese Bilder jetzt schon seit so vielen Jahren, aber sie geben immer wieder neue Geheimnisse preis.«

Als Grace *Die Wiege* hinter sich ließ und langsam durch die anderen Räume ging, dachte sie über die Bemerkung des Aufsehers nach. Ein Gemälde mochte seine Geheimnisse erst nach Jahren offenbaren, doch das Leben war kein statisches Kunstwerk. Es war dynamisch, ständig in Bewegung. Das Leben verlangte nach Handlungen.

Sie würde Philippe nichts von ihrer Ehe erzählen.

Sie hatte seine gekränkte Miene gesehen, als sie ihn gefragt hatte, ob er verheiratet sei. Bei der Vorstellung, was

Philippe sagen, was er empfinden würde, wenn er herausfand, dass sie dessen schuldig war, was sie ihm fälschlicherweise vorgeworfen hatte, verzog Grace das Gesicht.

Als sie den Ausgang erreichte, ging sie durch das Drehkreuz und schlenderte in den Jardin des Tuileries. Der schöne Tag zog die Menschen ins Freie. Einige bewunderten die heiteren Rosenbeete, andere lasen auf den zierlichen schmiedeeisernen Stühlen in der Zeitung, doch die meisten genossen es einfach, in der Sonne über die weißen Kieswege zu flanieren. Grace beschloss, zu Fuß zur Rue Dauphine zurückzugehen – der Spaziergang würde ihr helfen, ihre Gedanken zu ordnen.

Sie würde Philippe nur von der Beziehung ihrer Mutter zu Reuben erzählen, und von dem Brief, wobei ihr sehr wohl bewusst war, dass auch diese Enthüllung riskant war. Es war durchaus möglich, dass Philippe sie mit anderen Augen sah, sobald er erfuhr, dass sie unehelich geboren war. Die Franzosen mochten frei und unbeschwert wirken, aber sie war keine von ihnen. Sie war nur ein ausländisches Mannequin, eine weitere Mademoiselle. Ein Niemand aus dem Nirgendwo, ohne Schutz der französischen Gesellschaft, die das Ergebnis einer heimlichen Liaison mit einer gewissen Kulanz betrachtete.

Grace wusste nur, dass sie Philippe ebenso vertrauen musste, wie er ihr vertraut hatte. Trotz Ferdinands Hilfe hatte sie Reuben Wood bislang nicht gefunden. Jetzt musste sie erneut um Hilfe bitten, doch diesmal würde sie verraten, dass es sich bei dem Mann, den sie suchte, um ihren Vater handelte.

Kapitel 29

Mai 1949

Ich glaube, du solltest dich setzen, Grace.«

Aufgeregt beugte sie sich in dem zerschlissenen Sessel nach vorn und fragte: »Was ist los? Hast du ihn gefunden?«

Es war nicht einfach gewesen, Philippe zu gestehen, dass sie das Ergebnis einer Affäre war, dass seine Landsleute sie – sollten sie von ihrer Schande erfahren – abfällig als *une bâtarde* bezeichnen würden. Doch nachdem sie sich so lange gequält und Gedanken über seine Reaktion gemacht hatte, hatte er am Ende bei ihrem Geständnis bloß mit den Schultern gezuckt. Obwohl seine stumme Antwort ihr nichts über seine Gefühle verriet, hatte er zumindest keine offene Ablehnung gezeigt. Noch ermutigender war, dass er versprochen hatte, sein Möglichstes zu tun, als sie ihn um Hilfe bei der Suche nach Reuben gebeten hatte.

Er kniete vor ihr und nahm ihre Hände in seine. »Ich weiß, wie schwer das für dich sein muss«, sagte er sanft. »Aber meiner Einschätzung nach ist Reuben Wood tot.«

»Nein, Philippe, das ist nicht wahr!« Das konnte nicht sein. Sie war sich sicher, dass Reuben noch lebte. »Du meinst, du konntest ihn nicht finden.«

»So kann man es auch ausdrücken, aber das bringt ihn nicht zurück.«

Grace antwortete nicht. Sie konnte und wollte ihm nicht glauben.

Philippe stand auf und lehnte sich gegen eine der gemusterten Wände ihrer Mansarde. »Meinst du wirklich, ich hätte nicht jede Quelle genutzt, die mir zur Verfügung steht?«

»Hast du das? Wirklich?«

Er hob eine Hand. »Grace, ich würde Himmel und Hölle für dich in Bewegung setzen. Ich kann dir versichern, dass ich *alles* versucht habe. Ich bin jeder Spur nachgegangen. So leid es mir tut, mehr kann ich nicht tun.«

»Das musst du!«

Philippe schüttelte den Kopf. »Fangen wir noch mal von vorn an. Du hast mir das Foto von deinem Vater gegeben, aber das war nutzlos – es hätte das Bild von irgendeinem großen Mann in einem Schatten sein können. Ja, ich hatte Reubens Rang, den Namen seiner Einheit und den Brief von Lieutenant Carruthers, aber der einzige Hinweis auf seinen Verbleib war, dass er ›Richtung Süden‹ gereist ist. Glaub mir, es gibt keine Spur von ihm im Süden oder sonst irgendwo in Frankreich. Reuben Wood ist wie vom Erdboden verschwunden.«

»Dann willst du also einfach aufgeben?«

Philippe durchquerte den Raum, rückte den Holzstuhl vom Tisch ab und stellte ihn vor sie. »Ich weiß nicht, was ich tun oder sagen kann, um dich zufriedenzustellen«, sagte er und setzte sich. »Ich habe Folgendes unternommen: Erstens habe ich noch mal die offiziellen Kanäle geprüft. Wie du schon festgestellt hast, gab es dort nichts Neues zu erfahren. Also habe ich meine Fühler weiter ausgestreckt und meine alten Verbindungen zur Résistance genutzt – aber leider wieder ohne Erfolg. Schließlich habe ich mich in der Halbwelt umgehört: bei professionellen Informanten, Schwarzhändlern, selbst bei offensichtlich Kriminellen. Wenn es eine Spur von dem Mann geben würde«, sagte Philippe mit einer Spur Verzweiflung, »hätte ich sie gefunden.«

»Ich habe mich nicht klar ausgedrückt.« Grace konnte ihren Traum nicht aufgeben. Es bedeutete, Siddy für immer zu verlieren und das Rätsel niemals zu lösen. »Ich bezweifle nicht, dass du versucht hast, Reuben zu finden«, sagte sie mit wachsender Verzweiflung. »Ich habe gehofft, du würdest weitersuchen.« Sie ging zum Waschbecken, schenkte sich ein Glas Wasser ein und kippte es herunter. »Er muss irgendwo da draußen sein.«

»Nach all dieser Zeit?«, fragte Philippe. »Grace, es fällt mir schwer, so schonungslos offen zu sein, aber irgendwann musst du den Tatsachen ins Auge sehen. Es wäre grausam, dich weiter mit dieser Illusion leben zu lassen.«

»Was meinst du?«

»Es ist acht Jahre her, dass du zum letzten Mal ein Lebenszeichen von deinem Vater erhalten hast. Und in dieser ganzen Zeit hast du kein Wort von ihm gehört.« Philippe schüttelte den Kopf. »Es gibt nur eine andere Möglichkeit, an die ich nicht wirklich glaube. Und es erscheint mir herzlos, sie überhaupt zu erwähnen.«

»Woran denkst du?« Grace konnte sich nicht vorstellen, sich schlechter zu fühlen als jetzt.

»Nun ja, wenn Reuben lebt und du seit fast einem Jahrzehnt nichts von ihm gehört hast, es tut mir leid, aber findest du nicht, dass es klingt, als wollte er nicht gefunden werden?«

Grace schlug sich die Hand vor den Mund. Ferdinand hatte die ganze Zeit recht gehabt. Die Kriegswirren hatten Siddy die perfekte Gelegenheit geboten zu verschwinden. Er hatte nie vorgehabt, nach Australien oder zu ihr zurückzukehren. Sie hatte sich an eine bloße Fantasie geklammert, nun sank sie im Sessel zusammen.

»Liebling, wenn ich doch nur irgendetwas tun könnte«, sagte Philippe.

Grace ließ die Schultern hängen. »Erst jetzt begreife ich, dass ich mir die ganze Zeit etwas vorgemacht habe. Es ist ganz offensichtlich. Wenn Reuben nicht tot ist – und schließlich wurde seine Leiche nie gefunden –, hat er beschlossen, dass es ihm ohne mich besser geht.«

Sie hatte das Gefühl, als wäre ein lebenswichtiger Teil von ihr gestorben. »Die ganze Zeit habe ich an ein Märchen geglaubt«, sagte sie langsam. »Nur dass es keine Märchen gibt, stimmt's? Es war töricht. Als ich ein kleines Mädchen war, dachte ich, Reuben wäre wie ein Märchenriese, der die Kraft besitzt, alles zum Guten zu wenden.«

»Du warst noch klein.«

»Nun ja, jetzt bin ich es aber nicht mehr. Allerdings habe ich mich verhalten, als wäre ich noch ein Kind. Es wird höchste Zeit, dass ich erwachsen werde.«

Beide schwiegen. Schließlich sagte Grace: »Danke für alles, was du getan hast, Philippe. Aber macht es dir wirklich nichts aus, dass ich unehelich geboren bin?«

»Grace, steh auf.«

»Warum?«

»Weil ich hoffe, dass ich dich auf die einzige Weise beruhigen kann, die mir einfällt.« Philippe nahm sie fest in die Arme, küsste sie und strich ihr übers Haar. »Ist das besser?«

Grace nickte.

»Selbst wenn es mir etwas ausmachen würde, dass deine Eltern nicht verheiratet waren – was nicht der Fall ist, wie ich dir versichern kann – wäre es nicht deine Schuld.« Er küsste sie wieder.

Grace seufzte und sah Philippe in die Augen.

»Willst du, dass ich bleibe?«, fragte er. »Bitte sag es mir

gleich, denn ich glaube kaum, dass ich mich später noch losreißen kann.«

»Würdest du es sehr schlimm finden, wenn nicht?«, fragte Grace bedrückt. »Ich brauche etwas Zeit für mich, um das alles zu verarbeiten.«

Philippe blieb an der Tür stehen. »Ich bin heute Abend hergekommen, um dir zu sagen, dass meine Suche nach deinem Vater leider erfolglos war. Ich wollte dich aber auch noch etwas Wichtiges fragen. Das war dumm – es ist der völlig falsche Zeitpunkt.« Er sah zu Grace. »Treffen wir uns morgen vorm Jardin du Luxembourg. Dann können wir darüber reden«, sagte er. »Passt es dir um sechs Uhr?«

»Ja.«

»Gut, dann träum süß, *chérie*.«

»Sie sind heute auffällig ruhig«, bemerkte Ferdinand Derel, als er und Grace sich zu ihrem üblichen Morgenkaffee im Café Bertrand trafen. »Ich hoffe doch, dass unser Freund Baron de Gide Ihnen nicht etwa lästig wird?«

»Er hat noch nicht aufgegeben, wenn Sie das meinen«, Grace lächelte matt, »obwohl ich ihm wiederholt gesagt habe, dass ich anderweitig gebunden bin. Irgendwie ist es auch reizend, obwohl ich vermute, dass der liebe Édouard zu sehr von sich überzeugt ist, um sich überhaupt vorstellen zu können, dass eine Frau einen anderen Mann vorzieht.«

»Und was ist mit diesem ›anderen Mann‹? Läuft alles gut mit dem jungen Mann?«

Grace ignorierte das *pain au chocolat*, das Ferdinand neben ihren Café Crème gelegt hatte und bekannte: »Er ist ein … nun ja, er ist ein komplizierter Mann.«

»Ach ja? Na, vielleicht kann ich Sie ablenken. Erinnern Sie sich noch, wie Sie Kleider für Rita Hayworth vorgeführt haben? Die sie für ihre Flitterwochen mit Prinz Aly Khan ausgewählt hat?«, fragte er fröhlich.

»Ja.«

»Gerade letztes Wochenende hat die Hochzeit in der Villa des Prinzen an der Riviera stattgefunden, dem Château de l'Horizon. Unter uns, aus zuverlässiger Quelle habe ich erfahren, dass vierzig Hummer und sechshundert Flaschen Champagner verputzt wurden.«

Grace nickte schwach.

»Meine Liebe«, fuhr er fort, »das scheint Sie ja nicht sehr zu beeindrucken. Aber vielleicht, dass zehn Gallonen Eau de Cologne in den Swimmingpool des Schlosses gekippt wurden! Das war selbst für die beiden etwas extrem.« Ferdinand lachte. »Tatsächlich hat mein vertrauensvoller Informant gehört, wie der Vater des Prinzen, Aga Khan – der selbst weiß Gott auf großem Fuße lebt – seiner neuen Schwiegertochter zuraunte: ›Zu viel Kaviar, Rita, zu viel Kaviar.‹ Anscheinend hielt selbst er fünfzig Pfund des feinsten Belugas für leicht übertrieben.«

Grace hörte nur mit halbem Ohr auf Ferdinands Bericht, denn er erinnerte sie daran, dass sie selbst verheiratet war. Obwohl sie fürchtete, dass Jack wütend sein und es ihr verweigern würde, musste sie ihn um die Scheidung bitten. Sie dürfte es nicht länger aufschieben. Jeden Tag, den sie es hinauszögerte, wurde es wahrscheinlicher, dass der Mann, den sie liebte, die Wahrheit herausfand.

Grace kam sich vor wie ein kleines nachtaktives Tierchen, das im Scheinwerferlicht eines Wagens erstarrt stehen blieb, der unaufhaltsam auf es zu raste. Nicht nur, dass sie sich nicht an Jack gewandt hatte – sie hatte Philippe immer noch nicht erzählt, dass sie verheiratet war. Sie konnte sich einfach nicht dazu entschließen. In beiden Fällen konnten die Folgen verheerend sein.

Unglücklich fragte sie sich, ob ihre so liebevolle, so wundervolle Beziehung zu Philippe mit einem schmerzhaften Zerwürfnis enden musste, genau wie ihre Ehe.

»Wie ich sehe, hat mein kleiner Versuch, Sie abzulenken, nicht funktioniert«, durchbrach Ferdinand Grace' finstere Gedanken. »Sie sind ganz offensichtlich abgelenkt, und ich vermute, dass die Liebe dahintersteckt. Ach, ich wünschte, ich könnte etwas sagen, um Sie aufzumuntern«, bemerkte er und lächelte mitfühlend. »*L'amour* ist selten einfach, aber was wäre das Leben schon ohne sie?«

Kapitel 30

Sobald Grace nach der letzten Vorführung des Tages in die *cabine* zurückgekehrt war, zog sie ein grünes Baumwollkleid mit chinesischem Kragen an, griff nach ihrem Strohhut, verabschiedete sich nur flüchtig von den anderen Mannequins und verließ eilig die *maison*. Philippe hatte gesagt, er wollte sie etwas Wichtiges fragen. Was immer es war, Grace wollte es so schnell wie möglich hören.

Die letzte Nacht hatte sie kaum geschlafen. Schluchzend hatte sie sich in ihrem einsamen Bett zusammengerollt und um Reuben getrauert – nicht nur um den Mann, sondern auch um den Menschen, den sie zu kennen geglaubt hatte. Nachdem er Grace bereits einmal verlassen hatte, schien ihm die Gelegenheit willkommen gewesen zu sein, es wieder zu tun. Nur dass die Trennung diesmal für immer sein sollte. Das war das Schlimmste.

Zudem machte sich Grace Sorgen um Philippe. Sie hatte ihm gewissermaßen vorgeworfen, nur einen halbherzigen Versuch unternommen zu haben, ihren Vater zu finden, dabei hatte er keine Mühen gescheut, ihr zu helfen. Es gab absolut keinen Grund, warum er noch weiteren Aufwand betreiben sollte.

Nervös und erschöpft wartete sie vor den geschwungenen

schmiedeeisernen Toren des Jardin du Luxembourg auf ihn. An diesem Sommerabend floss ein steter Strom Pariser aus allen sozialen Schichten an ihr vorbei zu den berühmten Brunnen in das Innere des Parks. Sie gab sich alle Mühe, nicht auf die Männer zu achten, die ihr Bemerkungen zuraunten oder anerkennende Blicke zuwarfen.

Grace war dankbar, als Philippe schließlich erschien. Er begrüßte sie zwar leidenschaftlich, wirkte jedoch ungewöhnlich nervös.

»Suchen wir uns einen Platz«, sagte er. »Irgendwo, wo wir ungestört reden können.«

Philippe nahm ihren Arm, und einige Minuten gingen sie unter den gepflegten Linden.

»Ich glaube, da drüben ist es gut«, sagte er und zeigte auf eine Bank, die in einer abgeschiedenen Ecke neben einer weißen Statue der früheren Bourbonenkönigin stand. Sobald sie saßen, fing er an zu sprechen: »Ich weiß, es steht mir nicht zu, aber ich wollte dich fragen …«

Grace dachte, sie trifft der Schlag. Es klang ganz danach, als wollte Philippe ihr einen Antrag machen. Wenn die Umstände anders wären, wäre sie überglücklich gewesen, doch so ballte sie derart nervös die Hände zusammen, dass sich die Nägel in die Haut bohrten. Das durfte er sie nicht fragen. Wenn er es tat, musste sie ihm gestehen, dass sie verheiratet war. Dann würde Philippe wissen, dass sie ihn die ganze Zeit belogen hatte. Zugegeben, er hatte sie nie nach ihrem Ehestand gefragt, aber es war nur natürlich, dass er sie für ledig gehalten hatte. Wenn Verschweigen tatsächlich eine Sünde war, war sie zweifellos schuldig.

»… ob du für Frankreich spionieren würdest.«

»Ob ich … Was hast du gerade gesagt?«, fragte Grace entgeistert.

»Ich wollte dich fragen, ob du als Spionin für Frankreich arbeiten würdest.«

Sie empfand gleichzeitig enorme Erleichterung und überwältigende Enttäuschung, doch beide Gefühle wichen rasch Erschrecken. »Himmel Herrgott, Philippe, ich bin doch nicht Mata Hari!«, sagte sie. »Dir ist aber schon klar, dass ich Mannequin bin?«

»Ich weiß, ich weiß«, Philippe hob beschwichtigend die Hände, »und ich hatte Angst, dich darum zu bitten. Nachdem ich vollkommen versagt und Reuben nicht gefunden habe, das Einzige, worum du mich gebeten hast, fühle ich mich noch schlechter.« Er legte einen Arm um ihre Schultern und zog sie sanft an sich. »Liebling, worum ich dich gerade gebeten habe … ich muss ehrlich sein. Wenn du zustimmst, könnte es dein Leben in Gefahr bringen.«

»Mein … Leben?« Grace brachte das Wort kaum heraus.

»Ja. Glaub mir, ich wünschte, es gebe einen anderen Weg. Bedauerlicherweise gibt es ihn nicht. Viele Leben – vielleicht sogar die Zukunft von Europa – hängen davon ab, dass du uns eine Information besorgst.«

»Aber warum ich?« Grace rückte von ihm ab. »Warum bittest du mich um etwas, für das ich ganz offensichtlich nicht geeignet bin?«

»Ehe ich es dir erkläre, erzähle ich dir besser die ganze Geschichte.«

Sie wurden von den Rufen von zwei kleinen blonden Jungs unterbrochen, die sich ausgelassen um die Marmorstatue jagten.

Philippe runzelte die Stirn. »Suchen wir uns einen Ort, an dem wir in Ruhe reden können.« Als er Grace in den berühmten Barockgarten des Parks führte, fragte er: »Weißt du noch, wie ich dir an der Seine anvertraut habe, dass ich ein Doppelagent bin?«

»Wie könnte ich das vergessen, *chéri*«, bemerkte Grace trocken. »Nicht jedes Mädchen erfährt so etwas von ihrem Liebsten auf einem romantischen Sonntagsspaziergang.«

»Vermutlich nicht.« Philippe lächelte unsicher. »Jedenfalls haben sich die Dinge seither überschlagen. Ich habe der kommunistischen Zelle, in die ich eingeschleust wurde, angeboten, mich um die Finanzierung ihrer Zeitung zu kümmern. In der Folge haben die Mitglieder mir ihre Pläne anvertraut.«

»Jetzt weißt du also, was sie vorhaben?«

»Genau. Nachdem es Stalin nicht gelungen ist, Berlin in die Knie zu zwingen, hat er sich überlegt, hier in Frankreich einen publikumswirksamen Terrorakt zu initiieren. So kann er für chaotische Zustände sorgen, und die braucht er, um sich die sowjetische Vorherrschaft in Europa zu sichern.« Philippe stand vor einem sprudelnden Brunnen. »Die örtliche Zelle soll einen politischen Anschlag mit größtmöglicher Wirkung verüben.«

Grace starrte ihn an. »Du meinst doch nicht etwa General de Gaulle?«

»Zum Glück ist der General in Sicherheit – zumindest vorerst. Die Sowjets haben sich etwas überlegt, das besser zu ihren derzeitigen Zielen passt.« Philippe senkte die Stimme. »Sie wollen am französischen Nationalfeiertag den amerikanischen Botschafter David Bruce ermorden.«

»Nein!« Grace dachte sofort an seine Frau Evangeline. Wenn die arme Frau das wüsste!

»Der Botschafter pflegt nicht nur engen Kontakt zu Präsident Truman, er ist auch einer der zentralen Architekten des gehassten Marshallplans. Aber noch wichtiger ist Genosse

Stalin, dass Amerika ernsthafte Vergeltungsmaßnahmen gegen Frankreich ergreift.« Obwohl Philippe in neutralem, fast ausdruckslosem Ton sprach, verrieten seine festen Kiefermuskeln seine innere Anspannung.

»Die Kommunisten werden diese Maßnahmen als Ausrede nutzen, um die Franzosen gegen das derzeitige proamerikanische Regime aufzuhetzen«, fuhr er fort. »Sie bringen den Zellenmitgliedern bereits bei, wie man Angst schürt und Propaganda betreibt.«

Grace war fassungslos. »Aber was genau ist ihr Ziel?«, fragte sie.

»In Frankreich eine kommunistische Regierung einzusetzen, die Befehlen aus Moskau gehorcht.«

Sprachlos umklammerte Grace Philippes Arm.

»Wenn sie Erfolg haben, wird Stalin Europa in die Zange nehmen. Den Osten kontrolliert er bereits. Er ist hinter dem, was Mr. Churchill so treffend als den Eisernen Vorhang bezeichnet, gefangen. Wenn Frankreich Stalin in die Hände fällt, hat er ein wichtiges Bollwerk im Westen.«

»Was geschieht dann?«

»Das Schlimmste, was man sich vorstellen kann.« Philippe machte ein finsteres Gesicht. »Amerika könnte die sowjetischen Bestrebungen nur mit einem Militärschlag aufhalten. Die Sowjets würden mit Sicherheit zurückschlagen, also … ganz einfach ausgedrückt: Wenn der Plan, den Botschafter zu töten, nicht verhindert wird, könnte das sehr gut zu einem dritten Weltkrieg führen.« Philippe steckte die Hände in die Jackentaschen und schwieg.

Als sie weitergingen, nahm Grace das Klacken der *pétanque*-Kugeln wahr, die fröhlichen Rufe der Kinder, die mit Segelbooten unter dem Arm an ihnen vorbeiliefen, das Knirschen des Kieses unter den Schuhen der flanierenden Pariser. Es waren Geräusche normaler Menschen, die ein Leben genossen, das erst seit Kurzem wieder existierte und nun erneut in Gefahr war.

Grace folgte Philippe an funkelnden Wasserfontänen und dem palastartigen Senatsgebäude vorbei, bis sie eine kleine Baumgruppe erreichten, unter der vor Blicken von außen geschützt eine Steinbank stand.

»Der Schlüssel ist der französische Innenminister Giscard Orly«, sagte Philippe und setzte sich.

Grace zog die Augenbrauen hoch. »Wirklich? Das überrascht mich. Ist er nicht ein ziemlicher *bon vivant?* Ich habe in einer ungewöhnlichen Zeitschrift Fotos von ihm gesehen. Auf eine seltsame Art ist er ziemlich attraktiv.«

»Unser Minister Orly genießt nicht nur das schöne Leben, er wird auch heimlich von den Sowjets bezahlt. Als Innenminister weiß er ganz genau über David Bruces Sicherheitsmaßnahmen Bescheid. Orly hat alles, was er über die Termine des Botschafters weiß, an Moskau weitergegeben.«

Philippes Miene war finster. »Wir wissen, dass der Anschlag auf Bruces Leben am Nationalfeiertag stattfinden soll, aber nur der Minister und ein Beamter der sowjetischen Botschaft – in Wahrheit ein KGB-Agent – wissen, wo und wann der Anschlag genau stattfinden soll. Orly bewahrt die Einzelheiten des Plans in einem kleinen Safe in seinem Büro auf. Wenn die Katastrophe verhindert werden soll, ist es unumgänglich, dass der französische Geheimdienst diese Information erhält – und hier kommst du ins Spiel.«

»Liebling, hast du den Verstand verloren?«

»Vielleicht.« Er schien unsicher, wie er fortfahren sollte. »Wie soll ich es ausdrücken? Im Krieg war es durchaus üblich, Bürger verbündeter Nationen mit Sonderaufträgen für den französischen Geheimdienst zu betrauen. Das kommt auch heute noch vor, wenn sich die entsprechenden Fähigkeiten nicht in unseren eigenen Reihen finden.«

»Fahr fort.«

»Orly hat eine Schwäche, und zwar für schöne Frauen eines besonderen Typs: große, elegante Brünette. In dieser Hinsicht bist du ganz objektiv betrachtet überaus gut geeignet. Noch dazu bist du ihm bereits aufgefallen.«

»Wie? Wo?«

»Wir beschatten Orly seit einiger Zeit«, sagte Philippe. »Eines Abends hat ein Agent im Tour d'Argent belauscht, wie er einem männlichen Begleiter gegenüber äußerte, dass er alles tun würde, ich zitiere: ›um die hinreißende Frau am Nebentisch‹ kennenzulernen. Unser Mann hat Nachforschungen angestellt. Und es hat sich herausgestellt, dass du diese Frau warst.«

Es fiel Grace schwer zu verstehen, dass in demselben Raum, in dem sie unbekümmert mit dem Baron Foie gras gegessen und Champagner getrunken hatte, eine verdeckte Ermittlung stattgefunden hatte.

»Ich schwöre, als wir uns kennengelernt haben, wusste ich nichts davon. Ich habe erst kürzlich davon erfahren«, sagte Philippe ernst.

»Aber was soll ich eigentlich *tun?*«

»Herrgott, es tut mir so leid, dass ich dich in diese Lage bringe.« Er stützte den Kopf in die Hände. »Du musst dich mit Orly anfreunden. Er verfügt über eine Kopie des Anschlagsplans, damit er die Sache in dem unwahrscheinlichen Fall übernehmen kann, dass auf sowjetischer Seite alles schiefläuft. Wenn es dazu kommt, schicken sie ihm eine verschlüsselte Nachricht. Wenn er keine Nachricht erhält, muss er den Safe nicht öffnen. Aber du musst das tun. Es ist die einzige Möglichkeit für uns herauszufinden, wo, wann und von wem der Anschlag verübt werden soll.«

»Das kann nicht dein Ernst sein!« Grace machte große Augen. »Woher soll ich wissen, wo ich überhaupt anfange?«

»Die Kombination wird häufig verändert«, fuhr Philippe fort. »Orly trägt den Code immer irgendwo bei sich.«

»Aber wenn ihr ihn jetzt festnehmt, würden die Sowjets vermutlich gewarnt«, sagte Grace.

»Genau – das Timing ist entscheidend. Wenn der Sicherheitsdienst vor dem Nationalfeiertag etwas gegen den Minister unternimmt oder wenn es irgendeinen Hinweis darauf gibt, dass wir wissen, was vor sich geht, wird der Plan einfach geändert. Die neuen Details erhält dann jemand, den wir nicht kennen – der KGB hat immer einen Plan B.« Philippes Stimme bekam einen eindringlichen Klang. »Wenn das geschieht, haben wir keine Ahnung, wer von ihren Agenten eine Kopie der Informationen hat. Jede Chance, an sie heranzukommen, ist verloren.«

Grace nickte langsam. »Dann hängt alles von mir ab. Das ist eine ziemlich große Verantwortung.«

»Es ist auch ein sehr großes Risiko. Am besten denkst du eine Nacht über deine Antwort nach.«

Sie beobachtete zwei Tauben, die neben ihren Füßen landeten. Als sie kein Futter fanden, flatterten sie mit den Flügeln und flogen auf der Suche nach einem vielversprechenderen Platz weiter. Wie glücklich diese Vögel waren. Sie wussten nichts von Grenzen, Macht und Politik.

»Ich mache es«, sagte sie.

»Grace, du bist zu impulsiv! Das ist eine große Entscheidung. Bist du dir sicher?«

»Ganz sicher.« Sie fühlte sich ruhig. In den langen Kriegsjahren hatte sie sich danach gesehnt, etwas Wichtiges zu tun.

Wie die Männer zu sein, die ihr Leben an der Front riskierten. Hier war endlich ihre Chance.

»Es gibt nur ein Problem«, sagte sie mit gefurchter Stirn. »Ich kenne Giscard Orly nicht. Wie werde ich ihn kennenlernen?«

»Eigentlich ist das der einfachste Teil an der ganzen Operation.« Auf Philippes Gesicht erschien ein schiefes Grinsen. »Zufällig weiß ich, wo er in zehn Tagen sein wird.«

»Und zwar wo?«

»Minister Orly wird an Graf Étienne de Beaumonts erster *folie* nach dem Krieg teilnehmen – dem großen Maskenball der Könige und Königinnen. Und wir ebenfalls.«

Kapitel 31

»*Ma chère*, ich bin erfreut zu hören, dass Sie an der *grande fête* des guten Grafen teilnehmen«, sagte Ferdinand bei einem Besuch in der *cabine,* als er die Haustür der *maison* ausnahmsweise für seine knappe Mittagspause verlassen hatte. »Ich versichere Ihnen«, fügte er hinzu und wickelte vorsichtig dünn geschnittenen Schinken, ein Stück zerlaufenden Camembert und etwas Brot aus, »das wird ein unvergessliches Erlebnis.«

Madame de Turckheim zog die Nase kraus. »*Mon dieu*, dieser Käse hat eindeutig Charakter«, bemerkte sie, dann wandte sie sich von Ferdinands Mahlzeit mit dem stechenden Geruch ab. »Grace, Sie sollten wissen, dass der Graf de Beaumont ein enger Freund von Monsieur Dior ist – er entwirft sogar einen Teil unseres Schmucks –, darum wird *le patron* selbstverständlich ebenfalls dort sein. Ich glaube sogar, dass er Cardins Atelier bereits einen Besuch abgestattet hat. Pierre hat früher bei uns gearbeitet, wissen Sie, bevor er Theater*costumier* wurde.«

»Der Graf hat die *beau monde* jahrzehntelang in seiner Villa in der Rue Masseran 11 unterhalten«, erklärte Ferdinand. »Und er empfängt nicht nur die Crème de la Crème der internationalen Gesellschaft, fast als Einziger unter den Adeligen lädt er auch Künstler der Avantgarde ein, Schriftsteller, Maler und Schauspieler.«

Ferdinand trank einen Schluck Perrier, dann setzte er seine Einführung für Grace fort. »Zwischen den Kriegen wurde de Beaumont bekannt für seine Maskenbälle. Mal sehen, ob ich mich erinnere … ah, ja. Es gab einen spektakulären Ludwig-XIV.-Ball, den Märchenball und den Ball der berühmten Gemälde, wobei mein persönlicher Favorit der Meeresball war – wer könnte den bemerkenswerten Auftritt der köstlichen Maharani von Kapurthala vergessen. Sie ließ sich als Kaviar verkleidet von vier als Kellner des berühmten Fischrestaurants Prunier verkleideten Männern auf einem Tablett hereintragen. Oder den Auftritt des Gastgebers in der Verkleidung eines gehörnten Teufelsrochens. *Monsieur le Comte* wurde als vieles beschrieben – als exzentrisch, sogar als bizarr –, aber man kann ihm wahrlich kein mangelndes Engagement vorwerfen.«

Samstag, 21. Mai

Zur vereinbarten Zeit warteten Grace und Philippe in Graf de Beaumonts weiß-goldener Eingangshalle, während ein Bediensteter – bekleidet mit einem hellblauen Seidenfrack und Kniehosen, einem Rüschenhemd, Schnallenschuhen und gepuderter Perücke – die maskierten Gäste seines Arbeitgebers förmlich ankündigte. Dabei nannte er nur die Namen der Figuren, als die sie sich für diesen Abend verkleidet hatten.

»*Mesdames et Messieurs*, Kaiserin Josephine«, verkündete er laut, als eine Frau in einem hauchdünnen, hoch taillierten rosa Kleid mit langen weißen Handschuhen und einem wunderbaren antiken Diamantdiadem die Marmortreppe hinabschwebte.

»Wenn ich mich nicht täusche«, flüsterte Grace Philippe zu, »ist das die Gräfin de Ganay. *Le patron* hat sie erst kürzlich als Leiterin seiner Boutique angestellt. Anscheinend ist es bei französischen Adeligen heutzutage modern, zu arbeiten und Geld zu verdienen.«

Als Nächstes wurde der »König der Rosen« angekündigt.

»*Zut*! Das ist Graf Sforza«, sagte Philippe und unterdrückte ein Lachen. »Stell dir vor – der Mann ist Roms Außenminister und trotzdem kommt er als Blumenbeet. Nun, er ist Italiener ...«

»Pst«, zischte Grace. »Als Nächstes sind wir dran.«

»König Salomon und die Königin von Saba.«

Als Grace oben an die Treppe trat, verstummte die unten wartende Menge, dann brach Applaus los. Mit der majestätischen Haltung, die einer biblischen Königin angemessen war, stieg sie die Treppe hinunter, wobei sie so gekleidet war, wie sie einen als Papst Julius II. verkleideten Mann sagen hörte, »dass sie erfolgreich den heiligen Augustinus verführen könnte«.

Sie trug nichts als einen langen goldenen Brokatrock, der sehr tief auf ihren schlanken Hüften saß, einen knappen, mit Edelsteinen besetzten Büstenhalter, der gerade eben ihre Brüste bedeckte, schwere Goldketten, goldene Ohrringe und zwei passende Armreifen. In ihr Haar, das in dunklen Wellen über ihre Schultern floss, war das *pièce de résistance* gesteckt: ein glitzerndes, mit Smaragden besetztes Diadem, das ein Paar lange weiße Straußenfedern hielt. Im Gegensatz zu ihrem freizügigen Ensemble verdeckte eine goldene Maske ihr Gesicht.

An der Seite von Grace war Philippe in einer schwarzen Seidenrobe und mit einem großen türkisfarbenen Turban auf dem Kopf. Dunkle Schminke, ein Vollbart und eine schwarze Maske vervollständigten seine Verkleidung.

»Du siehst umwerfend aus, Süße«, raunte er.

Grace antwortete mit einem Lächeln. »Du bist auch nicht ganz unattraktiv, wenn man überlegt, dass du dreitausend Jahre alt bist.«

Sobald das Paar den glanzvollen Salon betrat, wurde ihnen von einem Kellner mit bloßem Oberkörper, der die aufwendige Kopfbedeckung eines aztekischen Duodezfürsten trug, ein Glas Cristal Champagner angeboten. Während Grace daran nippte, musterte sie die opulente Umgebung: Drüben bei der Bar war ein exotischer Zigeunerkönig mit einem Patronengurt quer über der Brust in ein Gespräch mit Alexander dem Großen und einer rothaarigen Königin Elizabeth I. vertieft. In einer Ecke lachten drei Napoleons über ihren Mangel an Originalität, und an einem Fenster versuchte Hamlet, der Prinz von Dänemark, seinen Umhang aus den Flügeln einer mit Pailletten besetzten Feenkönigin zu befreien.

Ironisch bemerkte Philippe: »Es ist ja gut und schön, das Ende der Enthaltsamkeit zu feiern, aber sieh dir nur diese Leute an – sie scheinen sich überhaupt nicht für die Welt um sie herum zu interessieren. Sie tanzen am Rand des Abgrunds. Es ist schon nachvollziehbar, warum die Kommunisten das *ancien régime* verachten.«

»Apropos«, bemerkte Grace, »diese erlesene Marie-Antoinette in dem rosa Reifrock kommt in unsere Richtung. Und ich glaube, die Frau hinter der Silbermaske ist Jacqueline Bouvier, meine amerikanische Freundin.«

»Das bist doch du, oder?«, fragte Jackie, als sie Grace erreichte. »Dem Himmel sei Dank, dass ich dich gefunden habe! Ich habe die Annäherungsversuche des Kaisers der Briefe, Monsieur Voltaire, abgewehrt, nur dass sich herausgestellt hat, dass er eine Sie ist und Vita Sackville-West heißt!«

»In diesem Fall ist dies ein guter Zeitpunkt für einen Spaziergang unter den Sternen«, sagte Philippe, dann begleitete er sie durch eine Doppeltür in den Garten.

»Wie bezaubernd!«, rief Jackie aus.

Aus der Dunkelheit tauchten drei mit funkelnden Lichtern behängte Bäume auf, flackernde Kerzen auf kleinen Alabastertischen und lodernde Wachsfackeln, die von hohen Kandelabern gehalten wurden. Unter den üppigen Blättern lagen Betten aus duftenden weißen Blumen – Rosen in voller

Blüte, Gardenien und eine Fülle von sternförmigen orientalischen Lilien.

»Ich glaube, so muss es im Himmel aussehen«, sagte Grace seufzend.

»Partys wie diese sind wahre Kunstwerke«, bemerkte ein rundlicher Herr, der ein Kostüm mit einer goldenen Löwenmähne trug. Bei genauerer Betrachtung erkannte Grace, dass es niemand anders als Christian Dior persönlich war.

»Monsieur«, sagte sie und deutete einen eleganten Knicks an, »ich glaube, ich habe das Vergnügen, mit dem König des Dschungels zu sprechen.«

Dior lachte. Sie unterhielten sich einige Minuten, bis Philippe Grace zuraunte. »Überlassen wir Jackie den kompetenten Händen des berühmten Couturiers. Es wird höchste Zeit, dass wir unsere kleine Scharade beginnen.«

Als Grace und Philippe den Ballsaal betraten, begann das Orchester, Musik von Strauß zu spielen. »Also, los«, sagte Philippe und nahm sie in die Arme.

Schon bald richteten sich alle Blicke auf die faszinierende Darbietung der spärlich bekleideten Königin von Saba. Die weißen Straußenfedern auf ihrem Kopf wippten, als sie mit dem großen König mit dem türkisfarbenen Turban durch den Ballsaal tanzte.

Viele Gäste tuschelten über den *petit scandale*, der sich im Folgenden ereignete. Einer der Napoleons sagte, er sei sich sicher, der Mann, der als König Salomon verkleidet sei, habe eine Bemerkung unverzeihlich anzüglicher Natur gemacht. Eine ältere Helene von Troja pflichtete ihm bei und berichtete, sie habe beobachtet, wie der Bursche der Königin von Saba ins Ohr geflüstert habe.

»Und dann«, erzählte sie, »hörte die Frau auf zu tanzen,

richtete sich mit großer Anmut auf und gab ihm eine Ohrfeige. Ich hätte dasselbe getan!«

Einige waren amüsiert, andere entsetzt, doch das Schlimmste sollte noch kommen. Als König Salomon sich zum Gehen wandte, schob er die Königin von Saba unelegant mit der Schulter aus dem Weg. Die schöne Gestalt stolperte und wäre womöglich gefallen, hätte nicht ein beeindruckender Mann, vor dessen Augen sich das Ganze zufällig abspielte, geschickt eingegriffen.

»Ist alles in Ordnung, meine Liebe?«, fragte der Herr. Sein schwarzes Haar war zurückgekämmt, und er trug eine makellos weiße Uniform mit goldenen Litzen, eine blaue Schärpe und eine Reihe herrschaftlicher Orden. »Was für eine furchtbare Angelegenheit! Ich begleite Sie hinaus.«

Er wies einen der livrierten Bediensteten an, etwas Champagner zu bringen und führte Grace zu zwei vergoldeten Stühlen, die angenehmerweise durch eine Wolke üppiger Azaleen vor neugierigen Blicken abgeschirmt waren.

»Ich wünschte, ich wüsste, wer Ihr Tanzpartner war«, sagte Grace' selbst ernannter Beschützer. »Ich würde den Schuft nur zu gern herausfordern.«

»Das ist ganz reizend von Ihnen«, schnurrte sie. »Allerdings, obwohl Sie eine verblüffende Ähnlichkeit mit dem letzten russischen Zaren haben, fürchte ich, wir wurden einander noch nicht vorgestellt. Und ich kann wohl kaum von einem Mann, dessen Namen ich nicht kenne, erwarten, dass er losstürmt, um meine Ehre zu verteidigen, nicht wahr?«

»Giscard Orly, Minister der Französischen Republik, zu Ihren Diensten. Und wissen Sie, trotz der Maske, die Sie auf Ihrem reizenden Gesicht tragen, glaube ich, Sie schon einmal gesehen zu haben – wenn ich mich nicht täusche, im Tour d'Argent. Sind Sie …?«

»Aber die Königin von Saba natürlich.« Grace lächelte.

»Sie ziehen es also vor, Ihr Geheimnis zu bewahren?«

»Ja. Warum erzählen Sie mir nicht stattdessen von sich?«

Grace verbrachte den Rest des Abends in Orlys Gesellschaft. Sie lachte über seine Geschichten, bewunderte seine Leistungen und tanzte mit Orly Foxtrott, Quickstep, einige eintönige Walzer und sogar eine Rumba. Doch sie weigerte sich, ihm ihren Namen zu verraten.

»Das ist unbedeutend«, sagte Orly. »Das einzige Problem ist, dass ich ein großes Verlangen habe, Sie wiederzusehen. Wie soll ich Sie finden?«

Grace schenkte ihm ihr verführerischstes Lächeln. »Für einen Mann, der so intelligent und mächtig ist wie Sie, sollte das keine zu große Herausforderung darstellen. Nehmen Sie es als kleinen Test«, sagte sie neckisch. »Erst müssen Sie herausfinden, wer ich bin, wenn ich es dann als lohnend erachte, biete ich Ihnen vielleicht meine … Freundschaft an.«

»Dann werden Sie mir vermutlich nicht die Ehre geben, sich von mir nach Hause begleiten zu lassen?«, fragte Orly, und seine schwarzen Augen funkelten.

»Gewiss nicht.« Grace lachte. »Um genau zu sein, habe ich einen Wagen mit Fahrer, der auf mich wartet. *Au revoir, Ministre Orly. Au revoir.*«

Kapitel 32

Montag, 23. Mai 1949

Für wen sind all diese außergewöhnlichen weißen Rosen? Das müssen ja Dutzende sein!«, rief Brigitte.

»Mich interessiert eher, von wem sie sind«, sagte Victoire.

»Wer auch immer er ist, er wurde ganz offensichtlich von einem *coup de foudre* getroffen«, mischte sich Claire ein.

»Er ist verliebt, keine Frage.« Corinne grinste.

Die Mannequins versammelten sich um Ferdinand, der am Montagmorgen mit einer Riesenschachtel taufrischer Blumen beladen in die *cabine* wankte.

»Die Karte ist an Mademoiselle Dubois adressiert«, verkündete er. »Und von wem sie sind … muss sie Ihnen verraten.«

Grace sprang von ihrem Frisiertisch auf, befreite Ferdinand von der Riesenschachtel und warf sie auf einen Sessel. Nachdem sie auf die beiliegende Karte geblickt hatte, zerknüllte sie sie in der Hand und sagte dann nonchalant: »Ach, das ist von irgendeinem Mann, den ich am Samstag auf dem Maskenball kennengelernt habe – ich erinnere mich kaum an ihn.«

»Nun ja, du hast eindeutig Eindruck hinterlassen«, stellte Marie-Hélène fest und hob die Augenbrauen.

Grace nahm ein paar Blumen. »Möchtest du die?«

»Aber natürlich, Süße. Die sind wunderschön.«

»Noch jemand?«, fragte sie. »Bedient euch. Ich kann sie unmöglich in meine Dachkammer hochschleppen.«

Am Dienstagmorgen spielte sich nahezu die gleiche Szene ab. Ferdinands Gesicht verschwand hinter dem Riesenstrauß weißer Tulpen, den er an seine Brust drückte. Wieder waren die Mannequins fasziniert. Wieder stammten die Blumen von demselben Mann, wobei diesmal eine schmeichelhafte Nachricht für Grace dabei lag, mit der eindringlichen Bitte, ihn zu einem abendlichen *tête-à-tête* zu treffen.

Wieder verteilte Grace die vielen Blumen an die anderen Frauen und wischte ihre Fragen nach dem rätselhaften Verehrer mit einer beiläufigen Bemerkung beiseite. »Ach, Männer«, sagte sie. »Wenn nur einige von ihnen wüssten, wie absurd sie wirken, würden sie sich niemals zu so lächerlichen Handlungen hinreißen lassen.«

Am Mittwoch, als Ferdinand am dritten Morgen in Folge erschien, diesmal mit übergroßen Orchideensträußen beladen, nutzte sich die Neuigkeit allmählich ab.

»Nicht schon wieder!«, rief Brigitte. »*Chérie*, wenn dieser Bewunderer nicht bald aufhört, gibt es in Paris demnächst keine Blumen mehr.« Alle außer Ferdinand lachten.

»*Ma petite*, ich weiß, das geht mich nichts an«, sagte er leise zu Grace.

Sie lächelte. »Meine Güte, das hat Sie bislang doch auch nicht abgehalten.«

»Nun ja, diesmal ist es anders«, sagte er stirnrunzelnd. »Wissen Sie, ich weiß, wer Ihnen diese ganzen Blumen schickt. Giscard Orly mag ein wichtiger Minister sein, aber Sie wissen schon um seinen Ruf, oder? Der Baron ist einfach nur ein verwöhnter Junge … Hinter der charmanten Fassade von Orly verbirgt sich ein harter, kalter Mann, der sich von nichts aufhalten lässt, um zu bekommen, was er will.«

»Es ist reizend von Ihnen, dass Sie sich Sorgen machen, Ferdinand, aber ehrlich, dazu gibt es keinen Anlass.« Grace tätschelte ihm den Arm. »Ich weiß, was ich tue.«

Am selben Tag, an dem die Orchideen des Ministers in die *cabine* geliefert wurden, erhielt Grace ein Telegramm. Nachdem sie die Blumen an Madame Carrés dankbare Näherinnen verschenkt hatte – die Mädchen in der *cabine* hatten ihr mitgeteilt, dass ihre eigenen Vasen bereits überquollen –, hatte sie die *maison* früher als üblich verlassen.

Im Hof der Rue Dauphine 25 angelangt, freute sich Grace auf einen ruhigen Abend zu Hause, als Madame Guérin sie zu sich rief.

»Ich bin nicht gerade erpicht auf Telegramme«, murmelte sie und überreichte Grace den Umschlag mit spitzen Fingern, als handle es sich um eine Handgranate.

Auch Grace war beunruhigt. Sie dachte sofort an Olive. *Bitte, lass ihr nichts passiert sein*, betete sie, *vor allem nicht jetzt, wo unsere Beziehung so belastet ist.* Ängstlich öffnete Grace den Umschlag, sobald sie ihr Zimmer erreicht hatte. »Gott sei Dank«, murmelte sie. Ihre Mutter war nicht Gegenstand des Telegramms. Nichtsdestotrotz war der Inhalt beunruhigend.

JACK IN PARIS STOP
WILL DICH AM 25. MAI TREFFEN

LE CARROUSSEL 19 UHR STOP
ALLES LIEBE LOTTIE

Aber das war heute, und zwar in zwei Stunden. Grace ermahnte sich, nicht in Panik zu geraten, und versuchte, ihr pochendes Herz und das mulmige Gefühl in ihrem Magen zu ignorieren.

Sollte sie einwilligen, ihn zu sehen? Grace brauchte nicht länger als eine Minute, um zu entscheiden, dass sie ihn treffen musste. Sie hatte Australien derart überstürzt verlassen, es war gar keine Zeit gewesen, etwas zu klären. Wenn Jack hier in Paris war, hatten sie zumindest jetzt die Gelegenheit dazu.

Grace fragte sich, was er wollte. Er wollte sie doch sicher nicht etwa bitten, zu ihm zurückzukehren? *Oder*, dachte sie voller Hoffnung, *vielleicht will er die Scheidung*. Es konnte nur eins von beidem sein. Was sonst sollte Jack von seiner geliebten Merindah fort und um die halbe Welt treiben?

»Es geht also um die Scheidung«, sagte Grace erleichtert.

»Eigentlich will ich das nicht, Gracie«, sagte Jack erschöpft. »Du bist immer die Liebe meines Lebens gewesen, das weißt du. Aber ich muss den Tatsachen ins Auge sehen. Du kommst doch nicht zurück, oder? Wir müssen beide nach vorn schauen.«

Sie saßen in der Bar vom Le Carrousel. Jack war bereits beim dritten Whisky, während Grace noch immer an ihrem ersten Manhattan nippte. Obwohl er permanent Alkohol trank, war Grace überrascht, wie beherrscht ihr Ehemann war. *Er verhält sich wirklich sehr anständig*, dachte Grace, *insbesondere, wenn man bedenkt, dass ich nach Paris gegangen bin, ohne mich richtig von ihm zu verabschieden.*

Jack fuhr fort: »Der Grund ist böswilliges Verlassen – das stimmt doch, oder? Ich meine, es gibt doch keinen anderen, oder? Ich glaube, diese Demütigung würde ich nicht ertragen.«

»Nein, natürlich nicht«, protestierte Grace, und ihr schlechtes Gewissen versetzte ihr einen kurzen Stich. Es war nicht die einzige Lüge, die sie an diesem Abend erzählen würde.

»Da bin ich aber froh, Gracie«, sagte Jack. »Wenn ich glauben würde, dass es einen anderen Mann gibt, nun ja, würde ich ganz anders über die Trennung denken. Ich weiß, das klingt wahrscheinlich unlogisch, aber ich kann nicht anders. So bin ich nun mal.«

Grace schenkte ihm ein Lächeln, von dem sie hoffte, dass es unschuldig und nicht falsch wirkte.

»Also, ich habe die Papiere hier in der Tasche«, fuhr Jack fort. »Ich würde sie gern mit dir durchgehen. Es gibt auch eine finanzielle Vereinbarung.«

»Das ist nicht nötig«, sagte Grace schnell. »Ich kann mich selbst versorgen.«

»Ich finde trotzdem, dass wir darüber sprechen sollten.« Jack leerte den Rest von seinem Drink. »Charlotte wollte mir deine Adresse nicht verraten. Sie hat nur gesagt, dass du diese Bar in deinen Briefen erwähnt hättest – sie hatte den Eindruck, dass sie in der Nähe ist. Wäre es in Ordnung, meinst du, wir könnten zu dir gehen, damit wir die Dokumente irgendwo in Ruhe durchgehen können?

Lachend und scherzend stiegen sie die vielen Stufen zu Grace' Mansarde hinauf. *Es ist fast wie in alten Zeiten,* dachte sie, *als wir noch auf der Schule und beste Freunde waren.*

»Kein Wunder, dass du so gut in Form bist, Gracie«, sagte Jack, als sie schließlich ihr Zimmer erreichten. Er betrachtete sie mit anerkennendem Blick und erklärte: »Du bist das schönste Mädchen, das ich je gesehen habe.«

»Danke. Aber sollten wir uns nicht um diese Papiere kümmern?«

»Wieso die Eile? Ich habe die ganze weite Reise gemacht.

Wir sollten uns unterhalten. Wie wäre es mit einem Drink?«, schlug Jack vor. »Ich habe in Calais eine Flasche Brandy gekauft. Sie ist in meinem Koffer, zusammen mit den Scheidungspapieren.«

»Ich bin mir nicht sicher, ob das so eine gute Idee ist …«

»Was redest du da?«, sagte Jack leicht gereizt. »Ein solcher Anlass verdient doch wohl einen Drink.«

»Vielleicht«, sagte Grace unbestimmt.

Nachdem sie die Gläser herbeigeholt und auf den Tisch gestellt hatte, schenkte Jack großzügig ein. »Auf das Glück, Gracie«, sagte er, dann kippte er den Brandy herunter. Sie blieb stehen, während er sich in den Sessel setzte und sie von oben bis unten musterte.

»Wie gesagt«, fuhr er nuschelnd fort, »du bist bei Gott eine schöne Frau. Ich wette, du bekommst eine Menge Aufmerksamkeit von diesen sexbesessenen Franzosen.« Dann kam er zu ihr und legte ihr eine Hand auf den Rücken.

»Ach, Jack. Ich glaube wirklich, wir sollten uns um diese Papiere kümmern.«

»Wir haben alle Zeit der Welt.« Er begann, ihre Schulter zu streicheln.

»Das ist nicht hilfreich.« Grace versuchte, seine Hand wegzuschieben.

»Nun ja, ich habe eine Idee, wie wir die Dinge beschleunigen können. Geh mit mir ins Bett.«

»Wie bitte?!«

»Warum nicht? Du bist meine Frau.«

Grace lachte verächtlich. »Kommt nicht infrage!«

Aus Jacks Streicheln wurde ein fester Griff. »Also, wenn es ums Schlafzimmer geht, bist du immer noch die Alte – verdammt frigide. Aber ich habe immer noch meine Rechte. Schließlich hast du mich hierher eingeladen, schon vergessen?«

Grace war entsetzt. Wie hatte sie sich nur in eine derart furchtbare Lage bringen können?

»Ich werde es mir nicht anders überlegen, Schätzchen«, sagte Jack. »Wenn du mir nicht gibst, was mir gehört, unterschreibe ich nicht. So einfach ist das.«

Grace sah ihren Mann an. Sie kannte seine Sturheit, seine Streitsucht. Wenn er in dieser Stimmung war, würde er sich nicht bewegen. Wenn sie Jacks ungeheuerlichem Vorschlag zustimmte, würde sie Philippe betrügen. Aber wenn sie es nicht tat, wäre sie niemals frei. Diese unmögliche Situation war ein weiteres Beispiel für die Grauzonen des Lebens. Es gab kein Schwarz oder Weiß, nur moralische Kompromisse, und alle erforderten unwürdige Entscheidungen.

»In Ordnung«, sagte sie kühl.

Mit einer Stimme, die heiser vom Trinken und vor Lust war, erwiderte Jack: »Braves Mädchen.«

Kapitel 33

Während Grace unbeweglich dalag, Anspannung und Schmerz ihren Körper quälten, versuchte sie, sich nicht auf Jacks brutale Vergewaltigung zu konzentrieren, sondern stattdessen an ihre bevorstehende Freiheit zu denken. Sie sagte sich, dass dies nur ein Geschäftsvorgang war, ein Preis, den sie bezahlen musste. Während des Kriegs hatten viele Französinnen keine andere Wahl gehabt, als dasselbe zu tun. Und schließlich war es nicht das erste Mal, dass ihr Mann ihr Gewalt antat. Doch es war nicht dasselbe wie vorher.

Nachdem Grace erlebt hatte, wie wundervoll es war, mit einem sensiblen, liebevollen Mann zu schlafen, der ihr Lust bereiten wollte, war Jacks egoistisches Verhalten noch schwerer zu ertragen als früher. Zumindest, dachte sie mit zusammengebissenen Zähnen, würde es bald vorbei sein. Dann würde sie irgendwie vergessen, dass das geschehen war.

Anschließend wuschen sich beide und zogen sich in angespanntem Schweigen an. Grace richtete ihr zerwühltes Bett; Jack setzte sich an den Tisch und breitete die Papiere aus. Er unterschrieb an verschiedenen Stellen, stand auf und sagte unbeholfen: »Du bist dran.«

Grace unterschrieb. Mit jedem Mal, das sie »Grace

Osbourne« schrieb, wuchs ihre Erleichterung. Nach heute Abend würde dieser Name nicht mehr existieren.

»Warte«, sagte Jack. »Die hast du noch nicht.«

»Ich habe dir doch gesagt, ich will dein Geld nicht.«

»Ich hätte es wissen müssen. Du hast dich immer schon korrekt verhalten. Viel mehr als ich, fürchte ich«, sagte Jack und errötete. »Es tut mir wirklich leid, Grace. Mir tut so vieles leid, aber vor allem das heute Abend. Ich weiß nicht, was in mich gefahren ist.«

Grace sagte nichts.

»Nein, wirklich, ich schäme mich.« Jack nahm die Flasche Brandy. »Ich hätte nicht so viel trinken dürfen. Das ist eine jämmerliche Ausrede, aber verdammt, ich konnte dir noch nie widerstehen, in welchem Zustand auch immer. Hier ist deine Kopie der Papiere«, sagte er und packte seine in die Tasche zurück. »Wenn ich wieder in Sydney bin, bringe ich die Sache zum Abschluss. Ich sehe keine Probleme.«

»Leb wohl, Jack.«

»Lass uns nicht so auseinandergehen.« Er lächelte traurig. »Wir sollten uns zumindest die Ha…« In diesem Moment klopfte es zweimal kurz an der Tür, dann wurde ein Schlüssel im Schloss umgedreht. »Was zum Teufel …?«

Zu Grace' Entsetzen trat Philippe ins Zimmer.

»Wer ist das? Dein schicker französischer Liebhaber?«, höhnte Jack.

Wütend und verwirrt trat Philippe vor. »Monsieur, ich …«

»Komm mir nicht mit *Monsieur*!« Jack starrte wütend zu Grace. »Ich kann nicht fassen, dass ich mich entschuldigt habe, dabei bist du ein Flittchen.«

Mit großer Geste, die unter dem Einfluss des Alkohols noch etwas ausladender geriet, holte er zum Schlag aus und traf Philippes Wange. Kurz darauf krachte Philippes Faust gegen sein Kinn.

Jack taumelte nach hinten und schrie Grace an: »Sieht aus, als wäre ich dich wohl endgültig los.« Er packte seine Tasche, wankte aus dem Zimmer und schlug die Tür hinter sich zu.

»Ist alles in Ordnung, Liebling?« Philipp stürzte zu Grace. »Sag mir, was kann ich tun?«

»Nichts«, flehte sie.

»Was redest du da? Ich werde den Mann verfolgen. Weißt du, wer er ist?«

»Er heißt Jack Osbourne«, sagte Grace langsam, »und er ist mein Ehemann.«

Philippes Augen waren sehr dunkel geworden. »Ich glaube, du erzählst mir jetzt besser, was los ist«, sagte er knapp und verschränkte die Arme.

Grace erklärte ihm, dass Jack ihre Jugendliebe war, dass sie nach dem Krieg geheiratet hatten, dass die Ehe jedoch ein schrecklicher Fehler gewesen war. Sie sprach von dem Telegramm, das sie erst am selben Tag erhalten hatte, an dem er in Paris eingetroffen war.

»Jack war hier, um die Scheidungspapiere zu unterzeichnen«, betonte sie. »Das ist der einzige Grund, aus dem er gekommen ist.«

»Und warum ist er dann so wütend?«

»Weil ich ihm versichert habe, dass es keinen anderen Mann gebe. Dass ich ihm trotz der Trennung treu geblieben wäre. Wenn er dachte, ich hätte mein Ehegelöbnis gebrochen, hätte er nicht unterschrieben.«

»Und dann bin ich gekommen.«

»Ja.«

»Ich kann mich erinnern, dass du mir mal vorgeworfen hast, ich sei verheiratet. Jetzt finde ich heraus, dass du einen Ehemann hast.« Philippe begann, wütend im Zimmer auf und ab zu laufen. »Kommt dir das nicht irgendwie scheinheilig vor?«

»Es tut mir furchtbar leid!« Grace weinte. »Ich war sicher, dass du mich verlässt, wenn du die Wahrheit erfährst. Es war dumm und falsch, dir meine Ehe zu verschweigen, aber ich habe einfach gehofft, es würde sich alles unauffällig klären lassen, und dann wäre es vorbei.«

Philippe fasste sie an den Schultern. »Verstehst du, wie schockiert ich bin, dass du mir erst jetzt von deiner Ehe mit diesem Jack Osbourne erzählst?« Er hielt inne. »Du wusstest ganz genau, dass ich mein Leben in deine Hände gelegt habe, indem ich dir meine wahre Identität anvertraut habe. Du hingegen konntest dich nicht überwinden, dich mir anzuvertrauen. Was meinst du, wie sich das anfühlt?«

Grace ließ den Kopf hängen. »Nicht sehr gut.«

Philippe nahm ihr Gesicht in die Hände und sah ihr suchend in die smaragdgrünen Augen. »Hast du mir jetzt alles erzählt? Ist nichts mehr passiert, was ich wissen sollte?«

»Nein, nichts.«

Das war die zweite Lüge, die Grace an diesem Abend erzählte. Doch wie sollte sie Philippe eröffnen, dass sie gerade Sex mit Jack gehabt hatte?«

»In Ordnung. Wir müssen das hinter uns lassen – sonst wird, was wir haben, von Misstrauen zerstört, und das ist das Letzte, was ich will. Was immer zwischen dir und diesem Mann vorgefallen ist, gehört der Vergangenheit an.« Abwesend berührte er seine Wange und verzog daraufhin das Gesicht vor Schmerz. »Und was dein fehlendes Vertrauen zu mir angeht – du bist bereit, dein Leben aufs Spiel zu setzen.

Einen größeren Beweis für dein Vertrauen in mich gibt es nicht.«

Grace seufzte. Mit ihrem schändlichen Verschweigen hatte sie beinahe alles verdorben, doch anscheinend war sie noch einmal davongekommen. »Ich hole dir etwas für dein armes Gesicht«, sagte sie.

»Es gibt einen Grund, warum ich heute Abend hergekommen bin, abgesehen davon, dass ich dich gern jeden Abend sehen würde.« Philippe versuchte zu lächeln, während er ein kaltes Tuch auf seine geschwollene Wange drückte, das Grace ihm gegeben hatte. »Ich muss dir genau erklären, welche Schritte unternommen werden müssen, um den Erfolg deiner Mission zu sichern. Aber nachdem, was gerade passiert ist«, wieder verzog er das Gesicht vor Schmerz, »ist das sicher das Letzte, was du tun willst. Das lassen wir wohl besser.«

Grace stellte fest, dass sie über den ereignisreichen Abend das Thema Giscard Orly vollkommen vergessen hatte.

»Nein, erzähl es mir«, sagte sie. »Ich möchte lieber darüber nachdenken, wie wir den Minister hereinlegen, als über die Szene mit Jack.«

»Bist du dir sicher?«

»Ja. Solange du dich dazu in der Lage fühlst.«

Philippe zeigte auf seine Wange. »Du meinst deshalb? Das ist halb so wild.« Er zog den Sessel an den Tisch und sagte: »Setz dich, Grace. Ich muss dir was zeigen.«

Er holte ein kleines Röhrchen mit einer farblosen Flüssigkeit aus der Hosentasche hervor. »Da drin ist eine Droge, die Orly für Stunden bewusstlos macht. Sie wirkt schnell, insbesondere in Kombination mit Alkohol. Du solltest genügend Zeit haben, um deine Aufgabe zu erledigen.« Er legte das Röhrchen auf den Tisch. »Was immer du tust«, warnte

Philippe, »sobald du den Safe geöffnet hast, musst du die Information direkt zur Residenz des amerikanischen Botschafters bringen. Ich besorge dir vom französischen Geheimdienst eine offizielle Genehmigung der höchsten Stufe. Damit hast du automatisch Zugang zur Residenz. Das ist wichtig, denn wenn David Bruce nicht mit eigenen Augen einen Beweis des Plans sieht, wird er sich weigern, am Nationalfeiertag nicht zu erscheinen. Die Amerikaner wollen keine Schwäche zeigen.«

»Was, wenn ich es nicht rechtzeitig zum Botschafter schaffe?«

»Dann bringst du die Information direkt zu mir. Ich werde mein Motorrad in einer Straße um die Ecke vom Ministerium anschließen. Bei den ganzen Leuten und den Sicherheitsvorkehrungen für die Parade wird es für dich schwierig, dich durch Paris zu bewegen. Nimm das Motorrad – damit hast du die besten Chancen.«

»Wo finde ich dich?«

»An der Place de la Concorde, direkt links neben der Orangerie. Botschafter Bruce wird ein leichtes Ziel sein; er befindet sich auf dem offiziellen Podium zwischen dem Museum und dem Jeu de Paume. Von dort kann man hervorragend die Parade verfolgen, leider gibt man dort aber auch eine leichte Zielscheibe ab, falls es jemand auf einen abgesehen hat.«

Philippe tippte auf das Röhrchen. »Dir wird eine erfahrene Agentin zugeteilt, eine Spezialistin, die dir erklärt, wie du in Orlys Büro gelangst. Sie wird mit dir auch das Öffnen des Safes üben und alles andere, was du können musst.«

»Wie zum Beispiel?«

»Den Umgang mit dem Minister. Es ist das Beste, wenn du diesen Teil der Operation nicht mit mir besprichst. Wir dürfen uns nicht von unseren Gefühlen beeinflussen lassen, und das wird in meinem Fall ganz sicher nicht leicht.«

»Verstehe«, sagte Grace.

»Gut. Man wird dir auch eine Skizze des Raums sowie eine Wegbeschreibung geben – sowohl zur Residenz des Botschafters als auch von dort zur Place de la Concorde. Am Abend des dreizehnten Juli sollte dir jedes Detail so vertraut sein, dass du es mit geschlossenen Augen ausführen kannst.«

Grace versuchte, sich ihre Nervosität nicht anmerken zu lassen. »Bis dahin sind es noch sieben Wochen«, sagte sie leichthin, obwohl ihr Mund trocken war. »Eine ziemlich lange Zeit, in der ich die Blumengeschenke von Monsieur Orly ertragen muss.«

Philippe drehte sich zu ihr um. »Nur für den Fall, dass diese Sträuße dich verleiten, ihn für harmlos zu halten – vielleicht sogar für lächerlich –, täusch dich nicht. Orly ist ein kaltblütiger Killer«, sagte er finster. »Habe ich dir jetzt Angst gemacht?«

»Keineswegs«, antwortete Grace. Und das war ihre dritte Lüge.

Kapitel 34

Dienstag, 21. Juni 1949

Die Blumensendungen hörten auf.

»Sieht aus, als hätte dein Galan sich anderweitig orientiert«, bemerkte Victoire. »Das kommt dabei raus, wenn man sich zu sehr ziert.«

»*C'est la vie*«, sagte Grace und versuchte, unbesorgt zu wirken.

Insgeheim machte sie sich Sorgen, dass Orly seine Bemühungen tatsächlich aufgegeben hatte. Er hatte Wichtigeres im Kopf – einen Botschafter zu beseitigen, ganz zu schweigen von seinen politischen Bestrebungen. Ohne jeden Zweifel konnte er es kaum erwarten, zum französischen Präsidenten der ersten kommunistischen Regierung ernannt zu werden. Warum sollte er seine Gedanken an ein Mannequin verschwenden?

Grace erinnerte sich, dass Ferdinand gesagt hatte, Orly mache vor nichts halt, um zu bekommen, was er wollte. Sie stellte sich vor, dass der Minister von ihr besessen war, dass er seinen Füllfederhalter hinwarf oder aus purer Verzweiflung gegen die Tür trat. Sie musste daran glauben, dass er sie noch immer begehrte.

Montag, 4. Juli

Giscard Orly ist ein machtgieriger Fantast«, sagte Nicole kühl, die hagere Agentin mittleren Alters, die Grace vorbereiten sollte. Grace war gerade in dem anonymen Stadthaus eingetroffen, das versteckt in einem ruhigen Teil des Marais lag und in dem ihre Ausbildung stattfand. »Angesichts seines Charakters«, fuhr Nicole fort, »sage ich vorher, dass er sich bereits vorstellt, wie Sie sich bereitwillig vergewaltigen lassen. Nein, wie Sie darum betteln, vergewaltigt zu werden.«

Trotz Nicoles sachlichem Ton wurde Grace übel. All ihr Selbstvertrauen schien sich aufzulösen.

»Es hilft, sich von sich selbst zu distanzieren«, riet die Agentin. »Sie spielen bloß eine Rolle, wie eine Schauspielerin in einem Theaterstück. Aber Sie müssen sich eins merken – was Orly auch sagt oder tut, Ihre Vorstellung darf auf jeden Fall erst am Abend vor dem Nationalfeiertag stattfinden.«

»Wie können Sie sich so sicher sein, dass meine Vorstellung überhaupt stattfinden wird?«, fragte Grace skeptisch. »Er hat sich jetzt seit fast zwei Wochen gar nicht mehr gemeldet.«

»Glauben Sie mir, das ist nicht von Dauer«, sagte Nicole. »Er hat einen Plan. Sie müssen nur die Nerven behalten.«

Leichter gesagt als getan, dachte Grace, als sie das Stadthaus verließ. Tatsächlich hatte sie genau dreizehn Tage lang nichts mehr von Orly gehört. Es war sinnlos, die Femme fatale zu spielen, dachte sie finster. Trotz Nicoles Vorhersage fürchtete sie, Orlys Interesse für sie sei nur flüchtig gewesen. Zugleich war sie unwillkürlich erleichtert, dass ihr noch etwas Aufschub gewährt wurde.

Grace hatte das Gefühl, in einer endlosen Achterbahn der Gefühle gefangen zu sein, und doch musste sie jeden Morgen in der *maison* erscheinen, für Anproben zur Verfügung stehen, Kleider vorführen und Kundinnen verzücken. Wenn sie abends nach Hause ging, zitterte sie, so sehr strengte sie alles an. Philippe stand ebenfalls unter Druck. Er schaffte es, sie mehrmals pro Woche zu sehen, doch es fiel ihnen beiden schwer, sich zu entspannen. Sie liebten sich mit einer neuen, fiebrigen Leidenschaft, als ob jedes Mal, wenn sie einander in den Armen lagen, das letzte Mal sein könnte.

Mittwoch, 6. Juli

Am fünfzehnten Tag wurde ein kleines Päckchen in der *maison* abgegeben. Grace wagte nicht, es in der *cabine* zu öffnen, und ließ es hastig in ihrer Handtasche verschwinden. Erst als sie sicher in ihrem Zimmer in der Rue Dauphine war, öffnete sie es – und fand darin ein Paar Diamantohrringe von Van Cleef & Arpels.

Sie schickte das Geschenk nicht zurück.

Nur vierundzwanzig Stunden später erhielt Grace ein aufwendig gearbeitetes Goldarmband von Boucheron. Was sie ebenfalls behielt. Das *pièce de résistance* traf am darauffolgenden Nachmittag ein – eine von Cartiers berühmten, mit Diamanten besetzten Broschen in Gestalt eines Panthers mit einem großen Cabochon aus einem Smaragd in den Klauen.

Am nächsten Morgen schickte sie eine handgeschriebene Nachricht an Orly. Darauf stand schlicht: *13. Juli, 21 Uhr, Maxim's. Mademoiselle D.*

Montag, 11. Juli

Marguerite Carré starrte erst Grace an, dann in ihr kleines grünes Buch.

»Kann es sein, dass Sie mehr Croissants als üblich gegessen haben?«, fragte sie mit gefurchter Stirn.

Grace war verwirrt.

»Dieser *toile* ist genau nach Ihren Maßen zugeschnitten«, sagte Marguerite Carré, »doch er passt nicht, wie er sollte. Sehen Sie, hier an der Taille zieht er etwas, und die Form der Büste ist nicht ganz korrekt.«

»Ich fürchte, daran ist Ihr charmanter Concierge schuld.« Grace grinste. »Immer, wenn wir uns zum Kaffee treffen, besteht Ferdinand darauf, mich zu *viennoiseries* zu verführen.«

»Nun, Sie müssen lernen zu widerstehen«, schalt Madame Carré. »Stellen Sie sich vor, Sie nehmen zu, nachdem das Modell abgenommen ist – und der Stoff zugeschnitten wurde, dann wäre die ganze Länge ruiniert, sollte es nicht passen.«

»Es tut mir leid, Madame, es wird nicht wieder vorkommen.«

Später an jenem Tag wurde Grace ohnmächtig. Zum Glück war sie zu jenem Zeitpunkt in der *cabine*, nachdem sie der temperamentvollen geschiedenen Mrs. Pamela Churchill eine Auswahl an Cocktailkleidern vorgeführt hatte. Grace hatte sich aus dem letzten *modèle* geschält und es der Garderobiere gereicht, dann brach sie auf einem praktisch platzierten Berg Petticoats aus Tüll zusammen.

Als Grace wieder zu sich kam, lag sie auf der meergrünen Chaiselongue, auf der sich zwischen den Schauen hin und wieder erschöpfte Mannequins heimlich einen Moment ausruhten. Sie wusste nicht, wie sie hergekommen war, aber zu ihrer Erleichterung war sie mit Brigitte und Marie-Hélène allein.

»Grace, oh, Gott sei Dank. Wir haben uns solche Sorgen um dich gemacht«, sagte Brigitte.

»Ich weiß ehrlich nicht, was mit mir los war.« Grace setzte sich auf und versuchte zu lächeln. »Mir ist irgendwie schwindelig geworden. Ich habe das Gefühl, als hätte ich in letzter Zeit kaum etwas gegessen, doch merkwürdigerweise hat Madame Carré gesagt, ich hätte zugenommen. Vielleicht sollte ich zum Arzt gehen?

»Vielleicht«, sagte Marie-Hélène. Sie sah sich kurz um, dann senkte sie die Stimme zu einem Flüstern. »Kann es sein, dass du schwanger bist?«

Schwanger. In dem Moment, in dem Marie-Hélène das Wort aussprach, wusste Grace, dass es stimmte. Abgesehen von ihren rätselhaften Symptomen, war sie sechs Wochen überfällig, was sie auf den unablässigen Stress durch die nervenaufreibende Situation geschoben hatte.

Sie hatte nicht einen Moment daran gedacht, dass sie in einer noch unglückseligeren Lage sein konnte, denn obwohl sie in den zweieinhalb Jahren ihrer Ehe nie verhütet hatte, war sie nicht schwanger geworden. Dummerweise hatte sie sich deshalb in falscher Sicherheit gewogen und zahlte jetzt den Preis dafür. Mit bleichem Gesicht und mit bestürzter Miene blickte sie ihre Freundinnen an.

»Das ist meine Schuld!«, rief Brigitte. »Ich hätte dich nicht meinem Cousin vorstellen sollen.«

Marie-Hélène reagierte pragmatischer: »Wie ich sehe, ist das keine erfreuliche Nachricht, aber du musst nicht verzweifeln. Es gibt Möglichkeiten, mit so etwas umzugehen.«

»Du meinst ... eine Abtreibung?« Grace hatte davon gehört, aber der Gedanke ängstigte sie. Sie stellte sich schmutzige Gassen und entsetzliche Prozeduren vor.

»Ja. Du wärst nicht das erste Mannequin, dem so etwas passiert.«

Grace biss sich auf die Lippe. Ihr Treffen mit Giscard Orly war in zwei Tagen – sie durfte jetzt nichts dazwischenkommen lassen.

»Ich danke euch, ich weiß nicht, was ich ohne euch machen würde. Aber im Moment bin ich ziemlich durcheinander. Ich muss darüber nachdenken.«

Marie-Hélène sah sie skeptisch an. »Überleg nicht zu lange, ja?«

Obwohl sie verstand, dass ihre Freundin ihr nur helfen wollte, erfüllte die Vorstellung von zeitlichem Druck Grace mit Schrecken. Doch was konnte sie sonst tun? Sie musste arbeiten, und die Schneiderinnen waren schonungslos. Ihr kam der beunruhigende Gedanke, dass Madame Carré vielleicht schon die Wahrheit ahnte.

Grace schwindelte. Als sie die Augen schloss, hörte sie Brigitte sagen: »Lass sie jetzt in Ruhe, sie muss sich ausruhen. Und wir werden im Studio verlangt.«

Als sie allein war, verstärkte sich Grace' Angst nur noch. Während sie im Kopf die verschiedenen Möglichkeiten durchspielte, wurde ihr eins immer klarer: Philippe Boyer war die Liebe ihres Lebens. Und jetzt hatte sie die Macht, seine Frau zu werden.

Philippe war ein ehrenwerter Mann. Wenn sie ihm von ihrem Zustand erzählte, würde er sich zweifellos verpflichtet fühlen, sie zu heiraten. Doch die Vorstellung entsetzte Grace. Sie wollte auf keinen Fall, dass der Mann, den sie liebte, sich zu einer Ehe mit ihr gezwungen fühlte.

Plötzlich schoss sie kerzengerade nach oben und stöhnte. Wieso kam ihr dieser Gedanke erst jetzt?! Das Baby, das in ihr wuchs, konnte genauso gut von Jack sein. Und wenn das der Fall war, was sollte sie dann tun? Ganz gleich, was aus ihr wurde, sie wollte und sie konnte nicht zu ihm zurück.

Grace zog die Knie an die Brust. Wäre sie doch nur nicht so töricht gewesen, Jacks Bitte nachzugeben und ihn mit auf ihr Zimmer zu nehmen. Hätte sie sich seinem ungehörigen Vorschlag doch nur verweigert, wäre klüger, schlauer, stärker gewesen, *irgendetwas*, wodurch sie sich nicht in dieser schrecklichen Lage befinden würde.

Grace hatte geglaubt, sie hätte sich auf einen einfachen Handel eingelassen: eine letzte sexuelle Begegnung im Tausch für ihre Freiheit. Jetzt begriff sie mit wachsender Panik, wie naiv sie gewesen war – in den Grauzonen des Lebens zu verhandeln, blieb nicht ohne Strafe. Selbst wenn sie wollte, könnte sie Philippe schwören, dass das Baby von ihm war? Nein. Diese Lüge würde ihr nicht über die Lippen kommen.

Grace hörte das Rascheln von Seide. »Meine Liebe, ich glaube, Sie waren einen Moment weg. Ist alles in Ordnung?«

Sie öffnete die Augen und sah Madame Raymonde neben sich sitzen.

»Tutu hat mir erzählt, dass Ihnen nicht gut war«, erklärte sie.

»Das ist sehr nett von Ihnen. Es tut mir leid, dass ich für Aufregung gesorgt habe.«

»Überhaupt nicht.«

Grace dachte schnell nach. Sie durfte nicht über ihre Notlage grübeln. Was sie brauchte, war Zeit außerhalb der *maison.* Ihr war bewusst, dass mit jeder Stunde, die verstrich, ihr Rendezvous mit Giscard Orly näher rückte. Sie musste Kraft sammeln.

»Es muss ein Virus sein«, sagte sie schwach. »Ich fürchte, ich muss mir ein paar Tage freinehmen. Vielleicht bis nach dem Nationalfeiertag?«

Madame Raymonde musterte Grace aus ihren blauen Augen, die so täuschend milde wirkten.

»Passen Sie gut auf sich auf«, antwortete sie.

Kapitel 35

Dienstag, 12. Juli

Aus dem Flur vor Grace' Zimmertür ertönte lautes Miauen. Das konnte nur die kleine Katze der Concierge sein, was bedeutete, dass Madame Guérin auch nicht weit weg sein konnte. Grace stieg aus dem Bett, öffnete die Tür und beobachtete, wie Tartuffe hereinsprang, einen Satz auf den Sessel machte und sich triumphierend darauf niederließ.

Wie erwartet, erschien kurz darauf die Concierge, die von der Anstrengung des Anstiegs schnaufte.

»*Excusez-moi, mademoiselle*«, sagte sie nach Atem ringend. »Ich weiß, es geht Ihnen nicht gut, aber ich habe eine Nachricht für Sie. Als Sie in der *maison* nicht anzutreffen waren, hat man sie hierhergeschickt. Ich dachte, es könnte wichtig sein.«

»Wollen Sie sich nicht setzen, Madame?«, fragte Grace. »Möchten Sie vielleicht einen Tee?«

»Nein, danke. Meine Assistentin und ich müssen wieder an die Arbeit.« Sie hob die Katze hoch. »Komm, Tartuffe. Wir lassen Mademoiselle Dubois in Ruhe.«

Ruhe – wenn das nur möglich wäre. Ganz im Gegenteil, Grace fühlte sich elend. Obwohl ihre Lebensgeister kurz erwachten, als sie sah, dass die Nachricht von Philippe stammte, war ihr der Inhalt alles andere als willkommen.

Sein Vater war überraschend für einige Tage nach Paris gekommen. Anscheinend hatte er plötzlich Sehnsucht nach der Gesellschaft seiner alten Waffenbrüder aus der Résistance gehabt und wollte sich am Nationalfeiertag den Festzug ansehen. Philippe schrieb:

Ich habe Gaston erklärt, dass du und ich leider morgen ebenso wie am 14. Juli wichtigere Verpflichtungen haben. Das heißt, wir können ihn nur heute Abend treffen. Es würde mir viel bedeuten, wenn du mitkommst. Ich weiß, der Zeitpunkt könnte nicht schlechter sein, aber vielleicht lenkt es dich ein bisschen ab.

Grace dachte nach. Die bloße Vorstellung, in ihrem derzeitigen Zustand irgendwohin zu gehen, war erdrückend. Doch wie konnte sie ihm diese Bitte abschlagen? Philippe hatte mehr Verständnis für ihre heimliche Ehe gezeigt, als sie hätte erwarten dürfen. Er bat sie nicht um viel.

Außerdem, wie wollte sie den Abend sonst verbringen? Gegen die Schwangerschaft konnte sie nichts tun, zumindest nicht vor dem morgigen Rendezvous. Sie würde nur im Bett liegen, an die Decke starren und immer unruhiger werden.

Philippe hatte recht. Wenn sie eine Ablenkung brauchte, dann jetzt. Sie mochte sich etwas angeschlagen fühlen, aber es blieb noch genug Zeit, sich etwas auszuruhen. Dann würde sie baden, ein Kleid anziehen, Philippe und Gaston treffen und ein Glas Champagner trinken. Je länger Grace über den Abend nachdachte, desto mehr freute sie sich tatsächlich über diese kleine Abwechslung.

Als sie auf den Boulevard Saint-Germain zugingen, nahm Grace Philippes Hand. »Du wirkst heute Abend so elegant«, bemerkte sie und musterte ihn von oben bis unten.

Sie hatte Philippe noch nie im Anzug gesehen, schon gar nicht in einem maßgeschneiderten Modell mit einer dunkelblau-weiß gestreiften Seidenkrawatte von Charvet. Sie fragte sich, wie er an eine so teure Ausstattung gekommen war. Ohne seine schwarze Lederjacke und die Motorradstiefel wirkte Philippe äußerst gewandt und, wenn das überhaupt möglich war, noch attraktiver.

»Ich dachte, in meiner üblichen Aufmachung würde man mich vielleicht nicht reinlassen.« Philippe grinste, als er ein Taxi anhielt. Nachdem er Grace die Tür aufgehalten hatte, glitt er neben sie, dann sagte er zu dem Fahrer: »*La Voiture Folle, s'il vous plaît.*«

»Paris' exklusivster Nachtklub mit der berühmten Klavierbar? Das überrascht mich.« Grace krauste die Stirn. »Ich dachte, Gaston würde zurückgezogen auf dem Land leben. Bist du dir sicher, dass er sich in einem so schicken Laden wohlfühlt?«

»Du hast recht – normalerweise würde man Gaston an einem solchen Ort nicht treffen. Aber anscheinend kennen er und die Besitzerin sich schon sehr lange.«

Als Grace aus dem Taxi stieg, flammten diverse Blitzlichter auf. Das war nicht überraschend. Fotografen umlagerten häufig die Eingänge angesagter Nachtklubs. Im eleganten Nachkriegs-Paris gab es eine starke Nachfrage nach Bildern von schicken einflussreichen Männern und Frauen, die sich wieder in die vielen Vergnügungen der Stadt stürzten.

Da Grace genau wusste, dass Madame Raymonde einem Mannequin viel eher etwas Hübsches zum Anziehen lieh, wenn sie vermutete, dass ein Bild von ihr in einer Modezeitschrift erschien, setzte Grace ein umwerfendes Lächeln auf.

Inmitten des Blitzlichtgewitters merkte sie, dass Philippe

verschwunden war. Vermutlich wollte er nicht, dass seine kommunistischen Genossen auf einem Foto sahen, wie er *La Voiture Folle* betrat – aus den schmuddeligen Gassen von Belleville bis hierher war es ein weiter Weg.

Grace drängte sich an der Traube aus Fotografen vorbei und betrat in ihrem schmal geschnittenen weißen Kleid aus Faille den Klub, wobei die angeschrägten Stoffbahnen ihres Rocks hinter ihr herflogen. Philippe wartete drinnen an der Tür auf sie.

»Ich habe gerade gedacht, wie gut es war, dass ich nicht mit dem Motorrad gekommen bin. In diesem Kleid hättest du im Damensitz fahren müssen.« Er deutete mit dem Kopf auf sie.

»Meinst du, du könntest dich nur dieses eine Mal nicht dazu äußern, wie unpassend mein armes kleines Kleid ist?«, fragte Grace in gespielt gereiztem Ton.

»Was soll ich sagen? Du bist die schönste Frau von Paris – ob du Kleider anhast oder nicht«, murmelte Philippe und küsste sie flüchtig hinters Ohr, ehe er hinzufügte: »Mmm, wieso duftest du nur immer so gut?«

Auf dem Weg an den Samtwänden des dunklen Vorraums vorbei setzten die zwei ihre Neckerei fort. Als sie am Eingang zum Hauptraum eintrafen, drehten sich einige Gäste nach dem glamourösen Paar um. Grace fing den Blick von Julia Child auf, die mit einem unauffälligen Mann zusammensaß – vermutlich ihr Mann Paul, der Diplomat. Lady Diana Cooper zeigte ihr berühmtes Lächeln, während ihre Begleiterin, eine der Mitford-Schwestern, einen Champagnercocktail hochhielt. Pablo Picasso grüßte nur; er saß mit seiner jungen Geliebten Françoise Gilot an einem Tisch.

»Liebling«, sagte Philippe, »Du wirst deine Bewunderer ignorieren müssen, insbesondere Pablo. Wenn ich dich in seine Nähe lasse, fängt er nur wieder davon an, dass er dich malen will – und wie du weißt, führt ein solches Unterfangen unweigerlich zu einem Skandal. Es wäre weitaus sicherer, wir suchen unseren Tisch.«

Grace rührte sich nicht vom Fleck.

Jemand begann, Klavier zu spielen. Geblendet von dem weißen Scheinwerferlicht konnte sie die Bühne nicht erkennen. Doch das war egal. Grace erkannte am Spiel, wessen Hände über die Tasten glitten.

»Ach, das ist Gaston!«, rief Philippe aus. »Madame Marly hat sich offenbar durchgesetzt. Sie liebt es, wenn er Chopin spielt. Sehr wahrscheinlich wird er aber gleich auch etwas von Dizzy Gillespie zum Besten geben. Warte einen Moment – ich gehe zu ihm und sage ihm, dass wir da sind.«

Grace starrte weiter in Richtung Bühne. Als sich ihre Augen an das Licht gewöhnt hatten, erkannte sie die Umrisse eines großen, kräftig gebauten Mannes, der am Klavier saß und die Mütze auf dem Kopf nach hinten geschoben hatte. Seine unverwechselbare Erscheinung bestätigte ihr nur, was sie bereits wusste: Es war Reuben.

Grace hatte das Gefühl, gleich ohnmächtig zu werden. Ihre Brust war wie zugeschnürt, sie konnte kaum atmen. Das ergab alles keinen Sinn.

Wie konnten Gaston und Reuben ein und dieselbe Person sein? Es sei denn, es sei denn … sie rechnete schnell. Reuben konnte durchaus ein Kind gezeugt haben, als er im Ersten Weltkrieg in Frankreich gewesen war. Philippe war gerade dreißig geworden – die Daten passten.

Aber warum nannte sich Reuben Gaston? Irgendein Puzzleteil fehlte noch.

Wenn es allerdings stimmte, wenn Gaston tatsächlich Philippes Vater war, dann – nein, das konnte sie nicht ertragen.

Dann hätten Philippe und sie nicht nur Ehebruch begangen, sondern Inzucht. Schlimmer noch, sie könnte die verdorbene Frucht ihrer Verbindung in sich tragen.

Grace rang um Atem, fuhr herum und stürzte durch den dunklen Vorraum Richtung Tür. Plötzlich erschien eine exotisch aussehende Frau. »Meine Liebe, ich bin Madame Marly, die Besitzerin des La Voiture Folle. Kann ich Ihnen irgendwie helfen?«

Um den Hals der Frau hing ein Fuchspelz. Zwischen zwei Reihen scharfer spitzer Zähne hielt das Tier seinen eigenen Schwanz gefangen. Diesen Pelz hatte Grace schon einmal gesehen. Genau wie der Fuchs befand sie sich in einer unmöglichen Lage.

Die Tür ging auf. Aus einer Limousine stiegen neue Gäste. Die Blitzlichter der Fotografen explodierten; ein blendendes Stakkato.

»Bitte sagen Sie Monsieur Boyer, dass Mademoiselle Dubois sich nicht wohlfühlt«, rief Grace mit hämmerndem Herzen.

Dann lief sie aus dem Klub, wandte sich von den Kameras ab und ergriff die Flucht.

Kapitel 36

Mittwoch, 13. Juli

Ich bin verwirrt«, gestand Ferdinand. »Das sieht ihr gar nicht ähnlich.«

In Abwesenheit seiner üblichen morgendlichen Begleiterin nahm der Concierge seinen Kaffee im Café Bertrand mit Madame de Turckheim ein.

»Mademoiselle Dubois ist charmant, eine temperamentvolle Schönheit«, sagte er. »Es ist nur natürlich, dass sie viele Bewunderer anzieht. Aber ich weiß ganz sicher, dass sie die Aufmerksamkeiten von Baron de Gide nicht angenommen hat. Sie hat sogar darauf bestanden, dass ich ihm die Kette mit Rubinen und Diamanten zurückschicke.«

»Ach, ja?«, sagte Tutu. »Das erfordert einige Willenskraft.«

»Richtig. In letzter Zeit hat sie sich mit einem jungen Mann getroffen – irgendeinem Journalisten, glaube ich. Er mag nicht reich oder einflussreich sein, aber er ist attraktiv, und sie schien eindeutig in ihn verliebt zu sein.«

»Ja, wir haben alle diesen verträumten Ausdruck in ihren Augen bemerkt.«

»Nun, dann wird es Sie sicher interessieren, dass Minister Giscard Orly, der Grace zunächst mit Blumen überhäuft hat, ihr nun einige teure Schmuckstücke geschickt hat – ich habe sofort die Verpackung des Herstellers erkannt.«

»Die sie ebenfalls zurückgeschickt hat?«

»*Au contraire*! Ich habe sie gefragt, ob ich das für sie erledigen sollte, aber sie hat verneint. Ich muss gestehen, dass ich ziemlich überrascht bin. Es passt gar nicht zu ihr. Jetzt scheint sie krank zu sein, und ich kann Ihnen versichern, sie ist niemals krank. Doch jetzt fehlt sie schon den dritten Tag.«

Ferdinand schüttelte den Kopf. »Etwas stimmt nicht, Tutu. Ich habe beunruhigende Dinge über die Neigungen von Orly gehört.«

»Ferdinand, Sie wirken äußerst besorgt.«

»Da haben Sie recht. Ich kann nicht erklären, warum, aber ich habe große Angst, dass unsere kleine Australierin irgendwie in Gefahr ist.«

Grace wartete äußerst gespannt und mit kristallklarem Verstand auf die Dämmerung. Es war, als hätten die verheerenden Ereignisse der letzten drei Tage niemals stattgefunden. Sie grübelte nicht über ihre Schwangerschaft, die Identität des Kindsvaters oder die Art der Beziehung zwischen Philippe und Reuben – das durfte sie nicht. Stattdessen konzentrierte sie sich ganz auf ihre bevorstehende Aufgabe.

Nicole war stundenlang jedes Detail der Operation mit Grace durchgegangen. Sie hatte ihr nicht nur beigebracht, wie man die Droge handhabte und den Safe öffnete, sondern auch genau, was sie bis dahin sagen und tun sollte. Dennoch wusste Grace, dass wesentlich mehr von ihr gefordert wurde, als diese Vorbereitung jemals leisten konnte. Alles, was sie in ihren sechsundzwanzig Jahren jemals gelernt hatte, zählte. Der Erfolg hing nicht nur von ihrer Schönheit ab. Dies hier stellte ihren Verstand und ihre Selbstbeherrschung auf die Probe.

Dennoch war sich Grace bewusst, dass ihre Erscheinung

eine entscheidende Rolle spielte. Sie hatte genau vor Augen, wie sie wirken wollte – wie eine gebildete Frau, die unwiderstehlich und verführerisch war.

Als es endlich Zeit war, kleidete sie sich systematisch an. Sie zog einen trägerlosen schwarzen BH und ein dazu passendes Seidenhöschen an, dann schnürte sie ihre *guêpière*, das schmale Korsett, das alle Mannequins trugen, um ihre Taillen schlanker wirken zu lassen. Als Nächstes streifte sie feine Nylonstrümpfe über und zog sie glatt. Nachdem sie sie an den Strumpfhaltern befestigt hatte, nahm Grace ein Cocktailkleid aus schwarzer Spitze mit weitem Rock vom Bügel. Als sie hineinstieg, beugte sie sich vor, um die geschwungenen Ränder des tief ausgeschnittenen Mieders über ihre Brüste zu ziehen. Zum Schluss schlüpfte sie in spitze schwarze Wildlederschuhe mit einem hohen, schmalen Absatz. Folg-mir-nach-Hause-Schuhe nannten sie die Mädchen in der Werkstatt.

Grace hatte bereits ihr Make-up aufgetragen, wozu ein Lippenstift von Helena Rubinstein in einem Rotton gehörte, der etwas aufdringlich gewirkt hätte, wäre er nicht mit fachkundiger Hand appliziert worden. Nun kümmerte sie sich um ihre Frisur und arrangierte die dunklen Locken so, dass sie nur eine einzige mit Edelsteinen besetzte Haarspange herausziehen musste, um sie zu lösen und über ihre Schultern fallen zu lassen. Schließlich legte Grace noch die Diamantohrringe von Van Cleef & Arpels an, band das Boucheron-Armband um ihr Handgelenk und befestigte die atemberaubende Pantherbrosche neben ihrem freizügigen Dekolleté.

Obwohl der bevorstehende Abend einige Risiken barg, empfand Grace eine professionelle Distanz, als sie das Ergebnis ihrer sorgfältigen Vorbereitungen in dem langen Spiegel betrachtete. Sie musterte sich zunächst aufmerksam von vorn, dann drehte sie sich um und begutachtete sich mit einem kleinen Handspiegel von hinten.

Den letzten Schliff verlieh ihr ein Spritzer Parfum hinter die Ohren, zwischen die Brüste, in die Armbeugen und auf den Nacken. Sie hatte nicht das sittsame Miss Dior gewählt, sondern Elsa Schiaparellis unverkennbaren Duft Shocking. Er passte zum Anlass.

Nachdem Grace ihre Abendtasche aus Satin genommen hatte, ging sie zügig zur Tür. Doch dann zögerte sie. Sie ging noch einmal zurück zum Spiegel und betrachtete sich ein weiteres Mal.

»*Bonne chance*«, wünschte sie ihrem Spiegelbild.

Auf Orlys Tisch in dem vergoldeten Jugendstilsaal des Maxim's stand eine leere Flasche Pol Roger neben einem kaum berührten Teller Wachteln und iranischem Kaviar. Er beugte sich vor, ließ den Blick über Grace' volle, leuchtend rote Lippen und ihr Dekolleté zu den Brüsten gleiten. »Ich gestehe, ich verfüge über einige Erfahrung«, sagte er schmeichelnd, »dennoch ist mir noch nie eine Frau wie Sie begegnet.«

»Aber gewiss doch, jede Frau ist einzigartig.«

»Nicht wirklich. Ich glaube, als Shakespeare von Cleopatras ›unendlicher Vielfalt‹ sprach, hat er an eine Frau wie Sie gedacht.«

»Ach ja?«

»Ja, und ich sage Ihnen auch, warum. Erstens, ich kann nicht aufhören, Sie anzusehen.«

»Danke, Giscard – ich habe Ihr Interesse wohl bemerkt«, neckte Grace.

»Sie sind eine äußerst begehrenswerte Frau. Ich habe Sie bislang nur zweimal gesehen, aber beide Male war Ihre Anziehungskraft sehr stark. Heute Abend sind Sie mit dem

Schmuck, der Ihrer Schönheit angemessen ist, noch faszinierender.«

Er erinnert mich daran, dass er meinen Preis kennt, dachte sie.

»Zweitens, obwohl Sie ganz offensichtlich keine Aufmerksamkeit scheuen, haben Sie etwas Geheimnisvolles an sich. Ich habe das Gefühl, als hätte ich den ganzen Abend geredet, während Sie kaum ein Wort gesagt haben.« Mit forschendem Blick sah er sie aus seinen schwarzen Augen an.

»Doch das macht nichts, ich kenne die perfekte Methode, um mehr über Sie zu erfahren«, sagte er. »Wir nehmen einen Cognac in meinem Stadthaus.« Das war keine Frage, sondern eine Absichtserklärung.

Gut, wenn er meint, die Zügel in der Hand zu haben, wird er unachtsam werden, dachte Grace.

»Nichts würde ich lieber tun, als mit Ihnen in vertraulicher Umgebung einen Digestif zu trinken.« Sie schenkte Orly ein verführerisches Lächeln. »Aber ich bedaure«, sagte sie, und ihr Lächeln verblasste, »dass Ihr Stadthaus, so wundervoll es sein mag, mich nicht interessiert.«

»Ich versichere Ihnen, dass ich uns jederzeit eine Suite im Hotel Crillon besorgen kann oder im George V., wenn Ihnen das lieber ist«, bot Orly schnell an.

»Ich möchte nicht irgendwohin gehen, wo Sie schon mit anderen Frauen gewesen sind.«

»Wohin dann?«

Grace senkte die Stimme. »Ich schlage vor, dass wir in Ihr Büro gehen.«

»Wie bitte? Sie meinen ins Ministerium?« Orly zog eine Augenbraue hoch.

»Genau. Ich will offen sein. Es gibt eine Menge Männer, die meine Gesellschaft suchen – reiche, gut aussehende Männer mit viel Charme. Die interessieren mich aber nicht.

Und jetzt werde ich Ihnen sagen, warum Sie mich interessieren.«

Orly richtete sich stolz auf. »Fahren Sie fort.«

»Giscard, es versteht sich von selbst, dass Sie ebenfalls gut aussehend, reich und charmant sind. Aber Sie haben das gewisse Extra. Es ist diese Aura von Macht. Zum Teil hängt das mit Ihrer Position zusammen, aber ich habe das Gefühl, es steckt noch mehr dahinter, eine angeborene Autorität. Jetzt sind Sie Minister, aber ich wage zu behaupten, dass Sie eines Tages genauso gut französischer Präsident werden können. Und von dieser Macht fühle ich mich enorm angezogen.« Grace befeuchtete ihre Lippen. »Das habe ich sofort gespürt, als wir uns begegnet sind.«

Ehe Orly etwas antworten konnte, erschien der Oberkellner des Maxim's an ihrem Tisch.

»Ich hoffe, alles war zu Ihrer Zufriedenheit, Minister«, sagte er eine Verbeugung andeutend. »Vielleicht wünschen Sie und Mademoiselle noch einen Brandy nach dem Kaffee? Wir haben einige vorzügliche Jahrgänge da.«

»Heute Abend nicht, George. Nur die Rechnung, bitte«, sagte Orly hastig und scheuchte den Mann mit einer Geste davon.

»Also, wo waren wir? Ich glaube, Sie sagten, Sie würden gern mit in mein Büro kommen«, drängte Orly.

Grace flüsterte: »Ich möchte mich Ihnen an dem Ort hingeben, an dem Sie Ihre Macht ausüben. So wird Sie jedes Mal, wenn Sie den Raum betreten, einen Anruf entgegennehmen oder einen Kollegen empfangen, die Erinnerung an das erregen, worum ich Sie dort gebeten habe.«

Kein schlechter Anfang, überhaupt nicht schlecht, befand Grace. Sie saß neben Orly auf der Rückbank seiner Limousine, die von einem Chauffeur gesteuert wurde, und dachte gerade über den zufriedenstellenden Verlauf des Abends nach, als Orly über die Innenseite ihres Schenkels strich. Obwohl sie darauf vorbereitet war, dass das passieren konnte, musste sie den Drang unterdrücken zu schreien und sich ihm zu entziehen. Es war, als wäre sie wieder ein Kind, das eine Gänsehaut bekam, wenn es eine glatte Schlange auf seinem Körper spürte. Der Unterschied war, dachte sie finster, dass jetzt niemand da war, um sie zu retten.

Nachdem der uniformierte Fahrer die Limousine durch die hohen schwarz-goldenen Tore des Ministeriums gelenkt hatte, hielt er auf einer Seite des mit Kopfsteinpflaster ausgelegten Hofs. Mit undurchdringlicher Miene öffnete der Chauffeur erst Orly, dann Grace die Tür. Nachdem der Minister ihr hinausgeholfen hatte, nahm der Fahrer wieder seinen Platz hinter dem Lenkrad ein und fuhr davon.

Mit einem großen Messingschlüssel schloss Orly die Vordertür des herrschaftlichen *hôtel particulier* aus dem achtzehnten Jahrhundert auf, dann geleitete er Grace in eine luftige Halle, die leer war bis auf ein paar ernste Porträts von ehemaligen Ministern. Orly fasste ihren Arm und führte sie einen hallenden Flur hinunter, bis er eine Doppeltür erreichte. Orly öffnete sie mit einem zweiten, etwas kleineren Messingschlüssel und trat zur Seite.

»Nach Ihnen, Mademoiselle«, sagte er.

Grace fand sich in einem riesigen Raum mit hoher Decke wieder, der in jenem hochherrschaftlichen Stil eingerichtet war, der – ganz gleich welcher politischen Richtung die Regierung anhing – in Frankreichs repräsentativen Gebäuden bevorzugt wurde. Vor deckenhohen Fenstern hingen schwere rote Samtvorhänge, die mit goldenen Kordeln zurückgehalten wurden. Auf dem Parkettboden lag ein großer

Aubusson-Teppich mit einem Muster in Blau und Bordeaux, die Wände waren gold-weiß getäfelt.

Erleichtert stellte Grace fest, dass der Schreibtisch des Ministers, die Stühle, der Couchtisch und die Bar, die neben einem Coromandel-Paravent stand, genauso platziert waren, wie Nicole es ihr anhand der Skizze vorhergesagt hatte. Am wichtigsten von allem war ein Corot-Gemälde von einer nebligen Landschaft, das an der rückwärtigen Wand hing.

»Sie sprachen von dem Ort, an dem ich Macht ausübe. Haben Sie ihn sich so vorgestellt?«, fragte Orly mit ausladender Geste.

»Es ist perfekt«, antwortete Grace. »Jetzt müssen Sie bitte nur noch hinter Ihrem Schreibtisch Platz nehmen, Giscard. Ich möchte mich um unsere Getränke kümmern.«

»Soll ich das nicht übernehmen?«, fragte Orly skeptisch.

»Och, bitte«, sie zog einen koketten Schmollmund, »ich habe eine kleine Überraschung für Sie.«

Grace glitt hinter den Lackparavent. Was sie vorhatte, gehörte nicht zu Nicoles Vorbereitungen, doch sie war tief davon überzeugt, dass ihr Erfolg – und ihre Sicherheit – davon abhingen, dass sie Orly so gut wie möglich mit ihrem Anblick bannte.

Sie atmete tief durch, zog rasch ihr Spitzenkleid aus und holte das kleine Röhrchen aus seinem Versteck in ihrem Korsett. Nachdem sie den Inhalt in ein Glas geleert hatte, legte Grace das Röhrchen in ihre Tasche, schenkte zwei Gläser ein und trat hinter dem Paravent hervor.

Nur in hohen Schuhen, Strümpfen und ihrer aufreizenden Unterwäsche, in jeder Hand einen Brandy, posierte Grace, als würde sie zu Beginn einer Modenschau den Salon betreten. *Zeig ihm, was er meint, gekauft zu haben*, dachte sie.

»Mademoiselle Dubois, Sie erregen und erstaunen mich gleichermaßen«, sagte Orly anerkennend.

Grace spürte seinen verlangenden Blick, als sie mit sinnlichem Hüftschwung den Raum durchquerte. Sie reichte ihm eins der Brandygläser und sagte: »Auf einen denkwürdigen Abend.«

»In der Tat.« Orly leerte sein Glas.

Anschließend war all sein Charme verflogen, wie bei einer Schlange, die sich gehäutet hatte. Sein Blick wurde kalt, seine Haltung bekam etwas Grobes. Diese Veränderung in seinem Verhalten wäre ohne Folgen, sobald die Wirkung der Droge, die sie Orly ins Glas geschüttet hatte, einsetzte. Grace spürte zum ersten Mal Angst in sich aufsteigen.

»Es wird Zeit, Mademoiselle Dubois«, sagte Orly ungeduldig. »Wir fangen an.«

»Wie Sie wünschen, Minister.« Sie war entschlossen, sich ihre wachsende Angst nicht anmerken zu lassen.

»Setz dich auf den Schreibtisch, mit dem Gesicht zu mir«, befahl er.

Grace gehorchte und drapierte ihre Beine auf eine Weise, die keinen Zweifel daran ließ, wie schamlos sie sich geben wollte. Ganz gleich, was passierte, sagte sie sich, sie musste die Nerven behalten und weiter die Rolle einer geübten Kurtisane spielen.

»Öffne dein Haar.«

Grace löste die Nadel mit den Edelsteinen und schüttelte ihre dunklen Locken.

Orly hielt die funkelnden Schlangenaugen auf sie gerichtet. »Jetzt zieh dich aus«, sagte er und zeigte auf ihren BH.

Langsam öffnete Grace den Verschluss und ließ die schwarze Seide fallen.

Kapitel 37

Giscard Orly saß zusammengesunken in einem übergroßen Empiresessel. Seine Augen waren geschlossen, der Kopf mit dem schwarzen, mit Brillantine zurückgekämmten Haar hing schlaff zu einer Seite hinunter, und aus seinem Mundwinkel floss eine kleine Speichelspur. Grace beugte sich über den schlummernden Mann. Sie würde ihn durchsuchen müssen.

Vorsichtig schob sie eine Hand in Orlys rechte Hosentasche. Dann hörte sie zu ihrem Entsetzen ein leises Kratzen. Im Schloss wurde ein Schlüssel umgedreht.

»Sicherheitsdienst!«, verkündete eine barsche Stimme.

Grace hatte gerade noch genug Zeit, höchste Erregung zu mimen und drückte voller Abscheu Orlys Gesicht an ihre nackten Brüste. Ein Lichtstrahl fiel auf die weiß-gold getäfelten Wände. Kurz drauf erschien ein Wachmann in Uniform mit einer Taschenlampe in der Hand. In dem flackernden Lichtschein wirkten seine Gesichtszüge grotesk; er sah aus wie einer der Wasserspeier von Notre-Dame.

Trotz ihres hämmernden Herzens zwang Grace sich, ihre Maskerade aufrechtzuerhalten. Daraufhin sah der Wachmann keine beschämte Grace Woods, sondern Mademoiselle Dubois, eine halbnackte Kurtisane, die ihm schamlos zuzwinkerte.

Zum Glück war die Vorliebe des Ministers für anziehende junge Frauen überall bekannt.

»*Excusez-moi*«, murmelte der Wachmann mit einem kaum unterdrückten Grinsen. Eilig trat er den Rückzug an und schloss die Tür hinter sich.

Grace ließ Orly los, dessen Kopf wieder gegen den Sessel zurücksackte. Sie blieb jedoch, wo sie war, und lauschte aufmerksam, bis sie hörte, wie die Schritte sich entfernten. Erst als es ganz still war, setzte sie ihre Suche fort. Vorsichtig tastete sie in der Tasche. Sie war leer. Grace zwang sich zur Ruhe und wandte ihre Aufmerksamkeit der anderen Hosentasche zu.

Als sie ein gefaltetes Papier fühlte, wusste sie, dass das Glück ihr diesmal gnädig war. Sie fasste es mit Daumen und Zeigefinger und zog es vorsichtig heraus. Orly hustete, woraufhin sie zusammenzuckte und fast den Zettel fallen ließ. Wieder wartete sie angespannt und reglos. Als sein gleichmäßiges volles Schnarchen wieder ertönte, hielt Grace triumphierend das Papier ins Licht.

Der Code war – nein! Sie konnte es nicht fassen. Auf dem Zettel standen nur ihr Name und die Telefonnummer des Maxim's. Ihr Hochgefühl erstarb so schnell, wie es gekommen war. Sie musste weitersuchen.

Ihre Verzweiflung wuchs, während sie systematisch Orlys Jacke durchsuchte. Sie fand seine Brieftasche, einen kleinen Silberstift, einen Schildpattkamm, ein Taschentuch mit Initialen und einen kleinen ledergebundenen Terminkalender. Sonst nichts. Dann schloss sie die Hand um eine Karte, die in einer losen Ecke seines Futters steckte. Langsam zog Grace sie heraus, endlich hatte sie die Zahlenkombination für den Safe gefunden.

Wie Philippe ihr versichert hatte, konnte sie ihre nächste

Aufgabe im Dunkeln ausführen, nachdem sie die Schaltbilder auswendig gelernt und mit einem Safe gleicher Bauweise geübt hatte – und das war gut so, denn bis auf die einzelne Schreibtischlampe war der Raum dunkel. Sie konnte keine weiteren Lichter einschalten, aus Angst, Orly zu wecken. Stattdessen streckte Grace die Arme hoch und entfernte vorsichtig das Landschaftsbild von Corot. Dort befand sich der in die Wand eingelassene Safe.

Grace steckte sich das offene Haar hinter die Ohren. *Konzentriere dich,* ermahnte sie sich. Sie versuchte, ihren Atem zu beruhigen und die Hand ganz still zu halten. Dennoch zitterten ihre Finger, als sie das schwarze Rad einmal nach links drehte und bei der Nummer vier einrasten ließ. Zwei Drehungen nach rechts und bei der Sieben halten, gefolgt von drei weiteren Drehungen nach links, bis das Rad bei der Neun einrastete. Sie hörte ein befriedigendes Klicken. Die Tür schwang auf.

»Verdammt«, flüsterte sie leise, als einer ihrer Ohrringe auf den Boden fiel. Nachdem sie einen kurzen Blick auf Orly geworfen hatte, hob sie den funkelnden Clip schnell auf und befestigte ihn wieder. Sie durfte keine Zeit verlieren. Sie musste den Safe durchsuchen.

Darin befanden sich diverse Lederschatullen, zwei Pässe, einige Dokumente und ein dicker Packen Bargeld. Doch es gab nur einen unversiegelten Umschlag. Ein Blick auf den einzelnen Bogen Papier genügte, um festzustellen, dass es sich um die Anweisungen für den Anschlag handelte, sie waren in der Handschrift des Ministers verfasst.

Grace wandte sich zu dem Coromandel-Paravent um und ließ den Umschlag in ihre Handtasche gleiten. Erst dann fiel ihr auf, dass sie immer noch in Slip, Korsett und Strümpfen war. Ihr BH lag noch auf dem Schreibtisch des Ministers, wo sie ihn fallen gelassen hatte. Grace schnappte sich ihn und zog ihn an, rasch gefolgt von ihrem Kleid.

Dann kehrte sie mit rasendem Herzen zu dem Tresor zurück, schloss leise die Tür, drehte das Rad und hängte den Corot wieder davor. Schließlich schob sie die Karte mit der Safekombination zurück in ihr Versteck in dem losen Saum von Orlys Jackett.

Grace seufzte erleichtert auf. Hoffentlich würde der treulose Minister erst in einigen Stunden aus seinem Drogenrausch erwachen und darauf vertrauen, dass der Plan der Sowjets sicher war. Er würde sich wirr und unwohl fühlen, aber er würde einfach annehmen, er habe Völlerei betrieben. Falls er sich Sorgen um Lücken in seiner Erinnerung machen sollte, hinterließ sie eine eilig geschriebene Nachricht auf seinem Schreibtisch: *Giscard, was sind Sie für ein Mann! Der Abend war unvergesslich. Mademoiselle D.*

Vorsichtig steckte sie den Kopf in den Korridor. Alles war still und ruhig. Die Schuhe in der einen, die Handtasche in der anderen Hand ging sie lautlos in Richtung Eingangstür. Sie hatte die Eingangshalle mit den mürrischen Porträts der Minister fast erreicht, als sie abrupt stehen blieb. Sie hatte Licht aufscheinen sehen.

Das muss dieser widerliche Wachmann sein, der noch eine Runde auf der Etage dreht. Grace sah sich um. Sie konnte nirgendwohin laufen, sich nirgends verstecken. Dann entdeckte sie eine Tür – sie war in derselben Farbe bemalt wie die Wand. Inständig hoffend, dass sie nicht ins Verderben führte, trat sie eilig hindurch.

Grace schloss die Tür hinter sich und stand im Dunkeln. Plötzlich krachte es, sie war mit dem Bein gegen etwas gestoßen. Sie tastete in der Dunkelheit und stellte fest, dass sie gegen einen Blecheimer getreten war. Auf der Suche nach einem Lichtschalter strich sie erst über die eine, dann über die andere Wand und fühlte eine Reihe kleiner Schalter. Sie betete, dass sie nicht den Hauptschalter erwischte, plötzlich das gesamte Gebäude erhellte – und den Wachmann geradewegs zu ihrem Versteck führte –, und drückte den ersten in der Reihe nach unten. An der Decke erwachte eine einsame Glühbirne flackernd zum Leben. Grace lauschte aufmerksam und erwartete schnelle Schritte zu hören. Doch nichts.

Sie stand in einer Art Putzkammer. Auf der einen Seite hingen Overalls an diversen Haken, in der Ecke standen Wischmopp und Besen. Das gegenüberliegende Regal enthielt diverse Seifen, Bürsten und Lappen.

Grace schaltete das Licht wieder aus. Dann öffnete sie die Wandtür ganz langsam einen winzigen Spalt.

»Es ist zwei Uhr«, hörte sie den Wachmann sagen. »Du bist also bis zehn Uhr dran.«

Der andere erwiderte: »Und du?«

»Ich habe eine Doppelschicht«, grummelte der Wachmann. »Aber das Geld stimmt. Der Chef ist etwas in Panik wegen des Nationalfeiertags. Er will, dass von jetzt an einer von uns an der Eingangstür Wache hält. Wir können uns abwechseln, bis die Reinigungsleute um neun Uhr kommen. Sonst wird niemand erwartet. Der Minister ist übrigens hier, aber wenn du schlau bist, störst du unseren Romeo lieber nicht.« Der Mann lachte höhnisch. »Er ist vollauf beschäftigt.«

Grace hörte, wie ein Stuhl kratzend zur Eingangstür gezogen wurde. Sie spähte hinaus und sah, dass derselbe Wachmann, der in Orlys Büro geplatzt war, sich jetzt mit diversen Zeitungen und einer Thermosflasche am Eingang niedergelassen hatte.

Sie war gefangen. Grace schloss die Tür und sank auf den Boden. *Ich hätte wissen müssen, dass es nicht so leicht wird, wie es aussah,* schalt sie sich. *Wie um Himmels willen konnte ich nur glauben, dass mich mein Beruf als Mannequin dazu befähigt, Geheimpapiere vom Feind zu stehlen?*

Sie zog die Knie an die Brust und ging ihre Optionen durch. Wenn sie ihr Versteck verließ und versuchte, einen anderen Ausweg aus dem Gebäude zu finden, riskierte sie, dem zweiten Mann zu begegnen. Doch sie konnte nicht durch die Vordertür verschwinden, ohne an dem dort positionierten Wachmann vorbeizumüssen.

Grace' Gedanken rasten. Sie überlegte und verwarf ein halbes Dutzend zunehmend abwegiger Pläne. Dann ging sie sie erneut durch. Es gab eine einzige Idee, die eine kleine Chance auf Erfolg hatte. Sie musste sich noch einmal als jemand anders ausgeben.

Grace zog ihr Kleid aus. *Schon zum zweiten Mal diese Nacht,* dachte sie ironisch – zumindest war sie als Mannequin geübt darin, sich im Handumdrehen umzuziehen. Sie schaltete das Licht wieder ein und schlüpfte in einen Overall, gefolgt von den kleinsten Gummischuhen, die sie in der Reihe auf dem Boden finden konnte.

Grace steckte den offiziellen französischen Berechtigungsnachweis in die einzige Tasche des Overalls. Schmuck, Schuhe, Kleid und Handtasche packte sie in den Metalleimer, dann rieb sie sich so gut es ging mit einem der Lappen das Make-up aus dem Gesicht. Ein weiteres großes Tuch legte sie sich um ihr Haar und band es unter ihrem Kinn zusammen. Es war nicht gerade ein Schal von Hermès, aber zumindest erfüllte er seinen Zweck. Schließlich schaltete sie das Licht aus. Nun konnte sie nichts mehr tun, außer zu warten.

Kapitel 38

Donnerstag, 14. Juli

Es kam ihr vor, als habe sie die ganze Nacht in der Kammer gehockt, doch als sie auf ihrer Armbanduhr nach der Uhrzeit sah, war es erst halb vier Uhr morgens. Es wurde vier, dann fünf. Grace versuchte, die Geräusche, die sie hin und wieder von draußen vernahm, zu ignorieren. Wenn sie nicht entdeckt würde, konnte sie vielleicht das Leben des amerikanischen Botschafters immer noch retten. Sie war schrecklich müde. Sie konnte sich nicht erinnern, je so erschöpft gewesen zu sein. Egal, wie sehr sie sich zwang, wach zu bleiben, ihre Lider flatterten und fielen schließlich zu.

Grace blinzelte. *Ich werde einfach noch mal auf die Uhr sehen*, dachte sie, öffnete die Augen und fuhr erschrocken hoch. Es war fast neun Uhr. Sie sprang auf, öffnete mit rasendem Herzen die Tür ein paar Zentimeter und lauschte.

Nichts. Jetzt sehnte sie sich nach Lärm, Aufruhr, Menschen. Sie brauchte geschäftiges Treiben, und die Arbeiter mussten eintreffen. Dann, um fünf nach neun, hörte sie, wie der Stuhl am Eingang über den Boden kratzte und an seinen ursprünglichen Ort zurückgestellt wurde. Die Eingangstür wurde aufgeschlossen und aufgeschoben. Endlich ertönte Lachen, Begrüßungen wurden getauscht – »*Joyeux quatorze juillet*«, und »*Bonne fête nationale*« – es folgten Schritte von mehreren Personen, die den Flur herunterkamen.

Mit Eimer und Mopp bewaffnet, den Kragen hochgeschlagen, den Kopf gesenkt, das Tuch ins Gesicht gezogen, glitt Grace aus der Kammer.

»Sie sind ja eifrig«, sagte eine Frau mit rauer Stimme.

»Ich war früh hier!«, murmelte Grace. »Wegen des Nationalfeiertags hat man mich gebeten, den Weg draußen zu scheuern. Manche haben das große Los gezogen«, fügte sie mürrisch hinzu.

Noch immer mit hängendem Kopf und mit abweisender finsterer Miene ging sie ungehindert an dem lüsternen Wachmann vorbei und schlurfte durch die Tür.

Fast war sie frei. Aber würde sie zu spät kommen? Sie schob den Mopp vor sich her und ging, so schnell sie konnte, ohne Verdacht zu erregen. Es war mitten im Sommer und bereits sehr heiß. Sie spürte die Sonne in ihrem Nacken, ein Schweißtropfen lief ihr den Rücken hinunter.

An der Ecke blickte sich Grace flüchtig um. Niemand achtete auf sie. Sie war es gewohnt, angesehen und bewundert zu werden, daran, dass man ihr schöne Augen machte – jetzt war sie dankbar, dass sie dank ihrer Verkleidung so gut wie unsichtbar war. Nachdem sie sich noch ein letztes Mal umgesehen hatte, floh sie schnell eine Seitenstraße hinunter. Endlich war sie außer Sichtweite, und dort war Philippes Motorrad angeschlossen.

Sie suchte in dem Eimer, fand ihre Handtasche und holte den Schlüssel heraus. Doch als sie versuchte, das Motorrad aufzuschließen, wollten ihre Hände nicht aufhören zu zittern. Grace zwang sich, sich zu konzentrieren. Sie dachte an die Männer und Frauen, die mit Philippe in der Résistance gekämpft hatten. Sie waren immer wieder gefährlichen

Situationen ausgesetzt gewesen. Sie musste nur diese eine Aufgabe zu Ende bringen.

Schließlich ging das Schloss auf. Sie öffnete eine der Gepäcktaschen und warf den Inhalt des Eimers hinein, dann schwang sie sich auf die schnelle Maschine. Sie startete den Motor und fuhr los. Als sie die Straße hinuntersauste, spürte sie, wie ihre Nervosität nachließ. Jetzt war ihre einzige Angst nur noch, dass sie David Bruce nicht rechtzeitig erreichte.

Grace beschleunigte stark, als sie die Avenue d'Iéna hinunterfuhr, dann kam sie vor der großen Residenz zum Stehen. Sie stieg eilig ab, schob das Motorrad gegen eine Mauer und rannte zur Haustür, wo ein kräftig gebauter US-Marine ihr den Weg versperrte.

»Ich muss Botschafter Bruce sprechen.«

»Tut mir leid, Ma'am, ohne Berechtigungsschein kommt hier niemand rein.«

»Keine Sorge, den habe ich hier.« Sie schob die Hand in die einzige Tasche des Overalls, doch sie war leer. Sie stöhnte. Auf ihrer waghalsigen Fahrt musste der Wind den dringend benötigten Nachweis weggeweht haben. »Es tut mir leid, sie ist weg«, sagte sie. »Aber Sie müssen verstehen. Ich habe eine absolut geheime, dringende Nachricht für den Botschafter. Es geht um Leben und Tod!«

Der Marine begann zu lachen. »Bitte verzeihen Sie, Ma'am, aber so, wie Sie aussehen, würde ich sagen, dass Sie sehr wahrscheinlich im Besitz eines Besens, aber nicht von geheimen Botschaften sind. Vermutlich ist das ein Scherz zum vierzehnten Juli, so etwas wie ein Aprilscherz.«

Er lachte noch immer, als die Tür aufschwang und zwei Beamte in Nadelstreifenanzügen herausschlenderten. Da sah

Grace ihre Chance gekommen. Sie sprintete hinein, dicht gefolgt von dem jetzt wütenden Wachmann.

»Stehen bleiben! Stehen bleiben!«, rief er und stürzte sich auf sie. Grace war dem riesigen Mann nicht gewachsen. Er packte mit der einen Hand ihren Arm und blies mit der anderen in eine Pfeife.

Während Grace versuchte, sich loszureißen, sah sie zwei Männer mit strengen Gesichtern und in dunklen Anzügen eilig auf sich zukommen. Schäumend vor Wut und Verzweiflung sah sie keine Aussicht zu entkommen, als sie eine große elegante Frau mit schweren Lidern bemerkte.

»Mrs. Bruce!«, rief sie.

Einen Moment blieb die Frau stehen, dann trieb eine Eskorte sie zum Ausgang.

»Diese Beamten werden Sie befragen«, knurrte der Marine Grace zu.

»Auf gar keinen Fall!«, platzte es aus ihr heraus.

Wie durch ein Wunder stand Mrs. Bruce auf einmal vor ihr. »Bitte, Gentlemen, Sie können diese Frau loslassen. Ich kenne sie«, sagte sie und wandte sich an Grace. »Miss Dubois, im ersten Moment habe ich Sie in dieser … Verkleidung nicht erkannt. Doch als ich sie habe rufen hören – nun ja, kam mir der Akzent bekannt vor. Was um alles in der Welt ist los?«

Schnell erklärte Grace ihr das Problem.

»Mein Gott!« Mrs. Bruce sah sie entsetzt an. »David ist schon weg.«

»Er ist weg?«

»Ja, vor einiger Zeit schon. Er sollte jetzt mit dem französischen Präsidenten auf der Bühne an der Place de la Concorde sein. Der Umzug kommt in knapp zwanzig Minuten bei ihnen vorbei. Ich wollte David später zur Flugschau treffen.«

»Passen Sie auf, ich habe ein Motorrad draußen«, sagte Grace. »Am besten fahre ich sofort los.«

Mrs. Bruce schüttelte den Kopf. »Das ist hoffnungslos, da kommen Sie nicht durch. Es ist alles abgesperrt, die lassen Sie niemals vorbei. Wenn wir ihn nur benachrichtigen könnten!«

»Was ist das Problem?«

»Die Telefonanlage ist ausgefallen. Seit dem Krieg wurde sie von Klebeband und blindem Vertrauen zusammengehalten. Teufel, warum musste sie ausgerechnet heute kaputt gehen?«

»Klingt für mich eher nach Sabotage«, sagte Grace aufgebracht, der nur zu bewusst war, dass mit jeder Minute, die verstrich, die Bedrohung für das Leben des Botschafters wuchs. »Ich muss doch irgendetwas tun können!«

»Ich habe einen Diplomatenausweis mit einem Passfoto. Damit komme zumindest ich an den Kontrollpunkten vorbei«, sagte Mrs. Bruce. »Aber bei dem Verkehr brauchen wir mit einem Botschaftswagen viel zu lange.«

»Sieht aus, als hätten wir mit dem Motorrad größere Chancen«, sagte Grace.

Mrs. Bruce nickte. »Solange ich Sie begleite.«

Kapitel 39

Grace musterte die Botschafterin mit zweifelndem Blick. Sie war patriotisch in den französischen Nationalfarben gekleidet – die zufällig auch die der Vereinigten Staaten waren – und trug ein blaues Diorkleid mit einem großen weißen Kragen und Manschetten. Auf dem Kopf saß ein kecker blauer Pillbox-Hut mit langen roten Bändern.

»Keine Sorge wegen meiner Aufmachung«, sagte Mrs. Bruce. »Ich weiß, wie man auf einem Motorrad sitzt.«

Grace grinste. »Na, dann fahren wir!«

Wie bei einem Film im Schnelldurchlauf schien sich alles, was als Nächstes passierte, in höherem Tempo abzuspielen. Grace stürmte aus der Botschaft und warf sich auf das Motorrad. Nach einem kurzen Wortwechsel mit dem protestierenden Sicherheitspersonal folgte Mrs. Bruce. Die zwei Frauen rasten die Avenue d'Iéna hinunter; Grace umklammerte den Lenker, während sich Mrs. Bruce an Grace festhielt, die roten Bänder ihres Hutes wehten im Fahrtwind.

Pont de l'Alma, Pont des Invalides … eine kunstvolle Brücke nach der anderen flog an ihnen vorbei. Als Grace die Avenue de New York hinunterraste, verschwammen der glitzernde Fluss, die Pappeln und die mit bunten Sommerblumen bepflanzten Urnen.

Dank Mrs. Bruces offiziellem Pass wurden die beiden an jedem neuen Streckenabschnitt durchgewunken – Cours Albert 1er, Cours de la Reine. Doch als sie die Kuppel aus Stahl und Glas des Grand Palais erreichten, spürte Grace ein Tippen auf ihrer Schulter.

»Nur noch zwölf Minuten!«, schrie Mrs. Bruce.

Sie näherten sich einer weiteren Straßensperre. Es blieb keine Zeit, anzuhalten. Grace ignorierte die gestikulierenden Beamten und wich nach rechts aus. Das Motorrad verlor die Bodenhaftung. Wenn sie nicht schnell reagierte, würden sie verunglücken. Grace neigte sich zur Seite, und Mrs. Bruce tat es ihr gleich. Anstatt das Tempo zu drosseln, gab Grace Gas und beschleunigte. Sie roch verbranntes Gummi. Die zwei Frauen machten sich auf das Schlimmste gefasst. Das Motorrad schlingerte, die Reifen quietschten. Doch einen Sekundenbruchteil später war die Maschine wieder auf Kurs, und sie rasten weiter, allerdings nun verfolgt von einem Auto mit wütenden Polizisten.

»Alles in Ordnung, Mrs. Bruce?«, rief Grace über ihre Schulter nach hinten.

»Ja, aber ich glaube, unter diesen Umständen sollten Sie mich Evangeline nennen.«

»Wieso kennen Sie sich mit Motorrädern aus?«

»London, im Krieg. Ich war beim OSS.«

»Was?«, rief Grace.

»Das ist jetzt die CIA.«

Als sie schlingernd neben der Orangerie zum Stehen kamen, sprang Evangeline vom Motorrad und fasste Grace' Hand. »Jetzt ist es an Ihnen«, sagte sie. »Ich werde den *gendarmes* alles erklären.«

Grace wunderte sich über ihre Courage.

»Ich gehe zu David«, fügte sie hinzu und richtete rasch

ihren Hut. »Er wird nicht von seinen Plänen abrücken, aber dann bin ich wenigstens bei ihm, sollte das Schlimmste passieren.«

»Das wird es nicht – nicht, wenn ich es verhindern kann!«, rief Grace. Sie hatte Philippe entdeckt und lief bereits auf ihn zu. »Schnell!«, rief sie. »Das Attentat findet oben auf dem Jeu de Paume statt.«

»Was? Wie?«

»Siehst du das Gerüst? Es ist heute Morgen dort errichtet worden. Vier Männer wurden mit dem Aufbau betraut. Nur drei sind zurückgekommen. Der vierte ist unser Mann. Wenn das Orchester die französische Nationalhymne zu spielen beginnt, wird er den Botschafter erschießen.«

»In Ordnung. Ich gehe hoch.«

»Nicht ohne mich.«

»Bleib hier unten. Das ist viel zu gefährlich!« Philippe stellte seinen Fuß auf die erste Metallstrebe und zog sich hoch.

Grace würde Philippe diesem Killer nicht allein überlassen.

Als sie die zweite Ebene erreichte, war sie schweißgebadet. Sie riskierte einen Blick nach unten. Was ein Fehler war. Ihre Beine gaben nach, und auf einmal hing sie nur an ihren rutschigen, schweißnassen Händen an dem Gerüst. Mit den Gummischuhen an den Füßen war es unmöglich, wieder Halt zu finden.

Die Zeit blieb stehen. Der Lärm vom Platz unten erstarb. *Ich bin allein und bekomme ein Kind*, dachte Grace. Es wäre so leicht loszulassen.

Dann spürte sie, wie sie mit dem rechten Fuß eine Querstrebe erwischte und wieder Halt fand. Als Nächstes folgte ihr linker Fuß. Grace schluckte die Galle hinunter, die ihr aus der Kehle hochstieg, zog sich die letzten Meter hoch und taumelte auf das Dach des Jeu de Paume.

Fast fiel sie über einen riesigen glatzköpfigen Mann, der zusammengebrochen auf der Seite lag. Blut lief ihm aus der Nase, und er hatte böse Würgemale am Hals. Philippe stand schwer atmend über ihm, in einer Hand ein Würgeeisen.

»Gott sei Dank«, sagte Grace. »Du bist in Sicherheit, und Botschafter Bruce ebenfalls.«

Da ertönte ein Geräusch, das Kratzen von einem Stiefel auf Metall. Grace fuhr herum. Noch ein Mann, das Gesicht mit einer schwarzen Wollmütze maskiert, sprang aufs Dach. Er stieß sie aus dem Weg, schnappte sich das Gewehr des ersten Mannes und stürzte sich auf Philippe.

Grace war entsetzt. Von einem zweiten Attentäter hatte in den Anweisungen nichts gestanden. Und das Schlimmste: Er war bewaffnet. Vermutlich war der einzige Grund, aus dem er Philippe nicht sofort erschossen hatte, die Tatsache, dass der Umzug den Platz noch nicht erreicht hatte. Er brauchte das Geräusch der Trommeln und Trompeten, um den Schuss zu übertönen.

Schockiert sah sie zu, wie die beiden Männer brutale Schläge tauschten. Jeder Muskel in ihrem Körper war erstarrt. Sie konnte sich nicht rühren, konnte nicht schreien. Es war, als würde sie den schlimmsten Albtraum durchleben. Philippe befreite einen Arm und schlug dem Mann das glänzende Gewehr aus der Hand. Grace hörte, wie es klappernd aufs Dach fiel, aber der Killer hörte nicht auf. Er schlug Philippe zu Boden, schloss die Hände um seinen Hals und wollte ihn zu Tode würgen.

Ein plötzlicher Adrenalinschub machte Grace plötzlich wieder handlungsfähig. Sie stürzte zu der Waffe und nahm sie an sich, als gerade die Republikanische Garde auf die Place de la Concorde fuhr. In der Ferne waren verschwommen schwarz-goldene Uniformen zu sehen, rote Federn wehten an den Helmen der Zenturios. Ein Militärorchester spielte »La Marseillaise«, und die Hymne dröhnte aus diversen Lautsprechern.

Grace sah keinen Mann, sondern eine tödliche Schlange, bereit, zuzuschlagen, und drückte den Abzug.

Grace stürzte zu dem am Boden liegenden vermeintlichen Attentäter und riss ihm die Mütze vom Kopf.

»Du!«, schrie sie.

Halb geöffnete, funkelnde schwarze Augen. »Das nächste Mal, wenn du versuchst, einen Mann wie mich zu überlisten, sorg dafür, dass du keinen Diamanten zurücklässt.«

Natürlich. Sie musste einen Stein verloren haben, als ihr der Ohrring heruntergefallen war. Orly hatte ihn wie ein Alarmsignal auf dem Boden direkt vor dem Safe funkeln sehen und war misstrauisch geworden.

»Du bist tot«, zischte er und schloss die Augen.

Grace spürte, wie jemand auf vertraute Weise ihre Wange berührte. »Liebling«, sagte Philippe angespannt, »Gott sei Dank, dir geht es gut.«

Sie war wie betäubt und konnte den Blick nicht von dem dunklen Fleck lösen, der sich auf Orlys Brust ausbreitete.

»Hör mir gut zu«, sagte Philippe klar und deutlich, doch sie konnte seine Worte kaum aufnehmen. »Deine Aufgabe ist erledigt. Jetzt müssen wir so schnell wir können hier herunter.« Er ließ den Blick über das Dach gleiten, ein Auge war normal, das andere fast zugeschwollen. »Hier oben sind wir nicht sicher. Es könnten andere Schützen in der Nähe sein. Du gehst vor, ich folge dir.«

Sobald sie den Boden erreicht hatten, hielt Philippe die zitternde Grace fest in den Armen. »Es ist vorbei, alles ist vorbei, mein Liebling«, murmelte er. »Du warst großartig.

Und danke übrigens.« Er schenkte ihr sein spezielles Lächeln, das sie so liebte. »Es kommt nicht jeden Tag vor, dass eine wunderschöne, kluge Frau – insbesondere kein Pariser Model – einem das Leben rettet.«

Eine Gruppe *gendarmes* rannte auf sie zu. Grace beobachtete, wie Philippe ihnen etwas zurief und auf das Dach des Jeu de Paumes zeigte. Dann drehte er sich wieder zu ihr um.

»Philippe, es tut mir leid wegen neulich Abend …«, hob Grace an.

»Was, wegen Gaston? Ach, ich sollte mich entschuldigen. Du musst völlig aufgelöst gewesen sein bei dem, was du am nächsten Tag zu tun hattest. Mein Gott, ich kann nicht glauben, dass ich dich dem überhaupt ausgesetzt habe.« Er sah ihr in die Augen. »Lass mich dir dieses schreckliche Kopftuch abnehmen, damit ich dich küssen kann.«

Trotz allem, was sie durchgemacht hatte, weckte das Gefühl von seinem Mund auf ihren Lippen ihre Lust. In jenem Moment merkte sie mit beängstigender Sicherheit, dass ihre Sehnsucht nach ihm niemals aufhören würde, auch wenn ihre Liebe verboten war. Obwohl Grace wusste, was sie zu tun hatte, würde sie sich immer nur nach seiner Liebkosung sehnen.

Philippe löste sich von ihr. Mindestens ein Dutzend Männer in dunklen Anzügen kamen auf sie zu. »CIA«, sagte er. »Ich muss dringend mit diesen Beamten sprechen, und du musst irgendwohin gehen, wo du sicher bist.« Er fasste ihren Arm. »Geh unter keinen Umständen in die Rue Dauphine oder in die Nähe der Cafés in Saint-Germain. Du hast gehört, was Orly gesagt hat. Diese Männer sind sicher schon auf der Suche nach dir.«

Er deutete mit dem Kopf auf zwei Polizisten. »Ich sorge dafür, dass dich einer dieser Beamten zu Brigitte auf die Île

Saint-Louis bringt. Bleib den Rest des Tages dort. Später kann er dich zu dem Bistro in Belleville bringen, in dem wir zusammen waren. Weißt du noch, welches?«

Grace nickte.

»Niemand wird auf die Idee kommen, dort nach dir zu suchen. Triff mich da um fünf. Bis dahin sollte ich mir etwas überlegt haben.«

Sie kam nicht dazu, noch etwas zu sagen, denn Botschafter Bruce trat zu ihnen.

Er schüttelte Philippe die Hand. »Danke, junger Mann. Das war sehr mutig von Ihnen und dieser jungen Dame«, sagte er. »Und wie ich hörte, war Mrs. Bruce ebenfalls involviert? Nun, wahrscheinlich haben Sie schon gemerkt, dass meine Frau unberechenbar ist.« Die fröhliche Bemerkung des Botschafters konnte die Sorge in seinem aristokratischen Gesicht nicht verdecken.

»Ich kehre sofort in die Residenz zurück«, sagte er. »Es wurde ein umfassender Sicherheitsalarm ausgelöst, und jetzt, nachdem die Telefonleitungen zumindest zum Teil wieder funktionieren, stellen wir ein Team zusammen, das sich der Lage annimmt. Capitaine Boyer, ich fürchte, Sie werden sich von Ihrer Freundin verabschieden müssen. Sie werden für eine dringende Nachbesprechung gebraucht.«

»Ja, Sir.« Philippe drehte sich zu Grace. »Sieht so aus, als müsste ich dich verlassen«, sagte er. Dann flüsterte er: »*Je t'aime*« und fügte hinzu: »*À tout à l'heure.*«

»Bis später«, wiederholte Grace seine Worte. Sie sah, wie er sich entfernte, und konnte die Tränen nicht zurückhalten.

Kapitel 40

Grace fühlte sich derartig erschöpft, dass es ihre gesamte Willenskraft erforderte, einen bleischweren Fuß vor den anderen zu setzen.

»O nein!«, rief Brigitte, als sie auf das leise Klopfen hin die Tür öffnete und eine bleiche, schwankende Grace vor sich sah. »Komm, stütz dich auf mich. Marie-Hélène ist auch hier. Wir werden uns um dich kümmern.«

Grace streifte die Gummiüberschuhe ab, humpelte durch den Raum und brach auf einem Sofa zusammen.

»Danke. Ich … ich bin hundemüde«, murmelte sie.

»Meine Liebe, wo kommst du her? Und wo hast du diese merkwürdigen Kleider her?« Marie-Hélène zog die Stupsnase kraus und musterte Grace' Overall. »Na, egal. Wenn du dich besser fühlst, wird Brigitte dir sicher etwas zum Anziehen leihen.«

»Aber natürlich, und jetzt bringe ich dir erst mal einen Tee«, sagte Brigitte. »Ich weiß, dass die Engländer den in solchen Momenten trinken, ich nehme an, bei den Australiern ist es genauso. Ich hoffe, du magst Darjeeling.« Sie machte sich in der Küche zu schaffen, dann erschien sie mit einem Tablett und einer abgenutzten silbernen Teekanne, drei hübschen Tassen sowie einem Teller mit goldenen Madeleines.

»Ich habe gerade eine verwirrende Nachricht von Philippe erhalten.« Mit nachdenklichem Gesicht setzte Brigitte das Tablett ab. »Ich habe verstanden, dass es wohl einen politischen Vorfall gegeben hat und – oh, Grace, er sagte, dein Leben sei in Gefahr! Er hat nichts von deinem Zustand geschrieben, darum nehme ich an, dass du ihm nichts gesagt hast. Sonst hätte er dich mit Sicherheit nie in dieses gefährliche Geschäft hineingezogen.«

Marie-Hélène tippte mit dem hohen Absatz ihres Schuhs auf den Parkettboden. »Ehe wir darüber reden, was auch immer passiert ist, würde ich gern wissen, warum du Philippe nicht erzählt hast, dass du ein Kind von ihm erwartest.«

Grace blinzelte die Tränen weg, die sich in ihren Augenwinkeln sammelten. Nachdem ihr Part in dem gefährlichen Unterfangen erledigt war, drohten die beängstigenden Gedanken, die sie in den letzten vierundzwanzig Stunden verdrängt hatte, sie zu erdrücken. Doch sie musste irgendwie stark bleiben.

»Weil das Baby vielleicht nicht von ihm ist«, sagte sie.

Als Grace Brigittes und Marie-Hélènes entsetzte Gesichter sah, begriff sie, dass sie zumindest eins ihrer Geheimnisse nicht länger für sich behalten konnte – ihre treuen Freundinnen verdienten eine Erklärung. Sie sammelte ihre letzte Energie und erzählte langsam und mit dem Vorsatz, sich nicht von ihren Gefühlen überwältigen zu lassen, dass sie hauptsächlich nach Paris gekommen war, um aus ihrer Ehe zu fliehen.

Sie ignorierte Marie-Hélènes hochgezogene Augenbrauen und Brigittes scharfes Einatmen und berichtete ihnen von dem schrecklichen Vorfall an dem Abend von Jacks Besuch.

»Und dann hat er … hat er mich ein Flittchen genannt und ist davongestürmt«, sagte sie und konnte nicht verhindern, dass ihre Stimme bebte.

»Der Mann muss ein Monster sein!«, rief Brigitte.

»Ich weiß nicht.« Grace fasste sich. »Das stimmt, daran besteht wenig Zweifel, aber immerhin habe ich mich darauf eingelassen. Und es war nicht das erste Mal, dass wir Sex hatten, obwohl ich es nicht wollte – ich dachte immer, das wird von Ehefrauen erwartet.« Sie nahm ihre Teetasse. »Ich war vollkommen naiv und habe geglaubt, ein großes Problem zu lösen, wenn ich ein letztes Mal mit ihm schlafe. Jetzt sehe ich, dass ich dadurch alles noch hundertmal schlimmer gemacht habe.«

»*Oh, là, là*!«, sagte Marie-Hélène. »Ich hatte schon das Gefühl, dass du jemanden zurückgelassen hast, aber ich muss zugeben, damit habe ich nicht gerechnet. Als ich unser neues australisches Model mit den schwarzen Locken und dem hübschen Gesicht zum ersten Mal gesehen habe, hätte ich nie gedacht, dass ihr Leben sich als so, wie soll ich sagen, kompliziert erweisen würde.«

Im Stillen dachte Grace, dass ihre Freundinnen keine Ahnung hatten, wie kompliziert ihr Leben in Wahrheit war. Und so musste es bleiben. Die Vorstellung, wie schockiert sie erst wären, wenn sie ihnen jemals anvertraute, dass Philippe sich zu ihrer Schande als ihr eigener Bruder entpuppt hatte, entmutigte sie.

»Süße, du musst vernünftig sein«, beharrte Marie-Hélène. »Sag Philippe einfach, dass du ein Baby bekommst. Dies ist nicht die Zeit, sich wegen eines einzigen Fehltritts Sorgen zu machen, was immer es war. Ich rate dir zu vergessen, dass es jemals passiert ist.«

»Auch wenn ich das könnte«, sagte Grace, »es würde keinen Unterschied machen.«

Sie umklammerte ihre Tasse und versuchte sich zu sammeln. Grace war bewusst, dass ihre nächsten Worte nötig waren, dass sie jedoch jede Chance auf ein künftiges Leben mit dem Mann zerstörten, den sie so leidenschaftlich liebte.

»Philippe ist ein attraktiver Mann«, sagte sie und bemühte sich, gleichgültig zu wirken. »Wahrscheinlich habe ich mich deshalb hinreißen lassen. Aber nach dem, was er mir die letzten Tage zugemutet hat, bin ich zu dem Schluss gekommen, dass er mich zu sehr in Gefahr bringt.«

»Wo *hat* Philippe dich da nur hineingezogen?«, fragte Brigitte. »Ich weiß nur, dass es ziemlich ernst klang.«

»Das ist untertrieben. Ich bin mir nicht sicher, ob dir bewusst ist, worin seine Arbeit besteht. Sagen wir einfach, er hat mich in eine beängstigende Situation gebracht, in der es um Leben und Tod ging.«

»Das ist ja unglaublich!«, rief Marie-Hélène aus.

»Und das ist noch nicht alles. In der Folge hat Minister Giscard Orly – ein Mann, der sich als ebenso brutal wie korrupt herausgestellt hat – eine Bande Schlägertypen beauftragt, Paris nach mir zu durchforsten. Also, ja, mein Leben ist in Gefahr – und das alles wegen Philippe.«

Grace zwang einen Schluck Tee ihre Kehle hinunter. »Ich wäre euch dankbar«, sagte sie, »wenn ihr Philippe Boyer darum mitteilen würdet, dass ich ihn nicht mehr wiedersehen möchte. Und nie wieder ein Wort von ihm hören will – nie mehr.«

So. Sie war deutlich gewesen. Jetzt gab es keine Hoffnung mehr.

Einige Minuten lang sagte niemand ein Wort. Die Wohnung lag hoch über dem Quai d'Anjou, einer schmalen Kopfsteinpflasterstraße, die so nah an der Seine lag, dass die Freundinnen das Wasser gegen den Bug der vorbeifahrenden *bateaux mouches* schlagen hörten.

Brigitte durchbrach das Schweigen. »Es gibt nur eine Möglichkeit. Du musst Paris verlassen«, sagte sie.

»Ich weiß, du meinst es gut«, erwiderte Grace niedergeschlagen, »aber das ist leichter gesagt als getan. Wohin soll ich gehen? Wie soll ich leben?«

»Vielleicht ist es nicht so schwer, wie du denkst. Mein kürzlich verstorbener Vater kann dir helfen.«

»Das ergibt keinen Sinn.« Grace stützte sich auf ein verblichenes rosa Kissen.

»Ich meine mich zu erinnern, dass du mal gesagt hast, wir hätten alle unsere Geheimnisse.« Brigitte holte Luft. »Also, hier ist meins: Mein Papa war Graf d'Andoise.«

Marie-Hélène stieß einen Pfiff aus.

Grace sah ihre Freundin verständnislos an.

»Du musst morgen nach Charincourt fahren; auf sein Schloss. Dort bist du sicher. Dort werden Orlys Männer dich niemals finden.«

Grace' Kehle schnürte sich vor Angst zusammen. Sie hoffte, dass Brigitte recht hatte.

»Es liegt neben einer Abtei, und die Äbtissin kenne ich gut.« Brigitte zögerte. »Wie fändest du es«, fragte sie sanft, »wenn sie nach der Geburt eine Familie sucht, die das Kind bei sich aufnimmt?«

Ehe Grace antworten konnte, kam Marie-Hélène ihr zuvor. »Wenn du deine Schwangerschaft nicht abbrechen oder Philippe sagen willst, dass er der Vater ist, dann musst du das tun«, sagte sie. »Brigitte hat die perfekte Lösung für alle deine Probleme. Und ich werde mich um Madame Raymonde kümmern. Ich werde ihr sagen, dass in Australien etwas Schlimmes passiert ist, dass deine Mutter krank geworden ist und du sofort abreisen musstest. Keine Sorge, deiner netten kleinen Concierge werde ich dasselbe erzählen. Später kannst du Madame Raymonde schreiben und ihr sagen, dass sich die Lage beruhigt hat. Da ihr durchaus bewusst ist, dass die Kundinnen sich um alles reißen, was sie an deinem eleganten Körper sehen, wird sie dir mit Sicherheit daraufhin anbieten, in die *maison* zurückzukehren.«

Mit unbekümmerter Miene fügte Marie-Hélène hinzu: »In nicht mal einem Jahr wird alles wieder so sein, wie es war. Die politische Lage wird sich geklärt haben, du wirst deine *joie de vivre* wiedergefunden haben, und niemand wird etwas ahnen.«

Grace ließ die Schultern hängen. Alfred war tot. Philippe für immer verloren; ebenso vermutlich Reuben und Olive, und bald auch ihr armes Kind. Entgegen Marie-Hélènes optimistischer Vorhersage bezweifelte sie, dass sie jemals wieder glücklich sein würde.

Die drei jungen Frauen hatten gerade ein einfaches Abendessen, bestehend aus *oeuf mayonnaise,* beendet, als Marie-Hélène verkündete, dass sie zu Grace' Mansarde fahren werde.

»Macht euch keine Sorgen, es dauert keine fünf Minuten, alles Nötige zusammenzupacken«, versicherte sie ihren besorgten Freundinnen. »Und überhaupt«, sie warf ihr üppiges tizianfarbenes Haar nach hinten, »niemand sucht nach einer Rothaarigen – zumindest keiner von Orlys Bande.«

Daraufhin nahm sie ihre Louis-Vuitton-Tasche und wirbelte aus der Tür.

Grace wandte sich an Brigitte: »Ihr zwei wart so nett zu mir. Kann ich irgendetwas für euch tun?«

»Komm einfach fröhlich und gesund aus Charincourt zurück, und lass all deine Probleme hinter dir.«

»Aber es muss doch noch etwas anderes geben?«

»Du kannst mir beim Abwasch helfen.«

Grace trocknete einen Teller ab, als sie ein blasses Familienwappen darauf bemerkte. »Jetzt verstehe ich, warum du so zurückhaltend bist, wenn es um deinen Vater geht«, sagte sie. »Du willst nicht, nun, zu Hause sagen wir, damit angeben.«

Zu Grace' Überraschung verfinsterten sich Brigittes edle Gesichtszüge. Mit nassen, seifigen Händen fuhr sie zu Grace herum.

»Das hat nichts mit Bescheidenheit zu tun«, erklärte sie. »Sondern mit Scham! Mein Vater war einer der bekanntesten französischen Nazikollaborateure. Darum behalte ich seinen Namen für mich.«

»Brigitte, das tut mir leid. Ich hatte ja keine Ahnung.«

»Nun, leider ist sein Ruf in diesem Land ziemlich bekannt.« Sie griff nach einem Tuch und trocknete sich die Hände ab. »Rassismus hat unter den Männern des Adelsgeschlechts der Andoise eine lange, grausame Tradition. Es tut mir leid, ich verspreche dir, Philippe nach heute Abend nie mehr zu erwähnen, aber jetzt kann ich es dir nicht anders erklären. Erinnerst du dich noch, als ich dir erzählt habe, dass er und ich verwandt sind?«

»Vage.« Grace spürte, wie sich ihr Puls beschleunigte.

»Philippes Großvater, Emmanuel, war der jüngere Bruder meines Großvaters. Als Emmanuel eine Jüdin heiratete, warf Großvater ihm vor, den edlen Stammbaum der Andoises zu beschmutzen. Er verbot ihm und allen seinen Nachfahren, jemals wieder in die Nähe des Châteaus zu kommen. Darum habe ich Philippe nie gesehen, und ich weiß immer noch kaum etwas über seine Eltern. Ich habe gehört, dass seine Mutter im Krieg umgebracht wurde, aber das ist im Grunde alles.«

Brigitte verließ die Küche. »Setzen wir uns. Es gibt noch etwas, das ich dir erzählen will.«

Da ihre Muskeln schmerzten, ließ Grace sich dankbar auf das weiche, mit Baumwollstoff bezogene Sofa fallen. »Erzähl«, sagte sie.

Während Brigitte sprach, drehte sie eine Haarsträhne zwischen den langen Fingern. »Meine eigene Mutter ist bei einem Jagdunfall ums Leben gekommen, als ich noch sehr klein war«, begann sie. »Danach hat Papa schnell deutlich gemacht, dass er sich nicht für mich interessiert. Weißt du, er hätte lieber einen Jungen gehabt, der seinen Titel übernimmt. Wie du dir vorstellen kannst, habe ich mich ihm nie besonders nah gefühlt, und seine Überzeugungen fand ich ohnehin schrecklich. Sobald ich konnte, habe ich Charincourt verlassen und bin nach Paris gegangen. Großvater war bereits tot. Ich habe mir geschworen, erst wieder einen Fuß in das Château zu setzen, wenn mein Vater ebenfalls unter der Erde liegt.«

»Was ist mit ihm passiert?«

»Er wurde bei Kriegsende von einigen Dorfbewohnern umgebracht. Es war brutal, unrecht, aber ich konnte nicht um ihn trauern.«

»Du Arme, was hast du durchgemacht.« Grace fiel es schwer, die traumatischen Erlebnisse, von denen ihre Freundin sprach, mit dem fröhlichen Bild der ätherischen Blondine in Übereinstimmung zu bringen. Normalerweise war Brigitte so gelassen, so beherrscht.

»Es hätte schlimmer sein können«, sagte Brigitte. »Weißt du noch, was ich dir von dem Scheren der Frauen erzählt habe? Einige Tage nachdem ich ins Schloss zurückgekehrt war, kam eine Gruppe wütender Dorfbewohner vorbei. Sie wollten mir dieselbe Strafe angedeihen lassen.«

»Nein! Warum?« Dass Brigitte Opfer derselben Vergeltung geworden sein könnte, von der sie ihr bei einem Glas Chablis in der Rue du Faubourg Saint-Honoré erzählt hatte, war Grace nicht in den Sinn gekommen. Im Geiste sah sie das erschütternde Bild von Brigitte in den Händen eines außer Kontrolle geratenen Mobs, der mit hassverzerrten Gesichtern eine Rasierklinge hervorholte und ihr das wunderschöne Haar schor.

»Es war eine merkwürdige, beängstigende Zeit – es lag eine Art Wahnsinn in der Luft. Später habe ich gehört, dass die Dorfbewohner, die mich am lautesten denunziert haben, selbst den Deutschen geholfen haben. Wahrscheinlich wollten sie ihre eigene Schuld vertuschen. Andererseits war ich jahrelang nicht dort gewesen. Vielleicht haben sie einfach angenommen, dass ich genau wie mein Vater mit den Nazis kollaborierte. Wegen seiner Verbindungen zur Résistance wusste Philippe, dass das nicht stimmte. Als er hörte, was Papa zugestoßen war, machte er sich Sorgen um seine Cousine, die er noch nie gesehen hatte. Zum Glück ist er gerade rechtzeitig in Charincourt aufgetaucht.« Brigitte schüttelte sich. »Wütende Menschen hielten mich fest. Sie rissen schon an meinen Kleidern – ich war völlig verängstigt. Philippe hat sich ihnen in den Weg gestellt und sie zur Vernunft gebracht. Ich werde nie vergessen, was er gesagt hat: »Warum sollte man die Sünden des Vaters am Kopf der unschuldigen Tochter sühnen?«

Brigittes Worte hallten durch Grace' Kopf. Sie wusste, wie es sich anfühlte, als unschuldiges Kind in einer Welt aus Täuschung gefangen zu sein, für die man nichts konnte. Doch würde sie nicht dasselbe Verbrechen begehen, wenn sie ihr Baby aufgab?

Ihrer Freundin zuliebe bemühte sie sich zu lächeln. »Danke. Ich bin dir sehr dankbar für das Angebot, im Château zu bleiben, und ja, du hast recht, was die Schwangerschaft angeht. Ich werde deinen Rat befolgen.«

Grace fühlte sich, als wäre sie dem Lauf ihres Lebens so hilflos ausgeliefert wie ein Blatt im Wind.

Langsam lenkte Philippe das Motorrad durch Bellevilles schmutzige Straßen. In den Gossen lag wie üblich verrottender Abfall, um den sich streunende Katzen stritten. Doch wo waren die Einwohner? Für gewöhnlich machten die Franzosen das Beste aus ihrem Nationalfeiertag, doch in dem Viertel war es ungewöhnlich ruhig. Vielleicht hatten die Bewohner dieser heruntergekommenen Ecke von Paris das Gefühl, dass es wenig zu feiern gab.

Philippe hielt am Straßenrand, schloss sein Motorrad an einem Laternenpfahl an, überquerte die Kopfsteinpflasterstraße und betrat das Café.

»Einen Armagnac«, sagte Philippe zu dem Barmann. »Lass die Flasche besser gleich auf dem Tisch stehen.« Er bemerkte, dass sie die Einzigen im Raum waren. »Wo sind denn alle?«, fragte er und erhielt zur Antwort nur ein Schulterzucken.

Philippe konnte nicht sagen, warum, aber etwas an der Atmosphäre verursachte ihm ein flaues Gefühl im Magen. Er sagte sich, dass dies nur eine Reaktion auf die Ereignisse des Tages war – nach einem gefährlichen Auftrag war er oft oberwachsam. Er setzte sich und bekämpfte seine Unruhe auf die beste Weise, die er kannte – mit einem Glas starkem Brandy.

Dennoch konnte er sich nicht entspannen. Er sah auf seine Armbanduhr. Es war schon weit nach fünf Uhr, doch Grace war nicht aufgetaucht. Sein Auge zuckte, und er beschloss, dass ein weiteres Glas Armagnac womöglich half. Er spähte aus dem Fenster. Wo war sie? Wieso konnte sie sich verspäten?

Nervös tippte er mit den Fingern auf den Tisch, während er im Geiste diverse Szenarien durchspielte. Man hatte Grace aufgelauert. Sie entführt. Sie überfallen oder Schlimmeres. Nein. Er zwang sich, seine Ängste zu unterdrücken. Abgesehen von dem Polizisten, den er ihr zur Seite gestellt hatte, wusste keine Seele, wo sie heute war oder dass sie hier nach Belleville kommen wollte.

Aber was dann? Als er sich noch mal nachschenkte, kam ihm ein schrecklicher Gedanke. Vielleicht war Grace gar nicht von widrigen Umständen aufgehalten worden. Sie war einfach nur zu dem Schluss gekommen, dass sie ihn nicht wiedersehen wollte. Stöhnend stützte Philippe den Kopf in die Hände. Nach allem, was er ihr zugemutet hatte, bereitete sie wahrscheinlich ihre Rückreise nach Australien vor. Vielleicht hatte sie sogar beschlossen, zu ihrem Mann zurückzukehren.

Er würde es ihr nicht verübeln. Grace hatte Botschafter Bruce das Leben gerettet, ihm selbst, und wer weiß wie vielen anderen noch. Doch zugleich konnte es gut sein, dass sie einen Mann getötet hatte. Es spielte keine Rolle, dass Orly ein Verräter war, es würde sehr wahrscheinlich ein unvorstellbares Trauma hinterlassen. Und daran war er, Philippe Boyer, schuld.

Grace war keine professionelle Agentin, geschweige denn eine trainierte Soldatin oder Résistance-Kämpferin. Sie kannte den Krieg nicht. Es war nur natürlich, dass sie dem ganzen Schrecken entfliehen, in ein sicheres Leben mit ihrem Mann in diesem weiten Land auf der anderen Seite des Erdballs zurückkehren wollte.

Was für ein Irrsinn, dachte er bitter. *In meiner Arroganz wollte ich unbedingt die Welt retten, aber wer wusste schon, wie die Zukunft aussah?* Es gab keine Garantien. Sicher schien nur zu sein, dass er die Frau seiner Träume vertrieben hatte, die einzige Frau, die er jemals lieben wollte.

Über eine Stunde verging. Philippe zahlte und stand mit etwas wackeligen Beinen auf. Er musste den Tatsachen ins Auge sehen; Grace würde nicht kommen. Entweder war ihr etwas Schlimmes zugestoßen, oder sie hatte sich entschieden, ihn zu verlassen. So oder so war die Lage ernst. Er musste sie finden.

Mit hämmerndem Herzen und brennenden Augen stürzte Philippe aus dem Café. Er versuchte, den widerlichen Pfützen mit abgestandenem Wasser auf dem Boden auszuweichen und den Schwefelgeruch zu ignorieren.

Gerade hatte er sein Motorrad erreicht, da fiel ein Schuss. Als er taumelte und auf den Boden stürzte, hörten nur die wilden Katzen seinen Schrei: »Grace!«

DRITTES BUCH

La Femme

Die Frau

Kapitel 41

Loire-Tal, 15. Juli 1949

Grace starrte aus dem Fenster des schaukelnden Waggons. Als der Zug beschleunigte, flogen weiße Rauchschwaden vorbei und verschwanden dann. Sie floh aus Paris.

In einer Ecke zusammengekauert, erinnerte sich Grace voller Bitterkeit daran, wie optimistisch, wie überzeugt von sich selbst sie bei ihrer Ankunft in der Stadt des Lichts gewesen war. Sie hatte geglaubt, eine neue Welt erobern zu können, wieder mit einem liebevollen Vater vereint zu sein, dass eine goldene Zukunft vor ihr liege. Seit jenen unschuldigen Tagen hatten sich ihre Hoffnungen aufgelöst wie die Wolken dort draußen. Ein kostbarer Traum nach dem anderen war zerplatzt. Und das Schlimmste war, dass sie sich in einen einzigartigen Mann verliebt hatte, den sie jetzt nie mehr sehen durfte. Wahrscheinlich hasste Philippe sie sowieso, weil sie ihn auf so gemeine Weise verlassen hatte. Zumindest würde er sie dafür verachten, dass sie nicht den Mut aufgebracht hatte, ihm ihre Entscheidung persönlich zu erklären.

Grace sagte sich, dass sie eine naive Närrin gewesen war: ein Mädchen aus dem Busch, völlig ahnungslos und voller Illusionen. Wie zum Teufel hatte sie sich nur einbilden können, sie könnte ihrer Vergangenheit entkommen, ganz abgesehen von ihren eigenen Beschränkungen?

Dass sie jetzt durch die üppige Landschaft in genau der Region ratterte, in der die Tatin-Schwestern eine scheinbar unwiederbringliche Katastrophe zum Guten gewendet hatten, war grausame Ironie. So viel zu Mademoiselle Elises inspirierenden Geschichten. Denn so sehr sich Grace auch bemühte, sie sah keine Chance, wie sich ihr Untergang zum Guten wenden sollte. Dazu bedurfte es mehr als Einfallsreichtum, Entschlossenheit oder Glück. Dazu war ein Wunder nötig.

Aus der Ferne wirkte Charincourt auf Grace wie ein glänzendes Schloss, das nicht in diese düstere Welt, sondern in die Seiten eines Märchenbuchs gehörte. Mit seinen Vorsprüngen, schmalen Türmchen und silbernen Spitzen hätte es der Schauplatz einer fantastischen Geschichte sein können.

Doch als sie sich der märchenhaften Festung näherte, weiteten sich Grace' Augen vor Bestürzung. Die hellen Mauern aus Kalkstein hatten verschlungene Efeuranken eingenommen, kunstvolle Schornsteine waren zerstört, Fensterscheiben eingeschlagen und diverse Statuen von *chevaliers*, die einst auf der Brüstung Wache gestanden hatten, lagen nun wie gefallene Krieger auf dem ungepflegten Boden. Es war, als hätte ein böser Geist alles verwüstet, was einst edel und groß war.

Sie saß auf dem Sitz des altmodischen Pferdewagens, mit dem sie aus der Nachbarstadt Orléans angereist war, und versuchte, ihr Entsetzen nicht zu zeigen. Doch als Claude Devreaux, der betagte Kutscher, den Wagen vor dem heruntergekommenen Gebäude anhielt, glänzten Tränen in seinen Augen.

»Ich weiß, was Sie denken«, sagte Claude freundlich, als er die Zügel ablegte. »Der alte Palast ist ein trauriger Anblick.«

Grace blieb sitzen. Sie hatte es nicht eilig, das verlassene Schloss zu betreten, in dem sie, zumindest bis zur Geburt des Babys, zu einem einsamen Leben verurteilt war.

Claude stieg vom Kutschbock, richtete sich langsam auf und streckte ihr dann eine knochige braune Hand hin, um ihr herunterzuhelfen.

»Charincourt war am schönsten, als Mademoiselle Brigittes Mutter noch lebte. Damals lag kein einziges Blatt in der Auffahrt«, sagte Claude wehmütig. »Und Sie hätten erst ihren Rosengarten sehen sollen. Diese verwilderten Büsche da vorn sind alles, was davon noch übrig ist.«

»Wo wohnen Sie und Madame Devreaux?«, fragte Grace voller Hoffnung.

»Im Pförtnerhaus. Vielleicht haben Sie das kleine Haus bemerkt, als wir an den großen, mit Moos bewachsenen Steinsäulen vorbeigekommen sind?«

Claude deutete mit seinem grauen Haupt in Richtung Charincourt. »Keine Sorge«, sagte er. »Sie werden sich wohlfühlen. Marie und ich haben die ehemaligen Räume der Haushälterin für Sie vorbereitet. Sie liegen auf der Rückseite. Kommen Sie, ich zeige es Ihnen.«

Widerwillig folgte Grace Claude, der über einen Weg zur Rückseite des Châteaus humpelte. Genau, wie er gesagt hatte, lag dort ein großer verwilderter Gemüsegarten, wobei es so wirkte, als werde eine Ecke von dem alten Verwalter gepflegt. Grace nahm den Duft frisch umgegrabener Erde wahr, als sie an den Reihen üppiger Tomatenstauden, Bohnen und Zucchini vorbeiging. Es gab sogar ein gut gedeihendes Erdbeerbeet.

»Da sind wir«, sagte Claude und ließ Grace in einen kühlen, mit Steinen ausgelegten Flur. »Gehen Sie einfach durch die Tür auf der linken Seite.«

Grace folgte seiner Anweisung und blieb abrupt stehen. »Das habe ich nicht erwartet!«

Die Räume der Haushälterin bestanden aus einem hellen, freundlichen Wohnzimmer – jemand hatte einen blauen Krug mit leuchtend roten Mohnblumen auf einen Tisch neben dem Erkerfenster gestellt – und einem Schlafzimmer in ungefähr derselben Größe. Weitere Erkundigungen ergaben, dass es den Flur hinunter eine Toilette gab und nebenan eine riesige Porzellanbadewanne mit glänzenden Wasserhähnen. Auf der anderen Seite des Flurs befand sich eine kleine Küche mit Vorratsschrank, Spülbecken, einem Ofen und Regalen für einige Teller und Gläser. Am Ende des Flurs lag eine verschlossene Tür.

»Es ist alles frisch und sauber«, sagte Claude. »Marie hat alles gewaschen. Die rot-weiß karierten Vorhänge hat sie erst gerade wieder aufgehängt. Wir haben Brot und Milch in die Küche gestellt, und auch etwas Käse und frische Eier. So, was noch? Ach, ja, Sie können sich gern alles nehmen, was im Garten wächst. Ich kann die Tomaten empfehlen – die Ernte in diesem Jahr ist die beste, die ich jemals hatte. Und ein paar feine Pfirsiche und Kirschen hängen auch noch an den Bäumen.«

Zum ersten Mal seit Tagen spürte Grace, wie ihre Stimmung stieg. Berührt von der Umsichtigkeit des alten Mannes sagte sie: »Vielen Dank, Sie sind sehr freundlich. Möchten Sie sich einen Moment ausruhen?«

Claude nickte. »Ich gebe zu, dass ich in letzter Zeit etwas erschöpft bin.«

Nachdem er sich in einem großzügigen blauen Sessel niedergelassen hatte, vertraute er ihr an: »Die Haushälterin ist erst vor einem Jahr gegangen – sie war die Letzte, die tatsächlich hier in Charincourt gelebt hat. Marie und ich mussten die Räume nur gut lüften, den Staub entfernen und durchwischen. Doch was den Rest des Gebäudes angeht, nun ja, Sie haben ja von außen gesehen, in welchem Zustand es ist.«

»Warum ist das so? Was um alles in der Welt ist passiert?«

Claude kratzte sich am Kopf. »Es ist schwer zu glauben, ich weiß, aber der Graf hat Adolf Hitler für eine Art Messias gehalten. Als der Krieg zu Ende war, haben sich einige Dorfbewohner an ihm gerächt. Anschließend haben sie Charincourt zerstört.«

»Das muss eine schreckliche Zeit gewesen sein«, sagte Grace. »Trotzdem freue ich mich darauf, den Rest des Châteaus zu erkunden.«

»Oh, das dürfen Sie nicht«, warnte Claude. »Überall liegen kaputte Möbel und alles Mögliche herum, und das Gebäude ist ganz und gar nicht sicher. Darum ist alles bis auf diese wenigen Räume verschlossen – ich möchte nicht, dass jemand dort verunglückt.«

»Wem gehört Charincourt jetzt? Brigitte sagte, sie wisse es nicht.«

»Die Anwälte der Familie in Paris zahlen mir meinen Lohn, aber die Erbschaftsverhältnisse scheinen unklar zu sein.« Claude hievte sich aus dem Sessel hoch. »Ich höre jetzt auf zu reden und lasse Sie sich einrichten.«

Die kleine rotbraune Stute warf den Kopf zurück und wieherte, als sie Claude kommen sah. Er holte einen runzeligen Apfel aus der Tasche und sagte: »Wenn Sie den Jezebel geben, haben Sie eine Freundin fürs Leben gewonnen.«

Während Grace das Pony fütterte, fügte Claude hinzu: »Ach, ehe ich es vergesse, die Schlüssel habe ich auf dem Tisch am Fenster gelassen und«, mit etwas Mühe beförderte er Grace' Koffer herunter, »den wollen Sie sicher haben. Darf ich ihn für Sie reintragen?«

»Danke, das schaffe ich schon.«

»Also, dann, Marie und ich sind nicht weit weg. Wenn Sie etwas brauchen, klopfen Sie einfach an unsere Tür. Morgen können Sie das Dorf erkunden; es heißt Sainte Jeanne, wie die Abtei.«

»Brigitte hat die Abtei erwähnt.«

Claude nickte. »Sie hat gesagt, dass ich Sie sobald wie möglich Mutter Francis Xavier vorstellen soll.«

Er zog sich auf den Wagen hoch, nahm die Zügel in die wettergegerbten Hände und fuhr die Auffahrt hinunter.

Kapitel 42

Sainte Jeanne, 16. Juli 1949

Das ist eine sehr traurige, tragische Geschichte«, bemerkte die Äbtissin und taxierte die nervöse Frau, die vor ihr saß, mit kühlem Blick.

Grace sagte nichts und drehte nur weiter an dem neu erstandenen Silberring, der auf dem Ringfinger ihrer linken Hand steckte.

»Aber es *ist* eine Geschichte, oder?«

Grace rückte unruhig auf dem Stuhl mit der geraden Lehne umher.

»Im letzten Jahrzehnt habe ich viele Frauen gesehen, die so aussahen wie Sie jetzt«, sagte die Äbtissin in sanfterem Ton. »Aber ich versichere Ihnen, in diesen Mauern ist kein Platz für Scham. Die Welt hat zu viel Leid erfahren, und viel zu viele Angehörige unseres Geschlechts haben ohne ihr Zutun Schreckliches erlitten. Jedenfalls steht es uns hier auf der Erde nicht zu, zu urteilen. Das überlassen die Schwestern und ich Gott.«

Das Arbeitszimmer der Äbtissin war karg. Weiß gestrichene Wände, Holzfußboden und eine Reihe Fenster, die nur wenig Licht hereinließen. An der gegenüberliegenden Wand hing ein hölzernes Kreuz, darunter ein beeindruckendes Gemälde von der heiligen Schutzherrin Jeanne d'Arc in glänzender Ritterrüstung.

Grace betrachtete das Gesicht von Mutter Francis Xavier. Es war von einer steifen weißen Haube umrahmt und hatte eine orientalische Anmutung. Ihre Hautfarbe erinnerte an Elfenbein; sie hatte prominente Wangenknochen und fast lidlose längliche schwarze Augen.

»Madame Dubois«, sagte die Äbtissin fest, »Sie haben mir erzählt, dass Sie im Februar ein Kind bekommen. Sie haben auch gesagt, dass Ihr Mann erst vor einem Monat beim Entschärfen einer Bombe gestorben sei. Nur eins von beidem stimmt, richtig?«

Grace errötete.

»Vielleicht sollten Sie von vorn beginnen«, sagte sie. »Gehen wir ein Stück, dann können Sie mir den wahren Grund anvertrauen, warum Sie in die Abbaye de Sainte Jeanne gekommen sind.«

Die zwei Frauen, die eine in taubenblauer Tracht, die andere in einem hellblauen Sommerkleid, spazierten nebeneinander durch den Kreuzgang der Abtei. Ein leichter Regen hatte eingesetzt und füllte den Hof mit einem feinen grauen Nebel.

Grace fragte sich beunruhigt, wie die Äbtissin, die ihr ganzes Leben lang abgeschieden in heiligen Mauern gelebt hatte, anders als mit Abscheu auf das reagieren konnte, was sie ihr eröffnen würde.

Sie holte tief Luft. »Vielleicht habe ich einen Mann getötet«, sagte sie.

Grace konnte weder den Schrecken noch die Verurteilung erkennen, mit der sie gerechnet hatte. Mutter Francis Xavier befragte Grace nur genauer nach den Ereignissen, die zu einer so gewaltsamen Handlung geführt hatten, dann nickte sie.

»Jemandem das Leben zu nehmen ist tatsächlich eine ernste Angelegenheit«, sagte sie streng, »wobei es so aussieht, als hätten Sie keine Wahl gehabt. Denken Sie daran, dass vor fünf Jahrhunderten nicht weit von hier die heilige Jeanne d'Arc ähnlich gehandelt hat, als sie um Frankreich gekämpft hat. In den letzten Jahren haben viele Französinnen zwangsläufig das Gleiche getan. Ich hoffe, dass diese Abtei und das Dorf Sainte Jeanne Ihnen Schutz bieten.«

Grace durchströmte Erleichterung. Endlich konnte sie sich jemandem anvertrauen.

Als hätte sie Grace' Gedanken gelesen, fügte die Äbtissin hinzu: »Jetzt erzählen Sie mir von dem Kind, das Sie austragen.«

»Sie hatten recht«, sagte Grace und strengte sich an, über den Lärm des Wolkenbruchs hinweg zu sprechen. »Der Name Madame Dubois, der französische Ehemann, der Ring – das ist alles Maskerade. Ich habe in Australien geheiratet, aber jetzt lassen mein Mann und ich uns scheiden. Doch als er vor einigen Monaten nach Paris gekommen ist, hat er mich zu einer einzigen, schrecklichen Vereinigung gezwungen. Jetzt weiß ich nicht, ob mein Kind ein Ergebnis dieses widerlichen Vorfalls ist oder das einer ernsten Verbindung mit einem Mann, den ich sehr liebe.«

Es regnete jetzt stärker, das Wasser prasselte gegen die mittelalterlichen Mauern des Klosters.

Die Äbtissin sah Grace mit durchdringendem Blick an. »Haben Sie darüber mit einem der betroffenen Männer gesprochen?«

»Nein, und das habe ich auch nicht vor – niemals.«

»Aber der Mann, mit dem Sie eine Liebesbeziehung hatten – besteht nicht die Chance, dass er das Kind vielleicht aufnehmen möchte?«

Grace bekam einen trockenen Mund. Sie spürte, wie ihr übel wurde, und schluckte dagegen an. Nichts, was sie bislang offenbart hatte, war mit der Sünde zu vergleichen, die sie nun gestehen würde. Doch sie wusste, dass sie fortfahren musste, dass sie nur eine Chance hatte, ihr Leid zu lindern, wenn sie beichtete.

»Das ist unmöglich. Als wir uns kennenlernten, hatte ich keine Ahnung. Aber kürzlich ist etwas passiert, und ich glaube …«

»Ja?«, hakte die Äbtissin sanft nach. »Was glauben Sie?«

Zum ersten Mal zwang Grace sich, den schwerwiegenden Verdacht auszusprechen, der sie belastete. »Dass mein Liebhaber und ich denselben Vater haben.«

Grace sparte es sich zu sagen, dass sie sich noch nach Philippe sehnte, dass sie trotz allem, was sie jetzt wusste, wieder sündigen würde, wenn er zu ihr käme.

Mutter Francis Xaviers ruhiger Blick wankte nicht. Sie legte Grace eine Hand auf den Arm und sagte: »Kommen Sie, gehen wir in die Kapelle.«

Die beiden setzten sich schweigend in eine lange Holzbank vor einen schlichten Altar, auf dem ein weißes Leinentuch lag. Vier schmale Kerzenleuchter und ein Silberkreuz bildeten den einzigen Schmuck. Der Regen hatte unvermittelt aufgehört, die Sonne schien schwach durch die bunten Glasfenster der Kapelle und warf bernsteinfarbene, rubinrote und smaragdgrüne Vierecke auf den Steinboden.

»Sie tragen eine sehr schwere Last«, sagte die Äbtissin schließlich. »Ich verstehe, wie sehr Sie leiden. Meiner Erfahrung nach bringt ein Gebet immer Entlastung, selbst wenn man so große Not leidet wie Sie jetzt. Ganz gleich, welcher Art das Vergehen ist, auch wenn es wirklich schwer ist, an diesem heiligen Ort sind Sie immer willkommen. Doch anders als Sie vielleicht denken«, sie sah mit ihren schwarzen Augen suchend in Grace' Gesicht, »bin ich nicht so weltfremd zu glauben, ein Gebet allein würde Ihr Dilemma lösen. Wir brauchen einen Plan.«

Stockend berichtete Grace von Brigittes Vorschlag. »Würden Sie mir helfen?«, fragte sie.

Mutter Francis Xavier schwieg, sie nahm ihren Rosenkranz und kniete sich vor das Kreuz.

Grace wartete und kämpfte mit ihren aufgewühlten Gefühlen. Es war der einzig vernünftige, realistische Weg, sagte sie sich – es würde so viele Probleme lösen. Und doch wehrte sich etwas in ihrem Herzen mit aller Macht dagegen. Ein Kind zu verlassen – aus eigener Erfahrung wusste sie, wie verstört dieses Kind eines Tages sein konnte.

Endlich setzte die Äbtissin sich zurück auf die Bank. »Einverstanden«, sagte sie. »Ich werde eine Familie suchen, die sich um das Baby kümmert. Das ist der Weg, dem Sie folgen müssen.«

Von Traurigkeit und Bedauern überwältigt senkte Grace den Kopf.

»Meine Liebe, mir ist klar, wie sehr Sie unter dieser Entscheidung leiden«, sagte die Äbtissin. »Aber ich sehe keine Alternative, es sei denn, Gott selbst schaltet sich ein.«

Kapitel 43

August 1949

Die Landschaft war ganz anders als in ihrer Heimat. Hier gab es keine staubigen Ebenen und Sträucher in gedecktem Grün, keine langblättrigen Akazien und roten Pfeifenputzer. Es gab auch keine grauen Wallabys und roten Riesenkängurus, aus deren Fellbeutel die Ohren, eine weiche Tatze oder die Nase ihrer Jungen lugten. Außerdem fehlten die lauten Gelbhaubenkakadus, die mit weit ausgebreiteten weißen Flügeln auf den Luftströmen dahinglitten, oder Kookaburras, deren Augen wie bei Banditen maskiert waren und deren Gelächter verstummte, wenn sie ein unvorsichtiges Reptil packten – all diese Bilder und Geräusche existierten nur noch in Grace' Erinnerung.

Während ein milder Sommertag in den anderen überging, lernte Grace in Sainte Jeanne eine ganz andere Umgebung kennen. Auf ihren langen Spaziergängen pflückte sie wilde Brombeeren und genoss die kleinen Früchte, deren Saft ihre Lippen und Finger violett färbten. Oft sammelte sie einen Arm voll Mohnblumen, leuchtend blauem Salbei, gelben Fingerhüten und sternförmigen Margeriten. Bald quollen die leuchtenden Blumen aus Vasen und Krügen auf jeder freien Fläche in ihren zwei sonnigen Zimmern.

Zu ihrer Freude sah Grace Eichhörnchen mit Eicheln in

den Pfoten die Bäume hinauf- und hinuntersausen, langbeinige Regenpfeifer schritten durchs Gras, und Holztauben flogen abrupt auf, wobei ihre altrosa Brust in der Sonne schimmerte. Manchmal kamen ihr die Rehe im Wald so nah, dass sie die Hand ausstrecken und ihr glattes Fell hätte streicheln können. Grace spürte den Luftzug, wenn sie vorbeigaloppierten.

Sie stellte fest, dass es in diesen nördlichen Gefilden weitaus länger hell war als in ihrem weiten südlichen Heimatland und begann, die langen Abende zu genießen, oft in Gesellschaft von Claude und Marie. Unter den ausladenden Ästen einer alten Linde, die hinter dem Pförtnerhaus stand, verstrich die Zeit, während die drei redeten und lachten, Dame oder Domino spielten.

Manchmal hatte Monsieur Huppert, Sainte Jeannes einziger Lehrer und Teilzeitbürgermeister, Lust auf eine Schachpartie, wobei sich der Mann viel Zeit ließ, über seinen Eröffnungszug und die nachfolgende Strategie nachzudenken. Für gewöhnlich dauerte so ein Spiel also eine ganze Weile.

An diesen geselligen Abenden wurden Berge von Käse, im Holzofen gebackenes Brot, Pfirsiche, Birnen und Pflaumenkuchen aus Anjou verspeist, die Grace mit frischem Quellwasser hinunterspülte und die anderen mit Sancerres zu Recht berühmtem Weißwein, der aus eiskalten Krügen eingeschenkt wurde.

Kurz war Grace beunruhigt gewesen, als sie an einem ausnahmsweise bedeckten Tag zwei verdächtig aussehende Männer in dunklen Anzügen über das Schlossgelände streichen sah. Mit heftig klopfendem Herzen hatte sie die Flucht ergriffen, sich zwischen den Bäumen und im Schatten aufgehalten und war zu Claudes Haus gerannt, um sich dort in Sicherheit zu bringen. Doch als sie aufgelöst und außer Atem eintraf, hatte Claude ihr erklärt, dass die Männer nur Notare von der Kanzlei seien, die die Interessen des verstorbenen Grafen vertrat.

»Keine Sorge – die sind nicht hinter Ihnen her«, hatte Claude sie beruhigt. »Wissen Sie noch, dass ich gesagt habe, die Besitzverhältnisse des Anwesens seien noch ungeklärt? Man kann Brigittes Cousin Philippe nicht finden. Anscheinend hat man Briefe an verschiedene Adressen geschickt, aber keine Antwort erhalten.

Offenbar haben die Männer Gerüchte gehört, dass jemand im Château wohnt. Ich habe ihnen erklärt, dass Capitaine Boyer nicht hier ist, aber sie haben darauf bestanden, sich persönlich davon zu überzeugen«, hatte er geklagt.

Wenn Philippe doch nur tatsächlich hier wäre, hatte Grace gedacht. Die einzige gute Nachricht war, zumindest fürs Erste, dass sie Orly oder seine Männer nicht zu fürchten brauchte. Und was ihre Zukunft anging, konnte sich Grace hier, umgeben von Freundschaft und ländlicher Ruhe und bei dem Genuss einfacher Freuden vorstellen, dass die Zeit stehen geblieben war.

September

Grace strich ihr inzwischen langes, widerspenstiges Haar zurück, setzte sich einen breitkrempigen Strohhut auf den Kopf und band die roten Bänder unter dem Kinn fest. Fröhlich vor sich hin summend, machte sie sich auf, um wie jeden Morgen mit Claude in dem jetzt stark erweiterten Gemüsegarten zu arbeiten. Während sie Unkraut jätete, die Pflanzen wässerte und gelbe Raupen entfernte, merkte Grace, wie stark sie von ihrem Leben auf dem Land in Australien geprägt war. Mit der wärmenden Sonne im Rücken und dem Gefühl feuchter Erde an den Fingern kehrte die Zufriedenheit zurück, die sie bei der Landarbeit empfunden hatte.

» *Vraiment*, ich glaube Sie haben *la main verte*«, erklärte Claude. Er blickte in einen randvollen Korb mit Feuerbohnen, die sie gerade gepflückt hatte.

»Eine grüne Hand? Das ist lustig! Bei uns sagt man ›grüner Daumen‹.«

»Ach, die Engländer – die kennen keine Großzügigkeit. Warum beim Daumen aufhören?«, grummelte Claude. »Sie sind eine viel bessere Gärtnerin!«

»Nun, wenn das stimmt, werde ich mich mal um die Rosen vor dem Château kümmern«, sagte Grace. »Ich habe meiner Mutter oft genug in ihrem Rosengarten geholfen.

Wollen wir mal sehen, was ich in Charincourt erreichen kann.«

»Schreiben Sie sich mit Ihrer Mutter?«, fragte Claude mit schief gelegtem Kopf.

»Wir hatten ein Zerwürfnis.«

Der alte Mann sah Grace aus seinen wässrigen Augen an. »Trotzdem, schicken Sie ihr einen Brief. Man hat nur eine Mutter.«

Einen Brief. Zuerst war Grace zu wütend gewesen. Dann hatte sie beschlossen zu antworten, wenn Olive den Kontakt zu ihr suchte, doch sie hatte kein Wort von ihr erhalten. Und jetzt – wie sollte sie ihrer Mutter schreiben, nach allem, was passiert war? Was würde sie sagen? Sie wäre zu beschämt. Besser wartete sie. Sie wartete so viel in diesen Tagen.

Der Sommer wurde kühler und ging in den Herbst über, und ihr Körper wurde runder. Grace sah, wie sich die Bäume rot und orange färbten und sich goldene Buchenblätter sammelten. Nachts, allein in ihrem stillen Zimmer, nicht abgelenkt vom Rascheln des Grases oder dem Gurren einer Holztaube, wunderte sie sich über das Gefühl von Schmetterlingen tief in ihrem Bauch.

In diesen Momenten vermisste sie Philippe am meisten.

Schon bald war es zu kühl, um die Abende draußen zu verbringen. Stattdessen saß Grace neben ihrem nach Kiefern duftenden Kamin, nachdem sie tagsüber Marie beim Marmeladekochen und Einwecken von späten Aprikosen und Pfirsichen geholfen hatte. Das silberfarbene Haar auf dem Kopf zusammengesteckt, die Wangen von der Hitze des Ofens gerötet, brachte die gutmütige Marie Grace bei, wie man Spezialitäten aus der Region kochte – wie zum

Beispiel Rillettes vom Schwein, duftendes Coq au vin und einige Rezepte aus ihrer Heimat, der Normandie.

»Köstlich! Das hätte ich selbst nicht besser machen können«, lobte Marie sie in höchsten Tönen an einem kühlen Novembertag, den sie als ideal erachtet hatte, um Grace die goldenen Butterkekse backen zu lassen, die man überall in Frankreich als *sablé* kannte.

Spontan beschloss Grace, Mutter Francis ein paar Kekse zu bringen. Sie hatte das Gefühl, dass die Äbtissin sich selten einen Leckerbissen gönnte.

»Die auf der linken Seite sind mit Zitronengeschmack, die in der Mitte mit Mandeln und die anderen habe ich mit Orangenschale gemacht.« Grace lächelte.

Die Äbtissin legte einen Zitronenkeks neben ihr Glas Pfefferminztee. »Geht es Ihnen weiterhin gut?«, fragte sie.

»Sehr gut«, antwortete Grace.

»Sie fühlen sich hier offenbar wohl, sicher versteckt im Château. Aber Ihr Aufenthalt in Charincourt wird bald vorbei sein«, erinnerte sie die ältere Frau. »Nach der Geburt des Kindes müssen Sie in die Welt zurückkehren. Sie sollten wissen, dass ich eine passende Familie gefunden habe. Sie haben zwei eigene Kinder, würden aber sehr gern noch ein weiteres aufnehmen.«

Ihre Worte schreckten Grace auf. Sie war herumspaziert, als würde ihr versonnenes Leben auf dem schönen Land ewig so weitergehen. Es wäre perfekt gewesen, könnte sie nur aufhören zu hoffen, dass Philippe eines Tages ins Château käme, sie in die Arme schließen und ihr erklären würde, dass weder Gottes noch menschliche Gesetze sie davon abhalten konnten, zusammen zu sein.

Sie hatte kein Verlangen, über die Geburt des Babys nachzudenken – das würde sie bald genug tun müssen. Entschieden, das Thema zu wechseln, ließ sie den Blick durch den Raum gleiten und betrachtete das Bild von Jeanne d'Arc.

»Sie sehen unsere heilige Schutzherrin an«, sagte die Äbtissin. »Das Gemälde ist eine ganz gute Kopie, aber es ist kein Vergleich mit dem Original.«

»Was meinen Sie damit?«, fragte Grace neugierig.

»Vor vielen Jahren hatte die Abtei das große Glück, ein Meisterwerk von Rembrandt van Rijn zu erhalten, dem wunderbaren niederländischen Künstler aus dem siebzehnten Jahrhundert«, sagte Mutter Francis Xavier. »Aber wie Sie vielleicht wissen, haben die Nazis jeden Schatz geraubt, den sie finden konnten.«

»Wollen Sie sagen, dass sie den Rembrandt aus der Abtei gestohlen haben? Ich habe von ihrer Begeisterung für Kunst gehört – für die, die anderen gehörte –, als ich das Jeu de Paume besuchte. Hat man das Gemälde dorthin gebracht?«

»Ich vermute es. Es gab Gerüchte, dass es in ein Lager nach Paris geschickt worden sei, anscheinend war es für die persönliche Sammlung des Führers bestimmt, aber«, die Äbtissin zuckte mit den Schultern, »niemand weiß wirklich, was aus ihm geworden ist. Das Bild, das Sie an der Wand sehen, ist nur eine Erinnerung an das, was wir verloren haben.«

»Das Original muss ein Vermögen wert sein«, sagte Grace.

Die Äbtissin musterte Grace mit ihren orientalischen Augen. »Die heilige Jeanne ist unbezahlbar«, antwortete sie.

Kapitel 44

November 1949

Grace ließ sich auf einer rostigen schmiedeeisernen Bank nieder, die in dem blühenden Rosengarten stand, den sie mit viel Mühe wieder zum Leben erweckt hatte. Sie war stolz auf ihren Erfolg, aber was würde aus dem Garten, wenn sie ging? Würde dieser duftende Hafen wieder zu dem dornigen Gestrüpp werden, das sie bei ihrer Ankunft vorgefunden hatte?

Was für eine alberne Frage! Sie schüttelte den Kopf. *Warum um alles in der Welt mache ich mir Sorgen um die Rosen, ich sollte mich lieber um mich selbst sorgen!*

Grace sprang auf. Sie schwang die Schere, knipste die Stiele der blühenden roten Rosen ab und warf sie in einen Weidenkorb. Vielleicht war Marie-Hélènes Optimismus verfehlt gewesen – Madame Raymonde würde sie vielleicht nicht wieder nehmen. Was sollte sie dann tun?

Grace hielt inne, als sie nacheinander die Gesichter ihrer Freundinnen im Haus von Dior vor sich sah: Madame Carré und Tutu; Victoire, Corinne und die anderen Mannequins. Es schien so lange her zu sein, seit sie eine von ihnen gesehen hatte.

Dann kam ihr ein schrecklicher Gedanke. Vielleicht hatte *le patron* schon eine neue *jeune fille* entdeckt. Er könnte jetzt in seinem Atelier mit Madame Raymonde die Vorzüge der

Schönheit besprechen. Wenn sie dauerhaft verpflichtet wurde, gab es für Grace keine Chance auf eine Rückkehr.

Ferdinand würde es wissen. Ach, wäre sie doch nur noch seine Vertraute!

Es war alles so deprimierend. Grace kehrte zu der schmiedeeisernen Bank zurück, setzte sich und balancierte den Korb auf den Knien. Brigitte und Marie-Hélène hatten sie zwar besucht, waren aber viel stiller als üblich gewesen. Anschließend hatte sie sich verlassener denn je gefühlt.

Dass Brigitte versucht hatte, mit ihr über Philippe zu sprechen, war auch nicht hilfreich gewesen. »Bitte, nicht«, hatte Grace sie gewarnt. »Weißt du noch, was ich in Paris gesagt habe, in welche Gefahr er mich gebracht hat? Das war unverzeihlich. Soweit ich weiß, ist mein Leben im Grunde immer noch in Gefahr.«

»Trotzdem muss ich dir etwas erzählen…«

»Ehrlich«, antwortete Grace, »ich will seinen Namen nicht hören und schon gar nicht wissen, was er getan hat. Wegen der Schwangerschaft bin ich … nun, bin ich sowieso schon überfordert.« Sie fürchtete, wenn sie noch ein Wort von Philippe hörte, würde sie vermutlich in Tränen ausbrechen, alle Zurückhaltung aufgeben und darum flehen, ihn zu sehen.

»Aber es ist sehr wichtig«, beharrte ihre Freundin.

Grace war fassungslos. Warum musste ausgerechnet Brigitte sie in dieser Situation so bedrängen? »Es tut mir leid«, sagte sie. »Ich könnte es nicht ertragen.«

Und damit war das Thema beendet. Grace gestand ihnen nicht, dass ihre verzweifelte Sehnsucht nicht nachließ, so sehr sie sich auch bemühte. Und sie vertraute ihnen auch nicht an, dass sie jeden Morgen mit der Hoffnung aufwachte, dass Philippe vielleicht heute kommen würde.

Ja, man hatte ihm gesagt, dass Grace ihn nie wiedersehen

wollte. Doch sie kannte Philippe zu gut, sie wusste, wie willensstark er war. Wenn er sie wirklich finden wollte, konnte ihn nichts, was Brigitte oder irgendjemand anders sagte, davon abhalten. Dass er nicht kam, bewies nur in aller Deutlichkeit, dass sie ihm entgegen seiner Liebesbekundungen wenig bedeutete. Die Leute redeten ständig von gebrochenen Herzen, aber sie hatte nie an diesen alles beherrschenden Schmerz geglaubt. An einen Schmerz, der niemals aufhörte.

Der Lärm des klappernden Pferdewagens, der die Auffahrt herunterschaukelte, störte Grace' melancholische Gedanken. Sie blickte auf und war überrascht, wer da im schicken grauen Anzug und mit Hut neben Claude saß. Der Korb mit Rosen flog durch die Luft, als sie loslief, um ihren unerwarteten Besucher zu begrüßen.

»Ferdinand!«, rief sie.

»Höchstpersönlich«, antwortete er, stieg vom Wagen und umarmte sie herzlich.

»Gerade habe ich an Sie gedacht, und schon sind Sie da. Ich habe Sie wohl heraufbeschworen!«, sagte Grace.

»Sieht so aus. Zufällig«, fügte Ferdinand hinzu, während er sich den Staub von der Hose klopfte, »hatte ich das unwiderstehliche Bedürfnis, einen Kaffee mit meiner liebsten *petite Australienne* zu trinken und mit ihr zu plaudern. Natürlich bin ich es nicht gewohnt, dafür so weit zu reisen.«

Er trat ein Stück zurück und nickte anerkennend. »Sie sehen wunderbar aus, meine Liebe, in diesem rosa Kleid und mit diesem Sonnenhut mit den Bändern. Und wie ich sehe«, bemerkte er trocken und deutete auf das gewaltige Château, »haben Sie einen hübschen Ort gefunden, um sich zu verstecken.«

»Aber was machen Sie hier?«, fragte Grace.

»Erstens werde ich Ihnen helfen, all die hübschen Rosen aufzuheben, die gerade durch die Luft gesegelt sind. Anschließend würde ich mich gern irgendwo bequem mit einem angenehmen Getränk hinsetzen und dann – nun ja, dann werde ich Ihnen alles erzählen.«

Lächelnd und die Hände auf die Hüften gestemmt, drehte Grace sich um. »Gut. Die Blumen sind im Wasser, Sie sitzen, und ich habe Ihnen ein Glas Wein eingeschenkt – wobei ich auch Kaffee habe, wenn Sie welchen mögen. Jetzt müssen Sie mir alles berichten!«

Ferdinand zog die Augenbrauen hoch. »Was soll ich sagen? Abgesehen davon, dass die Herzogin von Windsor das Atelier letzte Woche schmollend verlassen hat.«

»Aber Madame Beguin oder Madame Luling konnten sie doch sicher umstimmen?«

»Anscheinend nicht. Sie wollte sich nicht aufhalten lassen. Und sie ist nicht die einzige unglückliche Kundin«, fuhr Ferdinand fort. »Bislang gab es wohl Klagen von«, er zählte die Namen an den Fingern ab, »der Gräfin de Ribes, Rita Hayworth und sogar von der reizenden Mrs. Churchill.«

Grace war schockiert. »Aber was ist denn passiert? Was sagen sie?«

Ferdinand stieß einen dramatischen Seufzer aus. »Nun, das ist es ja: immer dasselbe. Sie sagen: ›Wo ist dieses wunderschöne Model mit den herrlichen dunklen Haaren und den smaragdgrünen Augen?‹ Anscheinend können unsere feinen Damen sich selbst nicht in einem Kleid oder Mantel sehen oder auch in einem Kostüm, wenn nicht dieses besondere Mannequin die Kleider erst getragen hat. Sie behaupten, nur Sie würde ihnen Leben einhauchen. Es bleibt Ihnen nichts anderes übrig. Sie müssen, sobald Sie können«, er sah auf Grace' Bauch, dann wandte er taktvoll den Blick ab, »zurückkommen und das Haus von Christian Dior retten!«

Grace lachte laut. »Im Ernst, Ferdinand, Sie sind unmöglich. Das kann nicht stimmen.«

»Im Gegenteil«, protestierte Ferdinand mit großer Geste. »Vielleicht habe ich ein bisschen übertrieben, aber ich versichere Ihnen, ohne Sie ist das Atelier nicht mehr dasselbe.«

»Glauben Sie mir, ich würde alles geben, um in die *maison* zurückzukehren, wenn mein Leben geordnet ist«, seufzte Grace. »Aber woher wussten Sie, dass ich hier in Charincourt bin?«

»Ihr Freund Ferdinand weiß mehr, als Sie denken«, sagte er mit undurchdringlicher Miene.

»Also muss ich Ihnen nichts erklären?«

»Nicht, wenn Sie nicht wollen. Vielleicht möchten Sie lieber den neuesten Tratsch aus Paris hören?«

»Ja, bitte.«

Es folgte eine angenehme Stunde, in der Ferdinand ihr berichtete, was die Pariser von Philip von Griechenland hielten – »die allgemeine Meinung lautet: von göttlicher Attraktivität« –, wen Großbritanniens Prinzessin Elisabeth auf Malta traf, bevor er zum Zustand der Affäre von Picasso mit Françoise Gilot zu sprechen kam – »niemand weiß, wie sie seine Flirterei erträgt«.

Als Nächstes erläuterte Ferdinand ihr den gesellschaftlichen Triumphzug von Evangeline Bruce. »Man erzählt sich, dass sie ihre Abendgesellschaften in der amerikanischen Botschaft mit ebenso viel Charme gibt, wie sie mögliche Liebhaber abwehrt«, sagte er und schloss mit einer Beschreibung der berüchtigten Affäre zwischen Pamela Churchill und dem gut aussehenden jungen Fiat-Erben Gianni Agnelli. »Ich weiß mit Sicherheit, dass er alles für Madame bezahlt, einschließlich der beträchtlichen Rechnungen aus unserer *maison*«, berichtete er Grace mit erhobener Augenbraue.

Ferdinands komische Bemerkungen boten Grace genau die Ablenkung, die sie brauchte. Zumindest für kurze Zeit vergaß sie ihre Sorgen, doch als es Zeit für den Abschied wurde, machte sie ein bedrücktes Gesicht.

»Meinen Sie wirklich, die *maison* wird mir meine Stelle wiedergeben?«, fragte sie.

»Sie wären dumm, wenn nicht«, sagte Ferdinand strahlend, als er auf Claudes wartenden Pferdewagen stieg.

Grace war dankbar für seine Versicherung. Doch als sie seine elegante Gestalt in der Ferne verschwinden sah, bemerkte sie, dass ihr treuer Freund, der alles wusste, was im Atelier von Dior vor sich ging, eine direkte Antwort vermieden hatte.

Kapitel 45

Dezember 1949

Während das neue Leben, das in Grace heranwuchs, mit jedem Tag kräftiger und lebhafter wurde, wirkte die umgebende Landschaft immer trostloser. Mit Ausnahme der trotzigen Nadelbäume waren die Bäume kahl, ihre nackten Äste und Zweige ragten bedrohlich in den blassen Himmel.

An Heiligabend war es sehr kalt geworden. Normalerweise liebte Grace diese Jahreszeit, doch jetzt tat sie sich schwer, die fröhliche Stimmung zu teilen. Während des köstlichen Abendessens mit gebackener Gans und Maronen, das sie mit Claude und Marie teilte, bemühte sie sich erfolglos, zu lächeln. Während der anschließenden Mitternachtsmesse in der eiskalten Kapelle von Sainte Jeanne konnte sie weder aufhören zu zittern noch sich auf den Gottesdienst konzentrieren.

Der Lobgesang der Nonnen für das Christuskind trat in den Hintergrund, während Grace sehnsüchtig an die Weihnachtsfeste bei sengender Hitze zu Hause dachte. Sie vermisste die blühenden Zweige von Rotem Eukalyptus auf dem fröhlich geschmückten Tisch, das viel zu heiße schwere Essen, das jedes Mal mit einer eisgekühlten Baisertorte mit Passionsfrucht abschloss, das herrlich kühle Bad im Stausee, das nach einem Schläfchen auf der Veranda folgte. Sie vermisste Alfred. Und sie vermisste ihre Mutter.

Februar 1950

Es begann zu schneien.

»Was für ein prächtiger Anblick!«, rief Grace Claude zu. Als sie auf die funkelnde Landschaft blickte, löste sich die düstere Stimmung, die sie in den letzten Wochen umfangen hatte.

Claude hielt inne und lud ein Bündel Feuerholz von der Ladefläche des Pferdewagens. »Dieser Schnee ist zu schwer für meinen Geschmack.« Er runzelte die Stirn. »Wenn es weiter so schneit, werden die Straßen dicht sein. Ich habe den Weg für Sie geräumt«, fügte er hinzu, »obwohl ich bezweifle, dass das lange vorhalten wird.« Das Pony schnaubte und produzierte eine Dampfwolke. »Wenn Sie mich fragen, ist es ein guter Tag, um drinnen zu bleiben – selbst Jezebel ist dieser Ansicht.«

In einen schweren braunen Wollmantel gehüllt, den sie auf dem Boden des Kleiderschranks der ehemaligen Haushälterin gefunden hatte, wartete Grace, bis der Wagen klappernd davongefahren war, dann ging sie um das Schloss herum zur Vorderseite. Entgegen Claudes Rat wollte sie sich das verschneite Charincourt ansehen.

Nachdem sie nur wenige Meter gestapft war, rutschte sie mit einem Stiefel auf einem vereisten Wegstück aus. Sie schrie auf und sah im Geiste schon, wie sie durch die Luft flog, doch indem sie den anderen Stiefel fest auf stabileren Grund setzte, schaffte sie es in letzter Minute, sich zu fangen.

Ich sollte wohl vorsichtiger sein, dachte Grace, aber sie musste unwillkürlich lächeln. Etwas an dieser neuen weißen Welt erfüllte sie mit Freude, nicht mit Angst.

»Was für ein Anblick«, murmelte sie, als sie die Auffahrt erreichte.

Mit einer dicken, glitzernden Schneeschicht auf Dach und Brüstung, in den tiefen Fensterlaibungen und auf der Schwelle der großen Haustür, mit den in der Wintersonne glänzenden Türmen und Silberspitzen war Charincourt keine Ruine mehr, sondern ein verzaubertes Lichtschloss.

Nach einer Woche änderte Grace allerdings ihre Meinung.

»Das ist ja unerträglich!«, erklärte sie und lief unruhig in dem Flur mit dem Steinboden auf und ab. Seit einigen Tagen machte es ihr der frisch gefallene Schnee unmöglich, ihre beiden einsamen Zimmer zu verlassen.

Ungeduldig tippte sie mit den Fingern gegen das Erkerfenster. Der Frost verhinderte, dass sie nach draußen sehen konnte; die vereiste Scheibe war zum Spiegel geworden. *Ich bin gefangen,* dachte sie. *Rapunzel war besser dran als ich.*

Was sollte sie *tun*? Sie konnte sich nicht hinsetzen, um Charlottes letzten Brief zu beantworten, und auch nicht vor dem Feuer lesen oder zeichnen. Die Vorstellung zu kochen war wenig verlockend. Grace ließ sich in einen der Sessel sinken und stützte den Kopf in die Hände.

Die erzwungene Gefangenschaft hatte ihr viel Zeit zum Nachdenken gelassen. Ohne jegliche Gesellschaft oder Ablenkung kam sie unwillkürlich immer wieder zu demselben schmerzhaften Schluss. Sie hatte sich ebenso impulsiv wie dumm verhalten, nicht nur einmal, sondern immer wieder.

Warum hatte sie Olive keine Gelegenheit gegeben, ihr die Vergangenheit zu erklären? Stattdessen war sie hitzig gewesen und hatte vorschnell geurteilt. Dann, als sie Reuben im La Voiture Folle gesehen hatte, war sie derart erschrocken, dass sie aus dem Klub geflohen war. Und was noch schlimmer war: Anschließend hatte sie nicht den Mut aufgebracht, Philippe nach seinem Vater zu fragen. Wenn sie es nur getan hätte, hätte sie vielleicht das entscheidende fehlende Puzzleteil gefunden, das ihr so viel Kummer bereitete. Sie liebte Philippe mehr denn je. Doch durch ihr Handeln würde das Rätsel, wie sein und ihr Leben miteinander verbunden waren, jetzt für immer ungelöst bleiben.

Grace stöhnte. *Jedes Mal, wenn ich die Chance hatte, das Geheimnis meiner Vergangenheit zu lüften, bin ich davongelaufen. Ich habe jede Gelegenheit verpasst, herauszufinden, was wirklich passiert ist.*

Sie hatte Vermutungen über die Wahrheit angestellt – aber was, wenn sie sich getäuscht hatte? Jetzt war es zu spät, um irgendetwas zu tun. Ihr blieb keine andere Wahl, als mit den traurigen Konsequenzen ihrer unbesonnenen Entscheidungen zu leben.

Grace verließ den Sessel und ging zum Fenster zurück, doch sie konnte immer noch nichts sehen außer ihrem eigenen Spiegelbild. Sie drehte sich zur Seite und strich mit einer Hand über ihren großen, gewölbten Bauch. Plötzlich brannten Tränen in ihren Augen. Sie hatte versucht, keine Bindung zu dem Baby aufzubauen, hatte sich gesagt, dass es ihre unausweichliche Trennung nur noch schmerzhafter machen würde, wenn sie liebevolle Gefühle für das Kind entwickelte.

Es war ihr nicht gelungen. Genauso wenig konnte sie ihre Ängste verdrängen. Je näher die Geburt rückte, desto stärker wuchs ihre Angst. Würde das Kind Zeichen der elterlichen Sünde tragen? In letzter Zeit war Grace nachts von üblen

Träumen heimgesucht worden. Ihr Baby kam tot zur Welt. Oder es lebte, sah aber aus wie ein Monster. Jetzt, wo sie nichts tun konnte, als zu warten, dachte sie nur daran, was aus dem Winzling werden würde.

In dem Bemühen, die bedrückenden Gedanken abzuschütteln, blickte sich Grace im Zimmer um – es musste doch etwas geben, womit sie sich ablenken konnte. Ihr Blick blieb an dem glänzenden Schlüsselring hängen, den Claude ihr bei ihrer Ankunft auf Charincourt gegeben hatte. Sie nahm den Messingring und prüfte jeden Schlüssel. Einen hatte sie noch nie benutzt. Er war klein und silbern und schimmerte einladend. Ihre Gedanken wanderten zu der Tür am Ende des Flurs. Vielleicht passte er dort?

Claude hatte sie gewarnt, sich nicht auf eine Erkundungstour zu begeben. Grace legte die Schlüssel wieder dorthin zurück, wo sie sie gefunden hatte.

Allerdings … ein kleiner Blick würde doch sicher nichts schaden? *Ich probiere nur, ob er ins Schloss passt*, entschied sie.

Das silberne Metall ließ sich geschmeidig im Schloss drehen, doch die Tür an sich blieb fest verschlossen. Nachdem sie vergeblich an der Klinke gerüttelt hatte, stieß Grace mit der Schulter dagegen. Sie sprang so abrupt auf, dass sie gestürzt wäre, hätte sie sich nicht an der Ecke eines schönen Schranks mit Messingintarsien aufgefangen.

Sie rang nach Atem. Der Raum war riesig, mit hohen gewölbten Decken, fein geschnitzten Holztäfelungen, als *boiserie* bekannt, und edlem Parkettboden. Doch vieles andere war zerstört. Das Glas in einem der riesigen Spiegel war gesprungen, einige der schönen antiken Möbel beschädigt, und fast alle goldenen Brokatbezüge waren zerrissen. Einige Fensterscheiben waren zerbrochen und ließen so eisige Luft herein, dass ihr Atem zu sehen war. Doch ein feiner Wandteppich, auf dem Nymphen und ein Schäfer dargestellt waren, sowie eine Reihe Porträts und diverse Landschaftsgemälde schienen weitestgehend unbeschädigt zu sein, könnte man sie unter den Spinnweben nur richtig sehen.

Grace nieste – überall war Staub. Er hing in den Falten der hellgrünen Taftvorhänge, die sanft im eisigen Wind raschelten, lag auf den Ketten der Kristalllüster, die wackelig über ihr hingen, und bedeckte den Kaminsims aus Kalkstein.

Während sie durch das verlassene Zimmer wanderte und sich einen Weg durch die Trümmer suchte, versuchte Grace sich vorzustellen, wie der Raum aussehen würde, wenn sie zaubern könnte. Wenn die Möbel repariert wären, das zerbrochene Glas ersetzt und alles gründlich gereinigt wäre – es wäre wunderschön. Alles, was nötig war, waren Geld, Wille – und Liebe. *Liebe kann alles verändern*, dachte sie verzweifelt.

Nacheinander zog sie die Schubladen einer hübschen Kommode mit Intarsien auf, fand jedoch nur einen Stapel Leinen mit Stockflecken und etwas gesprungenes Porzellan mit Goldrand. Sie untersuchte gerade einen Teller, als sie von der anderen Seite des Raums einen gedämpften Laut vernahm. Er schien aus einem großen klapprigen Schrank von überraschend billiger Qualität zu kommen.

Von Neugier angezogen, trat Grace näher. Zwischen den schlecht eingepassten Türen des Schranks klaffte eine Lücke – nur ein verrostetes Schloss hielt sie zusammen. Grace versuchte, den Spalt weiter zu öffnen, als das Schloss plötzlich brach und die Türen aufsprangen. Sie spähte hinein und fuhr dann mit einem Schrei zurück. Zwei widerliche Ratten, die an alten Zeitungen genagt hatten, starrten sie aus rubinroten Augen an. Entsetzt wich Grace weiter zurück.

Dann merkte sie, dass sie durch einen hohen Eingang in

ein großes marmornes Treppenhaus mit schwarzem schmiedeeisernem Geländer und einem Deckengemälde mit einem göttlichen Motiv gestolpert war. Obwohl es sie reizte, die oberen Stockwerke zu erkunden – der liebe Claude hatte die Gefahr im Château deutlich überschätzt –, ging Grace nur bis zum oberen Treppenabsatz und nicht weiter. Sie gratulierte sich zu ihrer Willenskraft und kehrte um. *Ich gehe wieder in mein Zimmer und tue etwas Nützliches*, nahm sie sich vor und erinnerte sich an den ungeschriebenen Brief.

Als sie die geschwungene Treppe hinunterging, dachte sie an den umwerfenden Auftritt, den Philippe und sie auf Graf de Beaumonts prächtigem Ball gehabt hatten, an den Applaus der Gäste, als sie in ihren dramatischen Kostümen den Salon betreten hatten. Fast konnte sie die romantische Musik des Orchesters hören, Philippes starke Gegenwart neben sich spüren. Wie sorglos, wie glücklich sie gewesen war. Es kam ihr jetzt wie ein Traum vor.

Mit den Gedanken bei jenem aufregenden Abend betrat Grace mit schwerem Schritt die nächste Stufe. Als ein scharfes Marmorstück abbrach, schrie sie auf. Grace verlor den Halt, streckte die Arme aus und griff wie von Sinnen nach dem schmiedeeisernen Geländer, doch ihre Fingerspitzen glitten an dem glatten Eisen ab. Sie merkte, wie sie fiel und ins Leere stürzte.

Kapitel 46

Es war so schön, auf dem großen Felsen am Flüsschen unter den Eukalyptusbäumen zu liegen. Nur für einen Augenblick hatte sie sich allein gefühlt – sogar etwas verängstigt. Doch jetzt, nachdem ihr Vater da war, wusste Grace, dass alles gut werden würde.

Zunächst war sie sich sicher gewesen, dass sie sich seine Stimme nur eingebildet hatte. Manchmal, wenn der Südwind durch die silbergrauen Eukalyptusblätter strich, machten sie ein beunruhigendes geisterhaftes Geräusch. Sie fragte sich, ob das Murmeln, das sie hörte, vielleicht der überirdische Ton eines heftigen Sandwirbels war.

Grace spürte, wie eiskalte Luft über ihr Gesicht strich. *Öffne die Augen*, schien die Stimme ihres Vaters zu flüstern. *Du bist noch nicht dran.*

Ihre Lider zuckten. Sie sah sich um. Der Bach, der Felsen und die Bäume waren verschwunden. Stattdessen sah Grace über ihrem Kopf scherzende Cherubim auf flauschigen Wolken schweben. Wo *war* sie?

Schlagartig wurde es ihr bewusst. Sie war von der Treppe auf den Parkettboden des Châteaus gestürzt. Grace rieb sich über eine leichte Beule an der Seite ihres Schädels und versuchte aufzustehen. Dann durchfuhr sie ein heftiger Schmerz.

»Verdammt!«, rief Grace und massierte sich den unteren Rücken. Sie musste sich bei dem Sturz an Rücken und Kopf verletzt haben. Doch was, wenn sie auch das Baby verletzt hatte? Sie brauchte dringend Hilfe, doch keine Seele wusste von ihrer misslichen Lage. Wenn sie nicht in ihr Zimmer zurückkam, würde sie erfrieren – oder Schlimmeres. Vorsichtig kroch sie auf allen vieren zum Geländer und zog sich auf die Füße hoch.

»Gott sei Dank«, murmelte sie. Wenn sie jetzt nur den ersten Schritt machen könnte …

Es ging nicht. Der krampfartige Schmerz im Rücken kehrte zurück, diesmal deutlich stärker, als ob man tief in ihr ein Messer herumdrehen würde. Und da begriff sie, dass sie sich getäuscht hatte. Die unerträglichen Schmerzen waren nicht die Folge ihres Sturzes – sie hatte Wehen.

Grace biss die Zähne zusammen. Sie würde nicht in Panik geraten. *Wenn ich das Kind allein auf die Welt bringen muss, dann werde ich das verdammt noch mal tun*, sagte sie sich.

Halb taumelnd, halb kriechend schleppte sie sich langsam aus der Halle und durch den kuppelartigen Empfangssaal zur Tür, die in den Flur mit dem Steinfußboden führte. Schließlich erreichte sie erschöpft und unter heftigen Schmerzen ihr Schlafzimmer, doch zugleich überkam sie ein überraschendes Hochgefühl.

Seit Stunden lag Grace in den Wehen, als sie ein verschwommenes Gesicht an der Fensterscheibe sah. Sie fühlte sich schwach und fiebrig und litt schon so lange unter den heftigen Schmerzen, dass sie nicht wusste, ob sie womöglich halluzinierte. In einem Moment war das Gesicht da, im nächsten war es verschwunden. Grace schrie vor Angst. Sicher gehörte das Gesicht einem von Orlys Männern, der gekommen war, um sie umzubringen. Endlich hatte man sie gefunden, ausgerechnet als sie vollkommen hilflos war.

Nein. Grace war von Freude und Erleichterung überwältigt. Endlich, als sie ihn am meisten brauchte, war Philippe gekommen.

Wieder täuschte sie sich. Stattdessen stapfte Claude ins Wohnzimmer, auf den Schultern eine weiße Schneeschicht.

»Als Sie nicht auf mein Klopfen reagiert haben, habe ich meinen Ersatzschlüssel benutzt. Ich hoffe, das war …« Als Claude durch die offene Schlafzimmertür die kreidebleiche Grace erblickte, die sich vor Schmerzen wand, verstummte er. »Keine Sorge!«, rief er. »Meine Frau wird sich um Sie kümmern.«

Marie traf gerade noch rechtzeitig ein. Keine Viertelstunde nachdem sie das Zimmer betreten hatte, brachte Grace eine kleine Tochter zur Welt.

»Wie wollen Sie sie nennen?«, fragte Marie, als Grace das Kind in den Armen wiegte.

»Serena«, murmelte Grace. »Die Heitere. Ich bete, dass ihr Leben mit mehr Heiterkeit gesegnet ist als meins.«

Die Äbtissin gehörte zu Grace' ersten Besuchern.

»Ich bin froh, dass das Kind gesund ist«, sagte sie mit monotoner Stimme, »und dass Sie so glimpflich davongekommen sind. Was für ein Glück, dass Sie so zäh sind.«

Grace sah auf die weiße Welt vor dem Fenster. Sie fürchtete zu hören, was Mutter Francis Xavier als Nächstes sagen würde.

»Aber Sie verstehen doch«, fuhr die Äbtissin fort, ihr Gesicht bildete ein elfenbeinfarbenes Oval in der weißen Haube, »dass arrangiert ist, was wir besprochen haben.«

Grace schwieg.

»Erinnern Sie sich, als wir an jenem grauen Regentag in der Kapelle das erste Mal darüber gesprochen haben, das Baby abzugeben? Damals wurde mir klar, wie viel Tapferkeit diese Entscheidung Ihnen abverlangen würde, sobald Sie das Kind erst in den Armen halten«, sagte sie sanft. »Sind Sie um Serenas Willen noch zu diesem Opfer bereit?«

Sie legte ihre Hand auf die von Grace. »Ich wünschte, die Umstände wären anders, aber wir müssen auch an die Familie denken, die sich auf ein neues Baby in ihrem Haus freut. Es ist nicht fair Ihnen, Serena oder der Familie gegenüber, diesen Prozess hinauszuzögern – darunter haben nur alle zu leiden.«

»Wie viel Zeit bleibt mir mit ihr?«, flüsterte Grace mit tränennassen Wangen.

»Eine Woche«, sagte die Äbtissin.

Der Plan hatte so besonnen, so vernünftig, so *annehmbar* geklungen, als Brigitte ihr vorgeschlagen hatte, das Baby zur Adoption freizugeben. Doch als sie Serena in den Armen hielt, die unter zarten Brauen zu ihr aufblickte und den winzigen rosa Mund schürzte, wusste Grace, dass sie sie nicht loslassen konnte. Sie liebte dieses Kind von ganzem Herzen.

Doch sie konnte unmöglich für immer im Château bleiben, und Alfreds kleines Erbe war fast aufgebraucht. Wie wollte sie allein und mittellos für Serena sorgen, geschweige denn sie vor der Schande bewahren, einen unbekannten Vater zu haben, der womöglich der Bruder ihrer Mutter war?

Dann kam ihr ein Gedanke, und sie sah auf einmal eine Möglichkeit, ihr Baby zu behalten. Als sie festgestellt hatte, dass sie schwanger war, hatte sie sich geschworen, um keinen Preis zu ihrem Ehemann zurückzukehren. Doch das war, bevor sie dieses wundervolle winzige Leben zur Welt gebracht hatte. Wenn sie Jack erzählte, dass Serena seine Tochter war, das Ergebnis ihres letzten Treffens, würde er sie trotz allem, was zwischen ihnen vorgefallen war, zurücknehmen. Da war sie sich sicher. Doch könnte sie es ertragen, nach Merindah und in eine hoffnungslos vergiftete Beziehung zurückzukehren? Bei der Vorstellung, für immer an einen Mann gebunden zu sein, der seine Macht über sie auf unsägliche Weise ausgenutzt hatte, schnürte sich ihre Kehle zu. Grace stieß ein ersticktes Stöhnen aus. In ihrer Verzweiflung hatte sie sogar überlegt, Serena genau die gleiche trügerische Situation zuzumuten, in die Olive sie einst gebracht hatte. Sie würde zulassen, dass ihr Kind einen Mann für ihren Vater hielt, der es sehr wahrscheinlich gar nicht war. *Wenigstens*, dachte Grace bitter, *kannte Olive die Identität meines wahren Vaters. Ich weiß noch nicht einmal das mit Sicherheit.*

Als sie Serena stillte, liefen Grace wieder Tränen über die Wangen. Die Äbtissin hatte recht gehabt. Es gab nur eine Möglichkeit.

Grace wollte die Augen nicht öffnen. Wenn sie es tat, musste sie akzeptieren, dass der Tag – dieser grauenvolle Tag – gekommen war.

Als ob sie die bevorstehende Katastrophe spürte, schrie Serena jämmerlich. Grace stand vom Bett auf. Sie hob das Baby hoch und klappte den Deckel der kleinen Spieluhr auf – das Geschenk, das Reuben ihr vor so langer Zeit gemacht hatte. Grace hoffte, dass ihre Tochter kein leidendes Gesicht sah, wenn sie das letzte Mal zu ihr hochschaute. Doch so sehr sie sich auch bemühte, als sich die Ballerina in endlosen Kreisen zu der blechernen Melodie drehte, konnte Grace die Tränen nicht zurückhalten.

Sie wickelte Serena, zog sie an und drückte sie an sich. In

der letzten Woche war es wärmer geworden, und es hatte zu tauen begonnen. Schmelzender Schnee troff in silbrigen Fäden vor dem Fenster hinab.

»Sieh mal dort draußen«, sagte Grace zu ihrem Kind, »bald wird es Frühling.«

Sie sagte Serena, dass sie sie immer lieben würde, küsste sie zärtlich auf Nacken und Wangen, die weich wie Blütenblätter waren, und wusste, dass sie den Moment nicht länger hinauszögern konnte.

Grace wickelte ihre Tochter in den rosafarbenen Schal, den sie in dem geheimnisvollen Holzkästchen gefunden hatte. Dann stapfte sie mit dem Baby auf dem Arm schweren Herzens durch Schneematsch und Schlamm zur Abbaye de Sainte Jeanne.

Kapitel 47

Grace stolperte immer wieder. Von den vielen Tränen war sie fast blind, sodass sie den kurzen Weg zurück nach Charincourt kaum bewältigen konnte. Als sie das Château erreichte, wischte sie sich die Augen und betrachtete mit trübem Blick den Ort, an dem sie Unterschlupf gesucht hatte. Ohne die Tarnung durch den Schnee hatte das Château wieder seine alte trostlose Erscheinung angenommen. Das große zerfallende Gebäude wirkte abweisend.

Grace floh in die Sicherheit ihrer einsamen Räume. Mit zitternden Händen schloss sie die Tür auf, taumelte hinein und warf sich schluchzend auf das Bett. Als ihre Tränen endlich versiegten, blieb sie reglos dort liegen. Wie sollte sie nur jemals über das hinwegkommen, was sie getan hatte? Ihr Körper vermisste das Kind, das bis vor Kurzem ein Teil von ihr gewesen war. Auf diesen schrecklichen Schmerz war sie nicht vorbereitet gewesen. Es war, als wäre ihr etwas Lebenswichtiges – eine Hand, ein Arm – grausam herausgerissen worden.

Die Zeit verstrich. Es könnten Minuten oder Stunden gewesen sein, Grace wusste es nicht. In der letzten Woche war jeder Tag von Serenas Rhythmus bestimmt gewesen: schlafen, stillen, baden. Nur eine Woche! Nie wieder würde sie ihren süßen Duft riechen, spüren, wie sie die kleinen Finger um ihren Finger schloss, nie wieder über den Flaum auf ihrem Kopf streichen. Was würde sie für einen weiteren Tag, eine weitere Stunde, wenige kostbare Minuten mit ihrem geliebten Kind geben.

Im Zimmer war es still. Sie hatte sich an Serenas Schreien, das Wimmern und ihr leises Gurren gewöhnt. Jetzt war da nichts, nur Stille. Die Leere war unerträglich.

Das Feuer war ausgegangen, aber Grace bemerkte die Kälte kaum. Sie wollte sich nur erinnern, versuchte, sich jeden Moment ins Gedächtnis zu rufen, den sie in den letzten sieben Tagen mit ihrer Tochter verbracht hatte. Doch schon merkte sie, wie die Erinnerungen zu verblassen begannen; sie waren so flüchtig wie schmelzender Schnee.

Grace sah, dass ein Schatten am Fenster vorbeiging, dann klopfte es an der Tür. Sicher war es der liebe Claude. Sie wollte keine Menschenseele sehen, sie wollte nur mit ihrem Kummer allein sein. Doch es war nett von dem älteren Verwalter, dass er nachsah, wie es ihr ging.

»Bonjour, Claude«, sagte sie deprimiert, als sie die Tür öffnete.

»Bonjour, Grace.«

Sie schnappte nach Luft, dann taumelte sie rücklings ins Wohnzimmer und ließ sich in einen der Sessel fallen. Dieser Geist war sicher eine weitere grausame Halluzination.

»Philippe«, stieß sie flüsternd hervor. »Bist du das wirklich, oder habe ich den Verstand verloren?«

Er sah gut aus wie immer, seine Augen hatten noch das lebendige Blau, sein dunkles Haar reichte bis auf den Kragen. Doch rechts und links von seinem Mund verliefen zwei schwache Linien, die Grace zuvor nie bemerkt hatte.

»Ja, ich bin es wirklich«, sagte er mit besorgter Miene. »Es tut mir so leid. Ich weiß, das muss ein Schreck für dich sein, aber ich kann dir gar nicht sagen, wie wundervoll es ist, dich endlich zu sehen.« Er musterte sie mit liebevollem Blick. »Ich bin so schnell gekommen, wie ich konnte.«

»Wovon sprichst du?«, fragte Grace schwach und verwirrt. »Ich bin seit Monaten hier im Château.« Obwohl sie sich danach sehnte, von ihm umarmt zu werden, als er auf sie zu kam, zwang sie sich, ihn kühl anzusehen.

»Du hast jedes Recht, wütend auf mich zu sein«, sagte Philippe, offensichtlich bestürzt. »Aber ich sehe, dass es dir nicht gut geht, und hier drin ist es eiskalt. Lass mich ein Feuer anzünden oder dir zumindest etwas Heißes zu trinken machen, das dich etwas wärmt.«

»Nicht nötig«, erwiderte sie knapp. »Sag mir einfach, was dich nach Charincourt führt.« Sie konnte Philippes Gegenwart kaum ertragen, doch tief im Inneren wünschte sie sich, dass er sie niemals verlassen möge.

Er setzte sich in den Sessel Grace gegenüber. »Erstens muss ich dir erzählen, was am Abend des Nationalfeiertags passiert ist«, begann er, »als die Kommunisten herausgefunden haben, dass ich sie verraten habe.«

»Wie haben sie das herausgefunden? Ich dachte, deine Tarnung wäre vollkommen sicher.« Grace kniff die Augenbrauen zusammen.

»Erinnerst du dich, als wir ins La Voiture Folle gegangen sind und draußen alles voller Fotografen war? Ich war überzeugt, ihnen entkommen zu sein, aber offenbar hatte ich mich getäuscht.«

Grace' Herz setzte einen Schlag aus. Nie würde sie den Moment vergessen, als sie entdeckt hatte, dass Reuben und Gaston ein und dieselbe Person waren.

»Sobald Orly merkte, dass sein Safe geöffnet worden war, hat er seine Männer angewiesen, dich zu töten. Man gab ihnen ein Foto aus der Klatschpresse. Als diese Schläger mich auf demselben Bild entdeckten, haben sie leider begriffen, dass ich ein Doppelleben führe und wir Komplizen sind.«

»Also haben sie auch nach dir gesucht«, sagte Grace.

»Ja. Als du nicht in Belleville aufgetaucht bist, hatte ich Angst, dir wäre etwas Schreckliches zugestoßen. Ich wollte auf mein Motorrad steigen und dich suchen, aber«, seine Stimme brach, »in dem Moment haben sie zugeschlagen. Ich wurde angeschossen.«

»Ich hatte ja keine Ahnung!« Grace fühlte sich schlecht. Deshalb war er nicht gekommen, es war alles ihre Schuld.

»Grace, du zitterst«, sagte Philippe besorgt. »Hast du Brandy da?«

Unfähig zu sprechen, zeigte sie auf die kleine Küche.

Kurz darauf kehrte Philippe mit zwei Gläsern zurück. »Trink das«, sagte er, »ich mache Feuer.«

Er reichte Grace ein Glas, dann zündete er mit einem Streichholz etwas Feuerholz an. Als es zu knistern und zu brennen begann, trank Grace einen Schluck von der scharfen Flüssigkeit. »Wie schlimm war der Anschlag auf dich?«, fragte sie ängstlich.

»Ziemlich schlimm. Zum Glück ist schnell ein Rettungswagen gekommen – anscheinend hat der Barmann ihn gerufen – und hat mich in die Notaufnahme gebracht.« Während ich operiert wurde, erfuhren meine Vorgesetzten, was passiert war. Ich wurde in ein sicheres Militärkrankenhaus verlegt, wo ich ewig halb bewusstlos vor mich hindämmerte. Ironischerweise befand sich der ehemalige Innenminister eine Etage unter mir.«

»Giscard Orly lebt?« Grace umklammerte so fest ihr Glas, dass ihre Knöchel weiß hervortraten.

»Ja. Aber du hast nichts zu befürchten. Zusammen mit seinen widerlichen Komplizen befindet sich unser mordgieriger Exminister jetzt in Frankreichs schlimmstem Hochsicherheitsgefängnis.« Philippe lachte voller Verachtung. »Ich glaube nicht, dass ein Mann wie Orly sich gut in das harte Gefängnisleben einfügt. Andererseits hat er viel Zeit, sich daran zu gewöhnen. Stell dir vor – keine Frauen, kein guter Wein und keine Gourmetküche, nur Essen, das selbst für einen Spartaner eine Herausforderung darstellt.«

»Das ist gut zu wissen.« Grace trank noch einen Schluck Brandy. »Es ist noch nicht lange her, da dachte ich, diese Männer hätten mich gefunden. Ich hatte schreckliche Angst. Orly ist wohl der erste wirklich böse Mensch, dem ich begegnet bin. Trotzdem bin ich froh, dass ich ihm nicht das Leben genommen habe.«

Nein, dachte sie und starrte unglücklich in ihr Glas. *Stattdessen habe ich ein Leben geboren. Und was für ein trauriges Schicksal habe ich dadurch geschaffen.*

Philippe stutzte. »Etwas ist passiert, seit du nach Charincourt gekommen bist, stimmt's?«

Sie nickte.

»Nun ja, vielleicht sollten wir warten, bis du dich kräftiger fühlst …«

»Philippe, Herrgott, sag mir, was du hier machst«, bat Grace.

»In Ordnung. Als Brigitte mir erklärt hat, dass du nichts mehr für mich empfindest, dass du mich nicht wiedersehen willst, dachte ich, die Welt geht unter. Aber es hat mich nicht überrascht.« Er stöhnte. »Ich war mir sicher, dass du mich hasst, nach allem, was ich dir zugemutet habe – und wie konnte ich dir das verübeln? Ich habe angenommen, dass du in dein sicheres Zuhause zurückgekehrt bist und wahrscheinlich in die warmen Arme deines Ehemanns. Ich habe mir eingeredet, dass es sinnlos sei, nach dir zu suchen.«

Philippe stand abrupt auf und trat ans Erkerfenster. Zu Grace gewandt, sagte er: »Schließlich war ich im Krankenhaus, ich war krank und verzweifelt. Brigitte war der einzige Mensch in Paris, der zu mir durfte – sie stand als nächste Verwandte in meiner Personalakte.«

Grace war beschämt. Brigitte hatte sie angefleht, ihr zuzuhören, weil sie ihr etwas Wichtiges von Philippe erzählen wollte, aber Grace hatte jeden ihrer Versuche abgewehrt.

»Ich habe meine Cousine gefragt, ob sie glaubt, dass du mich jemals wiedersehen willst. Brigitte sagte, es gebe keine Hoffnung. Ich habe versucht, dich zu vergessen, habe versucht, dich nicht mehr zu lieben – unmöglich.«

Die Tatsache, dass Philippe immer noch Gefühle für sie hatte, machte alles noch schlimmer. Es fühlte sich an, als bohrte sich eine Glasscherbe in ihr Herz.

»Dann, eines Tages, brachte Brigitte Jacqueline Bouvier mit. Sie durfte nur zu mir, weil die US-Botschaft sich eingeschaltet hatte. Anschließend veränderte sich etwas.«

»Es tut mir leid«, sagte Grace. »Mir schwirrt der Kopf. Willst du sagen, dass *Jackie* etwas damit zu tun hat, dass du jetzt hier bist?«

»Sie hat mir erzählt, was ihre australische Freundin einmal zu ihr gesagt hat. Ich erklärte ihr, ich wollte kein Wort von dir hören – es würde zu sehr wehtun. Doch Jackie bestand darauf.« Philippe lächelte traurig. »Anscheinend hast du ihr erzählt, wenn man nie ein Risiko einginge, würde man vermutlich auch keinen Fehler machen. Doch in der Folge bliebe das Leben klein und sicher. Sie hat mich gefragt, ob es das sei, was ich wollte.«

Er setzte sich wieder und leerte seinen Brandy. »Da ich mein Leben nicht für klein hielt und es ganz bestimmt nicht sicher war, tat ich ihre Bemerkung als unendliche Naivität einer reichen Amerikanerin ab. Jackie hatte ganz offensichtlich keine Ahnung, was ich durchgemacht hatte.« Philippe sah Grace traurig an. »Erst einige Zeit später habe ich gemerkt, *dass* ich alles in meiner Macht Stehende tat, um sicher zu sein.«

»Es tut mir so leid, dass ich dich verletzt habe«, sagte Grace leise.

»Du warst der erste Mensch außerhalb meiner geheimen Welt, dem ich mich anvertraut habe«, erklärte er. »Doch zu meiner Schande muss ich gestehen, als du vor mir weggelaufen bist, als Brigitte mir deine Nachricht überbracht hat, habe ich versucht, meine Gefühle zu unterdrücken.« Er strich sich durchs Haar. »Ich war ein Narr.«

»Also hast du beschlossen, mich zu suchen. Ich kann nicht glauben, dass Brigitte dir verraten hat, wo ich bin.«

»Das hat sie auch nicht. Aber es war nicht schwer herauszufinden, dass sie dich, solltest du nicht nach Australien zurückgekehrt sein, wahrscheinlich in Charincourt versteckt hat.« Philippe hielt inne. »Glaub mir, ich würde alles riskieren, alles tun, um unser Leben zurückzubekommen, so wie es war, bevor ich dich in diesen politischen Wahnsinn mit hineingezogen habe.«

Verzweifelt verschränkte Grace die Hände. Ihre Liebe für Philippe hatte nicht nachgelassen. Wäre es doch nur möglich, die Vergangenheit auszulöschen, könnte ihre Geschichte doch nur neu geschrieben werden.

»Sobald ich mich einigermaßen erholt hatte, nun ja, wie du siehst … hier bin ich und flehe dich an, zu mir zurückzukehren. Nur muss ich dir sagen, dass ich nicht allein bin.«

Philippe trat in den Flur. Grace hörte, wie leise ein paar Worte gewechselt wurden, dann schritt in weitem Wintermantel und mit einem abgetragenen Filzhut in den Händen Reuben Wood ins Zimmer.

Grace sprang auf, ihr Herz klopfte wie wild. »Was tust du hier?«

»Ich bin gekommen, um die Dinge richtigzustellen, Prinzessin«, sagte er. »Was ich schon vor langer Zeit hätte tun sollen.«

»Und das gibt dir das Recht, einfach so aus dem Nichts hier aufzutauchen?«, fragte Grace. Sie bebte vor Wut.

»Es tut mir leid ...«

»*Leid*? All die Jahre hast du dich von mir ferngehalten und jetzt spazierst du hier herein, als wäre nichts gewesen. Ausgerechnet an dem Tag, der – durch deine Schuld – der schlimmste in meinem Leben ist. Ich fasse es nicht, dass du es wagst, dich hier blicken zu lassen.«

»Mein Gott, du armes Mädchen. Das ist alles meine Schuld«, rief Reuben. »Du bist aufgewachsen in – du kennst doch diese Spiegelkabinette auf den Jahrmärkten? In denen alles verzerrt ist, alle Teile in der falschen Reihenfolge zusammengesetzt sind? Glaub mir, es ist nichts so, wie du denkst, gar nichts.«

Grace' Wut wich großer Erschöpfung. »Ich habe keine Ahnung, wovon du sprichst«, sagte sie und sank zurück in den Sessel.

Reuben zog einen Stuhl heran. »Von Identitäten«, sagte er und beugte sich vor. »Deiner, meiner und der von allen, die dich je geliebt haben. Ich rede davon, wer wir wirklich sind.«

Grace konnte nicht anders. Sie war überrascht, überwältigt und erschöpft. Sie begann zu weinen.

»Das Einzige, was ich sicher weiß, ist, dass du mein leiblicher Vater bist«, schluchzte sie. »Das hat Olive mir gestanden, bevor ich nach Paris gegangen bin. Aber weil du weggegangen bist, wegen deines Schweigens, ist das Schlimmste passiert. Ist dir jemals in den Sinn gekommen, dass ich es verdient hätte, die Wahrheit zu erfahren?«

Reuben rieb sich das Kinn. Nach einem Moment begann er zu sprechen. »Jedes Mal, wenn ich dich angesehen habe, wollte ich dir sagen, wer ich bin. Was du mir bedeutest. Doch ich durfte es nicht.«

Philippe hustete. »Das geht nur euch zwei etwas an. Ich trinke drüben im Dorf einen Kaffee, aber bitte, komm und hol mich, wenn ihr fertig seid.«

Reuben nickte.

»Also?« Mit verschränkten Armen sah Grace ihren Vater an.

»Ich bitte dich nicht, mir zu vergeben. Ich weiß, dass es dafür zu spät ist«, sagte er. »Aber vielleicht, wenn ich dir erzähle, was passiert ist, wirst du verstehen, wie alles so schieflaufen konnte.«

Kapitel 48

Sydney, März 1922

Reuben Wood klopfte sich den Torf von den Schuhen und atmete den vertrauten Geruch von Smiths Viehhandel ein, eine unverkennbare Mischung aus Pferdeschweiß, Dung, gewachstem Leder und frischem Heu. Mit knapp vierundzwanzig Jahren war Reuben groß und gut gebaut, hatte einen vollen schwarzen Haarschopf und kräftige Hände.

Er schlenderte etwas näher zu dem lebhaften grauen Hengstfohlen, das er gesehen hatte.

»Was Besseres findest du nicht«, sagte Smith und strich mit den Fingern über das glänzende Fell des Tiers.

»Ach, ja?«, antwortete Reuben kühl und schob den Hut auf dem Kopf nach hinten.

Sein Freund Alfred Woods suchte ein schnelles Pferd genau in der Art des Fohlens, aber Reuben würde dem Verkäufer gegenüber kein Interesse zeigen. So machte man keine Geschäfte.

Reuben wollte sich für Alfred richtig ins Zeug legen. Erst hatten sie eine strikt geschäftliche Beziehung gehabt, doch mit der Zeit war mehr daraus geworden. Trotz Alfreds Wohlstand und Bildung – Reuben selbst war mit vierzehn von der Schule abgegangen und hatte irgendwie nie viel Geld – hatten die Männer schnell festgestellt, dass sie eine ähnliche Sicht aufs Leben teilten.

Sie hatten mehr als nur das Interesse an Pferden gemeinsam. Beide liebten Musik, insbesondere Klassik, und waren der Ansicht, dass es nur wenig Gedichte gab, die die großartige australische Landschaft besser beschrieben als die von Henry Lawson und Banjo Paterson. Sie teilten auch eine philosophische Denkweise und pflegten bis spät in die Nacht über Themen wie die Moral in Kriegszeiten zu diskutieren oder wie weit ein Mann für seine Überzeugungen zu gehen bereit war.

Reuben sah überrascht auf, als er die Stimme seiner Frau hörte. »Rae, was um alles in der Welt tust du hier?«, fragte er.

Die hübsche junge Frau lief über den Hof zu ihm und wirbelte dabei Staubwolken auf.

»Das rätst du nie!«, verkündete sie und schüttelte die Locken.

»Also, das muss etwas Besonderes sein, schließlich spreche ich gerade mit Mr. Smith über sein Fohlen.« Er wandte sich etwas verlegen an den Verkäufer. »Bitte entschuldigen Sie, ich bin in fünf Minuten zurück. Sieht aus, als habe Mrs. Wood der Hafer gestochen.«

Reuben zog Rae zur Seite. »Was gibt es?«

»Es tut mir leid, dich so zu stören, aber ich war so aufgeregt, ich konnte es einfach nicht erwarten. Es ist sicher. Oh, Liebling, wir bekommen ein Kind.«

Obwohl die Bar im Hotel Australia vollgepackt mit Menschen war, entdeckte Reuben Alfred sofort. Mit seiner eleganten Erscheinung, dem maßgeschneiderten Nadelstreifenanzug und seinen feinen Gesichtszügen hob er sich auch von der betuchten Klientel dieser exklusiven Bar ab.

Mit einem breiten Lächeln im Gesicht bahnte sich Reuben einen Weg zu seinem Freund.

»Hallo, mein Junge, du strahlst ja über das ganze Gesicht«, begrüßte Alfred ihn. »Wenn du so fröhlich bist, musst du dieses Fohlen ja für einen verdammt guten Preis bekommen haben.«

Reuben nahm den abgetragenen Hut ab. »Sieht so aus. Aber ich habe noch bessere Nachrichten als das.«

»Ach ja? Bei mir gibt es auch Neuigkeiten. Was ist bei dir los?«

»Wir bekommen ein Baby!«, verkündete Reuben strahlend. »Rae kommt Anfang September nieder.«

Zu Reubens Überraschung lachte Alfred daraufhin herzlich auf.

»Was ist so komisch?«

»Sieht aus, als wären unsere Namen nicht das Einzige, worin wir uns ähnlich sind. Olive ist ebenfalls schwanger und …«

»Sag nicht, dass sie zum selben Zeitpunkt niederkommt.«

»Doch! Na, das ist ja ein schöner Zufall.« Alfred klopfte seinem starken Freund auf den Rücken. »Guter Gott, Mann, wenn etwas nach einem Drink verlangt, dann das.« Alfred gab dem Barmann ein Zeichen. »Ich hätte gern zwei Gläser vom besten Whisky, den Sie haben – geben Sie uns gleich zwei doppelte.«

»Auf gute Zeiten«, sagte Reuben, als die Tumbler mit der bernsteinfarbenen Flüssigkeit serviert wurden.

»Darauf trinke ich.« Lächelnd stieß Alfred mit seinem Glas gegen Reubens.

Charincourt, Februar 1950

Während Reuben sprach, schienen sich die Falten, die sich netzartig durch sein Gesicht zogen, noch zu vertiefen. Grace konnte sehen, wie stark er in den letzten zehn Jahren gealtert war.

»Alfred rief mich aus der Frauenklinik in Paddington zu Hause in Surry Hills an, um mir zu sagen, dass Olive in den Wehen liege. Er war aufgeregt und erklärte, er habe schon die besten kubanischen Zigarren gekauft. Sie warteten darauf, von uns geraucht zu werden, wenn das Baby da sei. Ich war selbst ziemlich aufgeregt, schließlich stand Raes Niederkunft ebenfalls kurz bevor.«

»Davon habe ich noch nie etwas gehört«, sagte Grace.

»Jedenfalls«, fuhr Reuben fort, »warteten und warteten wir, dass wir wieder etwas hörten, bis Rae sagte, sie hielte es nicht mehr aus. Darum machten wir einen kleinen Spaziergang. Du musst bedenken, sie konnte nicht weit gehen. Wir liefen hoch zum Eckladen und kauften eine Ausgabe von der *Sun* – es ist komisch, ich erinnere mich noch immer, was auf der Titelseite stand. Es war etwas über Lloyd George, den britischen Premierminister, der den Türken und Griechen wieder Vorschriften machte. Kaum hatte ich die Tür zu unserem Haus geöffnet, hörte ich das Telefon klingeln. Ich sprintete hin, aber es war zu spät. Dann weiß ich noch, dass ich so etwas sagte wie: ›Keine Sorge. Sollte das Alfred gewesen sein, ruft er bestimmt in einer Minute wieder an. Er kann es doch nicht erwarten, uns die gute Nachricht zu überbringen.‹«

Grace starrte Reuben an. »Was sagst du da? Du hast seelenruhig neben deiner schwangeren Frau gesessen und auf Neuigkeiten von einem anderen Mann gewartet, der nur wenige Meilen entfernt bei der Geburt eines Kindes war, das er für seins hielt – aber du wusstest, dass es deins war? Das ist mit das Skrupelloseste und Heuchlerischste, was ich je gehört habe! Und die Vorstellung, dass ich dieses Kind war …«

»Nein, Grace.« Reuben hatte die Lippen zu einer schmalen Linie zusammengepresst. »Das warst du nicht.«

»Wovon zum Teufel sprichst du?«

»Olive hat ihr Kind zur Welt gebracht, aber die Nabelschnur war fest um den Hals gewickelt«, sagte Reuben. »Das Baby hat keinen einzigen Atemzug getan.«

Kapitel 49

Sydney, 31. August 1922

Reuben versuchte, Rae zu beruhigen, und versicherte ihr, dass die schreckliche Tragödie, die dem armen Alfred und Olive widerfahren war, nicht bedeuten musste, dass ihr Baby dasselbe Schicksal erlitt.

»Also, mein Liebling«, murmelte er, als er sich an jenem Abend neben sie ins Bett legte und ihr die Locken aus der feuchten Stirn strich. »Ruh dich ein bisschen aus. Sobald unser Kind auf der Welt ist, wirst du froh darüber sein.«

»Ich weiß nicht, wie ich schlafen soll, nachdem ich so etwas gehört habe«, sagte sie. »Die arme Olive, der arme Alfred – das sind grausame Nachrichten.«

Erschöpft vor Sorge glitt sie schnell in einen tiefen Schlaf. Reuben schlief ebenfalls ein, bis Rae ihn kurz vor Mitternacht weckte. Die Laken waren nass.

»Liebster«, sagte sie, »es ist Zeit.«

»Zeit?«, fragte Reuben schlaftrunken.

»Das Baby kommt.«

Er kroch aus dem Bett. »Um Himmels willen! Wo ist deine Tasche?«

Rae zeigte auf einen kleinen Lederkoffer in der Zimmerecke.

»Alles klar, ich zieh mich nur schnell an.« Reuben stieg in

seine Kleider, während Rae ihr Nachthemd wechselte und in einen Morgenrock und Hausschuhe schlüpfte.

»Also, los«, sagte er, nahm den Koffer seiner Frau in die eine große Hand und legte die andere um ihre zarten Schultern. »Ganz ruhig, Liebling.«

»So habe ich mir das nicht vorgestellt«, sagte sie und verzog das Gesicht. »Die Schmerzen kommen in so kurzen Abständen.«

»Ach, unser Baby ist nur neugierig, uns kennenzulernen«, sagte Reuben mit beruhigendem Lächeln. »Und stell dir nur vor, es kommt am ersten Frühlingstag.«

Charincourt, Februar 1950

Grace beobachtete Reuben genau. Trotz ihres eigenen Kummers empfand sie unwillkürlich Mitgefühl mit dem großen Mann, der so offensichtlich litt. Zweimal hatte er versucht, seine Geschichte fortzusetzen, konnte aber nicht weitersprechen, weil er von Gefühlen überwältigt wurde.

Reuben sah aus wie ein Mann, der in gefährlichen Gewässern kämpfte. »Prinzessin«, sagte er und atmete schwer, »auch wenn das alles schon so lange her ist, fällt es mir verdammt schwer, darüber zu reden.«

Grace forderte ihn nicht auf weiterzusprechen, hielt ihn aber auch nicht davon ab. Sie wusste nicht, was sie denken sollte.

»Rae lag nicht lange in den Wehen, anders als die arme Olive. Ich war nach Hause zurückgefahren und wollte etwas Klavier spielen, um mich abzulenken. Klar, ich hatte Rae gesagt, sie sollte sich keine Sorgen machen, aber eigentlich war ich vollkommen aufgelöst. Ich konnte nichts anderes denken als: Was, wenn unserem Baby etwas passiert?«

»Und war das Kind gesund?«

»Ich schäme mich nicht zu sagen, dass ich selbst wie ein Baby geweint habe, als ich das winzige Wesen gesehen habe. So erleichtert war ich«, sagte Reuben. »So ein hübsches Baby mit rosa Wangen und weichem, dunklem Haar. Eine Schönheit, schon damals. Prinzessin, dieses Baby …« Er berührte Grace' Hand. »Das warst du.«

Wieder einmal sah Grace, wie die einzelnen Teile ihres Lebens wie die eines zerstörten Puzzles durcheinanderwirbelten. »Du meinst«, sagte sie langsam, »ich habe die ganze Zeit gedacht, Olive wäre meine Mutter, dabei war es in Wahrheit Rae?«

»Wenn du mit Mutter die Frau meinst, die dich auf die Welt gebracht hat – ja«, antwortete Reuben.

»Da komme ich nicht mit«, sagte Grace aufgebracht. »Willst du sagen, dass Rae mich verlassen hat?«

Reuben schüttelte den Kopf. »Das hätte sie niemals freiwillig getan. Ich wusste sofort, dass etwas nicht stimmte, als ich in ihr Zimmer kam. Rae war so blass … Die Hebamme rief den Arzt, aber auch er konnte nichts mehr tun. Sie hörte einfach nicht auf zu bluten.«

Mit zitternder Stimme fuhr Reuben fort. »Am Ende war die arme Rae sehr schwach. Ihr Atem ging so flach, dass sie kaum noch ein Wort herausbekam. Sie bedeutete mir, näher zu kommen. Ich strich ihr übers Haar, während sie flüsterte: ›Tu, was das Beste für das liebe Kind ist.‹ Dann ist deine Mutter gestorben.«

Reuben schlug die Hände vors Gesicht, seine Schultern bebten. Nach einigen Minuten wischte er sich mit einem Taschentuch die Augen trocken und sagte mit heiserer Stimme: »Du musst den Rest hören. Ich beschloss, dich Grace zu nennen. Das war der wahre Name deiner Mutter. Als sie ein kleines Mädchen war, nannte sie sich selbst ›Rae‹ – vermutlich, weil es leichter auszusprechen war – und bald nannten sie alle so. Sie war die Liebe meines Lebens, so reizend, doch sie hat mich mit nur zweiundzwanzig Jahren verlassen. Ich war am Ende, aber zumindest hatte ich dich, meine kleine Grace.«

»Warum hast du mich dann nicht bei dir behalten?«, platzte Grace heraus, wusste aber sofort, dass es nicht richtig war, ihn zu verurteilen. Ihre eigene bittere Erfahrung hatte sie gelehrt, dass das Schicksal Eltern und Kind manchmal auseinanderriss.

»Ich habe dich aus dem Krankenhaus mitgenommen, konnte mir aber nicht vorstellen, nach Hause zu fahren. Dort würde mich alles an deine Mutter erinnern: ihre Schürze, die am Haken neben dem Herd hing, ihr leerer Einkaufskorb auf dem Küchentisch. Ich hätte darauf gewartet, ihre schöne Stimme singen zu hören, während sie bügelte, ihre Schritte im Flur. Darum habe ich mich in eine kleine Pension direkt am Bahnhof eingemietet. Ich weiß nicht, was ich mir gedacht habe, aber ich begriff schnell, dass ich keine Ahnung hatte, wie man ein Baby versorgt. Es gab keine Krippe, darum habe ich dich in eine Schublade gelegt, die ich mit einer sauberen Pferdedecke ausgepolstert hatte. Ich habe versucht, dich mit etwas Milch und gekochtem Wasser zu füttern. Ich habe sogar versucht, dir mit einer Pipette etwas Fleischsaft einzuträufeln, aber du armes winziges Ding hast nur geschrien. Die Leute im Nachbarzimmer beschwerten sich. Der Vermieter sagte, wir müssten ausziehen. Du warst schwach und wurdest zunehmend schwächer. Ich war mit meiner Weisheit am Ende und halb verrückt vor Sorge. Mir war klar, dass ich schnell etwas unternehmen musste, sonst würde auch noch mein süßes kleines Mädchen sterben.

Da kam mir eine Idee. Vielleicht gab es einen Menschen, der mir helfen konnte. Ich wickelte dich in einen rosa Schal – es war Raes Lieblingsschal – und brachte dich ins Hotel Australia.«

Kapitel 50

Sydney, 2. September 1922

Reuben Wood schritt durch die glänzende Marmorhalle und spürte deutlich die missbilligenden Blicke von Gästen und Personal. Es war allzu offensichtlich, dass der Anblick eines großen, ungehobelten Mannes mit einem weinenden Baby auf dem Arm sie entsetzte.

Gekränkt fragte sich Reuben, warum er jemals gedacht hatte, es sei eine gute Idee, das Baby herzubringen. Es kam ihm vor, als ob jede Person, an der er vorbeikam, sich das ebenfalls fragte – die Frau im grünen Kleid mit Hut, die abrupt das Gespräch mit einer Freundin unterbrach, der stirnrunzelnde Concierge, der Hotelpage in der Livree mit Messingknöpfen und dem verlegenen Blick. Reuben wünschte, er wäre unsichtbar, und beschloss, nicht die große Treppe in der Mitte des Hotels zu benutzen. Stattdessen eilte er zu den Aufzügen, die etwas diskreter an der Rückseite der Halle lagen.

Als er jedoch dort ankam, zögerte Reuben. Fasziniert beobachtete er, wie sich die durchscheinende Haut auf dem Kopf des Babys bei jedem Pulsschlag bewegte. Vielleicht war noch Zeit. Dann holte ihn das laute Scheppern der Aufzugtüren in die harte Realität zurück. Es gab keine andere Möglichkeit.

»Mein Gott, wer hätte gedacht, dass uns zwei derartige Tragödien treffen?« Alfred stöhnte verzweifelt auf, als er mit Reuben am Bett seiner Frau stand.

Olive lag ruhig im abgedunkelten Zimmer. Ihre Augen waren offen, doch sie schien nichts zu sehen – weder die drapierten Vorhänge noch die samtbezogenen Sessel oder die geschmackvollen Aquarelle an der Wand – noch nicht einmal ihren eigenen Mann.

»Nachdem das Baby gestorben ist, hat sich Olive glatt geweigert, im Krankenhaus zu bleiben, aber das ist jetzt zwei Tage her, und sieh sie dir an«, sagte Alfred verzweifelt. »Die Ärzte sagen, es sei der Schock, aber sie scheinen keine Idee zu haben, was man dagegen tun kann. Sie isst nicht, sie schläft nicht. Ich habe Angst, sie auch noch zu verlieren.« Alfred rieb sich die Schläfen. »Ich weiß nicht, vielleicht funktioniert deine Idee. Vielleicht kommt sie zu sich, wenn sie die kleine Grace sieht.«

Reubens kleine Tochter lag schlapp in seinen kräftigen Armen. Er beugte sich hinunter und legte sie vorsichtig auf die Decke neben Olive, dann wartete er. Die Augen der Frau blieben leer. Es war, als ob Grace nicht existierte.

»Es tut mir leid«, sagte Reuben. »Es war einen Versuch wert, aber Olive scheint in einer anderen Welt zu sein. Besser, ich nehme meine Kleine und gehe. Irgendwie muss ich einen Weg finden, damit Gracie nicht ihrer Mutter ins Grab folgt – wobei nur Gott weiß, wie ich das anstelle.«

Als Reuben das Baby mit bleichem Gesicht hochnahm, wimmerte es.

Sehr langsam, als ob sie aus einer Trance erwachte, drehte sich Olive um. Sie streckte die Arme aus und nahm Reuben Grace ab. Dann legte sie das hungrige Baby ganz sanft an ihre Brust und lächelte.

Für Reuben war offensichtlich, wie er Grace am besten retten konnte – und Olive. Dennoch zögerte er.

Wie kann ich mein Kind aufgeben? Idiot, dachte er. *Die Frage muss sein, wie kann ich es nicht?* Zumindest wusste er so, dass zwei gute Menschen für die Kleine sorgten.

Grace lag friedlich in Olives Armen, ihr kleines Gesicht sah zufrieden aus. »Bitte, Reuben. Lass sie bei mir, ich flehe dich an«, sagte Olive. »Zumindest solange sie so klein ist. Ich verspreche dir, ich werde mich um Grace kümmern, als wäre sie mein eigenes Kind. Dann kannst du vielleicht irgendwann … nun ja, dich selbst um sie kümmern.«

Erschüttert und gramerfüllt vom Tod seiner Frau, versuchte Reuben sich mit dem abzufinden, was er tun musste.

Schließlich nickte er. »Versprich mir nur eins«, sagte er.«

»Ja?«

»Wenn Grace alt genug ist, soll sie zu mir zurückkehren. Ich will ihr die Wahrheit sagen.«

Charincourt, Februar 1950

Ich gab Alfred und Olive das Formular für deine Geburtsurkunde. Darauf hatte ich schon deinen Namen eingetragen, sonst nichts. Dann bin ich gegangen.«

Grace versuchte sich die Szene in jenem Hotelzimmer vorzustellen: die traumatisierte Frau. Das notleidende Baby. Die zwei Männer, die eine Entscheidung trafen, die den Verlauf ihrer aller Leben für immer veränderte.

»Ich verstehe, warum du mich Olive gegeben hast. Wirklich. Ich finde, das war tapfer und selbstlos von dir«, sagte sie. »Aber warum hast du mir nie gesagt, wer du wirklich bist? Es bedeutet, dass ich aufgewachsen bin, ohne zu wissen, wer *ich* wirklich war. Hast du irgendwann entschieden, dass du doch nicht mein Vater sein willst?« Grace' Stimme war nur mehr ein Flüstern. »Meine Geburt ist schuld an Raes Tod.«

Reuben strich sich das Haar aus der Stirn. Es war noch immer dicht, doch von grauen Strähnen durchzogen. »Ich habe dir nicht die Schuld gegeben, nicht eine Minute. Alles, was ich wollte, war, Raes letzte Bitte zu erfüllen: Ich wollte das Beste für unser liebes Kind tun.

Aber ich habe mir immer gewünscht, mit dir zusammenzuleben. Einmal, als ihr alle in Sydney wart, habe ich Olive im Hotel sogar darauf angesprochen.«

»Daran erinnere ich mich.«

»Du? Wie das?«

»Ich habe euch streiten gehört. Aber ich war noch ein Kind – ich wusste nicht, was es bedeutet.«

Reuben seufzte. »Ich habe sie angefleht, dich aufzugeben, aber sie wollte nichts davon hören. Sie sagte, ich sollte mich an unsere Abmachung erinnern. Du seist ein zwölfjähriges Mädchen – wie sollte sich ein grober Typ wie ich anständig um dich kümmern? Wie sollte ich dir die Fürsorge zukommen lassen, die dir nur eine Frau geben könnte? Ich wusste, dass sie recht hatte. Dann bist du jedes Mal, wenn ich dich gesehen habe, mehr erblüht. Olive und Alfred haben dich aufrichtig geliebt und hatten die Mittel, dir alles zu bieten. Verglichen mit ihnen, was hätte ich dir geben können? Sehr wenig.«

Er schluckte. »Ich habe dich gesehen, wann immer ich konnte, aber Olive bestand darauf, dass ich nicht nach Brookfield komme. Sie schrieb mir jedoch Briefe und berichtete mir von deinen Fortschritten. Ich war immer so stolz auf meine schöne Tochter, mein einziges Kind. Am Ende habe ich gedacht, was sollte sie mit einem armen Typen wie mir wollen? Das hat mich nicht davon abgehalten, dich zu lieben, Prinzessin. Du bist eine Ehre für das Gedenken an deine liebe Mutter.«

Zwei Eltern, zwei Freunde mit identischen Namen – bis auf einen einzigen Buchstaben. Bei einer Geburt stirbt ein Baby, bei einer anderen Geburt die Mutter. Das mutterlose Baby wird der kinderlosen Frau gegeben. Eine unbekannte Hand fügt ein »s« an den Namen des Kindes, und es wird neu geboren – mit einer anderen Mutter, einem anderen Vater und einem anderen Leben.

Es war unmöglich. Das war sicher eine Sage, eine Fabel, ein Märchen. Doch in ihrem Herzen wusste Grace, dass jedes Wort, das Reuben gesagt hatte, der Wahrheit entsprach.

»Meine arme Mutter, so zu sterben.« Sie erschauerte. »Und Olive, die sich so liebevoll um mich gekümmert hat – ach, was habe ich ihr alles vorgeworfen!«

Grace umklammerte die Sessellehnen. Sie durfte sich nicht von ihrem Kummer überwältigen lassen – nicht jetzt. Die Vergangenheit war nicht mehr zu ändern, aber vielleicht hatte sie eine Chance, die Zukunft zu verändern.

»Reuben.« Ihre Stimme klang eindringlich. »Ich muss dich etwas sehr Wichtiges fragen. Du hast gerade gesagt, ich sei dein einziges Kind. Das ergibt keinen Sinn. Philippe hat mir erzählt, dass du sein Vater bist.«

»Aber nicht sein richtiger Vater.«

»Wie bitte? Wie meinst du das?« Sie versuchte, die Hoffnung zu unterdrücken, die in ihr aufstieg und ihr den Atem raubte, während sie auf seine Antwort wartete.

»Genau, wie ich es gesagt habe. Ich bin nicht sein leiblicher Vater. Das ist eine lange Geschichte, sie geht zurück bis zum Beginn des letzten Krieges ...«

»Es tut mir leid, Siddy«, sagte Grace und sprang auf. »Ich muss sofort gehen.«

Sie schnappte sich einen Mantel vom Haken an der Wand und lief aus der Tür. »Hol Philippe«, rief sie Reuben über ihre Schulter zu. »Ich erkläre es euch, wenn ich zurück bin.«

»Warte, Prinzessin. Was ist los?«

»Ich habe einen schrecklichen Fehler gemacht!«

Kapitel 51

Grace flog die Auffahrt hinunter und über die Weide zur Abbaye de Sainte Jeanne. Wie verrückt läutete sie die Glocke und rief: »Bitte lasst mich rein, bitte lasst mich rein!«

Eine Novizin öffnete ihr mit verwirrter Miene die Tür. »Was ist passiert?«, fragte sie.

Grace stürzte in den Hof. »Bitte, ich flehe Sie an. Ich muss die Äbtissin sprechen.«

Die Novizin wirkte verunsichert. »Ich weiß nicht…«

»Keine Sorge, da ist sie ja!« Im Kreuzgang schob Mutter Francis Xavier eine Gruppe kleiner Mädchen in Richtung Kapelle.

»Mutter, o Mutter!« Grace lief auf sie zu.

Die Äbtissin drehte sich um. »Am besten kommen Sie mit und erklären mir den Grund für diesen Tumult.« Sie winkte der Novizin und sagte: »Josephine, könntest du hier einspringen? Diese jungen Damen bereiten sich auf die Erstkommunion vor.«

»Vielen Dank«, sagte Grace hastig. »Es tut mir schrecklich leid, dass ich so einen Wirbel mache, aber ich muss Sie dringend sprechen. Es geht um Serena – alles hat sich verändert.«

Die Äbtissin saß hinter ihrem Eichenschreibtisch und sah Grace mit forschendem Blick an. »Also, nach all diesen Jahren wissen Sie endlich, wer Ihre richtigen Eltern sind. Das muss ein großer Schock für Sie sein. Es wird dauern, sich daran zu gewöhnen. Und Sie sagen, dass Reuben nicht Philippes Vater ist, wobei Sie in diesem Fall noch keine Erklärung haben, warum nicht.«

Grace hörte das Klacken von Mutter Xaviers Rosenkranz.

»Sie müssen Serena in unserer Obhut lassen, bis die Wahrheit geklärt ist.«

»Aber …«

Die Äbtissin ließ den Rosenkranz durch ihre Finger gleiten. »Meine Liebe, ich kann mir vorstellen, wie schmerzhaft das für Sie ist, aber wie Sie wissen, gilt meine größte Sorge dem Wohl von Serena. Ich muss auch daran denken, dass zwei gütige Seelen heute um fünf Uhr in die Abtei kommen und erwarten, mit einer kleinen Tochter nach Hause zu fahren.« Sie faltete die Hände. »Wenn Sie mich bis dahin nicht davon überzeugen können, dass Serena nicht das Ergebnis einer inzestuösen Vereinigung ist, tut es mir außerordentlich leid, dann muss die Adoption zum Wohle aller Beteiligten stattfinden.«

Keuchend und außer Atem traf Grace bei ihrer Rückkehr Reuben und Philippe vor ihrer Tür an.

»Gut, dass ihr beide da seid«, sagte Grace und eilte in die Wohnung.

Kurz darauf stellte sie drei dampfende Becher mit heißer Schokolade auf den runden Tisch. Als die drei saßen, bemerkte Reuben: »Die Devreauxs sind gütige Menschen. Es war nett von ihnen, uns über Nacht aufzunehmen.«

»Siddy«, sagte Grace und beugte sich vor. »Ich fürchte,

wir haben keine Zeit zu plaudern. Ich muss wissen, warum du dich Gaston nennst und in welchem Verhältnis du zu Philippe stehst.«

Reuben nahm seinen Becher. »Wie gesagt, es fing alles mit dem Krieg an. Als die Deutschen über die Ardennen vorrückten. Unser Bataillon wurde von Panzern überrollt. Ich lief durch einen Wald, bis ich eine freie Fläche erreichte. Dort fand ich einen Ausweis. Er lag auf einem Bett aus Laub, als ob ihn jemand für mich dort hingelegt hätte.«

Grace begann, unruhig mit dem Fuß zu wippen.

»Ich habe mir den Ausweis genommen«, fuhr Reuben fort, »und bin wie ein Hase gerannt, bis ich ein Versteck fand. Irgendwann habe ich einen Dorfbewohner angesprochen. Zu meinem Glück erwies er sich als guter Samariter. Er sagte, der Besitzer des Ausweises sei vor Kurzem von der Gestapo erschossen worden. Er gab mir ein paar alte Kleider und versprach mir, meine Uniform zu verbrennen.«

Reuben trank seine heiße Schokolade aus. »Ich habe mir das Bild auf dem Ausweis genauer angesehen und stellte fest, dass der Mann ungefähr in meinem Alter war und zu meinem Glück ebenfalls dichtes schwarzes Haar hatte. Ich habe sofort begriffen, dass ich die größten Überlebenschancen habe, wenn ich mich für ihn ausgebe – Gaston Villeneuve. Ich verschmierte das Bild mit Erde, sodass die Gesichtszüge unscharf waren, und nahm seine Identität an.«

»Aber das verstehe ich nicht«, unterbrach Grace. »Was hat das mit Philippe zu tun?«

»Gedulde dich, Prinzessin«, sagte Reuben. »Dazu komme ich noch.«

Nervös tippte Grace mit dem Fuß auf den Boden. Es kam ihr vor, als würden die Wände des Wohnzimmers auf sie zurücken. »Gut«, sagte sie und stand auf. »Aber hier drin werde ich verrückt. Gehen wir ein Stück, während wir reden, und bitte, Siddy – beeil dich!«

»Bist du schon mal im Burgund gewesen?«, fragte Reuben.

Stirnrunzelnd schüttelte Grace den Kopf.

Sie liefen nebeneinander durch ein Birkenwäldchen. Philippe – der, abgesehen von einer Begrüßung, bislang geschwiegen hatte – folgte dicht hinter ihnen. Es war so still, dass Grace ihren Pulsschlag hören konnte, der wie eine Trommel in ihren Ohren pochte.

»Auf meiner Reise nach Süden kam ich durch diese Gegend«, sagte Reuben, »als ich auf ein verlassenes Gutshaus stieß – oder zumindest, was ich dafür hielt. Darin lag eine halb verhungerte Frau.«

Hinter ihr hörte Grace, wie jemand scharf Luft holte.

»Sie hieß Annette«, fuhr er fort. »Nachdem ich sie davon überzeugt hatte, dass sie mir vertrauen konnte, erzählte sie mir, dass sie und ihr Sohn für die Résistance in Paris gearbeitet hätten. Eines Tages war sie in eine Falle geraten. Annette rannte um ihr Leben und landete mithilfe der Résistance irgendwann in diesem Gutshaus. Ich habe gesehen, wie deine Mutter gestorben ist. Hier war meine Chance, ein Leben zu retten. Annettes Ehemann war früh erschossen worden. Als Sohn einer jüdischen Mutter hatte er keine Chance. Da Annette bei den Nazis wohlbekannt war, dachte ich, wenn ich sie heirate und ihr meinen Namen gebe, ist sie sicher.«

Reuben zögerte. »Namen – ich habe nie darüber nachgedacht, aber sie können eine Menge verändern, nicht?«

»Sieht so aus«, sagte Grace angespannt. »Bitte, erzähl weiter.«

»Nur eine Woche nach unserer Hochzeit bekam Annette

Fieber. Es gab keine Medikamente, und da sie nach allem, was sie durchgemacht hatte, sehr schwach war, hatte sie keine Widerstandskräfte mehr. Ich musste danebenstehen und zusehen, wie noch eine Frau starb«, sagte Reuben mit finsterem Gesicht. »Und genau wie Rae bat Annette mich vor ihrem Tod, mein Bestes für ihr Kind zu tun. Sie gab mir eine geheime Adresse und flehte mich an, ihren Sohn zu suchen. »Sorge für ihn«, sagte sie, »wie du für mich gesorgt hast.«

Grace blieb abrupt stehen. »Der Sohn ist …«

»Ja, das bin ich«, sagte Philippe. Er vergrößerte seine Schritte und lief neben sie. »Gaston – ich meine Reuben – schloss sich der Résistance an und hat mir mehr als einmal das Leben gerettet. Er mag mein Stiefvater sein, aber er bedeutet mir so viel wie mein eigener *Papa*.«

»Und ich dachte, als ich im La Voiture Folle den Mann gesehen habe, den du deinen Vater nennst, wir müssten Bruder und Schwester sein«, stieß Grace hervor.

»Herrgott, kein Wunder, dass du mich nicht wiedersehen wolltest.«

Grace merkte, wie sie Erleichterung durchströmte, und zugleich war sie wütend auf sich. Hätte sie nicht so schnell voreilige Schlüsse gezogen, wäre vielleicht alles anders gekommen. Vielleicht konnte sie es ja noch ändern. Sie konnten dort anknüpfen, wo sie aufgehört hatten, vielleicht sogar heiraten. Einen kurzen Moment fühlte sie sich euphorisch, dann dachte sie daran, dass Philippe nichts von Serena wusste. Und die Zeit lief ihr davon.

Philippe legte den Arm um Grace, doch sie wich zurück. »Was ist?«, protestierte er.

Reuben sah von einem zum anderen. »Ich glaube, ihr zwei habt einiges zu besprechen«, sagte er. »Ich sehe nach, ob Claude und Marie da sind.«

Ohne eine Antwort abzuwarten, verschwand er durch die Bäume.

»Philippe«, sagte Grace unsicher. »Das ist alles so ein Schock – ich weiß nicht, ob ich das aushalte.«

Er zeigte auf einen umgefallenen Baumstamm. »Setzen wir uns dorthin.«

Wieder versuchte er, den Arm um sie zu legen, und wieder wich sie aus.

»Natürlich bist du schockiert«, hob er an, »und ich verstehe, warum du wütend auf mich bist. Du denkst, ich hätte dich bewusst getäuscht. Aber Gaston hat nie über sein früheres Leben gesprochen. Es wäre zu leicht gewesen, eine flüchtige Bemerkung zu machen und sich zu verraten.«

In seiner Stimme klang eine erschöpfte Traurigkeit an, die in Grace den Wunsch weckte, ihn zu trösten, ihm zu sagen, was immer nötig war, um seinen Schmerz zu lindern. »Erst nachdem ich aus dem Krankenhaus entlassen worden war, bin ich zusammengebrochen und habe Gaston gestanden, dass ich eine wunderbare Frau mit grünen Augen liebe, die Grace heißt. Als ich ihm erzählt habe, dass sie auf einer großen Schaf- und Weizenfarm in Australien aufgewachsen ist, wusste er sofort, wer die Frau sein musste. Dann hat er mir zum ersten Mal gesagt, wer er wirklich ist. Du musst mir glauben, als ich dir letztes Jahr erzählt habe, dass ich Reuben Wood nicht finden konnte, habe ich nicht gewusst, dass Gaston und Reuben ein und dieselbe Person sind.«

»Und ich habe nicht vor, dich jetzt zu täuschen«, sagte Grace.

»Wie meinst du das?«

Lügen und Geheimnisse; Ausreden und Maskeraden; immer weiter, Jahr für Jahr. Sie hatten so viel Leid verursacht.

Ganz gleich um welchen Preis, Grace musste Philippe jetzt die ganze Wahrheit sagen.

»Ich habe ein Kind bekommen.«

»Ein Kind? Du meinst … ich bin Vater?« Ihm blieb der Mund offen stehen. »Mein Gott, ich … ich hatte keine Ahnung.« Er drehte sich zu Grace. »Liebling, jetzt verstehe ich. Du hast dir Sorgen gemacht, wie ich reagiere – aber du hättest mir nichts Schöneres sagen können! Junge oder Mädchen?«

»Ein Mädchen. Sie heißt Serena.«

»Ein kleines Mädchen – das ist schwer zu begreifen«, sagte er atemlos.

Philippe stieß eine Faust in die Luft und gab einen Freudenschrei von sich. Durch seine Begeisterung fühlte sich Grace nur noch elendiger.

»Ich kann nicht glauben, dass du das allein durchgestanden hast, Liebling, und das mit diesem schrecklichen Verdacht. Du bist sogar noch tapferer, als ich dachte.« Dann hielt er inne. »Aber ich verstehe nicht.« Er sah sie aufmerksam an. »Wo ist unser Baby?«

Sie senkte den Blick.

»Grace?«

Sie schwieg immer noch.

»Hör zu, ich weiß, du hast viel durchgemacht«, sagte er, »mehr als ich mir vorstellen kann. Aber verstehst du denn nicht? Es ist der perfekte Zeitpunkt, noch mal neu anzufangen, alle unsere Probleme hinter uns zu lassen. Sie sind vorbei.«

»Das stimmt nicht.«

»Wovon redest du?«

Grace holte tief Luft. »Ich weiß nicht, ob du Serenas Vater bist – oder ob sie von Jack ist.«

Kapitel 52

Philippe fasste ihren Arm. »Ich habe versucht zu verstehen, warum du jedes Mal ausweichst, wenn ich dich berühren will. Du kannst mich noch nicht mal ansehen, oder?« Seine Augen funkelten. »Und kein Wunder. Was zum Teufel hast du getan?«

Seine Wut war wie ein heftiger Schlag ins Gesicht, von dem Grace schwindelte. Sie musste sich zwingen zu sprechen: »Erinnerst du dich noch an den Abend, als du gekommen bist und Jack gesehen hast?«

»Ja.« Philippe verschränkte die Arme.

»Also, vorher hat Jack gesagt, er würde die Scheidungspapiere nur unterschreiben, wenn ich Sex mit ihm hätte. Auch wenn mir allein bei dem Gedanken schlecht wurde, blieb mir nichts anderes übrig, also … habe ich mich darauf eingelassen.«

Philippes Gesicht verfinsterte sich.

»Ganz gleich, was du denkst, ich wollte nur, dass Jack aus meinem Leben verschwindet.«

Philippes Schweigen bestätigte Grace' schlimmste Ängste.

»Keine Sorge. Ich habe mich entschieden«, sagte sie.

»Wegen …«

»Wegen meiner Tochter. Serena.«

»Wie meinst du das?«

»Ich dachte, mir bliebe keine andere Wahl, als sie zur Adoption freizugeben. Jetzt würde mir das im Traum nicht mehr einfallen. Aber nur für den Fall, dass du dir falsche Vorstellungen machst, ich will nichts von dir. Irgendwie finde ich schon einen Weg, mich allein um sie zu kümmern.«

Grace blickte auf ihre Armbanduhr, dann sprang sie auf. »Ich muss jetzt gehen. Bitte folge mir nicht.«

Sie zögerte nur einen Moment. »Was mich angeht«, sagte sie und konnte nicht verhindern, dass ihre Stimme brach. »Ich liebe dich. Du bist der einzige Mann, den ich je geliebt habe.« Sie machte auf dem Absatz kehrt und lief los.

»Warte, Grace, hör mir zu«, rief Philippe und stürzte hinter ihr her. Er packte sie an den Schultern und drehte sie zu sich herum. »Herrgott, du bist so impulsiv! Mir ist egal, wer Serenas Vater ist. Wenn du mich heiraten willst, wird sie unser Kind sein, und das ist alles, was zählt.«

»Dich *heiraten*?«

»Ja, wenn du frei bist.«

»Aber ich habe dein Gesicht gesehen. Du warst entsetzt, wütend.«

»Das war, bevor ich wusste, in welcher abscheulichen Lage du warst.«

»Ich will nicht, dass du mich aus Mitleid heiratest!«, rief Grace.

»Das tue ich ganz sicher nicht!«

Sie starrten sich wütend an.

Grace wandte den Blick ab.

Philippe stöhnte. »Ich bin das völlig falsch angegangen. Ich hätte es dir gleich vorhin im Château sagen sollen. Es ist ganz einfach. Ich liebe dich auch. Ich liebe deinen Körper und deine Seele über alles.« Seine Stimme wurde fester. »Und ehe du etwas sagst, ich will dich aus ganz und gar egoistischen Motiven heiraten. Weil du einfach die stärkste, mutigste, interessanteste und bezauberndste Person bist, der ich je begegnet bin. Wenn du mich nicht heiratest, ist mein Leben nichts mehr wert.«

»Also, in diesem Fall …« Sie sah in seine außergewöhnlichen Augen. »Ja.«

»Ja? Du meinst, du heiratest mich?« Philippe grinste. »Wie gesagt, ziemlich impulsiv. Und Gott sei Dank.« Er zog Grace an sich und raunte: »Liebling, du kannst dir nicht vorstellen, wie sehr ich mich nach diesem Moment gesehnt habe …«

»Ich auch, Philippe, aber wir haben keine Zeit!«, rief sie und machte sich von ihm los. »Wenn wir nicht innerhalb der nächsten zwanzig Minuten in der Abbaye de Sainte Jeanne sind, werde ich Serena nie wiedersehen.«

Wieder einmal befand sich Grace im dunklen Arbeitszimmer von Mutter Francis Xavier mit dem Kreuz an der Wand und dem Bild der Jungfrau Maria, die auf sie herabblickte.

»Sie haben beide viel durchgemacht«, stellte die Äbtissin fest und blickte von Grace zu Philippe. »Das Leben hat Ihnen seine größten Herausforderungen und seine schwersten Tragödien zugemutet. Doch irgendwie haben Sie überlebt, und obwohl grausame Umstände Sie getrennt haben, haben Sie wieder zueinandergefunden. Man kann«, sie blickte auf das Gemälde, »von einem Wunder sprechen. Natürlich«, sie gestattete sich ein flüchtiges Lächeln, »kommen derartige Dinge in diesem Teil der Welt von Zeit zu Zeit vor.«

»Heißt das, Sie akzeptieren unsere Erklärung, und wir dürfen Serena mitnehmen?«, fragte Grace und sehnte sich danach, ihr Kind zu halten.

»Ja. Ich glaube, ich sehe Josephine schon mit ihr an der Tür.«

Vorsichtig nahm Grace der ernsten Novizin das Baby ab, das immer noch in den rosa Schal gewickelt war.

Philippes Gesicht hellte sich auf. »Hallo, mein kleiner Engel«, sagte er leise. »Ich bin's, dein Papa.«

Grace spürte, wie er schützend einen Arm um ihre Schultern legte und beobachtete, wie er Serena auf den seidigen Kopf küsste. Sie waren jetzt zu dritt; eine Familie.

»Meine Kinder, Gottes Segen sei mit euch«, sagte Mutter Francis Xavier.

Als Grace und Philippe die guten Neuigkeiten im Pförtnerhaus verkündeten, herrschte große Aufregung.

»Eine Hochzeit?«, rief Claude aus, schnappte sich Marie und versuchte, trotz seiner arthritischen Gelenke mit ihr durchs Zimmer zu hüpfen. »Aber wie ist das alles gekommen?«

»Das ist eine schrecklich lange und komplizierte Geschichte.« Grace lächelte. »Heben wir uns die für ein anderes Mal auf.«

»Es gibt aber noch mehr zu feiern«, erklärte Reuben und sah glücklicher aus, als Grace ihn jemals gesehen hatte. »Begreift ihr denn nicht? Ich bin Großvater!«

»Also, da müssen wir etwas Besonderes servieren«, sagte Marie außer Atem. Sie eilte davon und kehrte mit einer Flasche Sancerre und einem Schokoladenkuchen zurück, den sie zufällig erst am Nachmittag gebacken hatte.

Als alle Toasts ausgesprochen und Termine für die Hochzeit diskutiert worden waren, war es Abend.

»Sie sind müde«, sagte Marie zu Grace. »Ich sehe die Schatten unter Ihren reizenden Augen, und ich bin mir sicher, Sie wollen die Kleine nach Hause bringen.«

Grace gähnte. »Sie haben recht, es war ein sehr langer Tag. Aber erst räume ich hier noch ab«, sagte sie und warf Reuben einen bedeutungsvollen Blick zu.

»Ich helfe dir«, antwortete er und folgte Grace in die Küche.

»Vermutlich fragst du dich, warum ich nicht nach Australien zurückgekommen bin oder dir wenigstens Bescheid gesagt habe, dass ich lebe«, sagte Reuben, dessen kräftige Gestalt den Türrahmen zwergenhaft erscheinen ließ.

Grace nickte. »Das ist das Einzige, was ich noch nicht verstehe.«

»Alles, was ich sagen kann, ist, dass ich theoretisch ein Deserteur war. Ich hatte Angst, wenn ich nach Hause komme, würde man mich bestenfalls verachten und schlimmstenfalls ins Gefängnis werfen. Ich habe mich geschämt.«

»Aber du hast nie versucht, Kontakt zu mir aufzunehmen«, sagte Grace traurig. »Was ist passiert, Reuben? Alles, was ich hatte, war das Kästchen mit dem Brief von Lieutenant Carruthers, dem Schal und dem Foto, das Olive mir endlich gegeben hat. Die Frau auf dem Bild – war meine Mutter, stimmt's?« Bei dem Gedanken an die arme, zarte Gestalt, die sie auf die Welt gebracht hatte, überkam Grace heftige Trauer.

»Ja, das war Rae. Es ist schwieriger zu erklären als der Rest. Bei Kriegsende habe ich beschlossen, dass du besser ohne mich dran bist. Was solltest du mit einem Verbrecher? Jetzt sehe ich, dass ich alles auf mich hätte nehmen müssen.« Reuben ließ sich mit hängendem Kopf schwer auf einen Holzstuhl sinken. »Prinzessin, ich habe einen schrecklichen Fehler begangen.«

»Ach, Siddy, da bist du nicht der Einzige – ich selbst habe mehr als genug gemacht«, sagte Grace und kniete sich neben ihn. Sie nahm seine große Hand in ihre. »Heute Morgen hast du gesagt, du wüsstest, ich könnte dir nicht vergeben, aber, dass du hoffst, ich würde dich verstehen. Es gab und gibt nichts zu vergeben.«

Nachdem Reuben und Grace aus der Küche zurückkehrten, wünschten die fünf einander an der Tür eine gute Nacht, umarmten und küssten sich.

Claude nahm Grace zur Seite. »Jetzt ist es Zeit«, sagte er.

»Zeit für was?«

»Ihrer Mutter zu schreiben und ihr zu berichten, was passiert ist.«

Kapitel 53

Am Morgen gab Grace Philippe und Serena einen zärtlichen Kuss, bevor sie die beiden zum Pförtnerhaus schickte, um Reuben zu treffen. Es hatte sich in so kurzer Zeit so viel verändert, dass sie einen Moment für sich brauchte, um ihre Gedanken zu ordnen.

Gerade einmal vierundzwanzig Stunden zuvor hatte sie noch geglaubt, ihr wäre ein einsames, trostloses Leben bestimmt. Doch innerhalb eines außergewöhnlichen Tages waren ihre geliebte Tochter, der Mann ihres Herzens und ihr geliebter Vater zu ihr zurückgekehrt. Jetzt gab es nur noch einen geliebten Menschen, mit dem sie etwas klären musste: Olive, die Frau, die ihre eigene schreckliche Tragödie überwunden hatte und Grace' aufopferungsvolle Mutter geworden war.

Grace setzte sich ans Erkerfenster und betrachtete glücklich die leuchtend gelben Narzissen, die in einem blauen Krug auf dem Tisch standen. Sie hatten etwas Lebensbejahendes, wie eine Handvoll goldener Weizen oder vereinzelte Sonnenflecken auf dem Bach von Brookfield. Beschwingt von diesen Bildern, griff sie nach Stift und Papier.

Grace drückte ihren Kummer und ihr Bedauern darüber aus, was zwischen Olive und ihr vorgefallen war. Sie lieferte ihrer Mutter einen kurzen Bericht der dramatischen Ereignisse, die sich seit ihrer Ankunft in Frankreich ereignet hatten, eröffnete ihr, dass sie heiraten werde und dass sie gerade ein Kind bekommen hatte. Am Ende schrieb sie:

Es spielt keine Rolle mehr, dass du die Umstände meiner eigenen Geburt geheim gehalten hast – ich bin mir sicher, du hattest deine Gründe. Das einzig Wichtige ist jetzt, geliebte Mutter, dass du weißt, wie dankbar ich dafür bin, dass du und Alfred mein Leben lang so liebevoll für mich gesorgt habt.

In tiefer Liebe
Deine Tochter Grace

PS: Ich vermisse dich so sehr. Bitte schreib mir: wohnhaft bei Monsieur Claude Devreaux, Charincourt Cottage, Sainte Jeanne, Frankreich.

Nach einem Monat wurde Grace unruhig. Sie sagte sich, dass ihr Brief sogar per Luftpost über zwei Wochen unterwegs war, bis er bei Olive auf der fernen Brookfield-Farm eintraf, und mindestens noch einmal so lange würde ihre Antwort bis nach Sainte Jeanne brauchen.

Philippe war bereits nach Paris zurückgekehrt. »Leider muss ich wieder arbeiten, das heißt, ich kann nur samstags und sonntags bei dir und Serena sein«, hatte er erklärt, als er Grace am ersten Abend im Château in den Armen gehalten hatte. »Ich wohne momentan in einem Zimmer zur Miete und muss etwas suchen, wo wir zusammenwohnen können – das ist heutzutage nicht leicht.«

Als er ihren Hals, ihre Wangen und ihre Lippen geküsst hatte, waren ihr leichte Freudenschauer über den Körper gelaufen. Dann hatte er hinzugefügt: »Aber eins ist sicher,

Liebling – wo auch immer wir landen, ich verspreche dir, dass es diesmal nicht im sechsten Stock sein wird.«

Grace nahm gerade allein ihr Frühstück ein, das aus knusprigem Brot und heißer Schokolade bestand, als sie Marie vorbeieilen sah. »Guten Morgen, wollen Sie mir Gesellschaft leisten?«, fragte sie, als sie die Tür öffnete.

»Es tut mir leid, ich bin etwas in Eile«, antwortete Marie. »Heute ist Markttag, und dieser besondere Ziegenkäse, den Claude so gern mag, ist immer schnell ausverkauft. Ich bin nur rasch vorbeigekommen, um Ihnen das hier zu geben.«

Sie reichte Grace einen Umschlag. »Einen schönen Tag!«, rief Marie und eilte davon.

Grace ging das Herz auf. Endlich, der lang ersehnte Brief ihrer Mutter. Doch enttäuscht erkannte sie an der Adresse Charlottes geschwungene Schrift anstelle von Olives ordentlichen Zeichen. Schnell öffnete sie den Brief und begann zu lesen.

Liebe Gracie,
was ich dir sagen muss, wird dich wahrscheinlich ziemlich umhauen, also mach dich auf was gefasst: Gestern habe ich Jack Osbourne geheiratet.

Na, ich wusste, das würde dich überraschen! Jack und ich haben in den letzten Monaten viel Zeit miteinander verbracht, und die Freundschaft, die uns immer verbunden hat, ist tiefer geworden. Jack ist ein Mann, der eine Frau braucht, und nachdem ihr nun offiziell geschieden seid, wussten wir nicht, warum wir noch länger warten sollten.

Ich weiß, dass Jack nicht bis über beide Ohren in mich verliebt ist – jedenfalls nicht so, wie er es in dich war –, und er ist nicht gerade unkompliziert, aber ob du es glaubst oder nicht, zusammen sind wir ein ziemlich gutes Team. Wir wollen dasselbe Leben führen, und ich glaube, wir werden es hier auf Merindah gut haben.

Meine geliebte Freundin, ich weiß, das ist eine überraschende, ziemlich merkwürdige Situation, aber mein innigster Wunsch ist es, dass meine Ehe mit Jack nicht zwischen dir und mir steht.

Alles Liebe,
Lotti

Das dünne hellblaue Papier glitt ihr aus den Händen, und sie starrte fassungslos ins Leere. Grace schüttelte sich, hob den Brief vom Boden auf und las ihn noch einmal, diesmal ganz genau Wort für Wort.

Jack und Charlotte. Grace hatte sich die beiden nie zusammen vorgestellt. Doch je länger sie darüber nachdachte, desto offensichtlicher schienen sie zusammenzupassen. Solange Jack nicht zu viel trank, konnte sie sich vorstellen, dass die zwei glücklich miteinander waren. Sie hoffte von ganzem Herzen, um Lotties willen, dass die Ehe glücklich war.

Grace hatte das letzte schokoladengetränkte Brot heruntergeschluckt, als ihr plötzlich ein Gedanke durch den Kopf schoss. Sie war viel zu gedemütigt gewesen, um Charlotte zu schreiben, dass Jack an jenem Abend in Paris Sex im Gegenzug für die Scheidung von ihr verlangt hatte. »Gott sei Dank«, murmelte sie in dem stillen Zimmer vor sich hin und betrachtete erneut die Narzissen.

Am nächsten Morgen erschien Marie erneut an der Tür. »Heute habe ich etwas Zeit – jetzt könnten wir einen Kaffee zusammen trinken«, sagte sie lächelnd. »Ach, und ich habe noch einen Brief für Sie.«

»Wäre es sehr schlimm, wenn wir das Kaffeetrinken verschieben?«, fragte Grace und versuchte, ihre Aufregung zu beherrschen, als sie endlich die Handschrift ihrer Mutter auf dem Umschlag erkannte. »Auf diesen Moment habe ich so schrecklich lange gewartet.«

Grace saß zusammengerollt im Sessel und las Olives langersehnte Antwort. Sie empfand Freude und Erleichterung. Jetzt, nachdem sie ebenfalls Mutter war und ihr Baby fast verloren hätte, war ihr bewusst, was Olive durchgemacht hatte. Sie konnte sich vorstellen, welches Leid sie der Frau angetan hatte, die sich so selbstlos um sie gekümmert hatte. Dass Olive ihr vergab, ließ Grace das Herz übergehen, doch das Postskriptum des Briefes verwirrte sie: *Ich verstehe nicht, warum du meine Briefe nicht bekommen hast*, schrieb sie. *Ich habe alle zu Christian Dior nach Paris geschickt.*

Eine weitere irritierende Frage, wobei Grace diesmal wusste, wer sie ihr sicher beantworten konnte.

»*Mon dieu*«, sagte Ferdinand und schlug sich mit der flachen Hand an die Stirn.

Nachdem sie sich eine professionelle Maniküre und einen schicken neuen Hut mit einer übergroßen schwarzen Samtschleife gegönnt hatte, war die erste Adresse, die Grace bei ihrer Rückkehr nach Paris ansteuerte, das Atelier. Sie wollte Serena ihren Freunden vorstellen.

Grace hatte gewartet, bis Diors elegante Mannequins, die diversen Mesdames und eine Reihe anderer Angestellter nacheinander durch die *cabine* marschiert waren und glucksende Laute von sich gegeben hatten, erst dann fragte sie Ferdinand, ob er etwas von unzustellbaren Briefen wisse.

»In der Tat. Ich hatte keine Ahnung, was ich mit all diesen Briefen an Mrs. J. Osbourne tun sollte, die mit der Zuverlässigkeit einer Schweizer Uhr jeden Monat eintrafen.«

»Und was ist mit ihnen passiert?«

»Ich habe sie aufbewahrt.« Ferdinand zuckte die Achseln.

»Ich dachte, es muss eine Verbindung zur *maison* geben. Eines Tages würde sich schon herausstellen, welcher Art.«

Sofort verschwand er und kehrte kurz darauf mit einem Bündel hellgrauer Umschläge zurück, die von einem Satinband zusammengehalten wurden. »*Voilà*«, sagte er und imitierte eine Fanfare.

»Es tut mir leid, lieber Ferdinand«, sagte Grace, »ich will nicht unhöflich erscheinen, aber wären Sie mir sehr böse, wenn ich gleich einen Blick hineinwerfe?«

»Aber nein«, sagte er und kitzelte weiter die fröhliche Serena unter dem Kinn mit dem Grübchen.

Grace löste das Band, nahm den Umschlag mit dem frühesten Datum und riss ihn auf. Hinter dem Brief steckte ein Foto von ihrer Mutter, das auf einem lange zurückliegenden Ball aufgenommen worden war. Nachdem sich ihre Schilderung der Ereignisse auf der ersten Seite weitestgehend mit der von Siddy deckte, fand Grace auf der zweiten ein überraschendes, anrührendes Geständnis.

Es mag dir seltsam vorkommen, aber von dem Moment an, in dem ich dich in den Armen hielt, war ich davon überzeugt, dass du ein Gottesgeschenk bist und das Schicksal dich in mein Leben geführt hat. In dieser Überzeugung bin ich eines Nachts, du warst gerade erst ein paar Wochen alt, in Alfreds Arbeitszimmer geschlichen. Ich habe deine Geburtsurkunde aus der Schreibtischschublade geholt, einen Füllfederhalter genommen und deinen Nachnamen geändert.

Ich sagte mir, dass das Schicksal ein schreckliches Unrecht korrigiert hatte, wohingegen ich lediglich einen einzigen kleinen Buchstaben auf einem Stück Papier änderte. Anschließend schien es mir nur natürlich, Alfred und Olive Woods in die Zeilen einzutragen, die mit Vater und Mutter überschrieben waren. Ich hatte die ganze Zeit das Gefühl, so war es vorherbestimmt.

Langsam und vorsichtig faltete Grace den Brief zusammen. Was ihre eigene Identität anging – und die ihres Kindes –, gab es nun keine Geheimnisse mehr.

Kapitel 54

Juli 1950

Grace zuckte zusammen. Wieder einmal stand sie in der Werkstatt des Ateliers und war von einer Stecknadel gestochen worden.

Diesmal ging es bei der angespannten Diskussion zwischen *le patron* und Madame Carré allerdings nicht um den prächtigen Entwurf für eine englische Prinzessin, einen Hollywoodstar oder die Frau eines südamerikanischen Diktators, sondern allein um die Vorzüge ihres eigenen Hochzeitskleids. Nach einer letzten Korrektur verkündete Monsieur Dior, dass das Kleid von ihm abgenommen sei.

Grace dankte ihm überschwänglich. »Ich könnte nicht glücklicher sein, Monsieur. Das Kleid ist perfekt.«

Le patron legte den Kopf schief. »Es war mir eine Ehre, Mademoiselle Dubois.«

Grace beobachtete, wie vier Lehrlinge mit weißen Handschuhen vorsichtig Wolken aus hellgrauem Papier zwischen jede wogende Falte des Kleides legten und es dann mit dem ganzen Respekt, den ein Meisterstück verlangte, in einen riesigen Karton packten. Schließlich wurde der Karton mit Satinbändern zusammengebunden, die mit dem meist verehrten Namen der Modewelt bedruckt waren.

»Schwer zu glauben«, sagte Grace zu Ferdinand, als der große weiße Karton durchs Atelier getragen wurde, »dass es erst ein Jahr her ist, dass ich aus Paris geflohen bin. Ich dachte, ich würde nie wieder glücklich werden. Und jetzt ist es, als würde ich in einem Märchen leben. Alles – nun ja, fast alles – ist genauso, wie ich es mir gewünscht habe.«

Kurz bevor sie die Tür erreichten, schnippte Ferdinand mit den Fingern und nahm den Lehrlingen den Karton ab. »Den übernehme ich«, sagte er. »Haben Sie nichts vergessen?«

Die Lehrlinge eilten davon und wankten kurz darauf mit einem Stapel wunderhübsch verpackter Geschenke in allen Formen und Größen herein.

Grace zog die Augenbrauen hoch. »Was ist das? Von wem sind die?«

»Ich glaube, einige wurden von Kundinnen geschickt, andere von Freunden und Bewunderern zu Dior gebracht«, antwortete Ferdinand.

»Ich bin sehr gerührt«, sagte Grace. »Wie nett, damit habe ich überhaupt nicht gerechnet. Und woher wissen all diese Leute, dass ich morgen heirate?«

»In Paris machen Geheimnisse schnell die Runde.« Er lachte. »Eigentlich stammt dieses *bon mot* nicht von mir. Ich habe Napoleon Bonaparte zitiert.«

Als sie in die Rue Montaigne hinaustraten, fuhren gerade zwei schwarze, von Chauffeuren gelenkte Cadillacs vor – eine Aufmerksamkeit der amerikanischen Botschaft. Auf ein Zeichen des Concierge wurden die Geschenke zusammen mit dem Hochzeitskleid in den ersten glänzenden Wagen geladen.

»Übrigens«, sagte Ferdinand zu Grace, als er ihr in die zweite Limousine half. »Wussten Sie, dass Napoleon Australien erobern wollte?«

Grace lächelte ihm durch das offene Fenster zu. »Nein, das wusste ich nicht.«

»Es ist komisch«, sagte er wehmütig, »dass stattdessen eine so reizende junge Australierin nach Frankreich gekommen ist und unsere Herzen erobert hat.«

Eine Karawane aus Fahrzeugen und von Pferden gezogenen Karren fuhr über die von Obstbäumen und Weiden gesäumten Feldwege. Einige transportierten Stühle, Tische und Marktschirme, andere brachten Besteck und Tischtücher. Wieder andere schleppten Wein, Kartons mit Gläsern und Holzbretter für eine Tanzfläche heran. Einer lieferte einen wunderbaren Flügel. Schließlich fuhr ein großer Laster in Charincourt vor, beladen mit Schnittblumen, Obst- und Gemüsekisten, Meeresfrüchten und Fleisch, Brotlaiben und Käserädern.

»Weißt du was, Liebling«, sagte Olive zu Grace, während sie die Ankunft der Parade beobachteten, »ich muss dir was gestehen.«

»Wirklich?«

»Als Marjorie und ich Australien verlassen haben, war ich voller Zuversicht. Ich konnte mir nicht vorstellen, was ich lieber täte, als mich um die Vorbereitungen für die Hochzeit meiner Tochter zu kümmern.«

»Nichts anderes habe ich erwartet«, sagte Grace liebevoll.

»Ja, aber ich muss zugeben, als wir in Paris in den Zug stiegen, fühlte ich mich ziemlich überfordert – wegen der Sprachbarriere, und dann wusste ich nicht, wie die Franzosen Hochzeiten feiern.«

»Das sieht dir gar nicht ähnlich, Mum.«

»Oh, ich bin wieder die Alte. Sobald ich diese tüchtige

Marie Devreaux kennengelernt habe, wusste ich, dass alles wie am Schnürchen laufen würde.« Olive drehte den Kopf. »Ach, da kommen Marie und Marjorie ja gerade.« Sie küsste Grace flüchtig auf die Wange. »Entschuldige mich, Liebling. Ich sehe besser nach, was da los ist.«

Eher wie zwei Generäle und ein treuer Lieutenant überwachte das Trio sein Schlachtfeld.

»Nicht dahin!«, rief Olive, als ein Mann Zeltstangen einzuschlagen begann.

»*Ici, ici!*«, rief Marie und winkte einer Frau, die beinahe unter dem Gewicht einer Myriade Pfingstrosen zusammenbrach.

»Meine Güte!«, rief Marjorie, als einer der Lastwagenfahrer ihr aufdringlich zuzwinkerte und ihr einen Karton mit frischen Schnecken reichte.

Lächelnd ließ Grace die Waffenbrüder ihre Anweisungen erteilen und ging ins Château. Bald war es Zeit, sich zu schminken, sich zu frisieren und natürlich das prächtige Dior-Kleid anzuziehen. Als sie ins Wohnzimmer ging, warf sie einen anerkennenden Blick auf den Brautstrauß aus wilden Gräsern, weißen Lilien und hellgelben Rosen, der in einer Vase auf dem Tisch wartete. Daran lehnte das Foto von Olive, das sie ihr geschickt hatte.

Liebevoll betrachtete Grace das Bild. *Liebe Mum*, dachte sie, *wo wäre ich ohne dich?*

Eine Gruppe Geiger im Frack, die gerade eine schwungvolle Melodie gespielt hatten, legten ihre Instrumente zur Seite. Das Geplauder der Gäste verstummte. Sogar Jezebel, die mit einer Girlande aus gelben und weißen Blumen an einen Baum gebunden war, hörte auf zu wiehern.

Einen Moment lang war nur das leise Rascheln der Blätter

zu hören. Dann stimmten die Nonnen der Abbaye de Sainte Jeanne ein Lied an.

Angeführt von Brigitte und Marie-Hélène, begannen die Mannequins aus dem Hause Dior über den Rasen von Charincourt zu gleiten. Sie durften sich für diesen Anlass keine Couture-Kleider ausleihen – natürlich mussten diese kostbaren Roben sicher in Paris bleiben. Stattdessen hatte Madame Carré vorgeschlagen, dass jede Schönheit sich in einen bezaubernden, bodenlangen cremefarbenen *toile* hüllen sollte.

Die Models nahmen ihre Plätze auf beiden Seiten eines gewölbten weißen Baldachins ein. In ihrem Schatten wartete steif Bürgermeister Huppert mit einem altmodischen Zylinder auf dem Kopf und einer roten Schärpe um den Bauch. Mutter Francis Xavier stand in ihrem taubengrauen Ornat zu seiner Rechten, wie üblich mit heiterer Miene.

Vor der Äbtissin stand Philippe. Sein dunkelgrauer Anzug war perfekt geschnitten, seine seidene Charvet-Krawatte zeugte von angemessener Zurückhaltung, und auch wenn sein dunkles Haar vielleicht einen Hauch zu lang war, stimmten die Mannequins darin überein, ihn unbestritten attraktiv zu finden. Philippe seinerseits nahm kaum Notiz von den Brautjungfern oder den Gästen. Nur eine Person zog seine Aufmerksamkeit auf sich.

»Grace«, murmelte er. »O Grace.«

Es heißt, jede Braut würde strahlen. Das ist wahr, aber die Braut heute war besonders bezaubernd. Mit offenem Mund beobachteten die Gäste, wie Grace am Arm eines strahlenden Reuben auf sie zuschwebte. Ihr prächtiges langes weißes Satinkleid hatte ein eng geschnittenes Mieder, der schulterfreie Ausschnitt war von Perlen gesäumt, und der leicht glockige Rock endete in einer Schleppe. Die schwarzen

Locken waren zu einem lockeren Knoten zusammengesteckt, und ein langer Chiffonschleier wehte hinter ihr her, ihre smaragdgrünen Augen glänzten, und auf ihren vollen Lippen lag ein bezauberndes Lächeln – ihre Schönheit hatte etwas Überirdisches.

»Du siehst göttlich aus«, flüsterte Marie-Hélène, als sie an ihr vorbeikam. »Der arme Mann – er wird sich immer wieder in dich verlieben.«

Grace reichte Brigitte ihren Brautstrauß, dann nahm sie ihren Platz neben Philippe ein.

Die Stimmen der Nonnen waren verstummt. Monsieur Huppert trat vor. Plötzlich durchbrach ein schriller Schrei die feierliche Stille. Alle Blicke richteten sich auf Serena. Die Kleine lag im Arm ihrer Großmutter, deren Wangen vor Scham gerötet waren. Das Baby zeigte ein zahnloses Grinsen und winkte aufgeregt mit den kleinen Händen.

Die Anspannung war gebrochen. Es wurde gelacht, und sogar der Bürgermeister entspannte sich sichtlich. Er führte die offizielle französische Trauung mit überraschend viel Elan durch, dann sprach Mutter Francis Xavier ein Gebet.

Obwohl Grace scheinbar gefasst wirkte, war sie benommen, fast wie betäubt. Der Tag schien unwirklich. Als sie Bürgermeister Huppert verkünden hörte: »Sie dürfen die Braut jetzt küssen«, klang es, als kämen seine Worte aus weiter Ferne.

Erst als sie Philippes Lippen auf ihren spürte, erwachten ihre Sinne wieder zum Leben. Ein Freudenschauer durchlief ihren Körper, und sie dachte, dass es sich so gut anfühlte, wenn ein Bann gebrochen war.

Die leuchtenden Mauern von Charincourt boten im goldenen Schein der milden Sommersonne eine beeindruckende

Kulisse für die bunte Menschenmenge, die sich auf dem Rasen mischte.

»Das ist ungewöhnlich«, sagte Philippe zu Grace, als sie Hand in Hand inmitten der Menge standen. »Wie du weißt, suchen die Franzosen nur selten Kontakt zu Angehörigen anderer Schichten, doch unsere Hochzeitsgäste, die – sagen wir – mehr als unterschiedlich sind, scheinen alle aufeinander zuzugehen.«

»Vielleicht«, bemerkte Grace mit schiefem Grinsen, »hat das etwas damit zu tun, dass die Braut aus Australien stammt.«

Zufrieden beobachteten die beiden, wie Schriftsteller und Künstler sich angeregt mit Bauern und Ladenbesitzern unterhielten. Reubens Freunde aus dem Burgund tauschten Ansichten mit Mitgliedern des Pariser *bon ton.* Kameraden aus der Résistance bezirzten die Mannequins mit ihrem Charme, und Philippes Kollegen von der Spionageabwehr entdeckten dank Tutu und der Mesdames Raymonde, Carré, Luling und Beguin eine neue Welt.

Grace hatte gewusst, dass Jacqueline nicht kommen würde, doch Gräfin de Renty hatte ihr Geschenk mitgebracht: einen silbernen Cocktailshaker mit Gravur von Tiffany's. »Arme Jacqueline«, sagte die Gräfin. »Sie wäre so gern dabei gewesen, aber ihre Mutter hat darauf bestanden, dass sie das schöne Leben in Paris genug genossen hat. Sie hat ihr nicht erlaubt zu fahren.«

Baron Édouard de Gide war ebenfalls verhindert. Er hatte erklärt, dass er leider in Mexiko an einer Vorführung von *Aida* mit der aufregenden jungen griechischen Sängerin Maria Callas teilnehmen müsse. Nichtsdestotrotz hatte Ferdinand erklärt: »Wenn man das gebrochene Herz des Barons bedenkt, zeugt es von bewundernswertem Großmut, sechs Kisten Cristal zu schicken.«

Aus Respekt vor dem Sommertag hatte Madame Marly auf ihren allgegenwärtigen Fuchs verzichtet, ihn jedoch durch einen beeindruckenden Hut mit violetten Federn ersetzt. »Ich weiß noch, wie ich Sie das erste Mal im Hotel Australia gesehen habe, Grace«, erinnerte sie sich, »als Sie noch ein kleines Mädchen waren. Ich mochte Reuben schon damals sehr; wie gefühlvoll er Chopin spielt!«

Etwas früher hatte Grace Evangeline Bruce und Julia Child in dem offiziellen Wagen der amerikanischen Botschaft vorfahren gesehen, auf dessen Kühlerhaube fröhlich die US-Flagge flatterte. In der letzten Woche hatte ein Attaché eigens eine persönliche Nachricht des Botschafters gebracht, der sich im Namen der US-Regierung für das heldenhafte Handeln von Capitaine Philippe Boyer und Mademoiselle Grace Dubois bedankte. Der Brief sprach von ausstehenden Orden.

Der Mann hatte auch eine Bowlenschüssel aus Baccaratkristall gebracht, ein Geschenk des dankbaren Botschafters und seiner Frau. Darin befand sich nun eine abgewandelte Version von Olives berühmtem Gebräu.

»Marie und ich fanden, dass Pfirsiche und Brandy ein perfekter Ersatz für Ananas und Rum sind«, informierte Olive ihre Tochter.

»Wenn es nur annähernd an das Original herankommt«, sagte Grace, »werden unsere Gäste auf den Tischen tanzen.« Lächelnd beobachtete sie die zwei glücklichen Krieger, die zufrieden auf die lange, auf Böcken stehende Hochzeitstafel blickten – ihr Werk. Die Gäste bedienten sich an glänzenden Austern und pochiertem Lachs, gebackener Gans und Truthahn, Platten mit Kartoffeln, grünen Bohnen und Spargel und einer feinen Auswahl an Käse aus der Region.

»Du hast dich selbst übertroffen, Mum«, bemerkte Grace,

»aber es wird höchste Zeit, dass du dich ein bisschen entspannst und einige Gäste kennenlernst.« Auf dem Weg zum Büfett entdeckte sie Julia Child, ergriff die Gelegenheit, sie ihrer Mutter vorzustellen, und fügte dann hinzu: »Mrs. Child lernt französisch kochen.«

»Na, dann sind Sie genau die Person, die ich gerade brauche«, sagte Olive. »Diese Schnecken – wie bekommt man die am besten heraus?«

»Ich versuche selbst noch den Trick herauszufinden«, verkündete Mrs. Child. »Neulich Abend ist mir bei einem Abendessen im Élysée-Palast eine *escargot* vom Teller geflogen. Mein Mann war überzeugt, ich hätte einen diplomatischen Fauxpas ausgelöst!«

Am späten Nachmittag wurde ein Tisch mit Schalen voller Himbeeren und ein großer Eiskühler mit Schlagsahne aufgebaut. Doch ehe alle dazu kamen, auch nur eine Beere zu berühren, klatschte Bürgermeister Huppert in die Hände. Daraufhin erschienen drei Frauen.

»Mademoiselle Elise!« Grace war begeistert gewesen, als sie erfuhr, dass ihre frühere Gouvernante aus den Alpen anreisen wollte, wo sie ein vornehmes Mädchenpensionat leitete. Lächelnd trug Elise eine besonders große duftende *tarte tatin zum Tisch.*

Hinter ihr sah Grace die Köchin von *le patron*, die sowohl dafür bekannt war, die einzige Köchin in Paris zu sein, die von Christian Dior eingekleidet wurde, wie für ihre hervorragende Küche. Madame Denise hielt eine große Platte, auf der eine hohe Croquembouche glänzte. Diese Pyramide aus Profiteroles, mit *crème pâtissière* gefüllt und mit Karamell überzogen, trieb Ferdinand zu der Bemerkung: »*Regarde, la pièce de résistance.*«

Doch nur einen Moment später schien er seine Meinung

geändert zu haben. »*Oh, là, là, là, là*! *C'est magnifique!*«, rief er, als die triumphierende Brautmutter auf einem Silbertablett eine ganz andere Kreation herbeibrachte.

Grace wurde bewusst, dass nur wenige Gäste jemals zuvor eine traditionelle dreistöckige Hochzeitstorte dieser Art gesehen hatten, von Olive in vollendeter Weise hergestellt. Beim Anblick der glänzenden weißen, mit Rosenknospen dekorierten Glasur, auf der ein Miniatur-Hochzeitspaar thronte, erklärte Ferdinand, dass diese *tour de force* unbestreitbar der Höhepunkt der Feier sei.

Das Festessen war verspeist, Toasts ausgesprochen und Reden gehalten worden, als Bürgermeister Huppert rief: »*Mesdames et messieurs*, liebe Freunde, es ist mir eine Ehre, den Hochzeitstanz anzukündigen.«

Madame Marly gab den Geigern ein Zeichen, und Reuben spielte einen vollen Akkord auf dem Flügel. Doch die Braut und der Bräutigam hatten erst wenige Schritte getanzt, als ein großes Automobil in die Auffahrt bog.

Philippe runzelte die Stirn. Grace war verwirrt. Alle drehten sich um und starrten auf den Wagen.

Aus der Limousine stiegen zwei Männer mit Aktentaschen und in schwarzen Anzügen. Nachdem sie die Tanzfläche überquert hatten, blieben sie vor dem Bräutigam stehen.

»Capitaine Boyer?«, fragte der größere und dünnere der beiden.

»Ja. Wer zum Teufel sind Sie?«

»Wir sind Notare und handeln mit Genehmigung der französischen Regierung. Ich bin Monsieur Caron, das ist mein Kollege Monsieur Bardot. Es gibt wichtige Dinge zu besprechen.«

»Ich erinnere mich an die beiden«, sagte Grace zu Philippe.

»Sie sind schon einmal hier gewesen und haben nach dir gesucht.«

»Ganz recht, Madame«, sagte Caron. »Wir versuchen den Capitaine schon seit einiger Zeit ausfindig zu machen. Kürzlich erfuhren wir, dass in Charincourt eine Hochzeit stattfinden wird.«

Ferdinand hatte recht, dachte Grace. *In Paris bleibt tatsächlich nichts geheim.*

»Daher«, fuhr der Mann fort, »haben wir angenommen, dass wir Sie heute hier finden könnten.« Er nickte selbstzufrieden.

Philippe lachte. »*Mon ami*, was immer Sie besprechen möchten, wird wohl noch warten müssen. Wie Sie sehen, bin ich momentan beschäftigt.«

Caron wühlte in seiner Aktentasche. »Dennoch glaube ich, dass Sie hören möchten, was ich zu sagen habe.«

Philippe tauschte einen fassungslosen Blick mit Grace. »Na, dann raus damit.«

»Capitaine Boyer, ich schlage vor, dass wir uns irgendwohin zurückziehen, wo wir ungestört sind.«

»Monsieur Caron, Sie scheinen nicht zu begreifen, dass Sie und Ihr Kollege meine Hochzeitsfeier stören. *Ich* schlage vor, dass Sie Ihr Geschäft so schnell wie möglich erledigen.«

»Wie Sie wünschen«, sagte Caron gereizt. »Es geht um das Testament des verstorbenen Grafen d'Andoise. Wissen Sie, es war seit Jahren nicht auffindbar, doch als ein sehr edler Schreibtisch mit Intarsien kürzlich in eine Auktion ging, wurde das Dokument in der obersten rechten Schublade gefunden.«

»Ich erinnere mich an diesen Schreibtisch«, sagte Brigitte, die zu ihnen getreten war. »Er stand früher in Papas Bibliothek.«

»Aber was hat das mit mir zu tun?«, fragte Philippe.

Zum ersten Mal meldete sich Monsieur Bardot. »Es betrifft sowohl Sie als auch Ihre Cousine. Wie es aussieht, hat der verstorbene Graf seine Tochter«, der Mann deutete mit dem Kopf auf Brigitte, »und Sie als seine einzigen Erben eingesetzt.«

Caron reichte Philippe einige Papiere und sagte: »Alle Besitztümer des Grafen, einschließlich Château Charincourt, alle darin befindlichen Gegenstände und das dazugehörige Land gehören jetzt zu gleichen Teilen Ihnen und Ihrer Cousine.«

»*Wie bitte?*«

»Zudem«, fuhr der Notar fort, »erben Sie als nächster männlicher Verwandter seinen Titel. Dementsprechend, dürfen Sie und Madame Boyer sich, obgleich Frankreich natürlich eine Republik ist, Graf und Gräfin d'Andoise nennen, wenn Sie es denn möchten.«

»Ich kann mir genau vorstellen, wie das in Parkes die Runde macht.« Grace kicherte.

»Wie dem auch sei, Madame«, sagte Caron etwas verschnupft, »es gibt noch eine andere Angelegenheit, die wir Capitaine Boyer und seiner Cousine übermitteln müssen. Seinem Testament lag ein nicht ordnungsgemäßer Anhang bei.« Er holte das entsprechende Dokument hervor. »Darin steht, dass ein Gegenstand von großem Interesse für eine gewisse Partei in Charincourt in einem verschlossenen Möbel versteckt ist, das nur dadurch auffällt, dass es vollkommen unauffällig ist. Es lag ein Schrankschlüssel dabei, zusammen mit einem Schlüssel für die Eingangstür des Châteaus. Mehr kann ich Ihnen nicht sagen.«

Allgemeines Erstaunen, vereinzelt ertönten Rufe, manche schüttelten den Kopf. Grace klammerte sich an Philippes Arm. »Ich habe eine Idee«, sagte sie.

Sie warf die Satinschleppe über den Arm, raffte ihr Kleid und lief mit wehendem Schleier in Richtung Château. Philippe murmelte etwas über Impulsivität seiner reizenden, frisch angetrauten Frau und lief ihr hinterher. Brigitte folgte als Nächstes, dann Marie-Hélène, dahinter eine Parade aus Mannequins, Nonnen in flatterndem Ornat, Bauern mit wehenden Jacken und einer Gruppe aufgeregter Pariser. Grace öffnete die große Eingangstür von Charincourt und stürzte auf den großen Salon zu. Einen Moment später war Philippe bei ihr, dann alle anderen, die ihnen gefolgt waren.

»Bleibt zurück!«, rief sie.

Grace ging direkt auf den klapprigen Schrank zu und bemerkte, dass das Schloss, das sie zerbrochen hatte, noch immer dort lag, wo es auf den Boden gefallen war. Vorsichtig öffnete sie die beiden Türen, dann entdeckte sie zu ihrer Erleichterung, dass die grässlichen Bewohner nicht da waren – vermutlich hatten die Ratten bei dem Aufruhr draußen die Flucht ergriffen. Sie hatten nur haufenweise angenagtes Zeitungspapier zurückgelassen.

»Ich glaube, was wir suchen, könnte irgendwo unter all dem vergraben sein«, sagte sie zu Philippe.

»Ich helfe dir.« Mit beiden Armen schleuderte er das Papier auf den staubigen Parkettboden. Doch zu Grace' Entsetzen war nichts zu sehen, nachdem sie den Schrank leer geräumt hatten.

Während ihre Gäste verwirrte Blicke tauschten, murmelte Grace Philippe zu: »Ich habe das unangenehme Gefühl, dass ich gerade alle Vorurteile unserer französischen Freunde über ungezügelte Australier bestätigt habe. Sieht aus, als hätte ich alle umsonst hergebracht.«

»Da bin ich mir nicht so sicher«, sagte Philippe. »Diese

alten Schränke haben manchmal Geheimfächer. Während des Kriegs haben wir sie benutzt, um Nachrichten zu verstecken – oder auch Waffen. Sehen wir mal nach, ob irgendwelche Bretter anders aussehen und ob sie vielleicht nachgeben.«

Konzentriert strich Grace mit den Fingern über das Innere des Schrankes. Schließlich, nach einigen langen, angespannten Minuten meinte sie eine leichte Bewegung in der oberen linken Ecke zu spüren. Aus einem Impuls heraus drückte sie fest mit einer Hand dagegen und sah erfreut, wie ein Teil der rückwärtigen Wand problemlos zur Seite glitt. Dort lag in einem Versteck ein längliches Paket.

Alle drängten dichter heran. Grace und Philippe holten das geheimnisvolle Paket heraus, legten es auf den Boden und entfernten vorsichtig das Öltuch, in das es eingewickelt war. Als Nächstes befreite Grace es unter wachsender Aufregung von einem Pappzylinder, gefolgt von einer dünnen Schicht weichen Fensterleders. Am Ende blieb eine zusammengerollte Leinwand übrig.

Grace und Philippe nahmen jeder zwei Ecken, dann stand das Paar auf, sah sich an, trat jeweils einen Schritt nach hinten und wickelte die Rolle auseinander.

»Heilige Mutter Gottes.« Mutter Francis Xavier bekreuzigte sich.

Die Äbtissin war gerade erst eingetroffen, Arm in Arm mit Madame Guérin. Jetzt starrte sie fassungslos und ungläubig auf das Bild.

»Das ist der Rembrandt«, sagte sie. »Unsere Jeanne d'Arc.«

Nach einem leichten Schwächeanfall akzeptierte Mutter Francis Xavier ein Glas des hervorragenden Champagners von dem Baron. »Meine liebe Grace«, sagte sie, als die

Schatten über den Rasen krochen, »der Verstand, oder sollte ich sagen, die menschliche Seele überrascht mich nur selten.«

Vorsichtig nahm die Äbtissin einen Schluck von ihrem Champagner. »Aber«, fuhr sie fort, »die Notiz, die dem Gemälde beilag, lässt keinen Zweifel daran, dass der Graf allein für das Entwenden des Bildes verantwortlich war. Nicht nur das, er hat bestätigt, dass es der Abtei gehört und er es vor den Nazis in Sicherheit gebracht hat.«

Langsam schüttelte sie den Kopf. »Gott sei mir gnädig«, sagte sie in bedauerndem Ton. »Ich habe nicht geglaubt, dass Graf d'Andoise zu einer so gütigen Tat fähig war.«

»Also, ich freue mich nur für Brigitte«, sagte Grace. »Zumindest weiß sie jetzt, dass ihr Vater etwas Gutes getan hat. Und natürlich bin ich begeistert, dass Rembrandts Jeanne d'Arc in ihr rechtmäßiges Zuhause zurückkehrt.«

»Die Schwestern sagen, es ist ein Wunder Gottes«, bemerkte die Äbtissin.

»Und was denken Sie?«

»Dass Seine Wege weiterhin unergründlich sind.«

Grace dachte über diese sibyllinische Antwort nach, als sie eine Hand auf ihrer Schulter spürte.

»Hätten Sie etwas dagegen, Mutter Francis Xavier, wenn ich Ihnen meine Braut entführe?«, fragte Philippe.

Als er sie zur Tanzfläche führte, sagte Grace: »Dieses Erbe – es gibt so vieles zu bedenken.«

»Stimmt, aber jetzt habe ich gerade etwas anderes im Kopf.« Philippe blickte Grace in die Augen. »Den ganzen Tag wollte ich nur meine begehrenswerte Frau in den Armen halten. Erinnerst du dich an unseren ersten Walzer bei Graf de Beaumont? Der von unserer kleinen Charade unterbrochen wurde? Jetzt sind wir schon wieder gestört worden. Meinst du, dass man uns diesmal in Ruhe lässt?«

»Ich glaube, schon«, murmelte Grace, als Philippe sie an sich zog und mit ihr über die Tanzfläche glitt. »Dieses Mal steht unter einem guten Stern.«

Kapitel 55

Paris, Februar 1951

Im Salon saßen dicht gedrängt Frauen in Couture-Kostümen und mit originellen Hüten, ihre Mienen drückten restlose Begeisterung aus. Grace blieb stehen, das Gesicht von einem glitzernden Kronleuchter angeleuchtet, und badete in ihrem Applaus.

Dieser Moment war für alle Dior-Mannequins der wichtigste. Denn erst am Ende der Präsentation einer neuen Kollektion wussten sie, ob sie der Vision von *le patron* gerecht geworden waren.

Grace trug einen dramatischen schwarzen Samtmantel mit falschen Diamantohrringen, vollführte eine elegante Drehung und glitt mit den anderen Models zurück in die *cabine.*

»Wirst du das alles nicht vermissen, Süße?«, fragte Marie-Hélène und schlüpfte aus einem roten Cocktailkleid aus Spitze. »Du hast dich so gefreut, als Madame Raymonde dich gebeten hat zurückzukehren.«

»Das stimmt.« Grace reichte einer wartenden Garderobiere ihr eigenes Ensemble. »Es hat sich nur so viel verändert.«

»*Mais oui*! Wenn ich einen derart attraktiven Ehemann und so ein reizendes Baby hätte, würde vielleicht sogar ich überlegen aufzuhören.«

»Und Charincourt muss restauriert werden«, fügte Brigitte hinzu. Sie verteilte Creme auf ihrem Gesicht und begann sich abzuschminken. »Du weißt, ohne dich würde ich das nicht schaffen.«

Grace lächelte. »Tatsache ist, Mädels, ich glaube, mir bleibt keine Wahl.«

»Aber Philippe würde dich doch sicher nicht am Arbeiten hindern.« Marie-Hélène nahm eine Bürste. »Ich kenne mich mit Männern aus, so ein Typ ist er nicht.«

»Ach, wegen Philippe mache ich mir keine Sorgen. Sondern wegen Madame Carré. Sie ist besessen von Taillenumfängen.«

Zwei Wochen später, nachdem die anderen Mannequins in der *cabine* Grace mit einem Glas Sekt verabschiedet hatten, verließ sie unter Aufsicht von Tutu und einem traurigen Ferdinand die *maison.* In das Abschiedsgeschenk des Ateliers gehüllt, einen ungemein schmeichelnden tannengrünen Mantel mit einem Kragen und Aufschlägen aus Nerz, trat sie durch die berühmte Eingangstür.

Als Grace die späte Wintersonne auf dem Gesicht spürte, atmete sie tief durch und blickte sich um. Zu ihrer Überraschung standen vor der Mauer eine Reihe lächelnder Näherinnen. Madame Carré schob die jüngste von ihnen nach vorn, die Grace daraufhin schüchtern einen Strauß zarter Maiglöckchen überreichte.

»Mit unseren besten Wünschen, Gräfin«, sagte das Mädchen.

Grace sah hoch und versuchte, an den geschwungenen schmiedeeisernen Gittern vorbei in die Fenster zu sehen, doch wie am Tag ihrer Ankunft war es unmöglich, zu erkennen, was dahinter lag.

Aber Moment, da bewegte sich etwas. Eine Hand tauchte auf, ein Vorhang wurde zurückgezogen. Grace hatte Tränen in den Augen, als sie eine beleibte Gestalt im weißen Kittel auf den Balkon treten sah. Christian Dior winkte ihr zum Abschied.

März

Eine bescheidene gelbe Flamme flackerte kurz auf, dann zischte sie. Grace legte Holz nach und versuchte, ein Feuer zu entfachen.

Nachdem das Wetter in Paris ungewöhnlich mild für die Jahreszeit gewesen war, hatte es vor Kurzem umgeschlagen. Grace legte sich einen Pullover um die Schultern und blickte gedankenverloren auf die vom Regen aufgewühlte Seine. Der Fluss schien ihre innere Unruhe zu spiegeln.

Serena, die auf dem Boden mit bunten Bauklötzchen gespielt hatte, zog an Grace' Hand und sah sehnsüchtig zur Tür. *Das ist die Australierin in ihr,* dachte Grace. *Wir hassen es beide, drinnen eingesperrt zu sein.*

Sie half Serena, ein Klötzchen auf das andere zu stellen – das Kind liebte es, die Türme umzuwerfen –, doch mit ihren Gedanken war sie weit weg.

Welche Ironie des Lebens, hier in Paris zu sein, wo sie immer hatte sein wollen, ein Leben zu führen, das ihr nach all den Schwierigkeiten märchenhaft erschien – und dennoch an nichts anderes denken zu können als daran, nach Brookfield zurückzukehren! Am liebsten wäre sie auf ein Pferd gesprungen und unter einem wolkenlosen blauen Himmel zum Bach galoppiert.

Grace biss sich auf die Lippe. Das schreckliche Wetter mochte zu ihrer Unruhe beitragen, aber es war nicht die Ursache. Der Regen würde irgendwann aufhören, doch die Frage, die sie sich seit fast zwei Jahren immer wieder stellte, würde sie weiter umtreiben. Wer war Serenas Vater?

Grace hatte sich geschworen, ihrem Kind eine so wichtige Information niemals vorzuenthalten, sie wollte auf keinen Fall, dass ihre Tochter wie sie mit einer Lüge aufwachsen musste. Doch wie sollte sie Serena irgendwann in der Zukunft erklären, dass Jack *vielleicht* ihr Vater war? Und wie würde sich Philippe dann fühlen? Wahrscheinlich verraten.

Auf der anderen Seite hatte Jack vielleicht das Recht zu wissen, dass Serena seine Tochter sein könnte.

»Was für ein Dilemma«, sagte Grace leise. Kürzlich hatte sie von Charlotte gehört, dass sie und Jack jetzt einen kleinen Jungen hatten. Ihr Baby und Serena könnten gut Bruder und Schwester sein – eine Komplikation folgte auf die nächste.

Grace massierte sich die Schläfen. Ihr Märchen war keineswegs zu Ende. Die letzte Seite war noch leer.

Sie reichte Serena einen roten Ball und beobachtete, wie ihre Tochter ihm vergnügt einen Schubs gab und er davonrollte. Nur für einen Moment, während sich der Ball immer weiterdrehte, schien es Grace, als habe der Lärm des Sturms draußen nachgelassen. Stattdessen meinte sie das Rascheln der Eukalyptusbäume und eine vertraute Stimme flüstern zu hören, dass es Zeit war, in ihr Land zurückzukehren.

Als die Wohnungstür zuschlug, sah Grace auf. Vor ihr stand ihr klatschnasser Ehemann, und es tropfte auf den Boden.

»*Il pleut des cordes!*«, sagte er und schob sich eine nasse Haarsträhne aus den Augen. »Nein, ihr habt einen besseren Ausdruck dafür. Es regnet Hunde und Katzen.«

»Fast richtig, Liebling. Egal, häng deine Sachen über die Badewanne, bevor alles nass wird. Ich hole dir was zum Aufwärmen.«

Philippe kam wieder herein, rieb sich mit einem Handtuch die Haare trocken und trank von dem Armagnac, den Grace ihm reichte.

»Schon besser.« Er lächelte und hob Serena hoch. Er warf das Kind in die Luft und fing es wieder auf, wobei es fröhlich gluckste. Nach einigen Minuten begann die Kleine zu gähnen, »*Ah, mon petit ange*«, sagte er und knuddelte sie. »Zeit, ins Bett zu gehen.«

»Ich übernehme das«, bot Grace an.

»Nein, das mache ich gern«, sagte Philippe.

Mit einem warmen Lächeln kehrte er ins Wohnzimmer zurück. »Jetzt werde ich meine ganze Aufmerksamkeit der *maman* meiner Tochter widmen«, sagte er, zog Grace aufs Sofa und gab ihr einen langen Kuss.

»Mmmm, köstlich«, murmelte Grace. »Wie war dein Tag?«

»Eigentlich ganz gut. Der Einsatz bei der Kriminalpolizei gefällt mir. Juwelendiebe zu fassen ist wesentlich einfacher, als Spione aufzustöbern. Die sind weniger ...«

»Hinterlistig?« Als Grace das Wort aussprach, löste es ein beunruhigendes Echo in ihr aus.

»Genau. Und bei dir? Jetzt, wo ich dich richtig ansehe, wirkst du ein bisschen abwesend. Ist alles in Ordnung, *chérie*? Die Morgenübelkeit ist doch nicht etwa zurückgekommen, oder?«

»Nein, nichts dergleichen«, beruhigte ihn Grace.

»Was dann?«

Sie seufzte. »Ich habe Sehnsucht nach zu Hause. Nach Brookfield, meine ich.«

»Verstehe.«

»Und ich habe überlegt …«

»*Oui*?«

»Ich habe überlegt, wie schön es für Olive wäre, wenn ich sie mit Serena in Australien besuche. Mum kann es nicht erwarten, vor ihren Freundinnen mit ihr anzugeben.«

»Ist das der einzige Grund, warum du hinfahren willst?«, fragte er.

»Sieh aus dem Fenster!« Sie lachte. »Nein, im Ernst, du hast recht. Es gibt noch einen anderen Grund. Ich habe noch etwas zu klären – du weißt, wie kompliziert meine Vergangenheit war.«

Philippe sah sie skeptisch an. »Und wann soll diese Reise stattfinden?«

»Nun ja, wenn ich in einer Woche nach Australien führe, könnte ich eine Weile bei meiner Mutter bleiben und trotzdem noch sehr rechtzeitig vor der Geburt des Kleinen zurück sein.«

»Ich werde dich schrecklich vermissen.«

»O Gott, ich dich auch«, sagte sie und strich ihrem Mann über das attraktive Gesicht. »Aber ich bin davon überzeugt, dass ich es tun muss.«

»Dann habe ich keine Zeit zu verlieren.«

»Wie meinst du das?«

»Ich muss dir so oft es geht zeigen, wie sehr ich dich liebe, bevor du fährst.«

Philippe nahm Grace den Pullover von den Schultern und knöpfte ihre Bluse auf. Immer wieder küsste er sie, als wollte er sich ihren Geschmack und das Gefühl ihrer Lippen auf seinen einprägen.

»Ich will dich nicht drängen.« Grace lächelte. »Aber nur für den Fall, dass wir unterbrochen werden, sollte ich dir die

Kleider ausziehen, glaube ich.« Schon bald waren beide nackt und lagen sich vor dem flackernden Feuer in den Armen.

»Erinnerst du dich noch an das erste Mal, als wir uns geliebt haben?«, fragte Philippe und streichelte Grace' geschwollene Brüste und ihren leicht gewölbten Bauch. »Ich hätte nicht gedacht, dass du noch unwiderstehlicher sein könntest, aber so, wie du jetzt aussiehst – Gott, ich kann nicht glauben, wie sehr ich dich begehre.«

Sie liebten sich mit zärtlicher Innigkeit, ihre Vertrautheit verstärkte ihre Lust nur noch. Wie ein perfekt eingespieltes Tanzpaar bewegten sie sich im selben inneren Rhythmus, bis sie den leidenschaftlichen Höhepunkt erreichten.

Als sie anschließend eng umschlungen im goldenen Schein des Feuers lagen, sagte Philippe: »Du musst mir nur eins versprechen.«

»Ja?«

»Wenn du geklärt hast, was du klären musst, wie du es nennst – komm zu mir zurück.«

Kapitel 56

Sydney, April 1951

Das Hotel Australia war noch genauso, wie Grace es in Erinnerung hatte. Dieselbe mit Marmor und Spiegeln eingerichtete glänzende Eingangshalle, dieselbe freudige Erregung, wenn neue Gäste eintrafen und andere abreisten.

»Willkommen zurück, Mrs. Boyer – oder ist es Ihnen lieber, wenn ich Gräfin sage?«, fragte der Geschäftsführer, als er ihr zur Begrüßung die Hand schüttelte. »Ich erinnere mich noch an das allererste Mal, als Sie bei uns waren, wobei ich damals an der Rezeption gearbeitet habe und Sie Miss Woods waren.«

»Mit der Zeit wird es sicher immer schwieriger zu verfolgen, wer jetzt wie heißt«, sagte Grace fröhlich. »Also, machen wir es nicht zu kompliziert«, fügte sie mit einem Lächeln hinzu, »ich bin überglücklich, Mrs. Boyer zu sein, wissen Sie.«

In ihrer Suite ließ Grace sich in einen der bequemen Sessel sinken und war überwältigt, wie vertraut ihr die Umgebung war: die drapierten Vorhänge, die üppigen Polstermöbel, die Aquarelle an den Wänden – alles war noch da.

Ihre Gedanken wurden von einem Klopfen unterbrochen.

»Das wird der Zimmerservice sein. Hoffentlich ist Serena nicht aufgewacht«, sagte Olive und eilte zur Tür.

Als sie um einen kleinen Tisch saßen, Tee tranken und salziges Gebäck knabberten, bemerkte Grace, dass ihre Mutter angespannt wirkte. »Stimmt etwas nicht, Mum?«

Olive zog ein Taschentuch aus ihrer Tasche und drehte es zwischen den Fingern. »Ich war mir nicht sicher, ob ich es dir erzählen soll, insbesondere wegen der Schwangerschaft«, sagte sie, »aber vermutlich ist es jetzt genauso gut wie irgendwann anders.«

Grace streckte den Arm aus und berührte die Hand ihrer Mutter. »Du bist doch nicht … krank, oder?«

»Es geht nicht um mich«, sagte ihre Mutter.

»Um wen dann?«

»Um Jack.« Olive faltete das Taschentuch zu einem ordentlichen Quadrat. »Gracie, es gibt keine Art, es schonend zu sagen. Er ist tot.«

»Nein!« Der Freund ihrer Kindheit, ihr Ex-Mann und vielleicht Serenas Vater – tot. Grace spürte, wie sich ihr Magen zusammenzog. Mit einem Mal wurde ihr speiübel. »Was ist passiert?«

»Er war auf dem Rückweg nach Merindah, nachdem er … nun ja, ich vermute, dass er in Parkes ein paar Drinks genommen hatte.« Sie zögerte. »Die Polizei sagte, er sei plötzlich ins Schlingern geraten – vielleicht ist ein Känguru auf der Straße gewesen. Es wurde schon dunkel, die Sicht war nicht gut. Er ist gegen einen Baum gekracht. Er war noch so jung. Was für ein Verlust, und so unendlich ungerecht! Wenn ich überlege, was der Junge durchgemacht hat. Bei seinem Einsatz über dem Ärmelkanal hat man ihn beschossen … und jetzt stirbt er so.«

Grace versuchte, etwas zu sagen, doch sie konnte nicht.

»Ich glaube, du solltest noch etwas Tee trinken«, sagte ihre Mutter.

Noch immer fassungslos beobachtete Grace, wie Olive ihr aus einer Porzellankanne Tee einschenkte. »Wann ist der Unfall passiert?« fragte sie.

»Als du noch auf dem Schiff warst. Die Beerdigung war erst vor drei Tagen. Es war furchtbar.« Olive tupfte sich die Augen. »Du kannst dir vorstellen, in welch furchtbarem Zustand die Osbournes waren.«

Grace konnte nur an Charlotte denken – ihren Schmerz und ihren Kummer. Wie allein sie sich fühlen musste. »Mum, wir müssen morgen früh auschecken«, sagte sie. »Ich muss Lottie besuchen.«

Brookfield

Nach einer langen Zugfahrt nach Parkes waren sie mit dem Auto über staubige Straßen nach Brookfield gefahren. Jetzt konnte Grace sich endlich auf den Weg nach Merindah machen. An den Ställen suchte sie nach Bill Gleason.

»Sie sind zurück«, sagte er mit einem lakonischen Lächeln, das nicht verhehlen konnte, wie sehr er sich freute, Grace wiederzusehen.

»Ich dachte, es wird Zeit«, antwortete sie. »Reiten darf ich momentan nicht. Ich habe mich aber gefragt, ob Sie noch etwas Motorisiertes für mich hätten?«

»Wissen Sie noch, wie man einen Truck fährt?«, fragte Gleason und sah sie aus seinem wettergegerbten Gesicht zweifelnd an.

Grace grinste. »Mehr oder weniger.«

»Nun ja, wir haben einen neuen Holden – er nennt sich Nutzfahrzeug.« Er warf Grace die Schlüssel zu. »Schön, Sie zu sehen, Grace.«

»Ich freu mich auch, Bill.«

Grace holperte über den Weg nach Merindah, an den vertrauten Weizenfeldern und Schafweiden vorbei. Sie war das Fahren nicht mehr gewohnt, vor allem nicht auf unbefestigten Kieswegen, und während Grace mit dem unebenen

Gelände kämpfte, musste sie unwillkürlich an Jacks Tod und die Auswirkungen denken.

Für Charlotte war es eine Tragödie, ein unaussprechlicher Verlust. Doch Grace war auch schmerzlich bewusst, dass Serena jetzt nie die Gelegenheit haben würde, den Mann zu sehen – geschweige denn kennenzulernen –, der vielleicht ihr Vater gewesen war.

Als sie auf Merindah eintraf, hörte sie den wohlvertrauten schrillen Laut der rosafarbenen und grauen Rosenkakadus, die in den großen Eukalyptusbäumen einen Schlafplatz für die Nacht suchten. Nachdem sie die Tür des Trucks zugeschlagen hatte, blieb sie einen Moment im Hof stehen und sah sich um. Auf dieser Farm hatte sie über zwei Jahre ihres Lebens verbracht, dennoch hatte sie sie nie als ihr Zuhause betrachtet. Als Grace gegangen war, hatte sie Jack erklärt, sie werde niemals zurückkommen, doch hier war sie. Sie hätte nicht gedacht, dass es unter diesen Umständen passieren würde. Grace schüttelte den Kopf. Es wäre für alle besser gewesen, wenn Jack gleich Charlotte geheiratet hätte.

Und da war sie, die liebste Lottie kam aus dem Haus angelaufen. Noch immer hübsch und blond, aber bleich und angespannt. Die Frauen umarmten sich.

»Ich kann dir gar nicht sagen, wie froh ich bin, dass du da bist.« Charlotte kämpfte mit den Tränen. »Es war ein Albtraum.«

Die Freundinnen gingen in das dunkle Wohnzimmer. »Ich mache Licht«, sagte Charlotte, »und mixe uns einen Gin Tonic.«

Sie brachte die Getränke und setzte sich neben Grace aufs Sofa. »Seit Jack …« Ihre Stimme erstarb. »Es kommt mir vor, als hätte ich seit dem Unfall nur im Dunkeln gesessen und nachgedacht. Nun ja, und ich trinke ein paar von denen«, Charlotte zeigte auf ihr Glas, »und ich heule.«

»Wo ist dein Baby?«

»Um Michael kann ich mich im Moment nicht kümmern.« Ihre Unterlippe zitterte. »Er ist auf Oakhill bei Mum.«

»Jack einfach so zu verlieren«, sagte Grace sanft. »Ich kann mir nicht vorstellen, wie schrecklich das für dich sein muss. Aber vielleicht wäre es besser, wenn deine Mutter sich hier auf Merindah um Michael kümmert?«

Charlotte schwieg.

»Es tut mir leid, Lottie, ich meine, wenn die Zeit reif ist«, sagte Grace. »Ich dachte nur, dass es dich vielleicht trösten würde, deinen Sohn um dich zu haben, vor allem, weil er – nun ja, ein Teil von Jack ist.«

Charlotte ging zur Bar und füllte ihren Drink auf. »In dem Brief, den ich dir geschickt habe, habe ich etwas ausgelassen«, sagte sie. »Was Michael betrifft.«

Beunruhigt sah Grace ihre Freundin an. »Was meinst du?«

»Er ist nicht von Jack.«

»Du willst doch nicht sagen, dass es ...«

»Einen anderen gegeben hat? Nein, nichts dergleichen. Jack konnte keine Kinder zeugen.« Charlotte zuckte die Schultern. »Ich dachte, das wüsstest du.«

Grace stellte ihr noch unberührtes Glas so abrupt auf den Tisch, dass etwas Gin Tonic auf ihr Kleid schwappte und einen feuchten Fleck hinterließ. »Er hat nie ein Wort gesagt«, erwiderte sie.

»Erinnerst du dich noch an den Unfall, den er im Krieg hatte?«, fragte Charlotte.

»Ja.« Grace dachte an den heiteren Brief, den Jack ihr anschließend geschickt hatte. »Er hat es immer als großen Spaß abgetan.«

»Es war ernst.«

»Er hatte diese Narben …« Grace wurde nachdenklich.

»Ja.« Charlotte trank einen großen Schluck von ihrem Drink, dann fügte sie hinzu: »Offenbar haben die Ärzte in England, als sie seine Verletzungen sahen, gleich gesagt, dass zwar alles noch so weit ›funktionsfähig‹ sei, aber dass er niemals Vater werden könne.« Sie sah Grace an. »Obwohl ein Test die Meinung der Ärzte bestätigte, hat Jack weiterhin behauptet, das sei Unsinn. Ich denke allerdings, dass er tief im Inneren die ganze Zeit wusste, dass sie recht hatten.«

Grace war überwältigt. Endlich hatte sie eine Antwort. Nach all der Sorge, den langen Nächten, die sie gegrübelt hatte, wusste sie jetzt ohne jeden Zweifel, dass Philippe Serenas Vater war. Hätte der arme Jack diese Last doch nur nicht für sich behalten, er hätte so viel Leid verhindern können.

»Für einen Mann wie Jack muss das verheerend gewesen sein«, sagte sie. »Vielleicht hatte er darum so viel Wut im Leib.«

»Wahrscheinlich.« Charlotte seufzte. »Ich habe es nur herausgefunden, weil ihm einmal eine Bemerkung herausgerutscht ist. Selbst dann musste ich es ihm noch aus der Nase ziehen. Er sagte, es wäre demütigend, dass er nicht anders sei als ein kastriertes Tier.«

Grace betrachtete Charlottes Gesicht. »Dann habt ihr Michael adoptiert«, sagte sie.

»Ja.«

»Und … wirst du ihm das sagen?«

»Ich weiß es nicht«, sagte Charlotte nachdenklich. »Wahrscheinlich nicht.«

Grace drückte die Hand ihrer Freundin. »Das ist sicher keine einfache Entscheidung.«

Mai 1951

Die beiden Frauen saßen in denselben Korbstühlen, die schon seit Jahren dort standen, auf Brookfields breiter Veranda. Serena lag auf Grace' Schoß, und Grace spürte, wie sich der kleine Körper im Schlaf sanft hob und senkte.

»Na komm, gib mir die Kleine«, sagte Olive. »In deinem Zustand muss das doch unbequem sein, wenn sie so auf dir liegt.«

Das kleine dunkelhaarige Mädchen rührte sich kaum, als Grace sie in Olives Arme legte. »Serena ist hier aufgeblüht«, sagte Olive. »Weißt du noch, wie sie gelacht hat, als sie zum ersten Mal die Kookaburra gehört hat?«

Wie durch Alchemie waren diese Ereignisse bereits zu strahlenden Erinnerungen geworden. *Die liebe Mum.* Sie achtete immer noch auf ihr Äußeres. Selbst jetzt, wo ihre Enkelin auf ihr lag, trug Olive ein neues blau-weiß bedrucktes Kleid von Miss Louise, das sie zu Ehren ihres letzten gemeinsamen Abends angezogen hatte.

Grace bemerkte, dass Olive still geworden war. Sie sah an dem rankenden Jasmin vorbei auf einen unbestimmten Punkt in der Ferne. Grace vermutete, dass sie an Alfred dachte. Oder vielleicht erinnerte Serena sie an die Abwesenheit eines anderen geliebten Kindes.

Als rosafarbene und goldene Wolken über den dämmernden Himmel zogen, dachte sie darüber nach, was sie alles gelernt hatte, seit sie um die halbe Welt in die Stadt des Lichts gereist war. Sie kannte sich jetzt bestens in der noblen Welt der Haute Couture aus. Und was internationale Politik anging, hatte sie einen Crashkurs gemacht. Sie war in der Oper und auf prächtigen Bällen gewesen, hatte in Paris' vornehmsten Restaurants gegessen, reiche, berühmte und berüchtigte Menschen getroffen.

Sie hatte auch härtere Lektionen gelernt: Wie kompliziert Identitäten waren. Welche Wahrheiten sich hinter Lügen und Geheimnissen verbargen. Was es bedeutete, in einer Welt voll trügerischer Sicherheiten und mit unendlich vielen Grauzonen Entscheidungen zu treffen, die einem das Herz brachen.

Grace hatte auch anderes erfahren. Dass man Mut auf viele Arten zeigen konnte. Wie es war, wenn man einen Mann wirklich liebte. Und das Wichtigste von allem: dass das Schicksal nicht von einem Namen abhing. Ob Wood, Woods, Dubois, Osbourne, Boyer oder sogar – sie lächelte – Gräfin d'Andoise.

Grace blickte zu ihrem schlafenden Kind. Sie hatte gedacht, dass es wichtig sei zu wissen, wer Serenas Vater war. Doch eigentlich hatte sie gleich nachdem sie die Information erhalten hatte, erneut über die Bedeutung nachgedacht.

Philippe war klüger gewesen als sie. Ihm war bereits klar, dass Elternsein mit viel mehr als nur mit Biologie zu tun hatte. Auch sie begriff jetzt, was alles dazugehörte: ein gebildeter Viehzüchter, der schnell mit seinem Kind über staubige Weiden ritt. Ein Pferdehändler, der demselben Kind Klavierspielen beibrachte. Eine Farmerin, die sie in die aufregende Welt der Haute Couture eingeführt hatte und die ihr zeigte, wie man Zuckerguss herstellte.

Grace erinnerte sich an den Tag in dem sonnigen Gemüsegarten, als der alte Claude den Kopf schief gelegt und bemerkt hatte: »Man hat nur eine Mutter, wissen Sie.« Doch das stimmte nicht. Sie hatte mehr Glück als die meisten Menschen.

Ich habe Glück gehabt, dachte sie, *Glück, ein Teil im Leben von vier ungewöhnlichen Menschen zu sein.* Eines Tages, schwor sie sich, wenn Serena und ihr ungeborenes Kind es verstehen konnten, würde sie ihnen ihre Lebensgeschichte erzählen – wie sie zu zwei Eltern gekommen war und was sie aus Liebe zu ihr getan hatten.

Grace atmete die süße Schärfe der Eukalyptusbäume ein, das Summen der Insekten ließ allmählich nach. Als die Sonne als roter Ball hinter dem Horizont unterging, war es gerade noch hell genug, um die leuchtenden Farben der Plattschweifsittiche zu erkennen, die am weiten australischen Himmel kreisten.

Nachwort

Ein Zufall ist ein kleines Wunder

Wird Albert Einstein zugeschrieben

The Paris Model basiert auf wahren Begebenheiten.

Ich trank Tee im duftenden Garten von »S«, einer lieben Freundin, als sie mir von den traurigen Umständen erzählte, die das Leben ihrer wunderschönen und klugen Mutter geprägt hatten – von Grace Woods. »S« erzählte, dass Grace als Neugeborenes nach diversen, sich gleichzeitig ereignenden Tragödien von ihrem Vater einem befreundeten reichen Viehzüchter und seiner Frau anvertraut worden war. Ihr Vater war ganz anders als dieses Paar – ein raubeiniger, Klavier spielender Pferdehändler. Sie berichtete, dass ein Umstand dieses sehr private Arrangement sehr erleichtert habe: Aufgrund eines einmaligen Zufalls musste nur ein einziger Buchstabe im Nachnamen des Kindes geändert werden.

Ich war sofort fasziniert und stellte mir vor, wie sich diese ungewöhnlichen Umstände auf das Kind ausgewirkt haben mochten, das später ein gefeiertes Mannequin wurde.

Da Grace, Reuben, Alfred und Olive tatsächlich existiert haben, beschloss ich, ihre richtigen Namen zu übernehmen. Allerdings ist *The Paris Model* dennoch Fiktion. So hat Grace zwar einen Jungen aus der Nachbarschaft geheiratet, der im Zweiten Weltkrieg ein Fliegerass war, doch es war nicht Jack Osbourne.

Eine Menge anderer Charaktere aus dem Buch hat es allerdings tatsächlich gegeben. Ebenso hat vieles so stattgefunden, wie es erzählt wird – einschließlich Reubens verzweifeltem Versuch, das hungernde Baby mit einer Pipette zu füttern. Es sind zu viele Begebenheiten, um sie alle einzeln aufzuzählen, aber womöglich werden die Leser folgende Einzelheiten interessieren.

Christian Diors aufsehenerregender New Look wurde erstmals am Abend des 31. Juli 1948 bei David Jones in Sydney vorgeführt. Erstaunlicherweise war es das erste Mal, dass die Kollektion außerhalb von Paris gezeigt wurde. Wie im Buch erwähnt, lobte Dior die Australierinnen für ihren im Vergleich zu den »müden« Europäerinnen »reineren, frischeren Ausdruck«. Die Frauen, die in den wichtigen Rollen in seinem Atelier vorkommen, sind alle reale historische Persönlichkeiten: Mesdames Raymonde, Carré, Luling, Beguin, Bricard und Tutu (Baronne de Turckheim). In der *maison* gab es auch einen distinguierten Concierge namens Ferdinand.

Es mag unglaublich klingen, wie viele Persönlichkeiten, die entweder schon berühmt waren oder es werden sollten, sich in den frühen Nachkriegsjahren in Paris aufgehalten haben. Doch endlich stand die Stadt – mit ihren einzigartigen Vergnügungen –, die während der Besatzung durch die Nazis jahrelang für die Welt unzugänglich gewesen war, wieder jedem offen.

Anders als London und so viele andere europäische Großstädte hat Paris nicht unter permanenter deutscher Bombardierung gelitten. In den späten 1940er-Jahren wirkten seine unversehrte Schönheit, der entwertete Franc und – nachdem die Hilfen des Marshallplans zu fließen begannen – die berühmten Restaurants, Bars und Cafés auf zurückkehrende Franzosen und Horden von ausländischen Besuchern wie ein

Magnet. Künstler, Schriftsteller und Philosophen. Filmstars, Playboys und reiche Erbinnen. Britische Aristokraten und amerikanische Diplomaten – alle trafen sich in Paris. Die Stadt des Lichts war unwiderstehlich, und nichts symbolisierte den extravaganten Glanz der Stadt besser als ein Kleid von Christian Dior.

Prinzessin Margret kam 1948 zum ersten Mal in das Atelier, doch das trägerlose Ballkleid, das sie sich aussuchte, befanden ihre Eltern für deutlich zu gewagt für ihre achtzehnjährige Tochter. Das spektakuläre weiße schulterfreie Modell, das Christian Dior später für die Prinzessin entwarf, trug sie erst an ihrem einundzwanzigsten Geburtstag. Jahre später beschrieb sie es als »mein absolutes Lieblingskleid«.

Neben Prinzessin Margret waren die Herzogin von Windsor, die Gräfin de Ribes, die Vicomtesse de Noailles, Eva Perón, Pamela Churchill (die ehemalige Schwiegertochter von Großbritanniens berühmtem Premierminister), Rita Hayworth und zahlreiche andere berühmte Frauen – von Primaballerina Dame Margot Fonteyn bis zur deutschen Schauspielerin Marlene Dietrich – begeisterte Dior-Kundinnen.

Eva Perón hat gesagt: »Meine größte Angst im Leben ist, vergessen zu werden.«

Die Einzelheiten, die Ferdinand von der dekadenten Hochzeitsfeier von Rita Hayworth und Prinz Aly Khan im Jahr 1949 berichtet, gehen auf zeitgenössische Berichte zurück.

Im selben Jahr hielt sich Jacqueline Bouvier, die künftige Jackie Kennedy Onassis, mit Gräfin Germaine de Renty während ihres Studiums an der Sorbonne in Paris auf.

Die Gräfin de Renty und Christian Diors Schwester Catherine (nach der der Duft Miss Dior benannt ist) waren wegen ihres Engagements in der Résistance im berüchtigten Konzentrationslager Ravensbrück interniert.

Evangeline Bruce war die junge und überaus elegante Frau von David Bruce, dem US-Botschafter in Frankreich zwischen 1949 und 1952. In ihrer Zeit beim OSS (Office of Strategic Services) in London – wie erwähnt, der Vorläufer der CIA – war sie dafür zuständig, Lebensgeschichten für die Geheimagenten zu erfinden.

Julia Child, die ebenfalls während des Krieges für den OSS arbeitete, war allerdings weitaus bekannter für ihre bahnbrechenden Bücher über die französische Küche. Sie lebte mit ihrem Mann Paul, einem US-Diplomaten, 1949 in Paris. In jenem Jahr besuchte sie einen Kurs an der berühmten Kochschule Cordon Bleu.

Graf Étienne de Beaumont war bekannt für seine Kostümbälle, von denen einige erwähnt werden. Er richtete 1949 die erste große Nachkriegs*fête* aus, den Ball der Könige und Königinnen. Die Persönlichkeiten einer ganzen Reihe von Gästen und die Beschreibungen ihrer Kostüme sind authentisch.

Coco Chanel wurde wegen ihrer Beziehung zum Feind hart verurteilt. Dennoch kehrte sie schließlich nach Paris zurück und brachte 1954 im Alter von über siebzig Jahren eine neue Kollektion in ihren Räumlichkeiten in der Rue Cambon heraus. Genau wie Brigitte es im Buch vorhersagt, erhielt sie wieder viel Anerkennung, und ihr Fehlverhalten schien vergessen.

Pablo Picasso war einer der größten finanziellen Unterstützer der französischen kommunistischen Partei. Laut einem Bericht der *L'Humanité* soll er allein 1949 eine Million Francs gespendet haben.

General Charles de Gaulle, der befürchtete, dass das Nachkriegsfrankreich zu einer sowjetischen Republik werden könnte, stellte fest: »Wenn Frankreich fällt, wird jedes andere westeuropäische Land ebenfalls fallen, und der ganze Kontinent wird kommunistisch.«

Journalist Malcom Muggeridge, später britischer Spion, gab Informationen bezüglich einer sowjetischen Unterwanderung der französischen Regierung schon 1944 weiter. Leider wurden seine Sorgen an seinen Vorgesetzten Kim Philby übermittelt, der selbst ein Doppelagent war.

Josef Stalin ordnete persönlich die Eliminierung einer Reihe prominenter ausländischer Staatsmänner und Antikommunisten an. Die berüchtigte dreizehnte Abteilung des KGB, auch Abteilung für Spezialaufträge genannt, war mit der Durchführung dieser Anschläge beauftragt.

Die Szene, in der Grace immer üppigere Blumengeschenke von Giscard Orly erhält, geht auf Gerüchte zurück, die behaupten, der streng pro-stalinistische Politiker Maurice Thorez habe Marie Bell von der Comédie Française regelmäßig Blumensträuße von epischen Ausmaßen geschickt, als er eine Affäre mit ihr hatte.

Die Passagen, die das fehlende Porträt von Jeanne d'Arc in der Abbaye de Sainte Jeanne betreffen, sind daran angelehnt, dass ein beeindruckendes Rembrandtgemälde eines Engels im Zweiten Weltkrieg von den Nazis aus einem französischen Château gestohlen wurde. Anders als das Gemälde der Abtei ist dieses Kunstwerk jedoch nie wiederaufgetaucht.

Es wird geschätzt, dass direkt nach dem Zweiten Weltkrieg mindestens zwanzigtausend Französinnen (*les tondues*) die Schande erleiden mussten, dass man ihnen die Haare abschor. Zudem wurden sie oft nackt ausgezogen, geschlagen, geteert, mit Hakenkreuzen gebrandmarkt und öffentlich gedemütigt. Der Historiker Antony Beevor nannte es »das Äquivalent zur Vergewaltigung durch den Sieger«.

Bis 1983 brauchten verheiratete Australierinnen die schriftliche Erlaubnis ihres Ehemannes, um einen Reisepass zu beantragen.

Fast alle Orte in *The Paris Model* hat es so gegeben. Das Maxim's, der Tour d'Argent, das Café de Flore, das Lido und das Folies Bergère gibt es bis heute, ebenso die Rue Dauphine 25, wobei die Aussicht aus dem Fenster sehr wahrscheinlich eine andere ist. Le Chat Noir und La Voiture Folle sind angelehnt an ähnliche Nachtklubs, die Ende der 1940er-Jahre in Paris populär waren. Charincourt ist eine Mischung aus verschiedenen Châteaux im Loiretal. Die großen Schaf- und Weizenfarmen Brookfield, Merindah und Oakhill sind ebenfalls Mischungen ähnlicher Anwesen.

Der RAAF-Luftwaffenstützpunkt in Parkes wurde erst 1941 in Betrieb genommen, etwas später als ich Jack zu seiner Ausbildung geschickt habe.

Das Motto am Anfang des Buches ist ein Zitat aus Simone de Beauvoirs *Das andere Geschlecht*, das in dem so bahnbrechenden Jahr 1949 in Paris herauskam. Darin ermahnt die Autorin Frauen, gegen den Mythos aufzubegehren, dass ihr bescheidenes und gefügiges »Wesen« unveränderbar sei, und sich stattdessen in ein Leben zu werfen, das nicht vom Geschlecht bestimmt wird. Ich weiß nicht, ob Grace Beauvoirs Buch jemals gelesen hat, doch es würde mich nicht überraschen.

A.J.

Dank

Ich möchte ganz besonders Grace Woods (1. September 1922 – 27. April 2013) danken. Sie hat nicht nur meine Fantasie beflügelt, sondern auch mein Herz erobert.

Meine Verlegerin Anna Valdinger hat mich mit ihrer Begeisterung mitgerissen. Ich bin ihr unendlich dankbar für ihre hervorragende Expertise und ihre unermüdliche Unterstützung.

Mein Dank gilt dem Team von HarperCollins, einschließlich den Lektoren und Designern, der Marketing- und Verkaufsabteilung, die an *The Paris Model* gearbeitet haben, insbesondere der Kampagnenmanagerin Lucy Inglis und Kerry Armstorn. Designerin Hazel Lam, die ein umwerfendes Cover geschaffen hat, das meinen Träumen entspricht. Der Lektorin Nicola O'Shea und der Korrektorin Dianne Blacklock für ihre sorgfältige Arbeit an dem Manuskript, außerdem Senior Lektor Scott Forbes für seine sorgfältige Betreuung von Text und Produktion.

Ein herzlicher Dank geht an Fiona Daniles, meine Freundin mit den Adleraugen und inspirierende Beraterin.

Ebenso bin ich meiner Agentin Catherine Drayton unendlich dankbar für ihren klugen Rat.

Dieses Buch wäre nie ohne die Großzügigkeit und das

Vertrauen von Sharyn Storrier Lyneham und ihrer Familie entstanden. Ich bin so dankbar für die fachkundige Beratung durch ihren Ehemann Dr. Robert Lyneham.

Ein dickes Dankeschön geht an meine ersten Leserinnen und Begleiterinnen Susan Williams, Jane de Teliga und Lyndel Harrison, die mir zusammen mit meiner reizenden Schwiegertochter Anna Reoch mit zahlreichen hilfreichen Anregungen und Aufmunterungen beim Schreiben zur Seite gestanden haben.

Während ich für *The Paris Model* recherchiert habe, hatte ich das Glück, drei atemberaubende Retrospektiven zum siebzigsten Geburtstag des Hauses Dior zu besuchen; die erste 2017 in Paris im Musée des Art Décoratifs, später in dem Jahr in der National Gallery of Victoria in Melbourne und 2019 im V&A Museum in London. Man könnte sagen, dass ich ein internationales Dior-Ausstellungs-Groupie geworden bin!

Es wäre unmöglich, die vielen Bücher aufzulisten, auf die ich bei der Arbeit an dem Roman zurückgegriffen habe, aber auf die folgenden habe ich mich am meisten bezogen:

Châteaux of the Loire Valley von Alexis Averbuck, Oliver Berry, Jean-Bernard Carillet und Gregor Clark
Chanel von François Baudot
Paris After the Liberation von Antony Beevor und Artemis Cooper
The World of Coco Chanel: Friends, Fashion, Fame von Edmonde Charles-Roux
Dior by Dior: The Autobiography of Christian Dior von Christian Dior
In Vogue: Sixty Years of Celebrities and Fashion from British Vogue von Georgina Howell
Dior in Vogue von Brigid Keenan
Mes Années Dior: L'esprit d'une époque von Suzanne Luling
Christian Dior von Richard Martin und Harold Koda

The Weekly von Denis O'Brien
Christian Dior: The Man Who Made the World Look New von Marie-France Pochina
Jacqueline Kennedy Onassis: A Life Beyond Her Wildest Dreams von Darwin Porter und Danforth Prince
Les Parisiennes: How the Woman of Paris Lived, Loved and Died in the 1940s von Anne Sebba
Parisians: An Adventure History of Paris von Graham Tobb
Diana Cooper von Philip Ziegler

The Musée Christian Dior, Granville, herausgegeben von Connaissance des Arts
Dressed to Kill: 100 Years of Fashion, herausgegeben von der National Gallery of Australia Canberra
Christian Dior: The Magic of Fashion, herausgegeben vom Powerhouse Museum

Meine Familie, insbesondere meine wunderbaren Kinder Arabella und Bennett, haben mich unendlich bestärkt. Genau wie Olive Grace hat meine eigene wunderschöne Mutter Sybil mich in die Freuden der Haute Couture eingeführt. Die Unterstützung von meinem Mann Philip und die Freude, die er an meiner Arbeit hat, bedeuten mir alles. Ob Sie es glauben oder nicht, erst als ich schon ziemlich weit mit dem Buch war, habe ich gemerkt, dass ich unbewusst meinem unwiderstehlichen Protagonisten die französische Version seines Namens gegeben habe.

Schließlich danke ich meinen Leserinnen für ihre wunderbaren E-Mails, Nachrichten und Briefe, dafür, dass sie Veranstaltungen besuchen, mir fantastische Fragen stellen und, vor allem, mir ihre eigenen Geschichten erzählen. *The Paris Model* ist durch eine von ihnen zustande gekommen.